MW00453539

need you

ESTELLE MASKAME

LOVE • NEED • MISS

Obra editada en colaboración con Editorial Planeta – España

Diseño original de portada: © Sourcebooks, Inc. / Colin Mercer, 2015
Imágenes de portada: PeopleImages.com / Gettyimages, Matt Henry Gunther / Gettyimages

Título original: *Did I Mention I Need you*

Bajo el sello editorial DESTINO M.R.
Avenida Presidente Masarik núm. 111, Piso 2
Polanco V Sección, Miguel Hidalgo
C.P. 11560, Ciudad de México
www.planetadelibros.com.mx

Primera edición impresa en España: marzo de 2016
ISBN: 978-84-08-14998-9

Primera edición en formato epub en México: agosto de 2016
ISBN: 978-607-07-3581-3

Primera edición impresa en México: agosto de 2016
Cuarta reimpresión en México: mayo de 2021
ISBN: 978-607-07-3563-9

Impreso en los talleres de Impregráfica Digital, S.A. de C.V.
Av. Coyoacán 100-D, Valle Norte, Benito Juárez
Ciudad De Mexico, C.P. 03103
Impreso en México – *Printed in Mexico*

Para aquellos que me dijeron que no podría,
y para aquellos que dijeron que sí podría.

1

Trescientos cincuenta y nueve días.

Ése es el tiempo que llevo esperando este momento.

Ésa es la cantidad de días que he ido contando.

Han pasado trescientos cincuenta y nueve días desde la última vez que lo vi.

Gucci me toca la pierna con la pata cuando me apoyo en la maleta, nerviosa por la emoción, mientras miro fijamente por la ventana de la sala. Son casi las seis de la mañana, y el sol acaba de salir. Hace veinte minutos contemplé como se iba filtrando entre la oscuridad y admiré lo preciosa que estaba la avenida. Vi cómo se reflejaba la luz en los coches estacionados a lo largo de las banquetas. Dean debería de estar a punto de llegar.

Bajo los ojos hasta la enorme pastor alemán que está a mis pies. Me inclino y la acaricio detrás de las orejas hasta que se da la vuelta y se dirige sin hacer ruido hacia la cocina. Lo único que puedo hacer es volver a mirar por la ventana, dando un repaso mental a la lista de cosas que metí en la maleta, pero eso sólo sirve para estresarme más y termino por apartarme de ella y abrirla. Revuelvo entre el montón de shorts, los pares de Converse y la colección de pulseras.

—Eden, confía en mí, llevas todo.

Mis manos dejan de moverse entre la ropa y levanto la vista. Mi madre está en la cocina, en bata, mirándome desde atrás de la barra con los brazos cruzados. Tiene la misma expresión que lleva poniendo toda la semana. Medio dolida, medio enojada.

Suspiro y meto otra vez todo a presión en la maleta, la vuelvo a cerrar y la enderezo sobre sus ruedas. Me pongo de pie.

—Es que estoy nerviosa.

En realidad no sé cómo describir lo que siento. Por supuesto que hay nervios, porque no tengo ni idea de lo que esperar. Trescientos cincuenta y nueve días es mucho tiempo, las cosas pueden haber cambiado. Todo podría ser diferente. Así que también estoy preocupada. Me asusta que las cosas no vayan a ser diferentes. Tengo miedo de que en el momento en que lo vea, vuelva a sentir lo mismo. Ésa es una de las consecuencias de la distancia: o bien te da tiempo para seguir adelante sin alguien o te hace darte cuenta de lo mucho que lo necesitas.

Y ahora mismo, no tengo ni idea de si extraño a mi hermanastro o a la persona de la que estaba enamorada. Es difícil ver la diferencia. Es la misma persona.

—No te preocupes —dice mamá—. No tienes por qué estar nerviosa. —Camina hacia la sala, con *Gucci* dando saltos detrás de ella, y entrecierra los ojos al mirar por la ventana antes de sentarse en el brazo del sillón—. ¿Cuándo viene Dean?

—Tiene que estar a punto de llegar —digo en voz baja.

—Pues espero que haya mucho tráfico y que pierdas el vuelo.

Aprieto los dientes y me pongo de lado. A mamá nunca le ha gustado esta idea. No quiere desperdiciar ni un solo día de estar conmigo y, según parece, que me vaya seis semanas es tiempo desperdiciado. Son nuestros últimos meses juntas antes de que me mude a Chicago en otoño. Para ella, esto parece significar que no me verá nunca más. Jamás. Y no es verdad en absoluto. Volveré a casa el próximo verano, después de los exámenes finales.

—¿En serio eres tan pesimista?

Por fin mamá sonríe.

—No soy pesimista, sólo celosa y un poco egoísta.

En ese mismo instante oigo el sonido del motor de un coche. Sé que se trata de Dean incluso antes de asomarme, y el suave ronroneo desaparece en el silencio cuando el vehículo se estaciona en la entrada de mi casa. Jack, el novio de mamá, dejó su camioneta un poco más allá, así que tengo que estirar el cuello para ver mejor.

Dean abre la puerta de su coche y se baja, pero sus movimientos son lentos y su cara no transmite ninguna expresión, como si no quisiera estar aquí. Esto no me sorprende en lo más mínimo. Ayer sus respuestas eran cortantes y pasó toda la tarde mirando el celular, y cuando me fui de su casa no me acompañó al coche como siempre. Igual que mamá, está un poco enojado conmigo.

Se me hace un nudo en la garganta e intento tragar mientras saco el asa de mi maleta. La arrastro sobre sus ruedas hasta la puerta de casa y me detengo para mirar a mi madre con el ceño fruncido por la ansiedad. Por fin es el momento de salir hacia el aeropuerto.

Dean no toca antes de entrar. Nunca lo hace; no tiene por qué. Pero la puerta se abre más despacio que otras veces. Se le ve cansado.

—Buenos días.

—Buenos días, Dean —saluda mamá. Su pequeña sonrisa se agranda cuando extiende la mano para darle a mi novio un apretoncito suave en el brazo—. Ya está lista.

Los ojos oscuros de Dean se mueven para mirarme. Normalmente sonríe cuando me ve, pero esta mañana su expresión es neutral. Sin embargo, arquea las cejas, como para preguntar «¿Estás lista?».

—Hola —digo, y estoy tan nerviosa que la voz me sale débil y patética. Miro mi maleta y luego a Dean—. Gracias por madrugar en tu día libre.

—No me lo recuerdes —dice, pero sonríe un poco y eso me tranquiliza. Da un paso adelante y toma la maleta—. Ahora mismo podría estar en la cama y no salir de ella hasta mediodía.

—Eres demasiado bueno conmigo. —Me acerco y lo rodeo con los brazos, hundo la cara en su camisa mientras él se ríe y me aprieta. Levanto la vista para mirarlo a través de las pestañas—. En serio.

—Ohhh —murmura mamá a nuestro lado, y me doy cuenta de que sigue ahí—. Qué lindos son.

Le lanzo una mirada de advertencia antes de volver a mirar a Dean.

—Ahí tenemos la señal para irnos.

—No, no. Escúchame un segundo. —Mamá se pone de

pie y su leve sonrisa desaparece al instante y frunce el ceño con desaprobación. Me da miedo de que, cuando vuelva, esa expresión se haya convertido en algo permanente—. No viajes en metro. No hables con desconocidos. No pongas ni un pie en el Bronx. Y también, por favor, vuelve viva a casa.

Pongo los ojos en blanco. Recibí un sermón parecido exactamente hace dos años, cuando venía a California para volver a ver a mi padre, sólo que casi todas las advertencias tenían que ver con él.

—Ya lo sé —digo—. Básicamente, que no haga tonterías.

Me mira con intensidad.

—Exacto.

Suelto a Dean, doy un paso hacia ella y la abrazo. Así se callará. Siempre funciona. Me aprieta con fuerza y suspira contra mi cuello.

—Te extrañaré —murmuro, pero mi voz suena ahogada.

—Y sabes de sobra que yo también te extrañaré a ti —me dice apartándose de mí, con las manos todavía sobre mis hombros. Echa un vistazo al reloj de la cocina antes de empujarme con suavidad hacia Dean—. Es mejor que se pongan en marcha. No querrás perder el vuelo.

—Sí, mejor nos vamos —dice Dean.

Abre la puerta, arrastra mi maleta hasta la entrada y se detiene un segundo. Tal vez para ver si mi madre tiene más consejos innecesarios que darme antes de que me vaya. Por suerte, no es el caso.

Tomo mi mochila del sillón y sigo a Dean hacia fuera, pero no sin antes darme la vuelta y decirle adiós a mamá por última vez.

—Te veré dentro de seis semanas, entonces.

—Deja de recordármelo —dice, y cierra la puerta justo después. Ya se le pasará. Con el tiempo.

—Bueno —dice Dean por encima del hombro mientras lo sigo hacia su coche—, por lo menos no soy el único a quien dejas atrás.

Aprieto los ojos con fuerza y me paso una mano por el pelo, me quedo quieta al lado de la puerta del coche mientras él mete mi equipaje en la cajuela.

—Dean, por favor, no empieces.

—Es que no es justo —murmura. Nos subimos al coche al mismo tiempo, y cuando cierra la puerta deja escapar un gruñido—. ¿Por qué te tienes que ir?

—A ver, que no es para tanto —digo, porque de verdad no veo el problema. Tanto él como mi madre han dejado claro que les parece fatal mi viaje a Nueva York desde que lo mencioné. Es como si pensaran que nunca más volveré a casa—. No es más que un viaje.

—¿Un viaje? —se burla Dean. A pesar de su humor de perros, logra encender el motor, da marcha atrás hasta llegar a la calle y se dirige hacia el sur—. Te vas seis semanas. Vuelves a casa un mes y luego te mudas a Chicago. Sólo me tocan cinco semanas contigo. No es suficiente.

—Sí, pero aprovecharemos el tiempo al máximo.

Sé que diga lo que diga no mejoraré la situación, porque este problema se ha ido formando durante varios meses y por fin Dean lo está abordando de frente y abiertamente. Llevo tiempo esperándolo.

—Ésa no es la cuestión, Eden —dice de forma brusca, y esto me hace callar durante un momento.

Aunque me lo esperaba, me resulta raro ver a Dean irritado. Apenas discutimos, porque hasta ahora nunca habíamos chocado por nada.

—Entonces ¿cuál es la cuestión?

—El hecho de que elijas pasar seis semanas allí en vez de conmigo —responde, pero de repente noto que su voz ha bajado mucho de tono—. ¿Qué tiene Nueva York? ¿Quién demonios necesita pasar seis semanas allí? ¿Por qué no sólo una?

—Porque él me invitó seis —digo.

Tal vez sea mucho tiempo, pero cuando acepté ir, me pareció la mejor idea del mundo.

—¿Por qué no podían llegar a un acuerdo? —Se está irritando cada vez más; agita las manos para acompañar sus palabras, lo que hace que maneje de forma algo errática—. ¿Por qué no podías decir «Claro que iré, pero sólo dos semanas», eh?

Cruzo los brazos sobre el pecho y me volteo para mirar por la ventanilla.

—Bueno, tranquilo. Rachael no se ha quejado ni una sola vez de que la abandone. ¿Por qué no puedes ser como ella?

—Bueno, Rachael es tu mejor amiga, pero yo soy tu novio. Y además ella tendrá la oportunidad de encontrarse contigo allí —dispara, y eso es cierto.

Rachael y nuestra amiga Meghan, a quien casi no he visto desde que se fue a la Universidad Estatal de Utah, planificaron un viaje a Nueva York hace meses. A mí también me invitaron, pero Tyler se les adelantó. De cualquier forma era inevitable que acabara en Nueva York este verano, pero supongo que no puedo culpar a Dean por sentirse desplazado cuando Rachael, Meghan, Tyler y yo —casi todo nuestro grupo— nos vamos a encontrar sin él.

Dean suspira y se queda callado un minuto; ninguno de los dos dice nada hasta que llegamos a un alto.

—Me estás obligando a empezar la relación a distancia antes de tiempo —dice—. Es una mierda.

—Bueno, pues da la vuelta —digo cortante. Me volteo para mirarlo, alzando las manos en el aire—. No iré. ¿Eso te hará feliz?

—No —replica—. Te llevo al aeropuerto.

La siguiente media hora la ocupa el silencio. Ya no hay nada más de qué hablar. Dean está enojado, y yo no sé qué le puedo decir para alegrarlo, así que terminamos atrapados en una especie de silencio forzoso hasta llegar a la terminal número 7.

Dean apaga el motor en cuanto se estaciona al lado del borde delante de las salidas y luego se voltea para mirarme con intensidad. Ya son casi las siete de la mañana.

—¿Puedes por lo menos llamarme todo el tiempo?

—Dean, sabes que sí. —Dejo escapar un suspiro y sonrío, con la esperanza de que se rinda ante mis grandes ojos—. Intenta no pensar demasiado en mí.

—Lo dices como si fuera fácil —se queja. Otro suspiro. Pero cuando me vuelve a mirar, creo que se está alegrando un poco—. Ven aquí.

Se acerca para rodear mi cara con sus manos, atrayéndome con suavidad hacia el tablero central hasta que sus labios encuentran los míos, y de pronto es como si no hubiéramos discutido. Me besa lentamente hasta que yo me aparto.

—¿Estás intentando que pierda el vuelo? —Levanto una ceja mientras abro la puerta y saco las piernas del coche.

Dean sonríe burlón.

—Tal vez.

Pongo los ojos en blanco y me bajo del coche, me coloco la mochila en un hombro y cierro la puerta con suavidad tras de mí. Tomo la maleta antes de dirigirme hacia su ventanilla, que él baja de inmediato cuando ve que me acerco.

—¿Sí, chica neoyorquina?

Me meto la mano en el bolsillo y saco el billete de cinco dólares, el que nos hemos estado pasando desde que nos conocimos cada vez que hemos tenido oportunidad, como cuando nos hacemos un favor el uno al otro. Ya está todo roto y estropeado, y me sorprende que no se haya desintegrado todavía.

—Cinco dólares por traerme.

Dean aprieta los labios cuando toma el billete, pero le resulta imposible ocultar que está sonriendo.

—Me debes mucho más que cinco dólares por esto.

—Lo sé. Lo siento.

Me inclino hacia la ventana, le doy un fuerte beso en la comisura de los labios y me volteo para dirigirme hacia la terminal. Detrás de mí oigo como el motor del coche se pone en marcha.

Hace casi dos años que no piso el Aeropuerto Internacional de los Ángeles, así que me habría gustado que Dean hubiera entrado conmigo, pero decido que fue mejor no haber prolongado la despedida más de lo necesario. A él no le habría gustado nada verme desaparecer después de documentar. Además, puedo hacerlo sola. Creo.

Como me imaginaba, hay un ajetreo increíble en la terminal, incluso a esta hora. Me abro paso entre la muchedumbre hasta que encuentro un lugar libre para detenerme un momento. Me quito la mochila del hombro, revuelvo dentro de ella y saco mi celular. Entro a los mensajes de texto, tomo la maleta y mientras me dirijo hacia los mostradores para documentar, empiezo a escribir.

Parece que el próximo verano ya está aquí. Nos vemos pronto.

Y entonces lo envío a la persona a la que llevo trescientos cincuenta y nueve días esperando ver.

Se lo envío a Tyler.

2

Cuando aterrizo en el Aeropuerto Internacional Newark Liberty me doy cuenta de que ni siquiera está en Nueva York. Está en Nueva Jersey, y está a reventar. A pesar de haber despegado con diez minutos de retraso, aterrizamos diez minutos antes de la hora prevista. Mi cuerpo todavía cree que son las dos de la tarde y tengo ganas de comer, pero en realidad aquí son las cinco y diecisiete de la tarde.

Eso significa que de un momento a otro lo veré.

Mi corazón deja de latir durante un momento mientras escaneo con la vista las pantallas informativas. Me tomaría un minuto para detenerme y averiguar adónde se supone que debo ir, pero ahora no tengo tiempo de pararme. No puedo retrasar esto ni un minuto más. Sólo quiero verlo, ya, así que me cuelgo la mochila sobre el hombro y sigo a la gente que se bajó de mi vuelo. Con cada paso que doy, siento más náuseas. Me doy cuenta de que no debería haber venido. Es cada vez más evidente que este viaje es una mala idea.

«Por supuesto que es una mala idea», pienso.

Como si fuera a superar lo que siento pasando tiempo a solas con él. Al contrario, esto lo va a empeorar, lo hará más difícil. Para él es fácil. Probablemente ya lo haya superado hace tiempo y lo más seguro es que esté saliendo con alguna chica guapa con acento neoyorquino. Y aquí estoy yo, la idiota que ha pasado un año entero pensando en él. Sé que cuando lo vea recordaré de sopetón todo lo que sentía por él. Ya lo estoy sintiendo. Noto esos mismos nervios en el estómago que siempre tenía cuando él me sonreía, puedo percibir como se me pone el pulso a la misma velocidad que cuando sus ojos encontraban los míos.

Me pregunto si es demasiado tarde para dar la vuelta.

El grupo al que he estado siguiendo se dirige hacia unas escaleras mecánicas, pero yo vacilo un poco y me aparto. Me quedo allí un instante. Tal vez no sea tan malo. Estoy entusiasmada por verlo, a pesar de que los nervios superen al entusiasmo, y llevo tanto tiempo esperando este momento que es una estupidez que me asalten las dudas ahora.

Lo que pasa es que estoy confundida y mi cabeza está hecha un lío, pero ya estoy aquí. Es el momento de verlo por primera vez desde hace un año.

Aprieto el puño alrededor del tirante de mi mochila al subir a las escaleras mecánicas, y el corazón me golpea la caja torácica. Me pregunto si la gente a mi alrededor puede oírlo. Tengo la sensación de que me estuviera dando un infarto, como si en cualquier momento me fuera a desmayar por una sobrecarga de ansiedad. Siento las piernas entumidas, pero de alguna manera logro mantenerme en movimiento, de alguna forma consigo bajar de las escaleras y avanzar por la zona de las llegadas.

Parte de mí mira la banda transportadora y la otra busca unos ojos verdes. A mi alrededor puedo ver gente que vacila, que busca. Gente de traje que sujeta letreros. Familias que buscan entre la muchedumbre que baja por las escaleras. Yo las estudio a fondo. Sé exactamente a quién quiero encontrar. Por un instante, creo que lo veo. Pelo negro, alto. Pero justo cuando mi corazón está a punto de dejar de latir, abraza a una mujer y me doy cuenta de que no es él.

Mis ojos se vuelven a centrar en el vestíbulo mientras me abro paso hacia donde tengo que recoger mi maleta, obligando a mis pies a moverse, aunque noto las piernas medio dormidas. Mientras paso, miro los carteles que lleva la gente, leo los nombres y me pregunto qué vienen a hacer a Nueva York. Sin embargo, mis pensamientos no duran mucho, porque de repente un letrero en particular me llama la atención. Y es, por supuesto, porque se trata de mi nombre escrito con un marcador negro, con las letras algo torcidas.

Y entonces lo veo.

Entonces veo a Tyler.

Sostiene el estúpido letrero delante de la cara, y justo cuando mis ojos establecen contacto con los suyos, se le forman arruguitas en las comisuras. Está sonriendo. De repente, todo se calma. La presión que sentía en el pecho se relaja. Mi corazón deja de dar golpes contra la caja torácica. Mi pulso ya no palpita a toda velocidad debajo de mi piel. Y sólo atino a quedarme allí parada, a la mitad de la zona de llegadas, dejando que el resto de mis compañeros de viaje me den empujones. Pero no me importa estar estorbando el paso. No me importa parecer perdida. Lo único que sé es que Tyler está aquí mismo, que otra vez estamos frente a frente y que de repente todo vuelve a encajar. Es como si no hubieran pasado trescientos cincuenta y nueve días desde la última vez que me sonrió como lo está haciendo ahora.

Baja lentamente el letrero para mostrar toda su cara, y su sonrisa y su mandíbula y el color de sus ojos y la manera en que una de sus cejas se levanta despacio me recuerdan algunas de las muchas cosas que solía adorar de él. Tal vez todavía me encanten estas cosas, porque ahora mis pies vuelven a moverse. Y rápido. Me dirijo directamente hacia él, tomando velocidad a cada paso, mis ojos fijos en él y en nada más. Mi paso decidido obliga a la gente que me rodea a quitarse de mi camino, y a estas alturas estoy corriendo. Cuando llego a su lado, me lanzo a sus brazos.

Creo que lo tomo por sorpresa. Nos tambaleamos un poco, su letrero vuela hasta el suelo mientras abraza mi cuerpo, y soy consciente, de manera algo vaga, de que la gente a nuestro alrededor exclama «Ohhh» como si fuéramos una pareja que se encuentra por primera vez tras haber mantenido una relación por internet. Puede que lo parezca porque en cierto sentido es verdad. Ha sido una relación a larga distancia. Es decir, una relación de hermanastros. De todos modos, no le pongo atención al público. Lo rodeo con las piernas y hundo mi rostro en su hombro.

—Creo que piensan que… —murmura Tyler junto a mi mejilla, riéndose entre dientes mientras nos estabiliza a los dos.

Puede que haya oído su voz por teléfono cada semana durante todo el año, pero es completamente diferente vivirla en persona. Es como si casi la pudiera sentir.

—Tal vez deberías bajarme —le susurro, y él hace exactamente lo que le pido. Con un último apretón firme, me pone de nuevo en el piso con suavidad. Entonces levanto la vista para mirarlo a los ojos, de cerca—. Hola —saludo.

—Hola —repite él. Sube y baja las cejas mientras me mira, y percibo cierta energía positiva y relajada. Me es imposible dejar de sonreírle—. Bienvenida a Nueva York.

—Nueva Jersey —lo corrijo, pero mi voz es sólo un susurro.

Lo miro fijamente. Parece como si en un año hubiera cumplido cuatro, pero creo que se debe sobre todo a la barba de varios días que ahora adorna su mentón. Intento no pensar en lo atractivo que está, así que desvío mis ojos hacia sus brazos, lo que sólo empeora las cosas. Sus bíceps son más grandes que como los recordaba, así que me trago el nudo que se me hace en la garganta y me centro en sus cejas. Es imposible que unas cejas sean eróticas.

«Pero bueno, Eden, ¿qué demonios te pasa?»—Nueva Jersey, bueno, lo que sea —dice Tyler—. Te va a encantar la ciudad. Menos mal que viniste.

—Para. —Doy un paso hacia atrás y lo miro con curiosidad, ladeando la cabeza. Estoy segura de que acabo de notarle un acento particular—. ¿Eso que… acabo de escuchar es acento neoyorquino?

Él se frota la nuca y se encoge de hombros.

—Un poco. Se pega, ¿sabes? No ayuda que Snake sea de Boston. Tienes suerte de que no esté pronunciando mal las erres.

—Tu compañero de departamento, ¿no?

Intento recordar todas nuestras conversaciones telefónicas, en las que Tyler me contaba qué escuela había visitado ese día o algo padre que le había pasado, como cuando llegó el invierno y pudo ver por primera vez en su vida la nieve en vivo y en directo, pero estoy demasiado distraída por el leve cambio en su voz. No sé por qué nunca me di cuenta cuando me llamaba.

—¿Cómo dijiste que se llamaba de verdad?

—Stephen —dice Tyler, poniendo los ojos en blanco—. Anda, vámonos.

Se voltea hacia la salida, pero le hago ver que todavía tengo que recoger mi maleta, y entonces se dirige un poco avergonzado hacia la banda transportadora. Pasé cinco minutos entre sus brazos, así que con suerte ya no habrá tanta gente. Me lleva sólo un minuto encontrar mi maleta, así que enseguida nos dirigimos hacia la salida de la terminal C y hacia el estacionamiento. Tyler lleva mi equipaje sin ningún esfuerzo.

Afuera hace muchísimo calor. Más que en Santa Mónica y que en Portland. Me quito la sudadera y la meto en la mochila justo cuando llegamos a su Audi, que, para mi sorpresa, sigue estando como nuevo. La verdad es que di por sentado que a estas alturas ya estaría cubierto de grafitis, o por lo menos que le habrían roto una o dos ventanillas de una patada.

Tyler abre la cajuela —que está en la parte delantera del coche— de un tirón, mete mi equipaje y vuelve a cerrarla de un golpe.

—¿Cómo vas con tu mamá? —me pregunta sonriendo.

Pongo los ojos en blanco y me subo al asiento del pasajero, esperando a que él se siente antes de contestarle.

—No muy bien. Todavía sigue actuando como si me fuera a mudar aquí o algo por el estilo. —Paso los dedos por la piel del asiento y aspiro. Olor a leña. A aromatizante.

A colonia Bentley. Ay, cómo extrañaba esa maldita colonia—. Dean también está enojado.

Los ojos de Tyler se dirigen hacia mí con una mirada interrogante. Luego los aparta, enciende el motor y se pone el cinturón.

—¿Todavía les va bien?

—Sí —miento. En serio, no tengo ni idea de si nos va bien o qué tras nuestra discusión esta mañana. Creo que estamos bien. Conociendo a Dean, es muy probable que se le haya pasado el enojo—. Estamos bien.

Observo a Tyler con el rabillo del ojo y espero a ver si reacciona de alguna manera, espero que pase algo, cualquier cosa. Que endurezca la mandíbula. Que entorne los ojos. Pero lo único que hace es sonreír mientras da marcha atrás para sacar el coche de la plaza.

—Bien —dice, lo cual destruye cualquier tipo de esperanza que yo hubiera podido albergar. Claro que no está enojado porque siga saliendo con Dean, porque ya superó lo nuestro por completo—. ¿Cómo le va?

Trago y entrelazo los dedos, haciendo todo lo posible para que no se me vea descorazonada. De todas maneras, no debería estarlo. No debería importarme.

—Todo bien.

Se limita a asentir con la cabeza. Tiene la atención puesta en la carretera mientras nos dirigimos hacia la salida.

—¿Cómo está mi mamá? —pregunta; su voz es suave—. Cada vez que me llama es más insoportable. Paso todo el tiempo diciendo «Sí, mamá, estoy lavando la ropa. No, no he incendiado el departamento, y no, no me he metido en ningún problema» —deja escapar una breve carcajada y luego añade—: Todavía.

—Salvo por esa multa por exceso de velocidad —puntualizo.

«Estate tranquila. Como si no pasara nada», me digo a mí misma.

Cuando salimos del estacionamiento lleno de curvas y accedemos a la autopista, me lanza una sonrisa divertida.

—Ojos que no ven, corazón que no siente. Pero ahora en serio: ¿está buena la novia de Jamie?

Lo miro fijamente y él se encoge de hombros de manera inocente.

—Tú siempre tan macho —me quejo—. Pero sí, es linda.

No he visto a Jen muchas veces, sobre todo porque Jamie insiste en que me aleje de ellos después de que le hiciera pasar «la vergüenza de su vida» la primera vez que la trajo a casa. Según parece, informar a la novia de tu hermanastro de que recita el poema «El camino no elegido» en sueños es pecado mortal.

—Por cierto, ¿sabes lo que pasó el otro día?

—¿Qué?

—Chase le preguntó a tu mamá si podía invitar a casa a una compañera de su grupo para estudiar juntos, pero es verano, así que ¿para qué demonios están estudiando?

—¿Estudiando? —Tyler se burla—. Mucha labia para un chico de segundo de secundaria. Por fin pasó de los videojuegos a las chicas.

Se me dibuja una sonrisa coqueta en los labios, pero él ni siquiera me está mirando.

—Parece que siguen los pasos de mujeriego de su hermano.

—Los voy a matar a los dos cuando volvamos a casa —murmura, pero se está riendo—. Me están robando la reputación que tenía en el instituto. Qué poco originales.

Vamos por la autopista, pero es hora pico, así que el tráfico se mueve muy despacio. Estiro la mano para bajar la visera. El sol está empezando a hacerme daño en los ojos, tengo los lentes de sol en la maleta. La verdad es que fue una tontería meterlos ahí.

—¿Te parece que el año ha pasado rápido?

El tráfico avanza y vuelve a detenerse, y Tyler aprovecha la oportunidad para mirarme. Piensa durante un instante y luego se encoge de hombros. Ya no está sonriendo exactamente.

—No. Parecía como si cada mes durara el doble de lo que debía. Ha sido un infierno tener que esperar a que llegara el verano.

—Pensé que para ti habría pasado rápido —digo—. Con las giras y todo eso. Siempre estabas ocupado.

Cada vez que hablaba con Tyler me mantenía al día del programa. Tenía que viajar mucho a otras escuelas y organizaciones, para hablarles a los alumnos sobre el abuso infantil y compartir el relato de los malos tratos que sufrió por parte de su padre cuando era niño. A veces estaba en Maine. Otras, en Nueva Jersey. Había temporadas en las que apenas paraba en Nueva York. Aunque a menudo estaba cansado, creo que disfrutó de la experiencia.

Niega con la cabeza y vuelve a centrarse en la carretera, el tráfico se mueve de nuevo.

—Claro, cuando teníamos alguna actividad, los días pasaban a toda velocidad, pero las noches parecían eternas. Llegaba a casa y Stephen solía estar con la computadora intentando terminar los trabajos para la universidad, así que la mitad del tiempo lo pasaba aburrido como una ostra. En

Nueva York se te acaban las cosas por hacer en un mes más o menos, sobre todo cuando apenas conoces a nadie.

Tyler nunca mencionó que se aburriera. Cuando hablábamos por teléfono siempre me decía lo mucho que le gustaba la ciudad, cuánto mejor sabía el café de Nueva York y que estaba pasándola de poca madre. No se me ocurrió que estuviera mintiéndome.

—Si estás tan aburrido, ¿por qué decidiste quedarte aquí seis semanas más?

Durante un segundo, me parece que casi sonríe.

—Porque viniste tú.

—¿Y eso qué se supone que...?

—¡Como me gusta esta canción! —me interrumpe, estirando el brazo para subir el volumen de la radio, dándole golpecitos rápidos a la pantalla.

No me da la oportunidad de terminar la pregunta, así que levanto una ceja mientras él mueve la cabeza al compás de la música. Creo que se trata del nuevo single de Drake.

—Kanye West sacó un álbum hoy.

—Ah —digo, pero casi no le pongo atención.

La verdad es que no me importa ni un poco. No me gusta Kanye West. Ni Drake.

Ni siquiera estoy muy segura de lo que hablamos después de eso. Tyler comenta alguna cosa sin importancia y yo digo que sí a todo, y así toda la conversación. Platicamos sobre el tráfico que hay, y que el clima es genial, y que pronto dejaremos atrás Nueva Jersey y entraremos en Nueva York. Eso me entusiasma un poco. Por fin.

El coche gira alrededor de una especie de rotonda hasta que llegamos a una línea de casetas de peaje. Tyler se pone en una fila donde dice «Sólo en efectivo» y se acerca lentamente a la valla.

—¿Sabes lo que me parece raro del túnel Lincoln? —dice mientras saca la cartera.

—¿Qué?

—Que puedes ir en dirección a Nueva Jersey gratis, pero hay que pagar para entrar a Nueva York. —Niega con la cabeza, con el dinero en la mano, y luego se aproxima a la caseta—. Tiene cierto sentido. Nadie quiere ir a Nueva Jersey.

Me rio mientras él baja la ventanilla. El coche está tan bajo que casi se tiene que estirar para pagar.

El tipo del peaje toma el dinero y murmura «Bonito coche» y luego levanta la valla. Tyler pasa deprisa; acelera el motor como en respuesta al comentario del hombre.

Me cruzo de brazos y me pongo de lado para mirarlo.

—Hay cosas que no cambian nunca —digo traviesa.

Tyler sonríe, pero con algo de vergüenza.

—La costumbre —dice, encogiéndose un poco de hombros.

En sólo cuestión de unos segundos, el sol que nos ha estado pegando con fuerza desaparece cuando entramos en uno de los tres túneles, y quedamos en un halo cálido de luz naranja. Mis ojos tardan un momento en ajustarse a la oscuridad. Cuando lo hacen, miro por la ventanilla a pesar de que no hay mucho que ver aparte de muros de cemento. Me inclino hacia delante y estudio el techo del túnel.

—¿Debajo de qué estamos?

—Del río Hudson —me dice Tyler.

—Qué genial.

Me mordisqueo el labio y me acomodo en el asiento otra

vez. De repente me doy cuenta de que estaré en Nueva York las próximas seis semanas. Durante la última media hora parezco haberme olvidado de hacia dónde nos dirigimos, pero la mención del famoso río Hudson es suficiente para regresar a la realidad.

—Ahora sí, bienvenida a Nueva York —dice Tyler un minuto después.

Levanta la mano para señalar algo a través del parabrisas, y yo sigo su dedo, que señala las paredes del túnel.

Hay una línea vertical que baja por la pared. A un lado de ella, dice «Nueva Jersey»; al otro, «Nueva York». Estamos cruzando la frontera que separa los estados, así que por fin estamos en Nueva York.

—Estaremos en Manhattan en un par de minutos —añade Tyler. Creo que puede percibir mi nerviosismo, porque a pesar de que estoy demasiado abrumada para decir nada, él sigue sonriéndome mientras conduce—. Estaba pensando que si no estás demasiado agotada, más tarde podríamos ir a Times Square. Como es tu primera noche en la ciudad... Tienes que sacarte de encima todas esas excursiones turísticas que hay que hacer en la primera semana.

—Me parece bien —digo.

Estoy intentando parecer tranquila, y no como que voy a gritar en cualquier momento. Jamás había dejado la Costa Oeste y ahora no sólo estoy en el este, sino que me encuentro en Nueva York. Posiblemente la mejor ciudad del país, aparte de Los Ángeles. Por lo menos eso es lo que dice la gente.

Pronto descubriré si tienen razón.

3

La claridad comienza a filtrarse poco a poco en el túnel Lincoln cuando llegamos a su final, y cuando ya estamos afuera a plena luz del día, el sol casi nos ciega. Sin embargo, no cierro los ojos más que ligeramente porque no quiero perderme ni un segundo de esta ciudad. Quiero verlo todo.

Y al principio, todo parece hasta familiar.

La cantidad excesiva de tráfico en las carreteras. La corriente constante de gente que ocupa las banquetas, que corre por las calles. La altura de los edificios, que durante un instante casi me hace sentir un poco claustrofóbica. Santa Mónica parece una zona rural en medio de Arkansas comparada con esto. Todo parece un caos, y muy alto. Los edificios, sin embargo, dan algo de sombra y protegen del sol. También parece haber una total y absoluta sensación de… ajetreo. Nada es tranquilo, ni relajado, ni lento. La ciudad entera parece acelerada, como si todos y todo tuvieran prisa por hacer algo, y creo que por eso me parece familiar. Es exactamente lo que esperaba, salvo porque no sale vaho de las alcantarillas. Las películas deben de exagerar.

—Guau.

—Yo dije exactamente lo mismo —confiesa Tyler con una carcajada, pero me está mirando con el rabillo del ojo mientras yo lo asimilo todo, y al mismo tiempo logra maniobrar despacio entre peatones y taxis, avanzando por la calle 42—. Es de locos, ¿no crees?

—Claro, es que es Nueva York —digo—. La increíble ciudad de Nueva York.

—Éste es el distrito Garment —me explica—. Nos dirigimos hacia el centro de la ciudad.

Le pongo poca atención, escucho sus palabras, pero no las asimilo. Los edificios que se alzan como torres y que nos rodean me captan la vista, y los árboles que ocupan las banquetas, y el hecho de que muchas calles sean de un solo sentido. Me inclino hacia delante para poder ver mejor a través del parabrisas todo lo que hay por encima de nosotros.

—Tu departamento está en la zona del Upper East Side, ¿no?

Me centro en Tyler otra vez, y noto su sonrisa algo presuntuosa. Nos detenemos en un semáforo.

—¿Acaso esperabas algo menos de mamá?

—No —admito—. Estaba segura de que no te habría metido en un sitio como Harlem.

Chasquea la lengua y sacude la cabeza de manera traviesa.

—Vaya, Eden, no pensé que te guiaras tanto por los estereotipos. En realidad East Harlem no me parece tan malo, pero probablemente eso se deba a que yo hablo español, así que encajo a la perfección. Gracias a mis genes hispanos, en serio.

—Tyler, no fastidies, si sólo tienes una cuarta parte de hispano. Ni siquiera lo pareces.

Intento no ponerle atención a un grupo de personas que están en una esquina de la banqueta esperando a cruzar y que están tomando una foto rápida del coche de Tyler mientras esperamos en el semáforo, pero resulta casi imposible no darse cuenta de lo que están haciendo. Tyler lo ignora.

—Pero de todas formas tengo genes hispanos —dice a la defensiva—, que me encanta, y todo se lo debo a la abuela María. Y a mi padre, supongo.

Durante un instante, no digo nada. Estoy un poco sorprendida de que Tyler mencione a su padre, y espero que su mandíbula se ponga rígida o que le cambie el humor, pero él sigue sonriendo y señala algo a través del parabrisas. Ahora no debe de importarle hablar de su padre. Lo lleva haciendo todo el año.

—Por si no te has dado cuenta, ahí mismo está la plaza Times Square.

—¿Qué?

El semáforo se pone en verde justo cuando mis ojos se centran en la calle que se extiende delante de nosotros, y Tyler pisa el acelerador de inmediato. El coche sale disparado por la esquina, dejando detrás de nosotros una columna de humo que procede del tubo de escape, lo que sin duda deja impresionado al público que observaba desde la banqueta. Vuelvo a mirar a Tyler.

—Vamos a dar un pequeño rodeo —me explica, sonriendo al ver mi expresión de desconcierto—. No quiero que la veas todavía. Hasta esta noche nada.

—¿En serio? ¿De verdad me estás diciendo que Times

Square está ahí adelante y nos vamos a ir antes de que pueda verla?

Me cruzo de brazos y aparto la vista de él, dramatizando mi irritación, pero sonriendo a la vez.

—Impresiona más de noche —dice Tyler.

Nos dirigimos hacia el norte por la Octava avenida, pasamos hoteles y tiendas y restaurantes, y, por supuesto, cientos de turistas. Es fácil notar quiénes viven en la ciudad y quiénes son turistas, sobre todo porque los últimos tienen cara de estar alucinando y parecen tomar fotos de casi todo. Si no estuviera oculta detrás de las ventanillas tintadas del coche de Tyler, encajaría perfectamente entre ellos.

—Estamos cruzando Broadway —murmura Tyler casi inmediatamente después de girar en la calle 57—. Central Park está a dos cuadras a tu izquierda. El teatro Carnegie Hall está a punto de aparecer a tu derecha.

—¡Para!

Levanto las manos con desesperación mientras intento mirar hacia todos lados para verlo todo al mismo tiempo. Miro hacia mi izquierda, con la esperanza de distinguir algo verde, pero lo único que veo son dos bloques de edificios inclinados que me tapan la vista, así que me concentro de nuevo en la calle que vamos cruzando: Broadway. No corre paralela al resto, sino más bien en diagonal, lo que es bastante genial. Pero aparte de eso parece igual que las demás, así que desvío los ojos hacia la carretera que tenemos delante y espero a que aparezca el teatro Carnegie Hall, aunque no estoy segura de cómo es. Sólo sé que es famoso y prestigioso.

—Allí —dice Tyler, e indica con un movimiento de la

cabeza hacia un edificio a nuestra derecha mientras lo pasamos.

Sólo alcanzo a verlo durante unos segundos, pero es suficiente para darme cuenta de que encaja perfectamente con lo que lo rodea. Tal vez si me gustara la música clásica me entusiasmaría más.

—¿Y ya está?

—Sí.

Continuamos nuestro camino en dirección este por la calle 57, parando cada varios minutos en los semáforos. Hay tantas tiendas cuyos nombres jamás he oído que no consigo acordarme ni de la mitad. A la gente le debe de tomar muchísimo tiempo ir de compras en Manhattan.

Otra vez nos detenemos en un semáforo, y cuando miro hacia mi izquierda, por fin puedo ver algo de verde: Central Park. Sólo una esquinita, pero es suficiente para que me vuelva a entusiasmar. La emoción inicial de estar aquí se había desvanecido tras los veinte minutos que llevamos navegando por Manhattan, pero vuelvo a sentirla. Central Park es lo que más ilusión me hacía ver. Según parece es un lugar increíble para correr.

—La Quinta avenida —me informa Tyler.

Me da un codazo en el brazo cuando se da cuenta de que no estoy poniendo atención a las tiendas de lujo que hay a unos metros de nosotros. No me importan ni lo más mínimo.

Por fin desvío la vista de los árboles y miro a Tyler.

—¿Eso es Central Park?

Él sonríe.

—Sí.

Y entonces el semáforo se pone en verde otra vez, y nos

vamos antes de que pueda mirarlo de nuevo. La ciudad parece enorme y complicada, pero Tyler tiene aspecto de saber cómo moverse bien por ella, y doblamos en dirección norte por la Tercera avenida, que me recuerda a la calle 3 y al Paseo y a Santa Mónica. Me pregunto qué estará haciendo Dean en su día libre.

—Por cierto, ya casi llegamos —dice Tyler—. Nos faltan unas quince cuadras. Busca la calle 74.

Miro por la ventanilla. La calle 71. La avenida por la que vamos es preciosa. El cielo está despejado y todos los edificios están iluminados por la luz del sol, así que la mayoría están blancos. Y entonces llegamos a la calle 74, pero no me doy ni cuenta hasta que Tyler dobla hacia la derecha y entra a un callejón angosto de sentido único. Casi de inmediato reduce la velocidad y maniobra hasta estacionar el coche a un espacio entre un Honda y un camión, dejando apenas un par de centímetros entre ellos.

Me inclino hacia delante para mirar por el parabrisas y frunzo el ceño.

—¿No te preocupa que le den un golpe a tu coche cuando intenten salir?

—No, no se mueven nunca —dice Tyler mientras apaga el motor. Saca las llaves y se quita el cinturón, y yo hago lo mismo—. El camión pertenece a un viejo que ya no maneja y que vive en el edificio de al lado, y en el Honda Civic vive una chica. Lleva estacionado aquí desde siempre. Vuelve cada noche y duerme en él. —Su expresión es neutral, así que no puedo distinguir si está bromeando o no, y no tengo oportunidad de preguntarle porque ya está diciendo—: Vamos, llevaré tus cosas.

Abro mi puerta, me bajo del coche y estiro las piernas.

Y es en plan: guau.

Nueva York.

Estoy en Nueva York. De verdad estoy aquí, en las calles de Manhattan. Miro hacia abajo. Hay muchos chicles. Y algo de basura. Pero da igual. Es Manhattan.

—¿Estás bien?

Levanto la vista del suelo. Tyler está sacando el equipaje de la cajuela, con cuidado de no golpear el Honda Civic, y me mira con una ceja levantada. Le sonrío algo avergonzada y tomo mi mochila del coche antes de apartarme y ponérmela en el hombro.

—Es que esto es… surrealista.

Me parece que puedo oír el ajetreo. El sonido de los motores. Las voces. El ruido de los cláxones. Es ruidoso pero al mismo tiempo, de alguna manera, no lo es. Es como un continuo zumbido al que creo que me acostumbraré. Ahora entiendo por qué los neoyorquinos hablan tan fuerte.

—Te entiendo —dice Tyler. Cierra la cajuela de un golpe y asegura el coche—. Te acostumbrarás en una semana.

Rodea el Audi para llegar a mi lado en la banqueta y justo cuando estoy a punto de preguntarle dónde está su departamento, me hace un gesto con la cabeza hacia el edificio que está al otro lado del callejón. El más alto del bloque. Justo en la esquina. Desde afuera parece bonito, con ladrillos blanquecinos y enormes ventanas de marcos cafés.

—Sí, sin duda lo eligió tu mamá.

Ella había escogido el edificio de departamentos más bonito, cómo no. Me pregunto cómo será por dentro. Reclino la cabeza hacia atrás y cuento el número de pisos. Veinte.

—¿En qué piso vives tú?

—En el doceavo. Departamento 1203. —Sigue sonriéndome. Creo que no ha dejado de hacerlo desde el aeropuerto—. ¿Te gustaría subir?

Asiento con la cabeza y lo sigo hacia el otro lado de la calle en dirección a unas puertas de cristal. Introduce un código en una pantalla, se oye un bip agudo y las puertas se abren. Arrastrando mi maleta hacia dentro, me mantengo a su lado y observo la entrada mientras él me lleva hacia un elevador. Hay cantidad de buzones, ocupan toda una pared, y algunas máquinas expendedoras, pero en su mayor parte el vestíbulo está vacío. El elevador es enorme. Probablemente pudieran entrar unas veinte personas, pero sólo estamos Tyler y yo. Él se coloca en un lado, y yo en el otro, y da la sensación de que hubiera demasiado espacio entre nosotros, como si debiéramos estar más cerca. O tal vez sólo me esté haciendo ilusiones.

—Snake ya debería de estar en casa —dice Tyler después de un momento. El elevador se pone en marcha con una leve sacudida—. Salió con unos compañeros de la facultad, pero estoy seguro de que ya regresó.

—¿Tengo que decirle Snake? —No me importan los apodos, pero éste suena ridículo. ¿Quién querría que le dijeran así?—. ¿No puedo decirle Stephen?

—Sí, claro, si quieres que te odie —dice Tyler con un tono inexpresivo. Muy despacio, se sonríe—. Después de un tiempo, deja de parecer tan estúpido. Sobre todo cuando lo gritas desde el otro lado de la calle. Aprendes a ignorar las miradas raras que recibes.

Se oye un timbre y las puertas del elevador se abren, revelando un descanso pintado de blanco grisáceo, según parece para hacer juego con el color de los ladrillos de afuera. Tres puertas más allá, Tyler detiene mi maleta delante del departamento 1203.

—Ordené el departamento esta mañana en tu honor, pero si Snake ya regresó a casa no puedo prometer que esté tal como lo dejé —dice Tyler mientras se mete la mano en el bolsillo trasero de sus *jeans* y saca un juego de llaves. Se ve un poco nervioso.

—No importa —digo.

Ahora vuelvo a sonreír. Imaginarme a Tyler limpiando su departamento por mí me hace pensar que tal vez quiera impresionarme. Pero cuanto más lo pienso, más lo dudo.

Se oye un clic y Tyler abre la puerta con un leve empujón, dando un paso hacia atrás para que yo pase primero. Lo primero que pienso es: «Sip, Ella».

Estoy ante un espacio abierto. Alfombra beige, sillones rojos de tela, muebles negros y brillantes, una pantalla plana increíblemente grande montada en la pared entre dos enormes ventanas con vistas a la ciudad. A mi derecha hay dos puertas, que supongo que conducen a los dormitorios, y a mi izquierda, una cocina. Todo se ajusta a una paleta de colores: negro, rojo y blanco. Con el diseño de espacio abierto, la cocina y la sala están divididos por una barra americana, lo que permite estar en la cocina mientras miras hacia la sala. Las puertas de los estantes y las barras tienen acabados en blanco brillante. A un lado de la cocina, hay una puerta abierta que conduce a lo que parece ser un lavadero. Al final del lado opuesto, hay otra puerta, pero está cerrada.

—Güey, ¿eres tú? —grita una voz desde el otro lado de la puerta—. Porque la regadera se echó a perder otra vez. El agua está tan fría que te mueres. No calienta.

Levanto las cejas al escuchar el fuerte acento de Boston. Hace que el acento raro y mezclado de Tyler parezca totalmente normal. Se abre la puerta del baño, y sale un tipo alto y rubio. Tiene la piel pálida, y es evidente que no está poniendo demasiada atención, porque mientras cruza la cocina lleva la mano metida en los pants, palpando, ajustándose el paquete.

—¿Estos mamones piensan que me gusta que se me congelen las pelotas…? —Se calla cuando se percata de mi presencia. Deja de caminar. Muy despacio se saca la mano del pantalón—. Ay, mierda. —Le dispara una mirada a Tyler—. Podrías haberme avisado o algo.

Tyler suelta una carcajada y me echa un vistazo encogiéndose de hombros, casi como si estuviera pidiéndome perdón.

—Eden… Te presento a Snake.

—Hola —saludo, pero estoy algo incómoda, como si acabara de toparme con un hombre de las cavernas. Me siento como una intrusa—. Encantada de, ehhh, conocerte.

Puedo imaginarme otras maneras más agradables de conocer a alguien que con la mano metida en la entrepierna.

—Sí, yo también —dice mientras se une a nosotros en la puerta.

Lo primero que noto es que sus ojos tienen un color muy apagado. Son azules, pero tan desteñidos que parecen casi grises. Extiende el brazo y me ofrece su mano, pero yo la rechazo negando con la cabeza. Él sonríe.

—¿No quieres darme la mano?

—La verdad es que no mucho —digo.

Tyler se aclara la garganta y se cruza de brazos, mirando a Stephen y luego a mí mientras habla.

—Bueno, lo primero es lo primero: las reglas de la casa.

—¿Reglas de la casa? —Stephen, o Snake, o como se llame, repite, como si nunca hubiera oído esa frase en su vida.

—Ahora hay una chica viviendo con nosotros, así que cierra la puerta cuando estés ahí adentro —explica Tyler—. A Eden le tocará ser la última por la mañana en usar el baño, ya que tardará más.

Estoy a punto de rebatir ese punto, pero luego le encuentro sentido: si soy la última, no tendré que aguantar que ninguno de los dos golpeé la puerta diciéndome que me apure.

—Eres la chica más afortunada del mundo. Tienes la oportunidad de compartir departamento conmigo. ¿Qué más quieres? —Snake me mira y ladea la cabeza, con una ceja levantada. Tyler se limita a poner los ojos en blanco—. O sea, estás viviendo con el tipo más genial que conocerás en tu vida.

Hago una mueca.

—¿Siempre eres tan…?

—¿Encantador? Sí. —Sonríe y se acerca a darme una palmadita en la cabeza. Por suerte, no es la mano del paquete, y luego se dirige al sillón—. La tele es mía.

—No te preocupes —me murmura Tyler al oído—, está bromeando.

Sin embargo, no le estoy poniendo atención a sus palabras. Estoy más atenta al hecho de que puedo sentir su aliento en mi piel y estoy intentando hacer todo lo posible para no reaccionar. Me muerdo el labio para impedir que mi cuerpo tiemble y, aturdida, estiro la mano para tocar mi maleta.

—Y ¿dónde, ehhh, pondré mis cosas?

—En mi habitación —dice.

Toma la maleta de mi mano y la arrastra por la alfombra hasta la primera puerta que hay a la derecha del departamento. Abre la puerta con la rodilla, me cede el paso otra vez para que entre primero y luego deposita el equipaje al lado de la cama extragrande. No está tan desordenada como solía estar su habitación en California. La alfombra beige se prolonga hasta la habitación; su edredón es rojo y los burós, negros. Las paredes están cubiertas con pósters de la Liga Nacional de Fútbol y de la Liga de Béisbol.

—¿Desde cuándo te interesa tanto el béisbol? —pregunto.

—Desde que me mudé a Nueva York —contesta con una leve sonrisa. Señala hacia la cama con la cabeza—. Puedes usar mi habitación. Yo dormiré en el sillón.

—¿Por qué no compartimos y ya está?

Ay, Dios. Las palabras se me escapan de la boca tan deprisa que casi no me doy cuenta de que las acabo de pronunciar hasta que veo como desaparece la sonrisa de Tyler. Se frota la nuca y se encoge de hombros. Compartir cama es una locura.

—Creo que prefiero el sillón, Eden.

Intenta sonreírme con suavidad, pero el gesto se le ve un poco forzado, y de repente el ambiente se vuelve tan asfixiante que me dan ganas de abrir la ventana y saltar por ella. Sé que la sugerencia fue una estupidez, pero de todos modos Tyler la rechazó, lo que significa que ya superó lo nuestro completamente.

Me obligo a actuar como si no pasara nada, a dar la impresión de que estoy respirando, aunque no sea así.

—Sí, menuda estupidez. ¿Te importa si hago una siesta? Estoy muy cansada.

Le echo un vistazo a mi reloj. Ya son las seis y media, y aunque en California son tan sólo las tres y media, de repente noto el cuerpo agotado. Haber tomado un vuelo tan temprano no fue muy buena idea.

—Sí, claro, adelante —dice, dando un paso hacia atrás en dirección a la puerta, como si se estuviera preparando para escapar de su hermanastra demente que intenta arrastrarlo a la cama con ella—. ¿Quieres pasar de lo de Times Square? Podríamos ir mañana.

—No, no —digo al instante, demasiado ansiosa—. Sigo queriendo ir a Times Square. Dame una hora para dormir y luego podemos ir.

—¿Sólo una hora? —Tyler me mira con sospecha.

Si hay algo que ha aprendido de mí en los más de dos años que me conoce, es que duermo muchísimo. Creo que duda que sea capaz de despertarme si me acuesto.

—Una hora —confirmo—. Despiértame si tienes que hacerlo.

Ojalá Times Square pueda esperar.

4

Flexiono las manos, me pongo de lado y sujeto las sábanas mientras busco mi teléfono. La cama está demasiado caliente y se me pegan las sábanas. Gimo a la vez que empujo el edredón hacia abajo y me siento, no estoy segura de qué hora es. La luz del sol todavía entra a chorros por la ventana y escucho el débil eco de la televisión a través de la puerta de la habitación de Tyler. Me deslizo hasta levantarme de la cama y cuando abro la puerta descubro a Tyler y a Snake tirados en el sillón, viendo un partido de fútbol.

Me aclaro la garganta para llamar la atención de Tyler. Tuerce el cuello para mirarme y se le ilumina la cara. Snake, sin embargo, ni pestañea. Sólo maldice hacia la tele y toma un trago de la cerveza que tiene en la mano.

—¿Cuánto tiempo dormí? —pregunto; mi voz suena bajito y algo rasposa.

Tyler se levanta y se acerca a mí, lo que hace que mi corazón se vuelva a acelerar. Espero que mañana ya pueda concentrarme mejor y no tenga palpitaciones cada vez que me mira, me habla o se me acerca.

—Veinte minutos —me dice.

Entorno los ojos hacia él. ¿Veinte minutos? Imposible. Pero cuando le echo un vistazo a mi reloj, me doy cuenta de que tiene razón. Todavía no son ni las siete de la tarde.

—¿Vamos a ir a Times Square?

—Sí. Te voy a llevar a cenar, así que espero que tengas hambre. —Su sonrisa desaparece durante un instante y levanta una ceja, a lo mejor espera que me oponga.

—Sí, tengo hambre —respondo.

Al haber volado tan temprano, y con el viaje y la diferencia horaria, de alguna manera logré llegar hasta las siete de la tarde sin comer nada. Excepto el café que me tomé esta mañana en el aeropuerto.

Tyler vuelve a sonreír.

—¿Te parece bien que salgamos en media hora?

—Sí, estaré lista. —Snake sigue sin ponernos atención, y mis ojos miran por encima de él hacia la puerta del baño—. ¿Puedo?

—No tienes que preguntar, Eden —me dice Tyler riéndose—. Este departamento es todo tuyo. Adelante.

En ese exacto momento los dos nos damos la vuelta para dirigirnos hacia su habitación. Su ropa está en el clóset y la mía en la maleta en el suelo, así que le sonrío mientras entramos juntos en el cuarto.

—Como ahora ésta es tu habitación, tendrás que acostumbrarte a que yo entre y salga para tomar mis cosas —bromea mientras abre la puerta del clóset—. Tocaré antes; no te preocupes.

Pongo los ojos en blanco y levanto la maleta del suelo. Me cuesta un poco tomarla, pero por fin lo logro y la tiro sobre la cama. No estoy muy segura de qué ponerme, así que mientras abro el cierre miro a Tyler con el rabillo del ojo para ver si la ropa que está sacando es informal o elegante. Después de revolver en el clóset durante unos minutos y de hurgar en los cajones, pone sobre la cama unos pantalones color marrón claro y una camisa de mezclilla con botones azul marino.

—Vas a usar el baño, ¿no?

—Ehhh. —A toda velocidad dirijo la vista hacia la maleta y trago saliva, siento su mirada sobre mí—. Sí.

Está al lado de la ventana, esperando a que yo me vaya para cambiarse, así que revuelvo el montón de ropa lo más rápido posible para no hacerlo esperar. Tomo algunas cosas y luego me dirijo hacia el baño.

—Me voy a dar un regaderazo. Me daré prisa.

—Las toallas están en la segunda repisa del estante —me grita.

Cuando cierro la puerta tras de mí y entro a la sala, Snake ya no está acostado en el sillón, aunque el partido sigue puesto en la tele. Me dirijo hacia la cocina y de repente aparece una cabeza detrás del refrigerador. Snake tiene una botellita en la mano.

—¿Quieres una cerveza?

—¿Una cerveza? —repito. Su acento de Boston no se entiende demasiado bien.

—Sí, una cerveza. ¿Quieres una o qué?

—Claro —digo.

Extiendo la mano y espero, pero parte de mí querría que retirara la oferta. Sin embargo, saca una botella de Corona y me la pasa. Es mi primera noche en Nueva York, así que una cerveza para celebrarlo no me hará ningún daño.

—Espera, deja que te la abra. —Toma el destapador de

la barra, se da la vuelta y quita la corcholata. Toma su botellita de la barra y bebe un trago—. No pensé que te gustaba la cerveza.

—Y yo no pensé que fueras tan hospitalario —le disparo de vuelta, pero estamos bromeando—. Gracias por la cerveza.

Choca su botella contra la mía como para decir «De nada» y luego toma otro sorbo, mientras yo me dirijo hacia el baño, con la ropa en una mano y la cerveza en la otra.

—¿No te gustaría dejar la puerta abierta para que pueda echarte un buen vistazo?

Me volteo para encararlo y entrecierro los ojos. No estoy segura de que compartamos el mismo sentido del humor, pero lo que sí sé es que me acostumbraré a él con el tiempo.

—No, la verdad es que no.

Cierro la puerta con la rodilla y le pongo el seguro.

No me lleva mucho tiempo prepararme, sobre todo porque no me lavo el pelo, y cuando ya me refresqué y limpié el maquillaje, sólo me queda vestirme. Me dejo el pelo suelto y me pongo la falda rosa de patinadora y una chamarra de mezclilla encima de una camiseta blanca sin mangas. Me tomé casi toda la cerveza mientras me preparaba, así que me llevo lo que queda cuando vuelvo con mis cosas a la habitación de Tyler. Cuando entro se está echando loción. La Bentley.

—¿Te la dio Snake? —pregunta, señalando con la cabeza la botella que traigo en la mano.

Durante un instante, creo que va a fruncir el ceño, pero mantiene una expresión neutral.

—Sí.

Pongo la botella sobre el buró y tiro la ropa en la maleta,

sin preocuparme de doblarla. Más tarde la ordenaré, pero ahora mismo, lo único que necesito es mi neceser de maquillaje, que saco de abajo de un montón de sandalias. Miro rápidamente alrededor buscando un espejo y descubro uno pequeño encima de una cómoda, justo donde está Tyler.

—¿Me permites un segundo?

—Por supuesto —dice. Haciéndose hacia un lado, deja que me ponga delante del espejo y me mira mientras lo hago—. ¿Te hiciste algo diferente en el pelo? —me pregunta tras un momento.

—¿En el pelo? —Levanto la cabeza y lo miro a través del espejo—. Sólo algunas mechas.

Él asiente brevemente con la cabeza, así que vuelvo a mirar a mi bolsa de maquillaje y sigo revolviendo en ella. No quiero hacerlo esperar, así que sólo me pongo rímel para resaltar los ojos.

No sé qué nos pasa, pero de repente la situación es incómoda. No lo fue en el aeropuerto y tampoco durante el viaje a Manhattan, pero ahora algo parece diferente. Estoy empezando a preocuparme de que tal vez haya sido mi sugerencia inapropiada lo que hizo que Tyler se sienta incómodo. Lo de que durmiéramos juntos. O tal vez sea el hecho de que Tyler ya no siente nada por mí en ese sentido, como debe ser.

—Lista —digo en voz baja, forzando una sonrisa mientras me volteo.

No me di cuenta cuando lo miraba en el espejo, pero trae las botas cafés, lo que sólo me hace suspirar. Me pregunto si él sabe que me encantan.

—¿Qué? —me pregunta.

—Nada. —Me muerdo el labio para no sonrojarme y rápidamente tomo mis Converse del suelo, me las pongo y me enderezo—. Vámonos.

Lo sigo hasta la sala, y Snake está al lado del refrigerador, tomando otra cerveza, que podría ser la tercera. Me dice que disfrute de Times Square, a pesar de que todo ese rollo no es más que «una mierda sobrevalorada», en sus palabras, y entonces Tyler por fin me guía hacia la salida del edificio.

Todavía hace muchísimo calor cuando salimos a la calle 64, y vuelvo a oír el zumbido. Hay muchos coches tocando el claxon, pero me gusta. De una manera extraña, es casi relajante. Tyler no dice nada mientras lo sigo y cruzamos la calle, y luego me acerco a la puerta del pasajero de su coche. La camioneta y el Honda no se han movido de sitio.

—No vamos a ir en coche —me dice Tyler, riéndose como si yo lo debiera haber sabido. Me mira desde la distancia, sonriendo, lo cual me da cierta esperanza de que la incomodidad de su habitación fuera sólo algo pasajero—. Vamos a ir en metro.

—¿En metro?

Recuerdo vagamente que mamá me dijo que no viajara en él, pero sólo llevo tres horas en Nueva York y se ve que ya voy a romper esa regla. Además, en secreto, siempre he querido subirme al metro por lo menos una vez en la vida, sólo para experimentarlo.

—Sí, vamos a tomar el número 6 en la calle 64 —dice. No creo que se dé cuenta de que no tengo ni idea de lo que me habla—. Vamos a ir al centro, a Grand Central. Sabes qué es la estación Grand Central, ¿no?

—¿Esa estación superfamosa?

Igualo mi paso al suyo mientras camino a su lado, aunque le estoy poniendo más atención a lo que nos rodea que a él.

—Sí, ésa —dice—. Compraremos un bono MetroCard para ti.

—¿Un qué?

Me mira mientras intenta contener la risa.

—Dios, sí que eres toda una turista.

Doblamos hacia la derecha en la avenida Lexington, donde los edificios parecen más sórdidos. Todos son de color café o rojo turbio, y hay la misma cantidad de tráfico que en la Tercera avenida, pero da la impresión de que hubiera más. Llegamos a la estación en cinco minutos, pero me siento confundida y no sé por dónde entrar, dado que hay ocho bocas: dos en cada esquina. Me volteo para mirar a Tyler.

—¿Por qué hay tantas escaleras?

—Estas cuatro son para ir a la parte alta de la ciudad —me explica, señalando las situadas al lado este de la calle. Luego señala con la cabeza las del lado contrario—. Esas cuatro son para los trenes que van al centro, que es adonde vamos nosotros.

Cuando se crea un hueco entre los coches cruzamos la calle casi corriendo, y entonces Tyler me da un empujoncito hacia la entrada del metro. Mirando hacia abajo, parece un fumadero de crack. Tengo la sensación de que cuando hayamos bajado algunos escalones la luz del día no será suficiente, y las lámparas son escasas. He visto bastantes películas de terror para saber que es muy probable que muera ahí abajo.

Los peatones nos empujan al pasar por nuestro lado

mientras salen y entran en la estación, pero yo sigo nerviosa. Tyler tiene los brazos cruzados delante del pecho y me está observando.

—¿Tomas el metro a menudo? —le pregunto.

—Casi todos los días —me dice—. Confía en mí, es seguro.

Yo sigo sin moverme. Preferiría ir caminando a Times Square, aunque esté a unas cuadras de distancia. Miro la mandíbula de Tyler fijamente.

—¿No hay autobuses u otro tipo de transporte que podamos tomar?

Pone los ojos en blanco y se enrolla las mangas de su camisa de mezclilla antes de tomarme de la mano. Es un gesto tan inesperado que creo que mi cuerpo deja de funcionar, incluso cuando Tyler comienza a jalarme hacia abajo por las escaleras.

—Hasta los niños viajan en el metro, Eden, así que tú también. Y punto —me dice en voz alta por encima de su hombro.

Ni siquiera contesto. No puedo contestar. Siento como si estuviera en el colegio y el chico de tercero que me gusta acabara de tomarme la mano por primera vez. Es un gesto muy simple, pero cargado de significado. Su piel está caliente y nuestros dedos se entrelazan y encajan casi a la perfección. Es exactamente como lo recuerdo, y también siento que no puedo respirar, y no sé si es porque me está tocando o porque estoy bajo tierra. Intento convencerme de que se debe a lo segundo.

—¿Ves?, no es para tanto, ¿no?

Escucho el eco de la voz de Tyler, y su mano se suelta de la mía. Mis sentidos regresan de sopetón y miro a mi alrededor, preguntándome cuántos tramos de escaleras bajé de su mano y también por qué aquí abajo hay luz, hasta que mis ojos por fin se fijan en los suyos.

—No —digo, pero mi voz es casi un susurro.

Soy una niñita. Lo único que hizo fue guiarme para entrar a una estación del metro. Bajo la vista para ver sus manos, que ahora están metidas en los bolsillos de su pantalón, y me está mirando con un brillo curioso en los ojos.

—Entonces ¿qué es una MetroCard?

—Lo que te permitirá pasar por esas cosas. —Señala con la cabeza a una fila de torniquetes que hay detrás de mí y en ese preciso instante me doy cuenta del ruido que hay.

Se oye como llega un tren en la distancia y parece que el piso estuviera temblando, aunque no es así. Creo que también puedo oír a un músico callejero en algún rincón del andén.

—Por aquí.

Hay unas máquinas pegadas a la pared, y sigo a Tyler hacia donde están, me pego mucho a él, en parte porque no me siento segura y en parte porque espero que me tome de la mano otra vez. No lo hace.

—¿Todavía estás cagada de miedo? —me pregunta.

Me echa un vistazo con el rabillo del ojo, mientras da golpecitos en la pantalla, seleccionando opciones con tanta rapidez que me esfuerzo por poder seguir lo que está haciendo.

—Me da un poco de claustrofobia —admito.

Barro la estación con la mirada. No estoy segura de a cuántos metros bajo tierra estamos, pero me da la sensación de que estamos atrapados en el medio de la nada, y sin embargo a nadie más parece preocuparle. Seguro que no son turistas.

—Te acostumbrarás en unos días a Nueva York, hacia finales de esta semana.

Saca la cartera, toma su tarjeta de crédito y la introduce en la ranura de la parte inferior de la máquina, introduce su NIP y retira la tarjeta. Una tarjeta amarilla y negra sale disparada de una de las ranuras más altas.

—Ilimitada durante un mes —me dice, pasándomela—. Ya estás lista para entrar.

Entrecierro los ojos mientras la miro durante un momento y él vuelve a guardar la tarjeta de crédito en la cartera y saca su propia MetroCard.

—¿Cuánto te costó?

—¿Por qué, te importa? —Me lanza una mirada dura. Casi como si se sintiera ofendido de que le hubiera preguntado.

—Por saber lo que te debo.

Suelta una carcajada a la mitad de la estación y pone los ojos en blanco hacia mí, dos veces.

—Ándale ya. No me debes nada. Tengo órdenes estrictas de cuidarte.

Estira el brazo y me rodea los hombros, me acerca hacia él y me aprieta antes de apartarme de un empujón. Lo hace de forma juguetona, pero que me toque, aunque sea unos segundos, me excita.

Cuando la sensación desaparece, me puedo centrar en sus palabras.

—¿Órdenes estrictas de quién?

—Vamos, hay un tren a punto de llegar.

Ignora mi pregunta completamente, pone una mano sobre mi hombro y me dirige hacia los torniquetes. Entonces tengo que meter la MetroCard en la ranura antes de empujar mi cuerpo a través de los barrotes.

Tyler me sigue. La estación, en general, no está tan llena como esperaba. Hay sólo unas quince personas en el andén, pero probablemente sea porque ya son las siete cuarenta y cinco de la tarde. La hora punta hace rato que terminó.

—Aquí viene —dice Tyler, y tiene que subir la voz para que lo oiga por encima del ruido del tren que se acerca.

El piso ahora está temblando de verdad. Puedo sentir como vibra debajo de mí mientras el ruido me perfora los oídos, y cuando el tren, que está en malas condiciones, se detiene al borde del andén, yo arrugo la nariz.

Tyler me empuja adentro del vagón del medio del tren justo cuando las puertas se abren. Hay varias personas sentadas y unos pocos alrededor de las puertas. Tyler se queda de pie, así que le lanzo una mirada perpleja.

—Nos vamos a bajar en tres minutos —dice—. Tres minutos justos.

—¿Dónde? —El vagón está casi en completo silencio, así que hablo bajito para no interrumpir la paz de la gente que nos rodea—. ¿En Grand Central?

—Sí. Y entonces tomaremos el enlace a la calle 42. —Él va agarrado a una barra y yo a otra enfrente, y los dos nos miramos a los ojos. Las comisuras de sus labios se mueven para dibujar una pequeña sonrisa—. ¿Qué te parece?, ¿cenamos primero?

5

Los ojos se me iluminan cuando piso la calle 47. De hecho, creo que hacen todo lo que pueden: brillan, se entrecierran, se abren mucho, se quedan mirando fijamente. Hay mucho que asimilar. Tyler pone sus manos sobre mis hombros y me conduce hacia la esquina hacia Broadway y lo primero que noto es lo vibrante y luminoso que parece todo. Puede que todavía no se haya hecho de noche, pero esto es increíble. Al principio, no sé qué hacer ni qué decir. Me quedo alucinando y en silencio mientras mis ojos miran de izquierda a derecha y vuelven a contemplarlo todo. Parece que no todas las películas ambientadas en Nueva York son falsas, porque lo que tengo delante de mis ojos es una réplica exacta de todas las escenas que se han filmado en Times Square y que he visto tantas veces. Y es la sensación que experimento: como si este momento fuera una película, como si nada fuera real.

Los enormes carteles de publicidad iluminados con luces de neón parpadean a mi alrededor y me pregunto si alguien con epilepsia podría venir aquí. Hay gente por todas partes. Es fascinante, y ni siquiera me importa tener aspecto de turista. Me he imaginado Times Square durante tanto tiempo que ahora apenas puedo contenerme al estar aquí de verdad.

Durante un segundo debo de olvidarme de que Tyler está detrás de mí con sus manos sobre mis hombros, porque saco el celular y me pongo a tomar fotos. No son nada buenas, me tiemblan tanto las manos que la mitad salen borrosas, pero de todos modos se las enviaré a mamá y a Dean más tarde. Fotografío las vallas publicitarias de LED, la animada muchedumbre, el cielo, que sólo me parece genial porque es el de Nueva York. Todo parece más genial aquí.

Incluso los taxis amarillos encajan perfectamente con mi percepción de Times Square. Se adelantan unos a otros casi rozándose, haciendo rechinar las llantas cuando los conductores clavan los frenos para recoger a posibles clientes. Los semáforos cambian de color, los peatones se apresuran para cruzar la calle. Hay un olor extraño en el aire, como una mezcla de *hot dogs* y de cacahuates.

Times Square.

Es real. Es superreal.

Tengo una sonrisa tan grande en la cara que ya me está empezando a doler. Me doy la vuelta y atraigo a Tyler hacia mí, asegurándome que los letreros de neón están detrás de nosotros. Hundo mi cuerpo en su calidez y levanto mi celular. Yo soy mucho más baja que él, mis ojos quedan a la altura de su boca. Él agacha la cabeza y apoya su cara contra la mía.

—Sonríe.

Respiro y tomo la foto. El *flash* nos deslumbra durante

unos instantes, pero cuando mis ojos vuelven a la normalidad, miro hacia abajo para ver la imagen.

La sonrisa de Tyler hace juego con la mía. Es igual de grande, o incluso más, y tiene algo tan atractivo que me podría dar la vuelta y besarlo en ese mismo instante si tuviera valor. Creo que estar aquí, en Nueva York, con él ya me ha vuelto loca, y sólo han sido tres horas. Tres horas y todo ha vuelto, diez veces peor. Si antes pensaba que me atraía, ahora estoy totalmente enamorada de él.

—Me gusta esa foto —dice Tyler, en voz baja, y siento una gran necesidad de mirarlo a los ojos.

Vio la foto y lo felices que estamos por encima de mi hombro. Sus ojos todavía brillan.

—A mí también —digo, tragándome el nudo que se me hizo en la garganta.

Me gustaría que no me afectara tanto. Me gustaría que esta sensación hubiera desaparecido durante este año, pero no fue así. Bajo la mirada para echar un vistazo al teléfono, que está a punto de quedarse sin batería, y rápidamente pongo la imagen como fondo de pantalla. Antes tenía una foto de Dean. Casi me siento culpable, como si lo hubiera traicionado, pero antes de que pueda pensar en lo que estoy haciendo, Tyler me vuelve a hablar.

—Te voy a llevar a Pietrasanta. Es un restaurante italiano de la Novena avenida.

—¿Italiano?

De todos los restaurantes entre los que Tyler podría haber escogido, elige el que más me recuerda a Dean. Me muerdo la boca por dentro.

—Te encanta la comida italiana, ¿verdad? —De repente se le ve preocupado, pero la verdad es que yo también lo estoy. Y no se debe a su elección de restaurante—. Me lo dijiste hace unos meses, ¿no?

—Sí, me gusta.

Todos los miércoles ceno en casa de Dean, y su mamá prepara unos platos italianos para chuparse los dedos. Dean se avergüenza de su madre, pero yo creo que es linda. Su comida sabe genial. Se lo conté a Tyler hace algún tiempo, y que se haya acordado de esto es la razón de que mi ceño fruncido se esté convirtiendo en una sonrisa.

—¡Por mí genial!

—Reservé una mesa, ehhh, hace un par de semanas. —Se frota la nuca nervioso, y no recuerdo haberlo visto tan tímido jamás. Casi parece como si estuviera en una cita, lo que me encanta—. Es para las ocho, así que ya nos podemos apurar. No te importa que no veamos las tiendas esta noche, ¿no?

—Tyler… —Niego con la cabeza. Él sabe que no soy una gran fan de las compras, y aunque las tiendas tengan luces brillantes y carteles de neón, no me voy a convertir en una entusiasta de la noche a la mañana—. Como si no me conocieras…

Sin embargo, él no capta la broma. Se limita a encogerse de hombros y mira con ansiedad hacia el piso.

—Perdona, sólo… sólo quiero que disfrutes de Nueva York. Quiero asegurarme de que la pasas bien.

—Hasta ahora lo estás haciendo genial —le digo con suavidad, pero estoy confundida. Se veía totalmente seguro de sí mismo y cómodo a mi lado hasta que llegamos al departamento. Desde entonces, todo parece diferente, y es porque Tyler está muy raro conmigo—. Eres mi guía turístico personal del verano.

—Sí, supongo que sí. —Se frota la sien. Y luego la ceja. Y entonces suspira—. El restaurante queda a cinco cuadras hacia el norte.

Nos dirigimos hacia el norte por Broadway. Tyler adopta con orgullo su papel de guía turístico personal y señala todos y cada uno de los detalles, informándome sobre algunas cosas obvias sobre Times Square. Para empezar, no debería pararme en seco para mirar boquiabierta y sacar fotos, que es exactamente lo que acabo de hacer, porque según parece los lugareños se frustran con los turistas que les bloquean el paso. También, en el caso improbable de que acabe en Times Square sin Tyler, mirar un mapa es probablemente lo peor que puedo hacer. Pero dudo que vaya a ir a algún lugar sin él, así que no tengo que preocuparme por si los carteristas notan a leguas que soy una turista despistada.

Doblamos hacia la izquierda y tomamos la calle 57, después de pasar las famosas gradas rojas, encima de la cabina de entradas del TKTS, ante las cuales me detengo para sacar una foto, pero Tyler no me deja bloquear el paso durante demasiado tiempo y me anima a seguir caminando.

Nos lleva quince minutos llegar al Pietrasanta. Está justo en la esquina de la calle 57 y la 9, tiene las puertas de madera abiertas para dar la sensación de estar al aire libre. Parece encantador, y cuando Tyler me conduce hasta la entrada tiene una sonrisa algo tímida en los labios.

—Yo, ehhh, pedí a mis vecinos que me recomendaran un restaurante —confiesa—. Y mucha gente me dijo que éste era el mejor italiano de la zona. Espero que esté a la altura de las maravillas que me han dicho.

—Seguro que está increíble —digo calmada, intentando tranquilizarlo.

No sé por qué le ha dedicado tanto esfuerzo. Sólo es una cena, y sin embargo, parece estar obsesionado con que todo sea perfecto. No debería importarle tanto. No tiene que impresionarme. Sólo soy su hermanastra.

Nos dirigimos hacia el interior y, aunque llegamos un poco tarde, la mesera nos lleva hasta nuestra mesa sin ningún problema. Está justo al fondo, al lado de la bodega de vinos italianos. Me siento enfrente de Tyler y me pongo a observar el restaurante. Las mesas son de madera, la luz es tenue, es bastante pequeño, y por las puertas abiertas entra una brisa suave. Prefiero estar aquí atrás, fuera del alcance de las miradas de la gente que pasa por la banqueta. Escucho con atención mientras intento decidir si hay o no música, y tras un momento me doy cuenta de que no la hay, sólo se oye el sonido de las voces de las personas sentadas a nuestro alrededor, mezclado con algunas risas esporádicas. El ambiente es íntimo.

Delante de mí, Tyler tamborilea con los dedos sobre la mesa para atraer mi atención otra vez. Tiene los ojos con un brillo especial cuando levanto la vista para mirarlo.

—¿Te gusta como para quedarnos o mejor nos vamos?

—Nos quedamos —le digo, asintiendo con la cabeza—. Me gusta.

—Con suerte, la comida no será asquerosa. —Levanta mi carta, la abre y luego me la pasa. Toma la suya—. Elige lo que quieras. Yo invito.

—Estás siendo demasiado amable.

Lo miro con sospecha por encima del menú, pero él se limita a encogerse de hombros y a seguir sonriendo. Estoy empezando a preguntarme si parará en algún momento.

—¿Qué quieres que te diga? Soy el tipo más amable del mundo.

Junto los labios y subo la carta más arriba para ocultar mi cara.

—Me parece que se te ha pegado el ego de tu compañero de departamento.

Él se ríe, pero es una risa suave y dulce, y justo cuando pienso que está a punto de responder, nuestra mesera se acerca para que pidamos las bebidas. Es joven, tal vez tenga la misma edad que nosotros, y es agradable. Desaparece unos cinco minutos mientras va por nuestras bebidas y nosotros estudiamos el menú.

Tyler termina entrecerrando los ojos ante la interminable lista de palabras en italiano, mordiéndose el labio repetidamente mientras se esfuerza por entender lo que dice. Le diría que los nombres están traducidos en la parte de atrás, pero está tan guapo con esa expresión de confundido que me callo.

—Qué complicado —dice tras un momento, mirándome. Mis ojos perforan los suyos, pero no me molesto en apartarlos—. ¿Por qué no te podía gustar la comida española?

Cierro el menú tras haber decidido lo que voy a pedir y luego coloco los codos en la mesa, apoyando el mentón sobre mis manos.

—Di algo.

—¿Qué?

—En español —aclaro—. Di algo en español.

Tyler frunce el ceño.

—¿Por qué?

—Porque me gusta.

Piensa durante un rato largo. Puedo ver cómo le da trabajo a su cerebro, para decidir qué decirme, como si necesitara un minuto para construir una frase. Tal vez no lo hable con tanta fluidez como yo pensaba.

—*Me estoy muriendo por besarte** —murmura muy bajo, casi con la voz ronca.

Inclinándose hacia delante, cruza los brazos sobre la mesa y me mira con intensidad, y me doy cuenta de que estamos tan cerca el uno del otro que casi puedo sentir su aliento mientras habla. Hace que el mío se me atragante en la garganta.

—Te acabo de decir que la mesera viene hacia nosotros.

Echo un vistazo hacia mi izquierda y, por supuesto, la mesera se acerca con las bebidas, y Tyler se reclina hacia atrás en su silla de inmediato. Me habría gustado que no se hubiera movido.

Tyler pide *capellini primavera* (sin el caldo de pollo, por supuesto, como buen vegetariano que es), e intenta pronunciarlo con acento italiano; yo, como una experta, pido la lasaña *alla nonna*. Cuando la mesera nos retira las cartas y se va, mis ojos vuelven a posarse sobre Tyler, sólo para encontrarme con que me está mirando con una ceja levantada.

—Qué acento tan súper —dice impresionado.

—Esa jerga neoyorquina tuya dentro de nada me irritará muchísimo.

Muy despacio se le dibuja una sonrisa en los labios, y se aclara la garganta para corregirse.

—Perdón, qué acento tan superbueno.

* En español en el original.

—Gracias. Lo único que hago es imitar a la madre de Dean.

Tomo mi vaso de agua y Tyler hace lo mismo con su Coca-Cola, y mientras los dos tomamos un largo trago, no dejamos de mirarnos fijamente. Mis ojos se reflejan en los suyos por encima del borde de mi vaso. Después de tragar, dejo escapar un suspiro de satisfacción y vuelvo a posar el vaso sobre la mesa.

—¿Te puedo hacer una pregunta?

Durante una fracción de segundo, el rostro de Tyler adquiere una expresión de preocupación, pero no permite que se le note mucho y enseguida asiente con la cabeza.

—Claro.

Respiro hondo y entrelazo las manos sobre la mesa. Todavía no he apartado la vista de él.

—¿Qué tal todo?, ¿cómo va la vida?

—Va, Eden. —La expresión tensa de Tyler se relaja mientras niega con la cabeza, perdiendo toda su seriedad—. Me has preguntado lo mismo mil veces.

—Ya. —Dejé de sonreír. Ahora estoy preocupada. Tengo la mala costumbre de preguntarle si está bien de verdad, pero es difícil saber por teléfono si me está diciendo la verdad o no—. Necesito que me contestes con sinceridad, cara a cara. Así podré detectar si me estás mintiendo o no.

Pone los ojos en blanco, casi sonriéndose de lo implacable que parezco, pero entonces se sienta muy recto y se inclina hacia mí, con los labios cerrados formando una línea firme. Está incluso más cerca que antes, y creo que he dejado de respirar. Muy despacio, abre la boca para hablar.

—Estoy tan bien como puedo, Eden. Ésa es la verdad. No te miento.

Abre los ojos de manera dramática, como para probar que es sincero; yo entorno los míos y busco algún rasgo en su expresión que me diga lo contrario. Pero no me da demasiado tiempo. Sólo unos segundos, luego se retira y se reclina otra vez en su silla.

—Va —dice con suavidad. Agacha la cabeza un poco, mirándome por debajo de las pestañas—. Sabes que me habrían sacado a patadas de la gira si me hubiera metido en problemas.

Le doy vueltas a sus palabras durante un instante antes de darme cuenta de que tiene razón. Si lo hubieran cachado borracho, drogado, o si se hubiera metido en cualquier problema, lo habrían expulsado del programa. Su trabajo consistía en contar su historia y dar buen ejemplo. Que haya participado en todos los eventos hasta el final sólo prueba que no se ha metido en ningún problema. Lo que significa que está bien. Pero es difícil olvidar cómo eran las cosas hace un par de años, y a veces no puedo dejar de preguntarme si alguna vez volverá a ser así. Pero por ahora, lo está haciendo muy bien.

Ni siquiera estoy segura de por qué le pedí que me aclarara esto otra vez. Debería haber sabido que me estaba diciendo la verdad, que Nueva York era lo mejor para él. Desde que lo vi en el aeropuerto, no me ha trasmitido nada más que buena vibra. Creo que por eso no dejo de sonreír.

Cuando vuelvo a centrar mi atención en Tyler, él está esperando a que yo diga algo, pero no me sale ni una palabra. No puedo dejar de mirarlo, de contemplar sus ojos, que todavía están muy abiertos, su barba de varios días que hace que parezca mucho mayor, las comisuras de sus labios que reprimen una sonrisa. Y entonces por fin me doy cuenta de que no es ninguna de estas cosas las que me atraen tanto. Es la actitud positiva que lo envuelve. Es la manera como ha logrado cambiar su mentalidad y su actitud en dos años. No me puedo ni imaginar lo difícil que le habrá resultado dejar de odiar para superar por fin la infancia de mierda que tuvo, y sin embargo, lo ha logrado.

Por esa razón me siento más atraída por él que nunca. Por eso esto es un asco. Han pasado dos años desde nuestro primer verano juntos. A estas alturas se supone que tendría que haber superado lo que sentía por él, pero ahora parece que nunca lo haré. Venir a Nueva York ha sido mala idea. No debería haber hecho este viaje jamás. Debería estar en Santa Mónica con Dean, no aquí, enamorándome aún más de su mejor amigo.

Se me revuelve el estómago y espero que sea por el hambre y no por la culpa. Alcanzo mi vaso y tomo otro largo trago mientras gano algo de tiempo para poner en orden mis pensamientos, para que se me ocurra algo que decir. Después de un rato, recuerdo las palabras que me dijo cuando estábamos en la estación de metro de la calle 77. Dejo el vaso y miro a Tyler con curiosidad.

—¿Quién te dio órdenes estrictas de cuidarme? ¿Mi mamá?

Tyler suspira ante mi cambio de tema antes de cruzar los brazos sobre el pecho, su postura sigue siendo recta. Se encoge un poco de hombros mientras baja la vista hacia la mesa.

—Sí. Tu mamá, la mía… —Vuelve a levantar la vista—. Y Dean.

—Ah —digo sin emoción. No me sorprende. Es típico de Dean. Frunzo el ceño, miro mi vaso fijamente y recorro el borde con los dedos, sin saber muy bien qué pensar—. ¿Qué te dijo?

—Me dijo que tenía que hacer que tu viaje valiera la pena. Porque preferiste venir aquí en vez de quedarte con él.

Tyler se vuelve a encoger de hombros, y yo siento como va creciendo la tensión a nuestro alrededor. O tal vez sólo la sienta yo, porque soy la culpable. Estoy con Tyler en un restaurante italiano en Nueva York mientras mi novio me espera al otro extremo del país, seguramente molesto.

—Se enojará si no la pasas bien.

—¿Qué le dijiste tú?

—Le dije que se lo garantizaba —dice Tyler, y vuelve a sonreír, de manera amplia y sincera.

Sigue el silencio. Esto se debe en gran parte a que no tengo ni idea de cómo abordar lo de Dean, pero también a que me gustaría que Tyler se sintiera incómodo. Parece demasiado tranquilo hablando de Dean y de mí, como si ya no le molestara, lo cual hace más evidente que ya superó lo que sentía por mí. Lo superó total y completamente.

Se me cae el alma a los pies; y en ese preciso instante decido que voy a lanzarme; voy a soltarlo sin más, se lo voy a preguntar. Sólo necesito vencer el miedo y hacerlo de una vez por todas; si no, pasaré todas las vacaciones preguntándome «¿Qué pasaría?». Sólo necesito que me lo diga a la cara. Creo que si escucho que lo admite me matará, pero con suerte, me ayudará a superarlo a mí también. Tengo que hacerlo.

Me trago el nudo que se me hizo en la garganta y respiro hondo, intentando mantenerme tranquila, pero Tyler se da cuenta de la expresión de pánico que se me debe de haber puesto de repente, porque su sonrisa desaparece poco a poco.

—¿Estás bien?

Me obligo a mirarlo a los ojos, y cuando por fin lo hago, abro los labios para hablar. Mi voz no es más que un susurro tembloroso.

—¿Te molesta?

Las cejas de Tyler se arrugan.

—¿Qué?

—Lo de Dean —digo.

El grupo de personas que están sentadas a nuestro lado irrumpen en carcajadas, y tanto la atención de Tyler como la mía se desvían durante una fracción de segundo antes de que su mirada vuelva a estudiarme. Presiono una mano contra mi sien y bajo la voz aún más.

—¿Te molesta que todavía siga con él?

—Eden. —Ya no queda ni rastro de su sonrisa. Ahora sus labios forman una línea intensa y sus ojos están entrecerrados—. ¿Qué estás haciendo?

—Es sólo curiosidad —suelto, y estoy tan nerviosa que ni siquiera puedo mirarlo, así que me aprieto los ojos con la mano e inclino la cabeza hacia la mesa—. Hace un año te molestaba, antes de irte. Sólo quiero saber si todavía te molesta.

—Eden —repite; su voz es áspera, firme. Hace una larga pausa. Tengo demasiado miedo para retirar la mano. Por fin oigo que exhala muy despacio, y sus palabras son incluso más lentas—. ¿Me estás preguntando si todavía... ya sabes?

—Lo estoy intentando —susurro.

—No vamos a hablar de eso aquí —dice brusco, en voz alta. Lo suficientemente alto para que yo levante la cabeza y me retire la mano de los ojos.

Tiene la mandíbula tensa, el músculo se le contrae.

Alzo la voz para igualar la suya, y sigo presionando.

—¿Ya me olvidaste?

—Eden.

—¿Conociste a otra persona? ¿Estás soltero? —Me siento tan frustrada y aterrada al mismo tiempo que todo termina por alimentar la adrenalina y en cuestión de segundos soy lo suficientemente valiente para mirarlo directamente a los ojos, y él tiene que ser aún más valiente para devolverme la mirada—. ¿Cuándo te olvidaste de mí? Necesito saberlo, por favor, dímelo.

—Eden —dice, con más fuerza esta vez—. Por favor, basta ya.

—¿Así que ya está? —Niego con la cabeza con incredulidad, siento que me estoy enojando. Esta situación ya duró demasiado. Necesito saber si estoy perdiendo el tiempo. Necesito saber si somos una causa perdida—. ¿No me vas a contestar? ¿Vas a dejar que me vuelva loca?

—No —dice, y su voz es mucho más serena que la mía, a pesar de que su expresión se endureció. Sí que ha madurado. Hace dos años se habría enojado y estaría murmurando y maldiciendo y asesinándome con la mirada. En vez de eso, soy yo quien está perdiendo los estribos—. Pero no pienso darte una respuesta aquí.

—Entonces ¿dónde?

—En el departamento —me contesta, y entrecierra los ojos hasta que se convierten en pequeñas ranuras mientras me clava con una mirada firme, como diciéndome que lo deje en paz, y obedezco, pero sólo porque la mesera nos trae la comida.

Debe de pensar que soy una grosera, porque estoy demasiado ocupada fulminando a Tyler con la mirada para darle las gracias cuando me pone el plato delante, y apenas parpadeo. Cuando desaparece otra vez, Tyler se inclina hacia delante para tomar sus cubiertos, y en cuestión de segundos su sonrisa vuelve a aparecer.

—Hay otra cosa que tengo que enseñarte —murmura, enrollando la pasta en su tenedor con rapidez, su mirada fija en el plato.

—¿Qué?

Hace una pausa y levanta la cabeza. Tiene una leve sonrisa en la comisura de los labios.

—Es una sorpresa —dice—. Pero te doy una pista: tiene unas vistas increíbles y hablaremos de todo esto allí.

6

Durante el resto de la noche Tyler permanece tranquilo, actúa de manera tan despreocupada que es casi como si no le importara que yo necesitara desesperadamente una respuesta para saber qué siente por mí. Durante la cena habla sobre cosas sin importancia, me cuenta algunos chistes mientras caminamos de vuelta hacia Times Square, e incluso intenta alegrarme en el metro, moviendo las cejas sin parar hasta que por fin yo esbozo una sonrisa. Es falsa, por supuesto, en cuanto miro hacia otro lado desaparece de mi cara.

—Y ¿dónde está este lugar de las vistas increíbles? ¿Es el Empire State? ¿La Estatua de la Libertad? —Me cruzo de brazos y lo observo, esperando una respuesta.

Pero él se limita a aferrarse a la barra con más fuerza y se encoge de hombros, y juro que parece que estuviera a punto de soltar una carcajada. Seguro que en el restaurante estaba siendo sarcástico. Seguro que me va a mostrar el lugar más feo de la ciudad, el lugar perfecto para romperme el corazón en pedazos.

—No exactamente —dice por fin—. Vamos, la próxima parada es la nuestra.

Esperamos cerca de las puertas unos segundos, el tren vibra y el ruido me perfora los oídos. Estoy empezando a comprender por qué la mayoría de los pasajeros usa audífonos. Pero durante los pocos minutos que estamos aquí es soportable, y cuando el tren se detiene haciendo rechinar las llantas en la siguiente estación, Tyler me toma de la muñeca a toda prisa y me saca de un jalón hacia el andén.

Reconozco la estación de inmediato. Es la de la calle 77, lo cual, al parecer, significa que no nos vamos a aventurar a ningún otro lugar más que al departamento de Tyler. Esto es aún más evidente cuando salimos de la estación y nos dirigimos por el mismo camino. Tyler no para de hablar, pero a estas alturas yo ya me desconecté. Voy dando patadas a la banqueta con mis Converse. Cuanto más prolonga Tyler esta situación peor me encuentro. Cambio a toda velocidad de la frustración al nerviosismo. De repente estoy enojada con él por no acabar con esto en el restaurante, y al minuto siguiente me pregunto por qué tuve que sacar el tema.

Pasamos al lado de su coche (y del camión y del Honda Civic) y justo cuando estamos a punto de entrar al edificio, me paro en la banqueta. Echo la cabeza hacia atrás y entrecierro los ojos mientras miro el edificio, que es más alto que los que lo rodean.

Tyler abre la puerta, se apoya contra ella y la mantiene abierta mientras se cruza de brazos.

—¿Qué pasa?

Bajo la mirada hacia él.

—Las vistas eran increíbles, ¿no?

—Sí.

Creo que sabe lo que estoy a punto de preguntarle a continuación, porque sus labios están empezando a esbozar una sonrisa.

Ahora hace más frío y se levantó una brisa leve, pero lo suficiente para hacer que el pelo me tape la cara, así que me coloco algunos mechones detrás de las orejas y pregunto:

—¿Es el tejado?

Tyler ni siquiera se molesta en responder. Fija su mirada en mis ojos mientras su sonrisa se hace más amplia. Por fin murmura:

—Puede.

Me imagino que las vistas desde allí son increíbles, pero la verdad es que tengo ganas de decirle que lo olvide. No hay ninguna necesidad de que me lleve arriba para decir las palabras que pienso que va a decir. Es como si quisiera ser cruel.

—No es gran cosa —dice, mientras entro al edificio y lo sigo hasta el elevador. Aprieta el botón del vigésimo piso, el último—. Hay algunas sillas y plantas, pero la mayor parte es concreto. Pero es genial subir hasta allí.

Me meto las manos en los bolsillos de la chamarra y clavo la vista en el piso del elevador, me muerdo la parte interior de la mejilla mientras intento pensar en el daño que me van a hacer los próximos minutos. Creo que es posible que llore cuando lo confiese, pero rezo para ser capaz de aguantarme las ganas, por lo menos hasta que pueda alejarme de él. Me preocupa parecer patética, pero más que nada me preocupa que esta conversación que estamos a punto de tener haga que el resto de nuestro verano sea incómodo.

Las puertas del elevador se abren, y esta vez Tyler no espera a que yo salga primero. En su lugar, se aclara la garganta y se dirige hacia el descanso. Está intentando actuar como si no pasara nada, pero noto que quiere que nos apuremos. Un tipo se abre paso entre nosotros y va en dirección contraria, pero nosotros seguimos caminando hasta que Tyler se detiene delante de la última puerta del lado izquierdo, que es diferente. Sin duda porque no es la de un departamento, sino que conduce a un tramo de escaleras metálicas.

—Por aquí arriba —me dice en voz alta por encima del hombro mientras sube tres escalones a la vez.

Está poco iluminado, pero es sólo un tramo de escaleras, y cuando llego arriba, Tyler me está esperando al lado de la salida de incendios. Me regala una sonrisa antes de abrir la puerta de un empujón. Salimos a la azotea y ya está atardeciendo, así que al principio lo único que puedo ver son los techos de otros edificios altos de la zona. Como Tyler ya me había comentado, hay algunas bancas de madera esparcidas, a juego con unas mesas, y algunas macetas con plantas que parecen haberse marchitado por el calor.

Justo mientras estoy echando un vistazo a la azotea, Tyler se pone detrás de mí y de repente siento que sus manos firmes me agarran por la cintura. Se me corta la respiración cuando siento que me toca, y clavo la vista en el techo de un edificio unas cuadras más allá mientras intento no centrarme en que estoy notando su respiración en mi nuca. Sus labios avanzan sigilosamente hacia mi oreja, y de pronto murmura en un tono ronco:

—Ven, mira esto.

Con eso hace que un temblor me recorra la espalda. Todavía tiene las manos en mi cintura y dirige mi cuerpo hacia el borde de la azotea.

Y cuando mis ojos ven lo que hay abajo, se me olvida completamente la razón por la que estamos ahí arriba. Me olvido de que las manos de Tyler están sobre mi cuerpo. Me olvido de que está a punto de decirme que ya no me quiere. Porque lo único que puedo pensar en ese momento, lo único que puedo procesar, es lo alucinantes que son las vistas.

Creo que es porque el cielo tiene un azul intenso, salpicado de manchas rosáceas, y también puede ser porque todo lo que hay debajo o alrededor de nosotros ahora está brillando, pero sólo veo que todo parece más deslumbrante ahora, de noche, que de día. Los faros de los coches y la iluminación de las farolas hacen que todo se vea naranja, y los fluorescentes que se ven a través de las ventanas de los edificios de oficinas crean un mapa de manchas de luz desperdigadas. Si miro a lo lejos, todo se convierte en una masa de edificios, como si estuvieran amontonados unos encima de los otros, con luces que los traspasan. Enseguida me voy dando cuenta de por qué se le conoce como la ciudad que nunca duerme. Ahora parece incluso más viva que hace sólo unas horas.

No me doy cuenta de que Tyler suelta mi cuerpo hasta que está a mi lado. Se inclina hacia delante, apoya los brazos sobre el muro y deja escapar un suspiro.

—Me gusta este lugar —dice en voz baja.

No necesita alzar la voz. La ciudad puede parecer muy ruidosa allí abajo, pero aquí arriba sólo se escucha como un leve runrún de fondo.

Quiero decirle que a mí también me gusta, pero todavía estoy mirando deslumbrada la ciudad que nos rodea, demasiado aturdida para intentar hablar. Es casi aterrador lo enorme que es y lo insignificantes que parecemos nosotros en comparación. ¿Cuántas personas están en las azoteas de otros edificios en este momento? ¿Cuánta gente cree, en este preciso instante, que la ciudad les pertenece?

Una suave brisa corre entre nosotros y el pelo se me pone delante de la cara. Levanto la mano y me llevo un dedo a los labios, y muy despacio retiro la vista de la ciudad y miro a Tyler. Sus ojos están observando con atención la línea del horizonte, pero seguro que percibe que mi atención ahora está dirigida a él, porque los músculos de su mandíbula se tensan. Suspira, baja la cabeza y clava la mirada en el muro durante un momento.

—Supongo que quieres tener esa conversación —murmura.

Parte de mí todavía quiere, pero otra preferiría hacer cualquier otra cosa. Aquí arriba todo es demasiado perfecto, pero ya me metí en esta situación, y es posible que Tyler no me dé otra oportunidad para hablar de este tema. Llevo esperando todo un año para saberlo. ¿Para qué posponerlo más? ¿Por qué hacerme esto a mí misma?

Respiro hondo y me trago los nervios. La adrenalina que había acumulado en el restaurante hace rato que desapareció, y sólo me queda rezar para que me invada otra vez. Tal vez así evite lo mucho que me va a doler. Bajo la vista hacia la Tercera avenida.

—Tendríamos que haber hablado de esto hace mucho tiempo.

Se instala un breve silencio mientras Tyler cambia de postura. Estira los brazos y entrelaza sus manos sobre el muro. Las mira fijamente.

—¿Por dónde empezamos?

—Por que me digas que ya no me quieres —sugiero,

pero a pesar de que estoy intentando ser fuerte, mi voz se rompe cuando pronuncio la última palabra. Cierro los ojos y niego con la cabeza en dirección al piso, dando un paso hacia atrás, lejos del borde—. Admítelo. Es lo único que te pido.

Es una locura lo mucho que pueden cambiar las cosas en un año. Antes de que Tyler se fuera en junio, todavía había algo que surgía cada vez que estábamos cerca. Los dos lo sabíamos. Sólo que nunca hablamos de ello. Yo ya había hecho lo que creía que era correcto. Ya había dejado claro que no iba a funcionar nunca y que estábamos perdiendo el tiempo, sin embargo, a medida que pasaban los meses, se hizo evidente que superar lo que sentíamos iba a ser más difícil de lo que había pensado. Cada vez que iba a casa de papá y Tyler estaba allí, siempre parecía que nos estábamos obligando a actuar de forma inocente por nuestros padres. No hacíamos nada malo y, sin embargo, siempre nos sentíamos culpables. Incluso cuando salíamos con Dean, Rachael y Meghan. Los cinco podíamos estar juntos en el muelle y Tyler miraba hacia el Pacific Park y luego hacia mí cuando nadie nos veía, y yo siempre recordaba la tarde que me llevó allí, porque fue nuestra primera y única cita. Ninguno de mis amigos se percató jamás de las sonrisas pícaras de Tyler. Pero yo siempre las vi. A veces me clavaba la mirada en los pasillos de la escuela. A veces yo también lo miraba fijamente. Entonces él sonreía y se alejaba, y yo volvía a ponerle atención a Dean, que solía estar conmigo. Dean era lo que más me irritaba. Pensé que Tyler me odiaría por romper con él y salir con su mejor amigo. Pero nunca hizo ningún comentario. Jamás. Sólo entrecerraba los ojos cuando nos veía juntos.

Pero eso fue antes de que se fuera. Hace un año ya. Ahora todo es diferente. Lo percibo. Está más distante, más tranquilo con lo de Dean. No sé por qué me parece tan fuerte. Es exactamente lo que esperaba. O sea, lleva un año en Nueva York. No creo que haya una ciudad mejor para intentar olvidarte de alguien. ¿A cuántas chicas habrá conocido en estos meses? ¿De cuánta gente se habrá rodeado mientras participaba en los eventos? Tal vez haya salido con una chica. Tal vez ya tenga a alguien en su vida.

Y sin embargo, aquí estoy, en esta azotea de pie a su lado, todavía perdidamente enamorada de él.

—No te voy a decir que ya no te quiero —dice Tyler al fin.

Abro los ojos con rapidez y levanto la cabeza, mirando su rostro con atención mientras él observa la avenida. Su mandíbula sigue rígida, pero no se ve enojado. Sólo serio. Se pone recto, se aleja del muro y se da la vuelta para mirarme de frente. Y cuando sus vibrantes ojos se clavan en los míos, por mi mente pasa una sola idea: esperanza.

—No te voy a decir eso —continúa— porque no te he dejado de querer.

7

Me toma un buen rato asimilar las palabras de Tyler, hasta que me golpean. Primero pienso que está bromeando, o que sólo oí lo que quería oír, pero entonces me sonríe. La sinceridad de esa sonrisa hace que me dé cuenta de que está hablando con el corazón.

—¿Qué? —murmuro por fin.

—Me va a llevar mucho más tiempo olvidarte.

El ambiente es muy denso, y de repente parece que un silencio ensordecedor lo invade todo. Hay tan poco ruido que casi duele. Ni siquiera puedo procesar mis pensamientos, y menos articular palabra, así que me limito a mirarlo fijamente aún más atónita de lo que estaba hace diez segundos. Sacudo la cabeza con rapidez. Esto no está sucediendo, ni de broma.

—Pero yo creía que…

—¿Qué creías? —Se mete las manos en los bolsillos y baja la vista hacia el piso de cemento. Por entre las ranuras crecen hierbas—. ¿Que vendría a Nueva York y pasaría página con tanta facilidad? ¿Pensaste que sería así de fácil?

Nunca me había preparado para algo así. Jamás me imaginé tan siquiera que Tyler me diría estas palabras. Sin embargo, lo está haciendo. Me siento tan abrumada y sorprendida que todavía no lo creo. Me muerdo el labio inferior.

—Pero estabas diferente. Me tratabas como a una hermana.

—Bueno —dice Tyler con una sonrisa—, es que lo eres.

—Tyler. —Aprieto lo labios y lo miro con intensidad.

Deja escapar un suspiro mientras su sonrisa flaquea, se pasa la mano por el pelo y se frota la nuca.

—En serio, Eden. Pensaba que ya habías superado lo nuestro. No quería ser el cabrón que jugara con tus sentimientos. Iba a hacer lo que debía. Iba a mantener las distancias.

Creo que si no estuviera tan paralizada, lloraría. Pero no puedo dejar de mirarlo, a casi un metro de distancia, boquiabierta e incrédula. Me toma un segundo o dos lograr formular una respuesta, y lo único que soy capaz de murmurar es:

—¿Todavía te molesta lo de Dean? O sea..., ¿que nosotros...?

—No —responde Tyler.

—¿Por qué no?

Hace una pausa para estudiar mi rostro un momento. De fondo, todavía se oye el sonido de Nueva York. Ya ni siquiera parece que formemos parte de ella. El ambiente es tan tenso que me da la impresión de que somos las únicas dos personas en kilómetros a la redonda, como si estuviéramos en una azotea en medio de la nada. Mis ojos están clavados en él y en nada más.

—Porque si no estás conmigo —explica—, me alegro de que por lo menos estés con él. Te conviene.

El aturdimiento se me pasa tan rápido que puedo sentir como se me derrumba el pecho. Lo noto pesado, como si mi caja torácica fuera a hacerse añicos, y en un segundo me doy cuenta de que todo se debe a que me siento muy culpable, fatal, y muy muy confundida. En ese preciso instante, todos mis pensamientos parecen distorsionados. Estar con Dean me parece un error. Estar con Tyler, incluso peor.

—Mira, Eden, no deberíamos hablar de esto —dice Tyler después de un rato. Debe de haberse dado cuenta de que no voy a responder. Mi voz desapareció—. ¿Qué más da? Tú estás con Dean.

Aprieto los dientes y los rechino mientras intento relajar la presión que noto en el estómago. No debería encontrarme en esta situación. Es injusta, y todo se debe a que un día nuestros padres coincidieron por casualidad en un estacionamiento. Papá se metió en el lugar que Ella estaba a punto de ocupar. Ella se bajó del coche y discutió con él. Él la invitó a un café para pedirle perdón. Así que yo culpo a ese lugar de estacionamiento tan deseado por causar esta situación. ¿Por qué tuvieron que conocerse nuestros padres? ¿Por qué tuve que acabar con un hermanastro como Tyler?, y, aún más importante, ¿por qué demonios tuve que enamorarme de él? A veces, como en este instante, odio cómo funciona el mundo.

—Importa porque yo no te he dejado de querer todavía, Tyler. Por eso importa, porque no tengo ni idea de lo que se supone que debo hacer.

—No digas eso, carajo —dice entre dientes, con voz áspera. Áspera y sin embargo atractiva. Familiar.

—¿Por qué no? ¿Por qué tú sí puedes decirme que no me has olvidado y yo no puedo decir lo mismo?

—Porque yo estoy saliendo con otra persona —dice cortante. Se le entrecierran los ojos y sus rasgos se endurecen. Da un paso hacia mí. Ahora estamos a unos sesenta centímetros de distancia—. Yo no me di por vencido hace dos años. Fuiste tú. ¿Y ahora me estás insinuando que tienes dudas? Desde luego, me parece tan increíble que te mueres, pero al mismo tiempo me estás dando falsas esperanzas. Una mierda. Lo dijiste tú misma. Esto nunca va a funcionar. Sobre todo ahora. Tuvimos nuestra oportunidad y tú la desperdiciaste. Ahora estás con Dean, que prácticamente significa que para mí se acabó la partida.

Cuando deja de hablar, su voz ya perdió el tono duro. Sólo frunce el ceño y mira hacia los lados, fijando la vista en un punto cerca de la salida de incendios.

—Lo siento, de verdad —digo exasperada—. Sólo tenía dieciséis años. No tenía ni idea de lo que estaba haciendo. ¿Me vas a culpar por eso, Tyler? ¿Vas a echarme en cara haber tenido miedo? Entonces parecía que lo nuestro nunca podría funcionar. Era imposible, ¿sí? No iba a desperdiciar mi vida esperando, enamorada de alguien con quien no podía estar. Y Dean andaba por ahí, y me gustaba, y tú eras un caso perdido, así que ¿por qué no podía salir con él? Lo quiero. —Dejo de hablar para recuperar la respiración e intento calibrar su reacción lo mejor posible, pero él sigue mirando fijamente a la nada. Su expresión es firme, pero neutral. Me acerco a él. Ya sólo hay treinta centímetros entre nosotros—. Ya no somos niños, y estoy empezando a darme cuenta de que tal vez ahora podríamos hacer que funcionara, pero tengo la sensación de que es demasiado tarde. Me siento atrapada entre tú y Dean, y no tengo ni puta idea de a quién se supone que debo elegir.

Se instala el silencio. Me da la sensación de que pasa muchísimo tiempo hasta que Tyler por fin dirige sus ojos hacia los míos. Todavía los tiene entrecerrados, pero cuanto más nos miramos, más se suaviza su expresión. Da ese último paso hacia mí y se me corta la respiración por completo. Su cuerpo está a sólo unos centímetros del mío, y se vuelve a meter una mano en el bolsillo del pantalón antes de mover la otra con cuidado hacia mi cintura. Me recorre el cuerpo con la mirada.

—*Me muero por besarte.**

Arrugo las cejas.

—¿Que viene la mesera?

—No —dice con un leve movimiento de la cabeza. Sonríe con dulzura, con sus ojos clavados en mi clavícula—. No significa eso —murmura—. Dije que me muero por besarte.

En ese preciso momento, me olvido de Dean. Lo olvido porque el único pensamiento que tengo en la cabeza es que yo también me muero por besar a Tyler. Han pasado dos años desde la última vez, y ya casi he olvidado cómo es el roce de sus labios. No he olvidado para nada cómo me hacían sentir sus besos. Recuerdo la piel de gallina. Cómo se me aceleraba el pulso. Cómo se me debilitaban las rodillas. Dudo que alguna vez lo pueda borrar de mi memoria.

Trago saliva y bajo la vista para mirar la mano que puso en mi cintura. Observo sus nudillos, luego sus dedos, y entonces vuelvo a sus ojos.

* En español en el original.

—¿Por qué no lo haces? —susurro.

—Por Dean —dice bruscamente, y justo después se aparta. Su contacto desaparece y la distancia entre nosotros aumenta cuando me da la espalda y se aleja caminando—. Espérame aquí —me dice en voz alta por encima del hombro.

Por suerte no me quedo sin voz a pesar de que noto la garganta seca.

—¿Qué?

Tyler abre la puerta de la salida de incendios de un jalón y hace una pausa, luego tuerce el cuello para mirarme.

—Tú quédate aquí —me dice—. Vuelvo en un par de minutos.

Desaparece para regresar al departamento, baja las escaleras, dejando que la puerta se cierre suavemente tras él con un clic. Me quedo mirándola durante un momento. Me lleva un minuto ordenar mis pensamientos y al principio no soy capaz de entenderlo todo, pero poco a poco voy asimilándolo. Me ajusto la chamarra alrededor del cuerpo y vuelvo a contemplar la ciudad.

No me había dado cuenta de que el color rosa del cielo desaparecía en el horizonte, pero ya se fue completamente, y lo reemplazan rayos de un color azul intenso. Las luces parecen incluso más brillantes, si es posible. Oigo una sirena a unas cuadras, pero le pongo más atención al aire, que ahora es mucho más fresco, y a la brisa que se ha levantado. Me acerco despacio al muro y pongo las manos en el borde.

Tyler tiene razón. No podemos hacerle daño a Dean. Ninguno de los dos tenemos la intención de hacerlo, y si continuamos con esto Dean saldrá herido no sólo por su novia, sino también por su mejor amigo, lo que complica aún más las cosas. No es justo para él. No debería estar con una chica que está enamorada de otro. Lo único que sé es que soy una persona horrible, y ya puedo ver hacia donde nos está llevando esta situación. Es inevitable: o Tyler o Dean.

—Tranquilízate y siéntate.

Me volteo de inmediato y encuentro a Tyler, que se acerca a mí otra vez y tiene una caja en las manos. Levanto una ceja y miro por encima de mi hombro, hacia la calle de abajo. Estamos a veinte pisos de altura.

—¿Estás loco?

—Anda, no te vas a caer —dice, pero no me suena demasiado tranquilizador. Su expresión ya se suavizó y está sonriendo de nuevo, como si los últimos quince minutos jamás hubieran existido. Se pone a mi lado y coloca la caja delante de él en el muro. Es rectangular y está envuelta en papel de regalo plateado—. Siéntate en el muro o no te daré esto.

Frunzo el ceño; sin embargo, me muero de la curiosidad.

—¿Qué es?

—Un regalo —dice.

Señala el muro con la cabeza otra vez y se cruza de brazos, mirando el reloj de manera dramática. Se aclara la garganta.

—Bueno.

Suspiro, me volteo y pongo la palma de las manos encima del muro. Noto el cemento áspero contra mi piel y me impulso hacia arriba. El muro no es estrecho, pero de todas formas me parece aterrador. Intento no mirar hacia abajo cuando ya estoy sentada, así que me centro en Tyler y balanceo las piernas por encima del borde. Por una vez en la vida estoy más alta que Tyler.

—¿Estás contento?

—Ten —dice.

Pone la caja en mis manos con suavidad, su piel me roza durante una fracción de segundo, y entonces coloca sus manos a ambos lados de mi cuerpo, apoyando las palmas sobre el muro. Y se queda allí, sin dar un paso atrás. Su proximidad me vuelve a dejar sin aliento.

—Ábrela.

Lo miro incrédula antes de centrar mi atención en la caja que tengo entre manos. No está muy bien envuelta, así que es fácil abrirla. Se me cae el papel por el borde del muro, y Tyler suspira. Pero yo apenas me doy cuenta de mi descuido, porque reconozco muy bien el paquete: la típica caja de unos Converse. Me le quedo viendo durante un minuto, y luego alzo la vista para mirar a Tyler.

—¿Por qué?

—Perdimos tu otro par. ¿No lo recuerdas?

Cómo olvidarlo. Ésa fue la primera noche —la única— que pasamos juntos. Y por la mañana no pude encontrar los Converse.

—Te dije que te compraría unos nuevos —dice, pero luego se encoge de hombros con nerviosismo y se muerde el labio inferior—. Perdona que haya tardado dos años.

El mero hecho de que se haya acordado me toma por sorpresa. Tanto que, de hecho, ni siquiera le contesto. Dirijo la vista hacia la caja. Acaricio el cartón con cuidado antes de abrirla. En su interior, hay un par de tenis blancos nuevos, de corte bajo. Una réplica exacta del par que perdí aquella noche, sólo que sin la letra de la canción que había garabateado en el plástico.

—Tyler, no tenías que haberte…

—Sí, tenía. —Su sonrisa se hace más grande, me quita la caja de las manos y la pone sobre el muro, a mi lado. Señala con la cabeza hacia mis pies—. Dame los viejos.

Ladeo la cabeza y lo miro entrecerrando los ojos. No estoy segura de lo que está pensando, pero sí sé que estoy demasiado emocionada para preguntárselo, e incluso para darle las gracias, así que hago lo que me dice. Llevo puestos los tenis blancos de corte alto, un par que tengo desde hace unos dos años, y lo cierto es que están un poco gastados y maltratados. Me agacho y me los quito. Tyler me los arrebata al momento.

—No puedes venir a Nueva York y no dejar tu huella en algún sitio —dice despacio, con la atención puesta en mis tenis mientras ata los cordones de una con los de la otra. Y entonces se inclina por encima del muro y se estira para atar mis Converse a un alambre que baja por el lateral del edificio. Cuando se endereza me regala una sonrisa satisfecha—. Ni se te ocurra intentar alcanzarlos.

—No puedo creer lo que acabas de hacer.

Vuelvo a echar un vistazo por encima de mi hombro con cuidado y niego con la cabeza al ver mis Converse, que ahora se mecen con la brisa. Se ve que nunca los volveré a recuperar.

Tyler se ríe cuando toma la caja otra vez. Su buena vibra está volviendo a aparecer y no me deja otra opción que sonreír, a pesar de que tengo la cabeza hecha un lío.

—Éstos póntelos —dice.

Con delicadeza, meto las manos en la caja y saco los tenis. Son alegres y frescos, desenredo los cordones con tranquilidad y me los pongo. Me quedan estupendamente. Los observo hasta que Tyler capta mi atención otra vez.

—Sólo una cosa más —dice, su voz repentinamente está llena de entusiasmo. Se mete la mano en el bolsillo trasero de los pantalones, rebusca un segundo y saca un marcador negro. Abre la tapa—. Y no me repliques.

Me mordisqueo la parte interior de la mejilla, sobre todo para no gritar, y subo los pies al muro. Primero creo que está a punto de escribir la letra de una canción para que se parezcan lo más posible a los viejos. Observa mis nuevos Converse con atención, y finalmente elige un lugar en el plástico. Se concentra en lo que está escribiendo y cuando termina, da un paso hacia atrás y me mira, esperando ver mi reacción.

Sin embargo, cuando bajo la mirada, no veo la letra de una canción. Son tres palabras, garabateadas de forma desordenada. Tres palabras, y están en español: *no te rindas*.

Antes de que pueda abrir la boca, Tyler se anticipa a contestar a la pregunta a punto de salir de mis labios:

—Significa «no te rindas» —dice en voz baja, jugueteando con el marcador—. Es simple: mientras tú no te rindas, yo tampoco lo haré.

—No sé qué decir —admito.

Soy incapaz de mirarlo a los ojos, así que sigo centrada en las letras. «No te rindas.» ¿Qué quiere decir con eso? ¿Que nos demos otra oportunidad? ¿Que lo elija a él?

—No tienes que decir nada —me dice. Su voz es firme—. Sólo piénsalo.

¿Que lo piense? ¿En serio cree que puedo hacer otra cosa que pensarlo? Pensar es lo único que puedo hacer.

Probablemente pase todo el verano reflexionando sobre Tyler y Dean. Al final, voy a tener que elegir a uno de los dos.

—Se está haciendo tarde —murmura Tyler—. Deberías volver al departamento. Yo me voy a quedar aquí un rato. Probablemente a estas alturas Snake ya estará durmiendo, así que ten.

Mientras se guarda el marcador en el bolsillo, saca las llaves y me las lanza con rapidez y sin avisarme. Por suerte las agarro antes de que caigan volando por encima del muro.

Analizo su expresión, pero es despreocupada. Se limita a mirar hacia la ciudad otra vez, sus ojos evitan los míos. No estoy segura de la razón por la que elige quedarse aquí arriba solo en la oscuridad, pero cuanto más lo pienso, más cuenta me doy de que probablemente necesite pasar un rato lejos de mí.

Estresada, preocupada, pero feliz, me deslizo del muro y aterrizo con suavidad en el suelo.

—Gracias por los tenis —le digo.

—De nada.

Me quedo esperando un segundo o dos para ver si me va a decir algo más antes de que me vaya, pero ni siquiera pestañea. Tiene los ojos clavados en la distancia, así que me doy la vuelta y me dirijo hacia dentro, mirando mis nuevos Converse mientras camino. El edificio está tranquilo, y me meto al elevador en silencio y aprieto el botón del doceavo piso, sola con mis pensamientos. Ahora mismo, son una mierda. Preferiría estar durmiendo, porque por lo menos así no tendría que pensar en nada.

Se abren las puertas del elevador y regreso al departamento de Tyler; todavía traigo el llavero enganchado al dedo índice. Con torpeza pruebo meter la llave en la cerradura, pero es evidente que Snake no está durmiendo, porque la puerta se abre de un jalón cuando todavía estoy tratando de abrirla.

Me mira con sus ojos azul grisáceo y niega con la cabeza ante mi patético intento de entrar en el departamento.

—¿Dónde está Tyler?

—En la azotea —digo sin rodeos.

Espero a que se haga hacia un lado para dejarme pasar, pero no se da ni cuenta de que sigo en el descanso.

—Me parece que te caería bien otra cerveza —dice.

Entonces por fin respiro, exhalando como si fuera la primera vez en la última media hora.

—De hecho.

8

No recuerdo cuándo me quedé dormida. Ni siquiera me acuerdo de cómo me dormí. Lo único que sé es que cuando me despierto estoy envuelta en el edredón de Tyler y oigo una voz que murmura mi nombre. Sin embargo, estoy demasiado cansada para intentar abrir los ojos, así que me doy la vuelta, entierro la cabeza en la almohada y gimo. Me da la sensación de que aún es de noche.

—Eden —dice la voz otra vez, más alto.

Siento la cabeza pesada y me pregunto cuántas cervezas me dio Snake anoche. No recuerdo que Tyler regresara de la azotea, por lo menos mientras yo estaba despierta. Sin embargo, sí me acuerdo de haber compartido una pizza fría con Snake en la cocina. No sé qué tipo de pizza era. Una Margarita o una Pepperoni, quién sabe. Fuera la que fuera, no me dejó buen recuerdo.

—Te traigo café —me informa la voz, e inmediatamente capta mi atención. Creo que es Tyler—. Un café con leche con vainilla, extracaliente: tal como a ti te gusta.

Bostezo antes de darme la vuelta, abro los párpados

despacio, y los chorros de luz que entran por la ventana abierta me obligan a entrecerrar los ojos. Tardo un rato en adaptarme a la luz y cuando lo hago, lo primero que veo es a Tyler. Tiene las cejas levantadas, y sus labios esbozan una sonrisa dulce. Me siento un poco confusa, pero logro sacar el brazo de debajo del edredón, flexiono los dedos y alcanzo la taza que tiene en la mano.

—Ni hablar —dice Tyler inmediatamente, alejando el café de mí y dando varios pasos hacia atrás en dirección a la puerta—. Primero levántate.

Dejo escapar otro gemido suave antes de apartar el edredón, y luego me obligo a incorporarme y a sentarme. Abro mucho los ojos y le sonrío, pero él niega con la cabeza. Entonces pongo los ojos en blanco y saco las piernas de la cama. Me pongo de pie.

—¿A que no fue tan difícil? —Sonriendo, me pone la taza en la mano, y suspiro con satisfacción. Me quema la piel de lo caliente que está—. Qué piyama tan chula.

Me miro y descubro que todavía traigo la misma ropa que anoche. Con el rabillo del ojo, veo la chamarra doblada de cualquier manera y tirada en el suelo.

—Estaba cansada —explico.

—¿Cansada? —dice Tyler escéptico—. Por la cantidad de botellas de cerveza vacías que hay en la cocina parece que pasó otra cosa.

Se me sube el color a las mejillas, así que me llevo la taza de café a los labios con la esperanza de taparme la mitad de la cara. Pero se da cuenta, porque se ríe, y me sorprende que no frunza el ceño con desaprobación como antes. A lo mejor ya no le molesta.

—Sólo me bebí un par —digo, tras tomar un pequeño

sorbo de café. Sólo entonces me doy cuenta de que es del Starbucks. No tiene nada que ver con el de la Refinery, mi cafetería favorita, pero tendrá que valer para calmar mi sed—. ¿Por qué no regresaste a casa?

Tyler se encoge de hombros, pero no contesta a mi pregunta. En su lugar, se mueve alrededor de la cama para ajustar las cortinas, a pesar del hecho de que ya están abiertas. Tras un momento se da la vuelta, sus ojos arden mientras me mira desde el otro lado de la habitación.

—Sé que tienes muchas ganas de dar una vuelta por Central Park. ¿Quieres que vayamos hoy?

Se me ilumina la cara. Central Park es lo que más me gusta de Nueva York.

—¡Claro que sí! Suena genial.

—Lo es —dice Tyler—. ¿Salimos dentro de una hora?

—Estaré lista.

Asiente con la cabeza y se da la vuelta para irse, pero se detiene en la puerta. Se vuelve para mirarme.

—Se me olvidó decírtelo: el lunes te vamos a llevar al partido de los Yankees.

No lo puedo evitar y hago una mueca. Tyler sabe que no me gustan los deportes.

—¿Un partido de fútbol?

Con un suspiro lento, niega con la cabeza.

—Béisbol, Eden, es béisbol. Los Yankees contra los Red Sox. Derek Jeter por fin vuelve a jugar. Se fracturó el tobillo el otoño pasado.

—¿Quién?

—Ay, Dios. —Tyler me clava la mirada incrédulo y se lleva los dedos a las sienes. Abre la boca—. Derek Jeter. La leyenda.

—¿Quién? —pregunto otra vez.

Me mira boquiabierto.

—Increíble.

—Ni siquiera sé cómo es eso del béisbol —explico indignada. Bebo otro sorbo de café. No supera al de la Refinery. Ni en un millón de años—. ¿Cómo esperas que sepa quiénes son los jugadores? Y ¿desde cuándo eres fan de ese tal Derek Jeter? Creía que eras de los 49ers.

—Lo soy —dice Tyler, muy despacio—. Pero es que los 49ers es un equipo de fútbol, Eden.

—¿Qué?

—Bueno, bueno, olvídalo —dice. Niega con la cabeza y me echa una mirada traviesa—. Central Park tiene campos de béisbol, así que iremos a jugar allí. No te vas a ir de esta ciudad hasta que adores el deporte nacional. —Sin esperar a que yo me oponga, que seguro que sabe que es lo que pienso hacer, se da la vuelta y desaparece de la habitación. Por encima del hombro grita—: ¡En una hora!

Pongo los ojos en blanco y cierro la puerta de un empujón. Detesto los deportes, pero tal vez no sea tan horrible. Ver a Tyler corriendo, atlético y sudoroso a mí me suena bastante bien.

Pongo la taza en el buró y hago la cama de Tyler antes de sentarme en el piso para abrir mi maleta. En algún momento sacaré mis cosas, cuando sepa dónde ponerlas. Escojo la ropa, termino el café y me dirijo hacia el baño.

Tyler está junto al fregadero, sirviéndose un vaso de agua. Me observa mientras me acerco.

—¿Dónde está Stephen? —pregunto.

El departamento está en silencio, nada que ver con anoche. El único sonido que oigo es la llave del agua.

Tyler señala con la cabeza hacia la puerta cerrada al lado de su habitación.

—Durmiendo. Seguramente no saldrá de ahí hasta la tarde.

Cierra la llave y se lleva el vaso de agua a los labios.

—Va a la universidad, ¿no?

—Sí. —Bebe un sorbo y se pasa la lengua por los labios, apoyándose contra la barra—. Estudia Ingeniería Informática. Redes. Algo así. Se gradúa el verano que viene.

—No tiene facha de universitario —murmuro.

Anoche, recuerdo vagamente que se metió dos porciones de pizza en la boca a la vez mientras tenía una cerveza en la otra mano. Y cuanto más lo pienso, más cuenta me doy de que es el universitario estándar. Me quedan muchas cosas por descubrir.

—Me voy a bañar.

Tyler asiente con la cabeza y se hace a un lado para que yo pase, lo que hago de la forma más elegante que puedo. Pero termino dándole un codazo a su vaso, haciendo que algunas gotas salpiquen su camiseta. Pone los ojos en blanco y se aleja.

Me doy un regaderazo rápido, me seco el pelo con la toalla, y luego me pongo unos *jeans* cortos y un chaleco azul. Como me da una flojera infinita sacar la secadora de la maleta, me amarro el pelo en un chongo húmedo y desordenado y decido no maquillarme. A Rachael le parecería fatal, pero por suerte no está aquí para fruncir el ceño ante mi falta de esfuerzo.

Recojo mis cosas y me dirijo a la habitación de Tyler. Snake todavía no se ha despertado. Tyler está viendo el clima en la tele. Está tan concentrado que ni se percata de que paso por detrás de él y desaparezco en su habitación, que ahora es mía.

Meto mi ropa en la maleta de cualquier manera y luego tanteo mis bolsillos. Vacíos. No recuerdo la última vez que vi mi celular. Puede que fuera anoche en Times Square, donde recuerdo haber tomado fotos. Mis ojos inspeccionan la habitación hasta que se posan en la chamarra, todavía arrugada en el rincón. La alcanzo y busco en los bolsillos, suelto un suspiro de alivio cuando saco mi teléfono. Está completamente muerto.

En ese mismo momento me doy cuenta de que no he hablado con Dean desde que me dejó en el aeropuerto. Tenía que haberlo llamado cuando aterrizara. Y antes de irme a dormir. Y cuando me despertara. De hecho, debía hablar con él varias veces todos los días. En eso quedamos. Y sin embargo, ni siquiera le he enviado un mensaje.

—¿Estás lista?

Doy un respingo cuando escucho el sonido de la voz de Tyler a mi espalda. Me doy la vuelta y él me está mirando desde la puerta, con un bate de béisbol en una mano y una pelota en la otra. Levanta el bate y sonríe.

—Sí —respondo.

Sólo me tomó veinte minutos prepararme, pero no hay ninguna razón para no salir ya. Con el tiempo que me sobra, sé que podría llamar a Dean, pero mi teléfono está sin batería. Le podría pedir prestado el suyo a Tyler, pero después de la conversación de anoche no creo que pedirle el celular para llamar a mi novio sea lo más apropiado. Sería como darle una bofetada en la cara a los dos al mismo tiempo.

Dios, soy una persona horrible. Muy muy horrible.

—Un segundo —le digo a Tyler.

Tomo la mochila y revuelvo en su interior, moviendo toda la mierda que metí en ella hasta que por fin saco el cargador. Encuentro un enchufe, conecto el teléfono y dejo que se vaya cargando mientras estamos afuera. Llamaré a Dean cuando volvamos. Con suerte, no estará muy enojado conmigo.

—¿Ya? —pregunta Tyler.

Está apoyado en el marco de la puerta, y le lanzo un sí rápido con un movimiento de la cabeza por encima del hombro mientras me pongo los Converse. Los nuevos. Los que me regaló él. Los que me dicen que no me rinda.

—Sí, lista —digo. Me levanto, meto el dedo índice en la presilla de mis *shorts* y le dirijo una mirada desafiante al bate de béisbol. Puede que no sepa jugar, pero tengo ganas de darle una paliza—. ¿Seguro que quieres enseñarme?

—Segurísimo —responde Tyler. Se aleja de la puerta y me espera en la sala.

Toma mi mano, noto el calor de su piel con la mía, y me da la pelota. Coloca mi mano sobre ella, sus dedos sobre los míos.

—No te hagas ilusiones —me dice—. No te voy a dejar ganar.

—Ni falta que hace.

—Bueno.

Aprieta mi mano y luego la suelta. Camina hacia la puerta tranquilo, como si no acabara de tocarme otra vez y como si la respiración no se me hubiera alterado. Creo que hace estas cosas a propósito, lo de rozar su mano contra la mía o tomarme por la cintura. Yo diría que sabe que me volverá loca. Seguro que es consciente de lo mucho que me encanta.

—¿Vienes o qué?

Lo miro y en ese instante descubro que su pelo está un poco más largo que antes. Con más estilo, menos despeinado. De alguna forma, logro no quedarme mirándolo mucho tiempo. En vez de eso, sonrío.

—Vamos.

Tyler echa un vistazo al departamento antes de que nos vayamos —incluso ya tiró las botellas de cerveza vacías mientras yo me preparaba, o por lo menos eso parece— y entonces nos dirigimos hacia el elevador, dejando atrás a un Stephen Bello Durmiente. Se nos une una mujer y su hijo, que va dando gritos, así que no podemos tener una conversación por el berrinche implacable que dura los doce pisos completos. Intento no mirarlos a los ojos, así que clavo la vista en las botas de Tyler. Seguro que él tiene la mirada fija en mis Converse. Ninguno de los dos sonríe.

Una vez concluido el incómodo trayecto en elevador, sigo de cerca a Tyler y cruzamos el rellano en dirección a las puertas. No puedo apartar mis ojos de su nuca mientras él mantiene la puerta abierta con el bate para que yo pase, lo cual atrae algunas miradas de reproche de los peatones que pasan por la banqueta.

—Casi mejor me devuelves la pelota para que no parezca que estoy a punto de cometer un crimen —dice riéndose.

Espera hasta que paso rozándolo antes de dejar que las puertas se cierren otra vez.

—Ehhh —vacilo, ya en la banqueta. Ladeo la cabeza y entrecierro los ojos, mirándolo de arriba abajo con disimulo. El bate se balancea en su mano izquierda—. Sí, la verdad es que parece que estés a punto de matar a palos a alguien. Creo que me quedaré con la pelota un ratito má...

Antes de que pueda terminar de tomarle el pelo, me da un empujón fuerte en el hombro con el suyo y me arrebata la pelota. Nuestras manos ni se rozan.

—Qué graciosa —se burla seco, pero está sonriendo mientras lanza la pelota al aire y la vuelve a tomar—. Bueno, va —dice con voz más profunda que hace un segundo—, el béisbol. El deporte favorito de Estados Unidos.

Se pone a caminar en dirección este por la calle 77 mientras yo intento alcanzarlo. Cruzamos por la Tercera avenida y continuamos de frente por las angostas calles. La ciudad vuelve a estar abarrotada de tráfico, tanto de coches como de peatones, y me pregunto cómo sería Nueva York si un día estuviera totalmente quieta. Es imposible imaginarse estas calles sin coches y sin gente y sin ruido. Es imposible imaginarse esta ciudad sin alboroto.

Me abro paso entre la gente mientras caminamos, haciendo lo posible para no empujar a nadie, aunque todo el mundo parece decidido a chocar contra mí. Me quedo un poco rezagada para centrar toda mi atención en Tyler.

—Pero ¿el deporte estrella no es el fútbol?

—No te voy ni a contestar —dice Tyler al momento. Levanta el bate con el pulgar y el índice y lo observa con intensidad, como si fuera la primera vez que viera uno en su vida—. A ver, Eden, pon atención. El béisbol es muy sencillo.

—¿Hay que pegarle a la pelota y salir corriendo?

—Sí y no —responde. Niega con la cabeza y deja escapar un suspiro—. Tampoco es tan sencillo.

Pensaba que tendría que obligarme a escucharlo mientras me explica las reglas, pero la verdad es que no tengo que fingir que me parece interesante. Cuanto más entusiasmo muestra Tyler al hablar del béisbol, más ganas me dan de jugar. Me explica que hay nueve entradas y cada una tiene dos mitades. No existe límite de tiempo fijo. Cada equipo lo forman nueve jugadores. Me habla sobre los límites del campo. El papel de los pítchers, los exteriores, los bateadores. Dice algo sobre un parador en corto. Me cuenta lo que es avanzar a la primera base. Lo que significa que te eliminen por strikes. Incluso me dice que hay tres bases antes del *home plate*, a pesar de que ya lo sabía. Y por fin habla de los *home runs*. Por como los explica, da la impresión de que fueran fáciles.

Y cuando Tyler termina de contarme todo esto, tirando la pelota y balanceando el bate en sincronía con sus palabras, llegamos al parque.

—Madre mía.

Si miro hacia mi derecha, el follaje parece extenderse hasta el infinito por la Quinta avenida. Miro hacia mi izquierda, para buscar dónde acaba, pero es exactamente igual. Cruzamos la Quinta avenida sin que me diera cuenta, y cuando nos detenemos en la banqueta adelante de Central Park, sólo veo árboles. Muchos árboles.

—Sabía que era enorme, pero no tanto.

—Creo que tiene unos cuatro kilómetros de norte a sur. Y cerca de un kilómetro de este a oeste. —Le echo una mirada de reojo, sorprendida por su precisión—. Lo leí en algún lugar —reconoce tímido, encogiéndose de hombros.

—¿Dónde están los campos de béisbol?

—Hay algunos en la zona de los Great Lawns. Más o menos en el centro del parque, así que tenemos que ir hacia allí. —Levanta el bate y señala con la parte más gruesa hacia el norte, hacia la Quinta avenida—. Ahora es buen momento para decirte que sólo he venido a Central Park algo así como cinco veces. Así que si nos perdemos será mi culpa.

—¿Cinco veces? ¿En un año? ¿Y vives al lado? —Lo miro incrédula y boquiabierta mientras él se ríe.

—No es mi onda —explica, justo antes de sacar el teléfono del bolsillo de sus *jeans* y seleccionar un mapa. Lo estudia durante un momento antes de decir—: Bueno, por aquí.

Tomamos el camino que va al lado del muro que se extiende por los alrededores del parque hasta que llegamos a un claro que da a una banqueta. Hay algunos carritos que venden *hot dogs* y *pretzels*, pero pasamos de largo y accedemos al parque.

Los caminos son sinuosos y están rodeados de vallas que bloquean el paso a los árboles y los arbustos, que están por todas partes. Todo es tan verde que casi parece que le hubieran aplicado un filtro. Mire adonde mire, veo verde, verde, verde. Es superrelajante. Mientras paseamos nos adelanta gente corriendo, en bicicleta y en patines. A Tyler no le parece molestar que yo vaya a paso de hormiga para poder asimilar lo que nos rodea, porque también camina a paso tranquilo a mi lado mientras balancea suavemente el bate en la mano.

—Hay una pista, ¿no? ¿Una pista para correr?

No lo miro mientras le hablo porque no puedo apartar la vista de lo que me rodea. Es muy tranquilo y relajante, nada que ver con Manhattan en general. Es como si fuera una ciudad totalmente diferente.

—Sí, cerca del estanque —comenta Tyler como un nerd, aunque reconoció que no conoce bien el parque. Sigue mirando el teléfono cada varios segundos cuando cree que no lo veo, pero me doy cuenta de que se fija en la pantalla antes de decirme—: Es por aquí.

Pasamos por debajo de un puente, seguimos por unos caminos, cruzamos una carretera (que me toma por sorpresa, porque no tenía ni idea de que se pudiera manejar por el parque) y seguimos caminando hacia el norte por el camino que Tyler va indicando. Ni siquiera parece que lleváramos caminando veinte minutos cuando paramos para hacer un breve descanso al lado de un estanque. Varias personas parecen haber tenido la misma idea y se detienen a observar el agua cerca de nosotros. Lo miramos un rato hasta que descubrimos que se llama Turtle Pond, el estanque de las tortugas. Cuando le pregunto a Tyler si su nombre se debe a que hay tortugas en él, se ríe y dice:

—Pues claro.

Nos ponemos en marcha otra vez y en cuestión de minutos los árboles desaparecen para crear un claro. Y por supuesto, se trata del Great Lawn: abierto y enorme, rodeado por una banqueta. Si entrecierro los ojos para mirar bien el prado, puedo ver zonas más claras de tierra de varios campos de béisbol.

—Por allí hay uno libre —señala Tyler. Apenas puedo ver los campos, y menos distinguir si están ocupados o no. Se aclara la garganta y se pone a caminar otra vez, al lado de la valla—. ¿Recuerdas lo que tienes que hacer?

—Darle a la pelota —respondo— y correr alrededor de las bases hasta volver y conseguir un *home run*. A no ser que seas un cabrón que se esfuerza por tomar la pelota y eliminarme.

Tyler suelta una carcajada y me devuelve la pelota. Su

piel por fin roza la mía. Sólo es una fracción de segundo, pero es suficiente.

—Ya te lo advertí, no voy a dejarme ganar.

—Pero quiero hacer un *home run*.

No me contesta al momento. En su lugar, mira a un grupo de turistas que están tomando fotos. Parecen europeos, y él los observa un buen rato antes de cambiar el bate de mano.

—¿No te gustan las bases?

—¿Qué quieres decir?

—Las bases —dice sonriendo—. ¿No quieres parar en ellas?

—No, si no es obligatorio.

Niega con la cabeza y se vuelve a reír bajito. Con el rabillo del ojo, veo que está más cerca de mí que hace un minuto. Hay unos ocho centímetros entre nuestros cuerpos como máximo. Se muerde el labio inferior mientras caminamos.

—¿No crees que lo de las bases es demasiado lento? Primera, segunda, tercera... Da gusto llegar a ellas, pero es aburrido. Yo soy más de *home run*.

Y de repente, el tono ronco de su voz, el brillo de sus ojos y la manera en que está intentando no sonreír cobran sentido.

Aminoro el paso hasta que él se voltea para mirarme. Sus ojos ardientes se clavan en los míos y casi estoy demasiado nerviosa para hacerle la pregunta que tengo en la cabeza. Un color rosado me cubre las mejillas, pero me obligo a preguntarle en voz baja:

—¿Estás hablando de béisbol?

Una esquina de su boca dibuja una sonrisa, baja los ojos hacia el camino de cemento, con la mandíbula rígida mientras hace todo lo posible para que sus labios sigan siendo una línea firme. Pero de todas formas me doy cuenta de que sus ojos se arrugan en las comisuras. Cuando abre la boca para hablar, su voz tiene un tono tanto de sinceridad como de picardía.

—Pues claro que no.

9

Ladeo la cabeza hacia el cielo. Es de un azul apagado, casi gris, y paso la vista por la copa de los árboles, por encima de la masa de hojas. Detrás, se encuentran los edificios de Manhattan. Es tan bonito… Tan Nueva York…

—¿Lista?

Vuelvo a mirar a Tyler. Está justo frente a mí, en el montículo del lanzador, con una sonrisa traviesa en los labios, y va cambiando la pelota de mano. Me coloco de lado y levanto el bate para prepararme. Quiero impresionarlo.

—Vaya que sí.

—No dejes de mirarme —grita. Ésa es la parte más fácil. ¿Que lo mire? Ja. Si mis ojos no se posan en otra cosa—. Lo único que tienes que hacer es batear. Ni demasiado pronto ni demasiado tarde. —Su tono es ronco, a pesar de que está casi gritando, y yo intento centrar mi atención en lo que estamos haciendo en vez de en lo atractiva que me parece su voz—. Tienes que batear en el momento exacto.

Asiento con la cabeza y mantengo la postura, entrecierro los ojos y clavo la vista en la pelota que sostiene Tyler.

«Por favor, dale —me digo a mí misma—. Por favor, haz como si estuvieses tranquila.»

Sonriendo, Tyler da una patada a la tierra antes de mirarme directamente con los ojos entrecerrados. Echa el brazo hacia atrás con firmeza y, en una fracción de segundo, me lanza la pelota. Ésta se acerca silbando por el aire y me entra pánico, bateo toda encogida, casi me disloco el hombro. No le doy ni de casualidad y la pelota pasa volando al lado de mi mejilla, obligándome a saltar hacia la izquierda.

El eco de la risa de Tyler se extiende por el campo mientras yo lanzo una mirada asesina hacia la nada. El béisbol no es tan fácil como pensaba.

—Bueno, ve por ella —grita.

Resoplo, me coloco el bate debajo del brazo y camino con un humor de perros por el pasto para recoger la pelota, que ya se detuvo. El primer bateo no cuenta. Esta vez seguro que le daré. Me agacho y recojo la pelota antes de volver corriendo a la base. Le paso la pelota con cuidado a Tyler, que sigue riéndose.

—Va —dice finalmente, aclarándose la garganta. Sonríe—. Bateaste demasiado pronto. Esta vez no tengas miedo. Concéntrate.

Mis labios dibujan una línea recta y firme, me concentro mucho en la pelota y adopto la postura para batear otra vez. El bate merodea en el aire a la altura de mi hombro y no digo nada, sólo espero.

Tyler asiente con la cabeza y estira el brazo hacia atrás otra vez, lo mueve a toda velocidad hacia delante y lanza la pelota. Viene hacia mí haciendo espirales, pero esta vez no tengo miedo, permanezco quieta hasta el momento adecuado. Con toda la fuerza que soy capaz de juntar, bateo, y de repente se oye un estruendoso chasquido.

Al principio no caigo en la cuenta de lo que sucedió hasta que veo la pelota volar por encima del campo, por encima de la cabeza de Tyler mientras él levanta la cejas, sorprendido. No veo dónde aterriza, pero me doy cuenta de que sigo en la base. Y no debería. Tendría que estar corriendo.

Corro a la primera base justo cuando Tyler sale disparado a buscar la pelota. El corazón me late con fuerza en el pecho y casi veo borroso, pero sigo adelante, pasando la primera base en cuestión de segundos. Me dirijo a la siguiente, pero veo a lo lejos que Tyler se está dando la vuelta y empieza a correr hacia el campo, tal vez igual de rápido que yo. Intento acelerar, casi me resbalo en la tierra mientras rodeo la segunda base. «Quiero hacer un *home run* —pienso—. Quiero con toda el alma hacer un *home run.*»

—¡Ni se te ocurra! —grito mientras pongo la vista en la tercera base, pero Tyler se sigue acercando.

Tiene razón. No va a dejarme ganar. Me empieza a entrar el pánico a medida que se acerca. Tengo que lograrlo, mi pulso late acelerado.

Pero justo cuando estoy a punto de tocar la tercera base, el cuerpo de Tyler se coloca delante del mío y choco con él antes de siquiera poder parar. Me agarra por la cintura y me arrastra con él hacia el suelo; aterrizamos y quedamos acostados en la tierra.

Él se ríe a carcajadas mientras yo intento recuperar el aliento. Estamos igual de cansados. La pelota cayó a varios centímetros de nosotros.

—Qué injusto —murmullo, pero la verdad es que no me importa demasiado.

Mi cuerpo toca el suyo, y enseguida me aparto de encima de él y me quedo acostada bocarriba. Apoyo la cabeza en el suelo a su lado mientras los dos miramos fijamente hacia el cielo gris. Cada vez está más oscuro.

—Yo quería hacer un *home run*.

—Bienvenida al mundo del béisbol —dice Tyler, pero sigue riéndose. Al final se calma y suspira, a la vez que se sienta. Tiene los ojos verdes en llamas—. ¿Cuánto te habría gustado hacer un *home run*?

—Muchísimo —digo, cruzándome de brazos y volteando la cabeza en otra dirección para no verlo. Sigo sin aliento—. Quería parecer la mejor.

—Levántate —me ordena Tyler. Noto que se está poniendo de pie, y su cuerpo, que es como una torre, cubre el mío con su sombra, a pesar de que no hace mucho sol—. Ándale.

Suspirando, me doy un empujón para levantarme del suelo y me limpio la ropa. De pie, arqueo las cejas hacia Tyler y espero una explicación. Tiene una sonrisa suave.

—No he tocado la base ni a ti con la pelota —dice despacio, la sonrisa se le hace más grande—. Así que todavía no estás eliminada. El *home run* es todo tuyo. —Debe de notar mi confusión, porque niega con la cabeza—. ¿No entendiste nada de lo que te expliqué cuando veníamos hacia acá? ¿No escuchaste las reglas?

—¿No estoy fuera?

Pone los ojos en blanco y ni siquiera se molesta en contestarme. En cambio, me toma de la mano. Debería estar acostumbrada a esa sensación a estas alturas, pero no es así. Hemos pasado tanto tiempo sin vernos que ahora el más mínimo roce es abrumador. No puedo descifrar la razón por la cual nuestras manos parecen encajar a la perfección, mucho mejor que con las de Dean. Es posible que sea porque las manos de Tyler son más suaves, mientras que las de Dean son callosas por el trabajo que hace en el taller de su padre. Incluso puede que sea porque las manos de Dean suelen estar frías y las de Tyler, calientes. No lo sé. Pero la sensación es diferente. Mi cuerpo nunca reacciona con Dean igual que con Tyler, y no puedo averiguar si eso se debe a que estoy más enamorada de Tyler que de Dean o a la culpabilidad, que hace que se me acelere el pulso. Lo de Tyler no está bien por muchas razones. No está bien que no hayamos dejado de querernos. No está bien que coqueteemos a espaldas de Dean. No está bien porque somos hermanastros.

Nunca estará bien.

Tyler me está llevando de la mano y yo lo sigo. Su piel es suave y caliente. Dejamos la tercera base y cruzamos la zona de la tierra, pero yo no estoy concentrada. Todavía estoy pensando en nuestros dedos entrelazados, y en Dean, y en el tremendo problema en el que se está convirtiendo todo esto. Este verano va a ser un infierno, y dudo muchísimo que pueda sobrevivir hasta el final de las seis semanas que me quedan aquí. Dean no se equivocaba al preocuparse. Estoy pasando las vacaciones a casi cinco mil kilómetros de mi novio con la persona de la cual estoy enamorada. ¿Existe alguna diferencia entre querer a alguien y estar enamorada? Porque creo que eso es lo que separa a Tyler y a Dean.

Quiero a Dean, pero estoy enamorada de Tyler.

Y pensar que yo creía que nunca nada podía ser más complicado que la asignatura de biología…

Tras unos segundos, Tyler se detiene. Me suelta la mano y se voltea para mirarme a la cara. Sus ojos color esmeralda me miran fijamente mientras lleva una mano a mi cadera, y señala mis pies con un movimiento de la cabeza.

Bajo la vista hacia el suelo y sólo entonces me doy cuenta de dónde estoy. Estoy en el *home plate*, desde donde empecé. Le doy unas pataditas con mis Converse antes de mirar un instante a Tyler. Arrugo las cejas.

Hace una pausa para tragar saliva antes de darme un apretón en la cadera y echarse hacia atrás. En voz baja, y con una pequeña sonrisa en los labios, dice:

—Felicidades, ya hiciste un *home run*, eres la mejor.

Seguimos jugando hasta que empieza a llover. Al principio es sólo llovizna, pero poco a poco el cielo se va oscureciendo y la lluvia se hace más intensa, y pronto está diluviando sobre la ciudad. Todo el mundo abandonó los campos de béisbol a estas alturas, Tyler y yo somos los únicos locos que quedamos. Cuando tengo el pelo empapado y la camiseta de Tyler se le pega al pecho de lo mojada que está, decidimos darnos por vencidos.

Incluso corremos, y nos reímos mientras lo hacemos. No es porque estemos haciendo el ridículo ni porque corramos como patos mareados. Es por lo engorrosa y típica de nosotros que es la situación. Tyler se va quedando atrás y yo tengo que parar y esperarlo porque no conozco el camino de vuelta. La lluvia no deja de meterse en mis ojos y se me cae la pelota un par de veces mientras nos dirigimos hacia la salida del parque. Incluso los Converse nuevos se están poniendo aguados. Me preocupa que se borre lo que escribió Tyler, pero la tinta ni se corre.

—¡No estoy acostumbrada a que llueva! —grito por encima del hombro mientras salto a la banqueta, apartándome el pelo mojado de la cara.

Respiro hondo y observo la avenida. Estoy bastante segura de que tenemos que ir hacia la derecha.

Tyler me alcanza, sin aliento, con el pelo aplastado. Le caen gotas de lluvia por la frente, pero ni se molesta en secárselas.

—Parece que ya te olvidaste de Portland —dice, lo suficientemente alto para que lo oiga por encima del ruido de la lluvia que está golpeando el pavimento.

Pongo los ojos en blanco y le doy un empujón en el hombro. Sin embargo, tiene razón. Nunca sabré cómo fui capaz de aguantar que llueva la mayor parte del año. Después de haber vivido en Santa Mónica durante dos años, ahora estoy acostumbrada al constante sol y calor.

—Creo que nunca eché raíces en Portland —digo. Él me dirige hacia la derecha, como yo esperaba. Poco a poco me voy ubicando—. Odio Portland. Lo único bueno que tenía era el café.

—¿Mejor que en la Refinery?

—Por supuesto.

Tyler no vuelve a hablar hasta que cruzamos por en medio y a toda velocidad la avenida, hacia la calle 74. Los turistas están mojados hasta los huesos y se ven algo contrariados, pero no se lo puedo reprochar. Continuamos abriéndonos paso entre la corriente de gente empapada que ocupa las banquetas, y Tyler por fin me mira, con gotas de lluvia en sus pestañas.

—¿Todavía vas a la Refinery?

—A todas horas. —Creo que nunca he tomado café en

ningún otro lugar en Santa Mónica. Me parecería una traición—. Es el mejor café de la ciudad.

—¿Alguna vez te contamos cómo descubrimos esa cafetería?

—¿No será porque está en el bulevar principal?

—Ja. No. —Se sonríe un poco, se pasa la mano que tiene libre por el pelo y se lo echa para atrás. Ya dejamos de correr, a pesar de que la lluvia sigue igual de intensa, y él va balanceando el bate en la mano—. Cuando estábamos en primero, solíamos saltarnos las clases de después de la comida y dirigirnos al centro, porque queríamos que todo el mundo nos viera. No preguntes por qué. Era una estupidez. —Niega con la cabeza y se ríe un poco—. Rachael necesitaba ir al baño y justo pasábamos al lado de la Refinery, así que ella entró corriendo y les rogó que la dejaran entrar al baño. No le querían dejar entrar si no consumía, así que se compró un moca. —Su boca esboza una sonrisa suave, como si sintiera cariño por el recuerdo del problema de Rachael con el baño—. Rachael salió corriendo de allí y nos dijo que tenían un café impresionante. Terminamos por quedarnos cinco horas, y entonces empezamos a ir casi todos los días.

Observo la calidez de su expresión e intento imaginármelos a todos juntos. Ahora es difícil pensarlo. Cuando se graduaron, todos se fueron. Tyler se mudó a Nueva York. Jake está en Ohio. Tiffani en el norte, en Santa Bárbara. Meghan en Utah. Todo ha cambiado en un año.

—¿Sigues hablando con ellos?

La sonrisa de Tyler cambia rápidamente, casi parece triste, y sacude la cabeza con suavidad.

—Sobre todo con Dean. A veces con Rachael —dice—.

Meghan casi desapareció de la faz de la tierra por culpa de ese tal Jared, y Jake sigue siendo un mamón. ¿Sabías que ahora sale con tres chicas a la vez?

—Lo último que oí fue que eran dos —murmuro. Casi nunca sabemos nada de Jake, pero cuando decide enviarnos noticias, normalmente lo hace a través de Dean, y suele ser para informarnos del número de chicas a las que ha conquistado en Ohio. Dean nunca le contesta—. Estaba claro que la relación a distancia entre él y Tiffani no iba a funcionar, pero pensé que por lo menos duraría algo más de tres semanas.

—Tiffani necesita a un chavo a su lado, y Jake necesita a una chica al suyo. Por supuesto que no iba a funcionar.

Aparto la vista de él durante un momento y miro el tráfico; los limpiaparabrisas van a toda velocidad. Trago saliva y aprieto la pelota con fuerza.

—¿Alguna vez hablas con ella?

—¿Con Tiffani?

Noto que Tyler me clava la vista, pero me da demasiado miedo mirarlo a los ojos. Me centro en la banqueta y en mis tenis mientras caminamos. Él interpreta mi silencio como una afirmación.

—Qué pregunta tan tonta. ¿Acaso hablas tú con ella?

—No —contesto al momento.

Tyler no dice nada más. Sólo suspira levemente y balancea con más fuerza el bate. Sus ojos entrecerrados se apartan de mí y dudo que vaya a volver a mirarme pronto. Odia que la mencione. A nadie le gusta hablar de su ex, y sobre todo si es Tiffani. Le hizo la vida imposible y cuando descubrió lo que había pasado entre Tyler y yo, nos crucificó a los dos.

—¿Cuándo van a venir Rachael y Meghan?

Levanto una ceja por el repentino cambio de tema, pero no me importa; a mí tampoco es que me guste hablar de Tiffani.

—El dieciséis. Es cuando Meghan vuelve de Europa con Jared, así que su viaje de cumpleaños se retrasará un poco.

—Entonces supongo que estarás con ellas en vez de conmigo parte del tiempo.

Intento captar su mirada, pero él insiste en seguir con los ojos fijos en la banqueta. A estas alturas creo que a ninguno de los dos nos importa lo mojados que estamos. Caminamos despacio.

—Oye —digo—. Sólo van a estar aquí unos días. Yo habría venido con ellas si no estuviera ya aquí.

Por fin Tyler me mira de reojo. Tiene una sonrisa en los labios.

—Gracias a Dios que te lo pedí primero.

Cruzamos la Tercera avenida y nos acercamos a su edificio. El mero hecho de verlo y pensar en lo calentito que debe de estar hace que me eche a correr los últimos metros. Tyler me imita y los dos irrumpimos en el edificio; nuestros cuerpos chorrean, alrededor sólo hay silencio. Nos quedamos quietos durante un momento para intentar recuperarnos, hasta que Tyler suelta una carcajada.

Y por fin se pasa la mano por la cara y se limpia las gotas de lluvia.

—Parece ser que hoy no era un gran día para jugar béisbol.

—De hecho —murmuro, pero sonrío.

No esperamos más y arrastramos los pies hasta el elevador, dejando un rastro de agua por el vestíbulo principal.

Estamos un poco mareados, y me pregunto si será por la lluvia, pero enseguida me doy cuenta de que no es el clima lo que nos hace reír, los dos estamos de muy buen humor. Intento escurrir mi camiseta mientras camino detrás de Tyler por el doceavo piso hacia su departamento.

Snake nos recibe sentado en la alfombra con la espalda apoyada en uno de los sofás. Está enviando un mensaje con el celular. Al principio ni siquiera aparta la vista de su aparato, pero luego decide notar nuestra presencia.

Cuando lo hace, sus ojos se abren mucho mientras nos observa durante un largo rato antes de preguntarnos:

—¿Qué carajos les pasó, chicos? ¿Se echaron al Hudson o qué?

—¿Te diste cuenta de que está lloviendo? —pregunta Tyler sonriendo, luego se da la vuelta y se dirige a través de la cocina hacia el baño. Tira el bate de béisbol sobre la barra. Unos segundos después, reaparece con dos toallas en las manos—. Pero lloviendo a mares, ¿eh?

—¿Desde cuándo? —pregunta Snake distraído. Estira el cuello para echar una ojeada a los ventanales, antes de murmurar—: Mierda, tienes razón. —Vuelve la mirada hacia Tyler—. Estaba demasiado ocupado con las chicas del 1201 para darme cuenta.

—¿Las qué? —Le hago un gesto, y él me lanza una mirada al momento.

—Las vecinas de al lado —murmura Tyler antes de que Snake tenga tiempo de responder. Se me acerca otra vez y me pasa una toalla, que yo acepto con una sonrisa agradecida—. Unas universitarias. Son unas nefastas. —Agachándose un poco, se frota el pelo con la toalla.

—¿Eh? —dice Snake un segundo después—. No pensabas que fueran nefastas el mes pasado cuando tomabas *shots* de tequila de sus cuerpos.

—Porque me retaron —interrumpe Tyler, poniéndose derecho como una vela. Tiene el pelo todo alborotado, y si no estuviera tan concentrada en las palabras de Snake tal vez hasta me parecería lindo—. Me retaste tú, para ser exactos.

Snake sonríe con picardía y eso hace que la nariz se le vea torcida, como si se la hubiera roto.

—Y sin embargo no te quejaste cuando tuviste que hacerlo.

Tyler se limita a negar con la cabeza; sin embargo, yo tengo la esperanza de que diga algo. Que se defienda. Incluso, con suerte, que aclare que Snake está bromeando. ¿Quiénes son estas chicas que viven en el departamento 1201? ¿Universitarias? Seguro que son guapísimas. E inteligentes. Seguro que pasan mucho tiempo con ellos.

—Voy a llamar a Dean —digo de pronto.

Ni siquiera estoy segura de por qué se me pasa por la cabeza, pero después de decirlo me doy cuenta de que necesito hablar con él con todas mis ganas. Se lo debo, y casi puedo oír mi teléfono llamándome a gritos desde la habitación de Tyler. Así que me doy la vuelta con la toalla en las manos y voy hacia su habitación. O mi habitación. ¿Qué más da?

Cuando cierro la puerta veo que Tyler me está mirando con el ceño fruncido y casi siento la tentación de sonreírle de manera comprensiva, pero entonces recuerdo los *shots*. Desvío la mirada y cierro la puerta con un clic, sin poner ninguna expresión. Pero esa cara no me dura mucho, porque enseguida me pongo a mordisquearme el labio inferior mientras alcanzo mi teléfono y marco el número de Dean.

El sonido de la monótona señal de llamada me enferma. Si pudiera, evitaría todo contacto con él durante las próximas seis semanas. Mes y medio para ordenar mis pensamientos, para decidir si quiero seguir con él o no. Ahora mismo, estoy demasiado ocupada intentando averiguar lo que siento por Tyler. Preferiría resolver el tema de Dean después, pero parece que tengo que averiguarlo todo ahora, al mismo tiempo. Estoy haciendo malabares con los dos e intentando no hacerle daño a ninguno, pero me está costando. No se me ocurre ninguna manera de resolverlo.

—Vaya, si sigues viva —murmura la voz de Dean en mi oído. Ese saludo tan brusco me centra en la llamada. El tono de desprecio hace que me arrepienta de haberle llamado.

—Perdón —digo. Quiero suspirar, pero tanto por su bien como por el mío logro reprimirme—. He estado muy ocupada y luego el teléfono se me quedó sin batería, y…

—Y ¿qué? ¿En Nueva York no existen los teléfonos fijos? ¿No hay cabinas?

Me aparto el celular de la oreja y le hago una mueca. Maldita sea. Parte de mí tiene ganas de colgar en ese mismo instante por su actitud resentida, pero la otra parte parece tener el sentido común suficiente para saber que eso sólo empeorará las cosas. Así que vuelvo a ponerme el teléfono en la oreja.

—No llevo aquí ni veinticuatro horas. Relájate. No es como si no te hubiera llamado en una semana. Estoy aquí. Estoy sana y salva. —Aprieto los dientes y me acomodo en una esquina de la cama de Tyler. El colchón es muy blandito, pero no estoy nada cómoda—. Y la ciudad es increíble, gracias por preguntar.

Dean no contesta, sino que permanece en silencio. Lo único que se oye a través del hilo telefónico es el sonido de su respiración. Lenta y profunda.

—Lo siento —balbucea después de un rato—. Es que estamos en zonas completamente opuestas y no puedo verte cada día. Necesito hablar contigo. Me debes eso por lo menos.

—Ya. —Echo una ojeada a la habitación de Tyler; nerviosa, busco algo en lo que centrarme, pero acabo por quedarme mirando la toalla que tengo en el regazo. No me había dado cuenta de que todavía tenía la pelota en la mano. La aprieto con fuerza. Está fría y algo mojada—. Intentaré llamarte más.

—Más te vale —dice Dean con rapidez, pero su tono ahora es más suave—. ¿Quieres que me vuelva loco?

—Intenta no pensar en mí —bromeo. Cuando las palabras salen de mi boca, me doy cuenta de que no estoy bromeando. No quiero que Dean piense en mí. Estoy demasiado ocupada con Tyler para ponerle la misma atención a él—. En serio, no pienses en mí.

—No es tan fácil.

Aparto el teléfono para que él no se dé cuenta y suspiro. Entonces tiro la pelota al suelo, me recuesto en la cama y me coloco la toalla encima de la cabeza.

—¿En serio sigues enojado conmigo por haber venido?

—Nunca he estado enojado, Eden —dice Dean en un tono suave, como para tranquilizarme. Sin embargo, lo preferiría. De fondo se oye el runrún de los motores y el leve eco de una radio. Debe de estar en el trabajo—. Sólo me da pena que quisieras pasar tu último verano conmigo... sin mí. Apenas nos vamos a ver después del otoño, y lo sabes, y sin embargo elegiste ir a Nueva York.

—Es Nueva York, Dean —digo en voz baja, apretando los ojos—. Nueva York.

Y Tyler. Tyler, Tyler, Tyler. Una y otra vez.

—Perdón, tienes razón. Es Nueva York —repite Dean. Su tono se va volviendo amargo otra vez, su voz es más profunda—. Perdón por no poder competir con Times Square o Central Park. Perdón porque en comparación con eso yo parezca una mierda.

—No es lo que quería decir...

—Tengo que volver al trabajo. —Normalmente Dean habla con mucha suavidad, pero ahora mismo su voz es áspera—. Disfruta de Nueva York, dado que es mucho mejor que yo.

Cuelga antes de darme la oportunidad de contestar.

Me levanto y me quedo mirando el teléfono boquiabierta durante un minuto. Anonadada porque Dean me acaba de colgar de esa manera. Enojada con él, rechino los dientes y me levanto de la cama, y enrollo la toalla alrededor de mi pelo, que todavía está húmedo. Lo único que quiero hacer es pasar algo de tiempo con Tyler, lejos de Dean y su actitud de mierda, así que abro con fuerza la puerta y entro a la sala.

Snake sigue con el celular, sólo que ahora está de pie y se apoya en la barra. Me mira por debajo de las pestañas sin levantar la cabeza. Me observa de manera algo extraña, como si se quisiera reír de la toalla que tengo alrededor de la cabeza.

—¿Dónde está Tyler?

—Llegaste un minuto y medio tarde —dice Snake—. Acaba de irse. Tenía que salir.

—¿Por qué?

—Emily necesita que la ayude con algo. Le pidió un favor.

Se encoge de hombros.

—¿Emily? —pregunto. Algo dentro de mí se remueve, como si mi estómago cayera en picada. «¿Emily?» Trago saliva—. ¿Quién es ésa?

Ahora Snake sí levanta la vista.

—¿Nunca te ha hablado de ella?

10

Durante exactamente cuarenta minutos, no me puedo estar quieta. Me mordisqueo el labio, me muerdo las cutículas, camino arriba y abajo por la sala. De vez en cuando creo que voy a vomitar, pero aguanto la respiración y me esfuerzo hasta que desaparecen las ganas. Estoy muy nerviosa. Y muy enojada. Tengo muchísimo miedo. ¿Quién es Emily?, y ¿cómo es que no había escuchado su nombre hasta ahora?

—¿Qué te pasa? —grita Snake por encima del hombro desde la sala, estirando el cuello para mirarme desde el otro lado de la habitación. Lleva por lo menos media hora viendo un documental sobre un accidente de avión, y hasta quita el volumen un segundo para centrar su atención en mí.

—No me pasa nada —miento.

De pie en la cocina, me sujeto a la barra con más fuerza e intento mirarlo a los ojos, pero me preocupa que note mi pánico, así que intento sonreír.

—Es simpática —me dice Snake en un esfuerzo por

tranquilizarme. Pero no me ayuda nada. De hecho, me hace sentir peor—. Es inglesa.

—¿Inglesa? —repito. «Genial», pienso. Con un acento precioso. Diferente. No puedo competir con una chica inglesa. Ni de broma.

—Sí, de Londres. —Snake se ríe, se voltea hacia la televisión y vuelve a poner el volumen—. Siempre que la escucho hablar me dan ganas de ver *Harry Potter*.

Debe de pensar que soy rara. Seguro que se pregunta por qué estoy tan intranquila. ¿Qué más dará si mi hermanastro está con una chica? ¿Qué me importa si son más que amigos? Ahí está el asunto. No sería un problema si él no fuera nada más que mi hermanastro. No me molestaría si no estuviera enamorada de él.

Pero la verdad es que no sé quién es esa chica. No sé por qué Tyler nunca la ha mencionado. ¿Y si están saliendo? ¿Qué pasa si todo lo que me dijo anoche era mentira?

Otra vez siento náuseas, e intento no pensar en ello hasta que mi estómago se calme otra vez. Estoy a punto de voltearme hacia el estante para tomar un vaso cuando oigo que se abre la puerta del departamento. Miro de inmediato hacia allí, y veo que entra Tyler arrastrando una maleta. Una maleta color rosa fuerte. Hace una pausa y abre la puerta aún más.

Detrás de él, hay una chica.

Casi doy un puñetazo en la barra al verla.

Es más alta que yo, pero menos que Tyler, y su piel es morena. El pelo, lacio (y mojado), le llega hasta justo debajo del pecho y se va aclarando a medida que llega a las puntas. Entrelaza los dedos con ansiedad mientras sus ojos recorren la habitación. Son inteligentes, pero están muy hinchados. Y es guapa. Muy guapa. Tiene una belleza sencilla y natural.

Snake no baja el volumen de la televisión; la apaga completamente. Mueve el cuerpo y estira los brazos por encima del respaldo del sillón, su mirada llena de curiosidad.

—Tyler —dice—. ¿Puedo preguntarte por qué se está convirtiendo en algo cotidiano traer a chicas con equipaje? —Me lanza una mirada incisiva.

—Hola, Snake —murmura la chica con una sonrisa melancólica. Su voz suena triste. ¿Y su acento? Su acento es británico. No me cabe la menor duda de que estoy a unos metros de Emily.

Lo único que pasa por mi cabeza es «¿Qué demonios hace aquí?».

—Hola —saluda él al momento—. ¿Qué onda?

Tyler cierra la puerta con la rodilla y se dirige al centro de la sala, pero Emily se queda al lado de la entrada. Él se aclara la garganta y mira a Snake a los ojos. A mí todavía no me ha mirado.

—Emily se va a quedar aquí unos días —informa.

¿Se va a quedar aquí? ¿Cómo que se va a quedar aquí? Me dan ganas de gritar como una loca, pero estoy paralizada, tengo la garganta demasiado seca, ni siquiera podría intentar emitir ningún sonido. Clavo las uñas en la barra.

—No quiero preguntas —añade Tyler, lanzándole una mirada firme de advertencia a Snake antes de que éste pueda abrir la boca.

—En serio —dice Emily, corriendo al lado de Tyler—, si es demasiada molestia…

—No, no te preocupes. —Su voz es firme.

—¿Seguro?

Quiero que Emily deje de hablar. Quiero que ese acento desaparezca. Quiero que se vaya. Pero sé que no va a suceder nada de eso, así que intento controlar mi respiración, que es irregular.

—Seguro —dice—. Es que estamos, ehhh, un poco escasos de camas. ¿Snake?

—Claro, por supuesto que puede dormir conmigo —afirma Snake con una sonrisa pícara en los labios. La expresión desaparece al instante cuando Tyler lo mira con los ojos entrecerrados—. Bueno, bueno —bufa—. Me mudaré al sillón como tú. Se puede quedar en mi habitación.

—¿Ves? —dice Tyler.

Mira a Emily con una sonrisa tranquilizadora justo antes de levantar la cabeza para mirarme. Es como si no se hubiera dado cuenta de que estaba ahí, porque abre mucho los ojos y luego hace un gesto para que me acerque. No muevo ni un músculo.

—Emily —dice, moviendo la cabeza—, ella es mi hermanastra, Eden.

Muy despacio, una sonrisa cálida se le dibuja en los labios. Está a punto de contestar, a punto de preguntarme qué tal o decirme lo estupendo que es conocerme o sencillamente saludarme, pero no lo puedo aguantar. No puedo soportar estar en la misma habitación que ella y no tolero la idea de que salga con Tyler.

Así que antes de que pueda decir nada, cruzo la sala hecha una furia y paso por el lado de Emily y de Tyler lo más rápido posible sin mirarlos a los ojos. Siento que estoy a punto de echarme a llorar en cualquier momento, así que en cuanto entro a la habitación y cierro la puerta, dejo escapar un suspiro de alivio al haberme alejado de ellos.

El corazón me late tan fuerte que hasta retumba en mis oídos, y sólo entonces me doy cuenta de lo rápido que estoy respirando. No sé por qué estoy tan nerviosa. Primero pienso que sólo es rabia. Estoy enojada con Tyler por no haber mencionado que está saliendo con otra chica, por haberme dicho todas esas cosas anoche y por darme falsas esperanzas. Pero por alguna razón, me doy cuenta de que no me siento furiosa. Sólo decepcionada e incapaz de soportarlo. Y entonces, poco a poco, caigo en cuenta de que no estoy enojada en absoluto. Estoy celosa. Estoy increíblemente celosa.

La puerta se abre con fuerza, dando por terminados mis quince minutos de intimidad, y Tyler entra a la habitación murmurando.

—¿Qué demonios te pasa?

Hasta mirarlo me duele, así que mientras él cierra la puerta, yo cruzo los brazos y le doy la espalda.

—¿Pretendes presentarme a tu novia después de decirme anoche que no habías dejado de quererme? —le suelto con rabia, balbuceando con desdén. ¿Por qué tiene que quedarse esta chica aquí? ¿Por qué se tiene que ir a la mierda mi verano tan pronto?

—¿Novia? —repite Tyler—. ¿Crees que es mi novia?

Le echo un vistazo por encima del hombro. Creo que mi corazón hasta se paró durante un momento.

—¿No lo es?

—Por Dios, Eden, no. —Sacude la cabeza, resopla por la nariz al reírse, lo que me tranquiliza. Incluso pone los ojos en blanco—. Emily no es más que una amiga. Hicimos la gira juntos.

El alivio me inunda el cuerpo, pero intento no parecer

demasiado entusiasmada. Me mantengo serena, mirando fijamente a Tyler.

—¿Por qué nunca me has hablado de ella?

—Pues la verdad es que no lo sé —murmura. Rozándome al pasar, se sienta en la cama y entrelaza las manos entre sus rodillas—. Nunca te he hablado de ninguna de las personas con las que he hecho las giras. Bueno, sí. Sólo que nunca te he dicho sus nombres.

Puedo ver en sus ojos que me está diciendo la verdad, así que suspiro y me siento a su lado. Me aseguro de dejar algunos centímetros entre nosotros.

—¿Por qué se va a quedar aquí?

—Porque no tiene dónde dormir —explica—. Anda con problemas. Es inglesa.

—Lo noté —murmuro, algo irritada.

No quiero parecer huraña, pero no puedo evitarlo. Echándole un vistazo de reojo a Tyler, rápidamente repaso sus palabras. No están saliendo. Sólo son amigos. Fueron de gira juntos... Recorrieron la Costa Este para dar charlas... sobre el abuso y compartir sus historias. Me llevo un dedo a los labios y clavo la vista en Tyler hasta que él me mira.

—Dijiste que participó en la gira, ¿significa eso que...?

Puedo ver como traga saliva cuando baja la mirada hacia el piso.

—Sí. No a nivel físico —dice tras un momento en silencio. Su voz suena casi frágil—. Maltrato psicológico. Es muy sensible, así que piensa bien lo que le dices antes de hablar.

Gruño y me llevo las manos a la cara. Me doblo hacia delante y meto la cabeza entre las rodillas, deseando no haber sacado conclusiones precipitadas y no haber salido de la sala tan enojada de esa forma tan dramática.

—Debe de pensar que soy una cabrona y una grosera.

—No te voy a decir que no.

Al momento me enderezo y le doy un empujón en el hombro, poniendo los ojos en blanco. Ya no estoy revuelta. Me siento relajada y contenta.

—Pensé que estabas saliendo con ella. ¿Te parece poco?

—¿Te enojó pensar que yo estuviera con otra persona? ¿Hizo que te hirviera la sangre?

Está sonriendo cuando se pone de pie, orgulloso de sí mismo y mirándome con intensidad. Me toma de las manos con suavidad y me ayuda a levantarme. No me las suelta cuando ya estoy de pie, sólo mueve las suyas hacia mis hombros, enlaza sus brazos detrás de mi nuca con firmeza y aprieta mi cuerpo contra el suyo.

—¿Estás así de enamorada de mí, Eden Munro?

Yo lo rodeo con mis brazos, justo por encima de la cintura.

—Te encantaría —me burlo, pero estoy mintiendo. Con suerte no se dará cuenta.

Levanto la cabeza un poco para mirarlo y casi me doy un golpe en la frente con su barbilla; me mira sonriendo, hasta tiene los ojos brillantes.

—No tienes que preocuparte por Emily —dice. Mueve la cabeza hacia delante y al principio pienso que quizá esté intentando besarme, pero no lo hace. Me abraza fuerte, su cara merodea justo por encima de mi hombro izquierdo— porque, cariño, soy todo tuyo —susurra muy despacio, y su aliento cálido roza mi mejilla.

11

Llueve hasta el sábado. Molesta y sin tregua, la lluvia casi no nos abandona durante tres días consecutivos. A veces para durante una hora o un poco más, y justo cuando pensamos que va a salir el sol, comienza otra vez. Va alternando entre una ligera llovizna y fuertes tormentas.

Así que nos pasamos tres días viendo las películas de *Harry Potter*. Cada película dos veces, y son ocho. Idea de Snake, por supuesto, y todo porque Emily y su acento británico decidieron cruzar la puerta. Al final logré armarme de valor para pedirle disculpas por haber sido tan grosera, así que ya no hay tensión entre nosotras. Es bastante genial matar el tiempo en el departamento, los cuatro envueltos en cobijas, rodeados de cajas de pizza y botellas de cerveza. También idea de Snake. Ninguno de nosotros tiene energía para sugerir nada y la verdad es que todos estamos contentos con el estilo de vida que estamos llevando. La segunda noche se nos acaba la cerveza, y el tercer día empezamos a pedir comida china para variar. A Tyler no le entusiasma el menú y a estas alturas yo me estoy empezando a sentir culpable por comer tanta porquería, así que dejamos la comida china a Snake y a Emily. El tercer día, cuando es casi medianoche y vamos por el segundo pase de la octava película, yo ya casi no puedo mantener los ojos abiertos.

Esa noche acabo durmiéndome en el sofá, con la cabeza apoyada en el hombro de Tyler, envueltos en una enorme cobija. Con los ojos entrecerrados, intento centrarme en Snake y en Emily en la oscuridad, iluminados sólo por el resplandor de la tele. Están en el sillón de enfrente, dormidos como troncos. Snake tiene la boca abierta y la cabeza reclinada en el sofá, y Emily está acostada encima de su cuerpo, con la cara enterrada en su pecho. Si presto mucha atención, puedo oír que uno de ellos ronca suavemente.

—¿Sigues despierta? —me susurra Tyler; su voz es rasposa.

—Sí —murmuro. No obstante, tengo los ojos cerrados y nos arropo con la cobija, a pesar de que ya estamos calientitos. Llevamos horas en la misma postura.

—Puedes irte a la cama si quieres —me dice. Habla bajito—. No te tienes que quedar aquí.

Medio dormida, logro sonreír en la oscuridad. Volteo mi cuerpo hacia el suyo, poso una mano en su pecho y entierro mi cabeza en su hombro. Contra su camiseta susurro:

—Quiero quedarme aquí.

Me duermo notando como el pecho de Tyler sube y baja debajo de mí y su aliento suave calienta mi mejilla. Me quedo dormida mientras él juega con mi pelo y apoya la barbilla en mi frente. Me duermo en los brazos de la persona de la que estoy enamorada, con el sonido de la lluvia percutiendo suavemente en las ventanas. Al final, esa noche me quedo dormida con una sonrisa en mis labios.

Despierto temprano la mañana del sábado. Me despierto con demasiado calor, con sed y, para mi sorpresa, tengo que entrecerrar los ojos debido a los chorros de luz que entran por la ventana. Tardo un momento en darme cuenta de que por fin hace algo de sol, y me lleva aún más tiempo descubrir que el departamento está en completo silencio por primera vez en varios días. Porque no llueve. No se escucha el repiqueteo ni la percusión de las gotas de lluvia en las ventanas.

Me froto los ojos, bostezo y aparto la cobija, que está a punto de asfixiarme. El calor es casi insoportable, y tiro la cobija lo más lejos posible. Aterriza al lado del sillón de Snake y Emily, pero están demasiado dormidos como para darse cuenta. La tele está apagada y todavía huele a comida china. Con cuidado, levanto la cabeza, tengo el cuello agarrotado, y echo un vistazo hacia mi izquierda con la esperanza de ver a Tyler profundamente dormido, porque las pocas veces que lo he visto durmiendo, era adorable. Pero no está. No está mi lado. Lo único que veo es el hueco que dejó mi cuerpo en la piel del sillón.

De repente estoy totalmente despierta. Me levanto de un salto y recorro el departamento con la mirada. Al final mis ojos se fijan en el reloj de la pared de la cocina, al lado del refrigerador. Son casi las ocho.

Me pregunto si Tyler se habrá ido a su habitación durante la noche, tal vez estaba incómodo en el sillón y quería dormir en un colchón blandito, pero justo cuando pienso en echar un vistazo a su cuarto, se escucha el crujido de la puerta del baño, que se abre.

Tyler entra a la cocina, con nada más que una toalla alrededor de sus caderas. Mientras se está pasando una mano por el pelo mojado se percata de que tengo la vista clavada en él. Se queda paralizado al instante y le cruza la cara un destello de pánico, que desaparece enseguida.

—No sabía que estuvieras despierta —dice. Nervioso, sus ojos se mueven de aquí para allá, pero no los fija en mí, y se da la vuelta para abrir el refrigerador.

—Yo tampoco sabía que tú te habías levantado —murmuro.

Pero no me concentro en mis palabras. Tengo toda mi atención puesta en el cuerpo de Tyler, que revuelve dentro del refrigerador para buscar algo. Noto la garganta seca mientras lo recorro muy despacio con la mirada.

Es evidente que ha ido al gimnasio, porque no se parece en nada a lo que recuerdo. Está mucho más definido. Sus brazos son voluminosos pero no demasiado, y sus abdominales son duros y marcados. Incluso dudo si antes tenía esas líneas en el bajo vientre. Sobresalen un montón, están supermarcadas, lo que hace que mis ojos se dirijan directamente al borde de la toalla. De repente me siento culpable, trago saliva y hago todo lo posible por apartar la vista, pero me cuesta mucho. A estas alturas creo que mis mejillas están completamente rojas.

—Menos mal que ya dejó de llover —farfullo.

—Sí —dice Tyler. Cierra la puerta de la nevera, tiene un licuado de proteínas en la mano—. Si tengo que volver a ver todas las películas de *Harry Potter* creo que me volveré loco. Hoy por fin podremos salir. Apenas has visto la mitad de Manhattan.

—Vamos a donde quieras —digo—. Pero necesito salir. Incluso puede que vaya a correr. A lo mejor cerca del estanque de Central Park.

Tyler parece indeciso, y no puedo descifrar por qué me está mirando así, pero entonces se masajea la nuca y se encoge de hombros.

—Tu madre me dijo que me mataría si te dejaba suelta por la ciudad sola.

—Tengo dieciocho años, Tyler —le recuerdo con un suspiro. Pero no me sorprende. Mamá siempre ha sido demasiado protectora, ahora incluso más que antes—. Está a un par de cuadras nada más. No tiene por qué enterarse.

Se ríe y pone los ojos en blanco.

—Bueno, pero vuelve antes de la hora de comer.

De broma, me empuja el hombro con su cuerpo desnudo mientras pasa por mi lado, y yo me estremezco. Cualquier día de éstos, no voy a ser capaz de controlarme y lo besaré.

La tentación aumenta cuando los dos acabamos en su habitación: yo para tomar ropa para salir a correr, y él para vestirse. Agarro mis cosas lo más rápido que puedo, salgo de la habitación a tropezones antes de tener más pensamientos obscenos y corro hacia el baño. En cinco minutos estoy lista, lleno una botella de agua de la llave y me voy, no sin antes prometerle a Tyler que volveré.

Es muy agradable poder poner los pies en el exterior, sentir el aire fresco en la cara en vez del calor sofocante de la sala al que nos hemos acostumbrado estos días. La ciudad parece muy llena, hasta los límites, más de lo normal, y las banquetas están tan repletas que no puedo caminar ni medio metro sin que alguien me roce o me empuje. Es genial volver a oír el ruido de la ciudad, y empiezo a correr incluso antes de haber llegado a Central Park, abriéndome paso a toda velocidad entre la corriente de personas. Consigo un mapa en una tienda a la entrada del parque, al lado opuesto de la calle 76, así que no me cuesta trabajo encontrar el camino hacia el circuito para correr alrededor del estanque.

Cuando llego allí hay mucha gente, unos corren despacio, algunos más rápido y otros trotan y caminan rápido. Yo me meto a la pista y me pongo en marcha. Sólo pretendo completar una vuelta entera, pero es tan relajante y me encuentro tan bien que termino por dar dos, o sea, siete kilómetros. Es la primera vez que corro desde que estoy en Nueva York y ahora no me cabe duda de que Central Park es uno de los sitios más bonitos para hacer deporte. Es maravilloso correr rodeada por la vegetación y el agua, algo nuevo y alucinante, en vez del muelle de Santa Mónica, que veo cada mañana. Me estoy aburriendo de la playa. En cambio, me gusta ver los árboles.

En menos de una hora, ya regreso hacia el departamento, sana y salva. El calor es horrible, puesto que estoy sudando por el ejercicio, y cuando llego me muero por darme un regaderazo frío. No obstante, eso no impide que use las escaleras para darle el remate final al entrenamiento. Subo corriendo los doce pisos y estoy sin aliento cuando llamo a la puerta del departamento de Tyler.

Para mi desgracia, me abre Emily. Sus ojos recorren mi cuerpo jadeante.

—¿Estás bien?

—Sí —respondo.

Puede parecer que me estoy muriendo, pero no. Acabo de darme una buena paliza y me encanta esa sensación de satisfacción, aunque me duela el pecho al respirar y se me entuman las piernas.

—Nos vamos dentro de una hora —me dice Emily cuando paso por su lado al entrar en el departamento, con las manos en las caderas para recuperar el control de la respiración. La miro de reojo mientras cierra la puerta—. Vamos a caminar hasta Union Square y de vuelta, así que espero que no estés muy agotada.

—¿A qué distancia está eso?

Se encoge de hombros y va hacia el interior del salón.

—Unos cinco kilómetros a lo mejor, pero no tengo ni idea.

—Está a más de cincuenta cuadras —dice Tyler detrás de mí, y cuando me volteo viene hacia nosotras arreglándose la camisa de franela, enrollándose las mangas justo hasta debajo de los codos—. Recorreremos la Quinta avenida.

Cuando mencionó lo de salir, no sabía que nuestros planes incluirían a Emily y, seguramente, también a Snake. Creía que pasaríamos el día juntos, los dos solos, otra vez, pero no parece que vaya a ser el caso. A lo mejor no es tan malo que vayamos los cuatro, así que sonrío y digo:

—Suena genial. Me voy a bañar.

A las diez y pico, los cuatro estamos vestidos y listos para irnos. A Snake no le entusiasma la caminata de cinco kilómetros, pero viene. Recorremos cuatro cuadras en dirección oeste hasta la Quinta avenida con el sol dándonos de lleno. Creo que es el día más caluroso desde que estoy aquí. Aunque tampoco es que haya paseado mucho por la Quinta avenida con Tyler. Es fascinante caminar por estas calles, pero ni me pasaría por la cabeza entrar a las tiendas. Los precios son excesivos. Me recuerda al Santa Mónica Place, sólo que diez veces más grande y más lujoso, con tiendas como Gucci, Cartier, Rolex, Versace, Louis Vuitton y Prada todas en la misma calle. Es evidente por qué es uno de los lugares más caros del mundo para comprar.

Pero no todas las tiendas son ostentosas. Pasamos junto a la Biblioteca Pública de Nueva York y la exposición «Saturday Night Live», y entonces, por fin, aparece el Empire State, que no lo había visto hasta ahora. Es enorme, se levanta como una torre por encima de los edificios de su alrededor y es precioso incluso desde afuera. Tyler, Snake y Emily no se quejan cuando me quedo admirando este emblemático icono durante unos minutos y tomando fotos junto a los demás turistas, pero al final me alejan de allí de prisa. Llegamos a Madison Square Park y cruzamos, pasando por el lado del Flatiron. La estructura es impresionante, es tan raro y tan increíble y, también, tan icónico que vuelvo a detenerme. Sé que Tyler, Snake y Emily ya habrán visto todo esto mil veces, pero para mí es una evidencia de que estoy aquí, en Nueva York. Tomo algunas fotos antes de volver a ponerme en marcha. Seguimos bajando por Broadway hasta que, por fin, una hora y media después de dejar el departamento, llegamos a Union Square.

Es un parque precioso, lleno de lugareños y turistas. Hay un mercado de agricultores que venden productos orgánicos frescos y hay un par de artistas callejeros, pero sobre todo transmite una sensación de paz, como una bocanada de aire fresco comparado con la locura del resto de la ciudad. Logramos encontrar una banca libre en uno de los caminos e inmediatamente nos dejamos caer sobre ella. Me duelen las piernas. Cuando regresemos al departamento, ya habré recorrido más de dieciséis kilómetros entre el paseo y la carrera. Las piernas me arden.

—Hay un Starbucks en la esquina —dice Tyler—. Volvemos enseguida. ¿Café con leche, Eden?

—Con hielo —murmuro, apretándome la palma de la mano contra la frente, muerta de calor. Me limpio una gota de sudor de la ceja.

—Ningún problema —dice Tyler. Mira a Emily—. ¿*Frappuccino* de fresas con crema con un chorrito de vainilla?

—Sabes que sí —dice ella, sonriendo. Cuando los chicos se van, Emily se sienta a mi lado. Me irrita que Tyler recuerde lo que ella suele beber—. ¡Qué buen día hace!

—Sí, fantástico —respondo. Subo las piernas a la banca, las cruzo y me echo hacia atrás a pesar de lo caliente que está la madera—. Hace más calor que en Santa Mónica, eso seguro.

—¿En serio?

—Sí, allí nos llega la brisa del océano.

No la miro mientras hablo, más que nada porque me centro en los peatones que pasan a nuestro lado. Creo que los parques como éste son los mejores sitios para observar a la gente. La diversidad es total y, una vez más, me pregunto qué hacen, por qué están aquí y con quién. Soy demasiado curiosa para mi propio bien.

—Siempre he querido conocer California —me dice Emily con un suspiro—. Tyler dice que tengo que ir a visitarlo.

Ahora mi mirada por fin se dirige hacia ella.

—¿Tyler te dijo eso? —¿Le dijo que lo visitara? ¿Por qué razón le iba a decir eso?

—Sí, me dijo que me encantaría —dice, con entusiasmo en la voz—. Nunca he salido de la Costa Este, pero ya es demasiado tarde para ir al oeste. Londres me está llamando.

Aprieto los labios. ¿Si Londres la está esperando, por qué sigue en Nueva York? ¿Por qué está viviendo en el departamento de Tyler?

—¿Crees que volverás a Estados Unidos?

—Eso espero —reconoce sonriendo—. Un año no es suficiente. Estoy alerta por si surgen otras oportunidades que me permitan regresar. Puede que solicite trabajo en un campamento de verano.

—Suena genial.

Desvío la mirada otra vez y observo el parque, con la vista en una ardilla que corre como un rayo entre los árboles no muy lejos de nosotras.

—Tyler dice que debería mudarme aquí de forma permanente.

Aprieto los dientes. Creo que si vuelve a mencionar el nombre de Tyler una vez más, moriré de combustión espontánea. ¿Por qué le dice que se venga a vivir aquí?

—¿Y tú quieres? ¿El Reino Unido no te gusta?

—Supongo —dice encogiéndose de hombros—. Es sólo que aquí hay muchas más opciones, y ustedes tienen otro espíritu.

Casi parece triste cuando habla, como si la idea de tener que volver a casa no le hiciera muy feliz. Igual su vida aquí es mejor. Puede que allí no esté tan bien, y cuanto más vueltas le doy, me convenzo más y más que la razón debe de ser ésa. Ha sufrido abusos, y tal vez estar aquí le permita escapar de lo que sucedió en el pasado de la misma manera que a Tyler.

—Extrañaría mucho a todo el mundo si no regreso nunca más.

La ardilla desaparece y no tengo más opción que volver a mirar a Emily. Decido ir a por todas. Decido soltarlo sin más.

—¿Extrañarías a Tyler?

—Por supuesto —responde al instante con una carcajada breve—. Es un chico estupendo. Fuimos de gira juntos y me ayudó mucho. Me encantaría tener un hermano como él.

—No, ya te digo yo que no —murmuro entre dientes, suspirando desesperada.

¿Sabe lo difícil que es tener un hermano como Tyler? ¿Se da cuenta de lo fácil que es enamorarse de él?

Por suerte, veo a Snake y a Tyler en la distancia, y cuando se acercan termina mi conversación con Emily, pero no me importa. De todos modos, ya me estaba cansando de oírla hablar de Tyler.

—Aquí tienes, Eden, piernas de acero —dice Snake cuando me pone el café con leche frío en la mano.

Enarco una ceja al oír sus palabras, pero ya dejó de mirarme y se sienta al otro lado de Emily.

Tyler le está pasando el *frappuccino*, sonriéndole mientras lo hace, y yo me pongo de pie de un salto.

—Tyler, ¿puedo hablar contigo un segundo? —le pregunto antes de que se siente, clavándole una mirada dura.

—Claro —responde, mirándome algo inseguro.

Creo que mi tono de voz le da a entender que no estoy dando saltos de alegría que digamos.

Dejamos a Snake y a Emily en la banca, y me dirijo hacia el camino; nos alejamos lo suficiente para quedar fuera de su vista. Tyler se deja llevar y me sigue, dando sorbos a su bebida.

—Hablé con Emily —comienzo despacio, volteándome para mirarlo a la cara. Aprieto el vaso con la mano—. Me contó que siempre le estás diciendo que se venga a vivir aquí y que visite California. ¿Por qué?

—Porque California es genial y a ella le encanta estar aquí —contesta Tyler al instante, con tono inseguro. Creo que no entiende adonde quiero llegar—. ¿Qué problema hay?

Le frunzo el ceño.

—¿Entonces no es porque quieres que te vaya a visitar?

Puedo ver como sus ojos se abren cuando se da cuenta de la situación, su boca dibuja una curva mientras se ríe. Da un paso hacia delante, me mira y niega con la cabeza.

—Va, Eden. No empieces. —Frunce los labios—. ¿Por qué te cuesta tanto aceptar que tú eres la que me encanta y nadie más?

Todavía estoy convencida de que hay algo entre ellos, pero por ahora me limito a suspirar mientras miro sus labios, que no he tocado desde hace un año.

—¿Cómo es que todavía no me has besado?

Mi pregunta lo toma por sorpresa, y consigue que su sonrisa desaparezca y que sus ojos se entrecierren.

—Porque todavía no me atrevo —murmura, lenta y suavemente; su voz se pone solemne de pronto. Sus ojos color esmeralda me miran y sus labios dibujan una sonrisa triste—. Todavía eres de Dean.

12

El lunes por la tarde Snake se pone a caminar de arriba abajo por el departamento, dándose golpes en la palma de la mano. Trae una camiseta blanca y roja con las palabras «RED SOX» escritas en el pecho. Para complementarlo, también tiene puesta una gorra azul marino con la visera para atrás. Observo la letra «B» durante un momento.

—Creía que íbamos al partido de los Yankees —digo. Le lanzo una mirada perpleja desde el sillón, y él, con gran dramatismo, se para en seco y me mira desde la cocina. Con la boca abierta.

—Los Yankees me dan asco. Es el partido de los Red Sox de Boston, ¿sí? Los Red Sox. —Me fulmina con la mirada cuando me río, así que me muerdo el labio para intentar parar. Snake cruza los brazos encima del pecho—. Y vamos a ganar.

—¡Es el partido de los Yankees! —grita Tyler desde su habitación.

Unos segundos después se abre la puerta. Entra a la sala a grandes pasos, los hombros anchos, el pecho fuera. También trae una camiseta, sólo que blanca con rayas azules y el símbolo de los Yankees arriba a la izquierda. También lleva una gorra en la mano, azul marino con la visera blanca.

—El partido de los Yankees —vuelve a decir— y los vamos a derrotar.

Snake niega con la cabeza y camina despacio alrededor de la barra hacia Tyler. Tiene aire amenazador.

—¿Quién ganó la semana pasada? —pregunta, con los ojos entornados—. Ah, sí, es verdad. Los Red Sox. Y hoy otra vez, así que ¿por qué no te ahorras la vergüenza y te quedas en casa?

—Veintisiete campeonatos de la Serie Mundial —dice Tyler, firme, seguro de sí mismo. Da un paso hacia Snake y levanta una ceja—. ¿Y los Red Sox? ¿Cuántos han ganado? Espera un segundo... ¿No eran sólo siete?

La sonrisa competitiva de Tyler se vuelve bromista y toma la gorra de Snake, le da la vuelta y le cubre la cara con ella.

—Menudo golpe más bajo —farfulla Snake, ajustándose la gorra otra vez y dirigiéndose hacia la puerta. Se ve enojado, derrotado.

Tyler me mira y supongo que estamos a punto de irnos, así que me levanto y camino hasta él.

—Ehhh —balbucea.

Observa la ropa que traigo, y por su expresión puedo ver que no le parece adecuada. Se quita la gorra de los Yankees y me la pone en la cabeza, bajándola hasta que me queda ajustada. Pone la visera hacia arriba y sonríe.

—Mejor. Esta noche eres de los Yankees.

—Dios, Tyler, ¿por qué la humillas? —comenta Snake

desde la puerta, sonriendo—. En serio, chicos, tenemos que irnos. Abren las puertas en media hora.

Tyler me empuja hacia delante y toma las llaves de la barra. No hay que decirle adiós a nadie. Emily ya salió, nos dijo que pasaría la tarde con alguien que no es Tyler. Los tres nos dirigimos al vestíbulo y Snake le lanza más burlas a Tyler acerca de los Yankees mientras cierran la puerta, pero es de broma. Cuando salimos del edificio, los dos están emocionadísimos. Hasta yo me pongo algo nerviosa. No estoy muy segura de qué esperar, pero tengo muchas ganas de ver el primer partido de béisbol de mi vida.

Hace un día espléndido, igual que todo el fin de semana, y parece que las lluvias de la semana pasada ya se fueron para siempre. El cielo está azul y el sol calienta, y me arrepiento al instante de haberme dejado el pelo suelto. Me puedo poner a sudar en cualquier momento.

—¡Dense prisa! —grita Snake por encima del tráfico mientras cruza la Tercera avenida, tan alborotado por el partido que apenas puede aflojar el paso, así que Tyler y yo aceleramos para alcanzarlo.

Nos dirigimos hacia la estación de la calle 77, y en cuanto nos acercamos, puedo ver enseguida que está mucho más llena que cuando Tyler me llevó a Times Square. Es hora pico, combinada con un partido de los Yankees, así que no me sorprende. Snake se abre camino por las escaleras a tropezones entre la densa corriente de gente, usando los hombros para colarse entre ellos, y Tyler me empuja detrás de él. Hay mucho ruido, la gente grita y oigo que llegan los trenes. Snake habla entre dientes y Tyler me sigue de cerca, y bajamos las escaleras lo mejor que podemos hasta que por fin llegamos a los torniquetes.

—Vamos a tomar el 6 y el 4 —dice Tyler en voz alta mientras se dirige al torniquete al lado del mío. Una vez adentro, pone una mano sobre mi hombro, supongo que para no perdernos entre la multitud—. El 6 para ir a la calle 125 —dice mientras me guía— y el 4 para llegar al estadio de los Yankees.

No sé muy bien cómo, pero Snake logró abrirse camino en el andén y encontrar un lugar donde esperar. Tyler y yo nos reunimos con él unos segundos después, y como la estación está a reventar, hay muchísima gente a la que observar mientras esperamos. Hay una señora peleando con un carrito de bebé. Mucha gente con ropa de trabajo. Incluso más con camisetas de béisbol, la mayoría de los Yankees.

—¿Tienes ganas de ver el partido? —me pregunta Tyler con la voz algo ahogada por el ruido.

—Sí. —Me volteo para mirarlo directamente, sonriendo. Veo que levanta las cejas.

—¿En serio?

—Sí —repito. Tengo ganas, pero creo que Tyler piensa que le miento—. Quiero ver a este tal Derek Jeter del que tanto hablas.

Justo en ese momento, llega el tren y la multitud se pone en movimiento. Todo el mundo se lanza hacia las puertas, tropezando unos con otros sin el menor cuidado, y Snake no se queda atrás. Me toma del brazo y me jala, así que extiendo la mano hacia atrás y tomo la muñeca de Tyler. Vamos los tres tomados de la mano como si estuviéramos en la escuela. Ridículo o no, logramos meternos en el último vagón en el último segundo, nos apretamos y alcanzamos las barras justo cuando se cierran las puertas.

—Puta Nueva York —farfulla Snake entre dientes, pero todo el mundo lo oye.

Algunos lo fulminan con la mirada, bien por su comentario o por el hecho de encontrarse en un metro de Nueva York con la camiseta de un equipo de Boston. Los aficionados de los Yankees no parecen demasiado contentos.

Dejando de lado la rivalidad, el viaje hacia el centro es rápido, y tras mirar con lujuria la nuca de Tyler durante todo el viaje, por fin éste se da la vuelta para dirigirme hacia la salida del metro; Snake nos pisa los talones. La estación de la calle 125 parece un poco más grande que la de la calle 77, pero también huele a muerto. Arrugo la nariz mientras sigo a Tyler y a Snake por el andén. Se nos acerca un tipo que nos intenta vender cigarrillos sueltos por un dólar. Snake le compra dos, sólo para que deje de molestar.

El tren número 4 llega en unos minutos, y está tan lleno como el 6. Aunque ahora hay menos gente esperando en el andén, así que nos acercamos a las puertas con facilidad e incluso, no sé muy bien cómo, logramos sentarnos. Antes de que me dé cuenta llegamos a la estación de la calle 161 para dirigirnos al estadio de los Yankees. Es una estación elevada, y tardo un par de minutos en adaptarme a la luz del día. A estas alturas Snake está tan nervioso por el partido que salta al andén justo cuando se abren las puertas. A juzgar por la cantidad de gente que se baja en esta parada, parece que la mitad del tren se dirige al partido de los Yankees.

Las escaleras hacia la calle son una pesadilla, pero Snake vuelve a abrirse camino entre la masa de gente a empujones y Tyler y yo lo seguimos de cerca. Pongo los ojos en blanco mientras caminamos, y hasta que no llegamos al pie de la escalera no me doy cuenta de que estamos delante del estadio de los Yankees.

Es enorme, tan gigantesco que resulta difícil asimilarlo. Hay cientos y cientos de aficionados haciendo cola a lo largo de los muros del exterior, con los boletos en las manos, rodeados de niños nerviosos a más no poder. La estructura es redonda, las preciosas paredes de caliza gris le dan un aire limpio y moderno. Tiene unas ventanas estrechas sin cristal cerca de la parte de arriba, y debajo están las taquillas. Las letras son enormes y de color azul intenso. El detalle que sobresale, sin embargo, son las palabras «YANKEE STADIUM» en la fachada, grabadas en color dorado sobre la caliza. Parecen brillar cuando el sol les da en el ángulo preciso.

Dejo escapar un suspiro que he estado reprimiendo.

—Guau.

—¿Verdad?

Tyler está de acuerdo conmigo y sonríe a mi lado. Luego me pone ambas manos sobre los hombros y me dirige hacia el otro lado de la calle, a la entrada número 6. Bueno, hasta la cola.

Como era de esperar, Snake ya está allí, apartándonos lugar mientras la cola se mueve a toda velocidad. Cuando llegamos junto a él, nos muestra su impaciencia dando golpecitos con el pie el suelo.

—Tranquilo —le dice Tyler sonriéndole de manera traviesa. Me suelta—. Debe de ser duro saber que van a perder, pero, amigo, tienes que relajarte.

—Dame los putos boletos —dice Snake de mal humor.

Empuja a Tyler delante de él y saca a toda prisa los tres

boletos que sobresalen del bolsillo de sus *jeans* mientras éste se ríe. Snake observa las entradas un momento, frunciendo el ceño.

—¿Dónde está la sección 314?

—Hasta abajo —le contesta Tyler.

A pleno sol, la cola continúa avanzando, y sólo tardamos diez minutos en llegar a la entrada. Es un alivio entrar, refugiarse del sol, y los tres validamos nuestros boletos en el escáner y pasamos por los torniquetes.

Accedemos a un enorme vestíbulo, con grandes carteles de los Yankees en las paredes. Oigo a Snake balbucear algo entre dientes, probablemente insultos, y Tyler extiende su brazo por encima de mis hombros mientras caminamos para llevarme hacia la izquierda.

—Éste es el Great Hall, el gran auditorio —me cuenta.

No caminamos mucho hasta llegar a los elevadores y a las escaleras de acceso a las tribunas y a los niveles más bajos, y Snake se dirige a los elevadores.

—No. —Alcanzo el brazo de Tyler y la jaló hacia atrás, señalando las escaleras. Snake me lanza una mirada asesina—. Siempre es mejor ir por las escaleras.

No me importa si me siguen o no. Me pongo en marcha y subo el primer tramo, sólo aflojo el paso cuando los dos salen corriendo detrás de mí.

—¿Cómo es que nunca aplicas esta regla para subir al departamento? —pregunta Tyler cuando está a mi lado otra vez. Acopla su paso al mío mientras Snake se queja detrás de nosotros.

—Siempre es mejor ir por las escaleras a no ser que sea para subir doce pisos —corrijo sonriendo.

Tyler asiente con la cabeza, y lo dejo liderar otra vez,

pero sólo porque no estoy segura de dónde están nuestros asientos.

Subimos varios tramos de escaleras entre la masa de gente hasta llegar al tercer nivel. Hay varios puestos de comida, venden cerveza, *hot dogs*, nachos y refrescos, y puedo ver que Snake los mira desesperadamente. Se escucha el eco de la voz de un comentarista que proporciona la información de seguridad entre la publicidad, pero no le pongo atención. Estoy demasiado concentrada en el último tramo de escaleras al que Tyler nos parece conducir.

Salimos al exterior en nuestro nivel, donde nos encontramos con una serie de gradas debajo de la tribuna. Aquí hay más ruido, pues la gente busca sus asientos, da gritos y vitorea, y eso se suma al de los anuncios y efectos sonoros, que retumba por el estadio. Es difícil creerlo, pero de alguna manera parece incluso más grande desde dentro.

Sigo a Tyler y a Snake hasta nuestros asientos, en la quinta fila y a tres asientos del pasillo. Ellos se colocan de manera que yo quede en medio. Me acomodo en la silla de plástico y respiro hondo. Emocionada, intento asimilar todo lo que veo.

La gente de las tribunas hace un ruido espantoso, los niveles de abajo están muy animados, y todos los sonidos chocan para crear un ambiente lleno de energía y nerviosismo por el partido. Los fanáticos de ambos equipos tienen la esperanza de ganar. No estamos muy cerca del campo de juego, pero la vista es igual de buena, y sin nada que nos la bloquee. Estamos a la derecha del *home plate*, y recorro el campo con la mirada. Por lo que puedo ver de las gradas, la multitud ya parece estar bastante alborotada, pero hay mucha seguridad en el estadio, así que dudo que surjan peleas. Detrás de las tribunas, la pantalla gigante ya dejó de emitir anuncios y ahora están pasando imágenes de otros partidos. A nuestro alrededor hay una mezcla de aficionados de los Yankees y de los Red Sox, pero creo que hay más camisetas y gorras de los primeros que de los segundos.

—Qué maravilla —digo.

No me dirijo a nadie en particular, sólo afirmo un hecho, pero Tyler sonríe.

—Y bien —dice Snake. Se inclina hacia delante, se acerca y levanta una ceja—. Ahora que ya encontramos nuestros asientos, voy a buscar una cerveza. Eden, ¿quieres?

Niego con la cabeza y rechazo la invitación. No estoy preparada para volver a tomar cerveza todavía. Bebimos tanto la semana pasada durante el maratón de *Harry Potter* que de sólo pensarlo siento náuseas. Snake, sin embargo, parece sobrevivir sólo a base de cerveza. Suspira hacia mí antes de mirar a Tyler, que también decide pasar del alcohol.

Snake se encoge de hombros.

—Más para mí —dice, y se va arrastrando los pies bajando las escaleras.

Al quedarnos solos, Tyler aprovecha la situación. Se voltea para mirarme mejor y sonríe con ojos ardientes. Intento mirarlo, pero no puedo. Cuando me contempla de esa manera sólo logra que me sonroje, así que me muerdo el labio y clavo la vista en mis Converse. Los que me regaló él.

Me distraigo cuando mi celular vibra en el bolsillo trasero de mis pantalones. Agradezco la distracción, lo saco enseguida y miro la pantalla. Es Dean. Por supuesto que es él, siempre es él. Noto que los ojos de Tyler también están fijos en la pantalla, así que volteo el teléfono para que no la vea, rechazo la llamada y vuelvo a guardar el teléfono en el bolsillo. Ahora no es buen momento para hablar con Dean. Porque Tyler está a mi lado.

—¿Por qué no le contestaste?

—Porque estoy contigo —respondo.

Tyler asiente con la cabeza una vez, mira hacia el campo y lo contempla en silencio durante unos minutos. Entonces, como de la nada, pone su brazo por encima de mi hombro y me atrae hacia él con suavidad. Permanece así un momento, y yo espero, aguantando la respiración, e intento descifrar a qué está jugando. Y entonces ríe y acerca sus labios a mi oreja muy despacio.

—Te deseo más de lo que aquel niño quiere atrapar una pelota que se vuele —murmura. Su aliento es cálido, su voz, seductora—. Te deseo más de lo que Snake quiere que su equipo gane. —Con cuidado, roza con su labio inferior el lóbulo de mi oreja, y todo mi cuerpo tiembla. Me quedo paralizada con los ojos clavados en el campo mientras escucho sus palabras—. ¿Sabes cuál es el fuerte de Derek Jeter? —Noto que sonríe contra mi piel cuando hace una breve pausa—. El *home run* —dice. Noto como posa la otra mano en mi pierna y me aprieta el muslo con suavidad—. Pero me estoy empezando a cuestionar si él desea hacer un *home run* tanto como yo te deseo a ti.

Todo mi ser, cada centímetro de mi cuerpo, se enciende.

Noto mariposas en el estómago, aletean, dan mortales hacia atrás y caen en picada y se retuercen. El pulso me late de manera irregular y con tanta fuerza que lo noto bajo la piel. O se contrae o explota. Sea como sea, el pecho me duele de lo fuerte que está palpitando. La piel de los brazos se me pone de gallina. Mi respiración se ralentiza hasta que pienso que se detuvo por completo, hasta que creo que me estoy sofocando. Incluso puedo sentir que estoy empezando a sudar, pero intento convencerme de que es por el calor y no porque quiera besar a mi hermanastro con todas mis ganas en este preciso instante.

—¿Y si hacemos un trato? —me susurra Tyler, con una voz llena de deseo.

Me agarro al borde de mi asiento para obligarme a no inclinarme hacia él. No es el mejor momento para tirarme a su cuello y apasionarnos.

—¿Un trato? —repito, pero suena más como un gritito que otra cosa.

Sigo mirando hacia el campo, al pasto, al *home plate*. A cualquier cosa menos a Tyler. Si lo miro ahora, si llego a echarle un mero vistazo con el rabillo del ojo y veo sus ojos verdes ardientes, no podré reprimir mis deseos.

—¿Qué me dices? —murmura Tyler en voz baja, con suavidad—. ¿Jugamos béisbol? —Me aprieta el muslo con más fuerza.

La voz se me queda en la garganta cuando me doy cuenta de que no está hablando del deporte. Está hablando sobre algo totalmente diferente, algo aterrador y, sin embargo, a la vez muy excitante. Mil y un pensamientos me pasan por la cabeza mientras intento procesar sus palabras, y estoy tan alucinada que no puedo ni responder. Estoy a punto de explotar de la euforia, y mi pecho sube y baja mientras me concentro en controlar la respiración.

Tyler no espera a que yo conteste, sino que comienza a dibujar pequeños círculos en mi muslo con su dedo pulgar mientras se inclina aún más hacia mí. Hunde su cara en mi pelo, presiona sus labios contra el borde de mi mandíbula. Noto que vuelve a sonreír.

—Si Jeter logra un *home run* esta noche —susurra contra mi piel—, ¿qué te parece si nosotros hacemos otro?

Es imposible que no sienta cómo tiembla mi cuerpo. Seguro que lo nota cuando me toca. Tiene que estar dándose cuenta, porque cuando se aparta un poco, puedo ver con el rabillo del ojo que está sonriendo. Sabe muy bien lo que me provoca. Le gusta provocarme. Y a mí también me gusta, vaya que sí. Y me encanta su propuesta. Aunque sé que no debería acceder por Dean, porque tengo novio, que me espera en casa; pero es tan tan tentador… ¿Cómo le puedo decir que no a Tyler, a la persona de la que estoy enamorada?

Finalmente, lo miro a los ojos. Me está sonriendo con las cejas levantadas y los ojos burbujeantes, más verdes que nunca.

—Trato hecho —susurro.

13

Al rato regresa Snake con un vaso de cerveza en cada mano y una amplia sonrisa en la cara. Está tan contento que creo que ni siquiera nota lo nerviosos que estamos Tyler y yo. Tyler se vuelve a enderezar en su asiento, lo más lejos posible de mí, y yo me mordisqueo el labio con la esperanza de que nadie descubra que somos hermanastros. Es imposible que lo sepan, pero me da la paranoia al saber que seguramente vieron cómo Tyler me susurraba al oído y me tocaba.

Mientras intento relajarme, me doy cuenta de lo mucho que se ha llenado el estadio. La mayoría de las secciones ya se ven completas, y en cuestión de minutos comienzan a entrar los jugadores. El ruido en el estadio se amplifica cuando van nombrando a cada integrante de los equipos, la multitud vitorea y silba cuando entran al campo a grandes pasos. Debajo de sus gorras, cada jugador tiene una mirada competitiva en los ojos. Sin embargo, no reconozco a ninguno. Sólo conozco el nombre de uno: Derek Jeter.

Anuncian su nombre y el estadio explota en aplausos, a los que no dudo en unirme. Estoy de pie junto a Tyler, coreando el nombre de Jeter al unísono con los miles de seguidores de los Yankees mientras un tipo de mediana edad camina a paso tranquilo por el campo, sonriendo. Mientras estoy gritando caigo en la cuenta de que de verdad estoy animando a Derek Jeter. Mi *home run* depende de él.

El partido comienza a las siete y media en punto. No sé lo que esperaba, pero el juego es bastante lento y acaba resultando aburrido. Las dos primeras entradas son una pérdida de tiempo, ninguno de los dos equipos hace una carrera. La jugada con más acción que veo es cuando un integrante de los Red Sox logra llegar a la tercera base. Lo derriban antes de que alcance el *home plate*. En la segunda mitad de la cuarta entrada, los Yankees tienen dos carreras y los Red Sox, tres. Pero ningún *home run* todavía.

Cada veinte minutos Snake va a por más cerveza, y en la sexta entrada, creo que ya está pedo. No sé por qué los meseros le siguen sirviendo. Borracho o no, consigue sentarse sin tambalearse demasiado.

—Este partido es una mierda —murmura Tyler.

—Porque están perdiendo —dice Snake arrastrando las palabras, con una sonrisa torcida—. Perdiendo, perdiendo, perdiendo. Perdiendo muchísimo. Perdiendo.

—Sólo nos llevan una carrera —responde Tyler de inmediato. Cruza los brazos y se pone derecho en el asiento, suspirando—. Vamos a remontar, verás.

La sexta entrada se alarga y me estoy empezando a preguntar muy en serio por qué la gente piensa que el béisbol es entretenido. Los Red Sox logran otro tanto y Tyler se queja. Los demás aficionados de los Yankees también parecen estar perdiendo la paciencia. Sin embargo, en el descanso entre la sexta y la séptima entradas la gente empieza a animarse.

De repente y de la nada, nuestra sección se vuelve loca. La gente se pone a gritar, y a vitorear, y a dar silbidos. Alguien me agarra los hombros y me sacude sin el menor cuidado, gritando hurras en mi oreja. A mi izquierda, Snake está muriéndose de risa, tanto que termina tirando la cerveza. Se cubre la cara con la mano y señala hacia la pantalla con el vaso.

Sigo la dirección de la mano al momento. En la pantalla gigante del estadio de los Yankees y ante cincuenta mil personas, me veo. Me veo a mí y a Tyler. Nos veo rodeados de un borde rosa con corazoncitos. Incluso leo la palabra «beso», que parpadea encima de nosotros.

Dirijo mi mirada aterrada hacia Tyler. Él me la devuelve, con los ojos muy abiertos y la frente arrugada. Snake sigue riéndose y todo el mundo sigue gritando, pero lo único que puedo hacer es permanecer sentada, totalmente paralizada. Tal vez yo también lo encontrara divertidísimo si viera a Tyler sólo como mi hermanastro. Puede que entonces no demostráramos tanto pánico. Sin embargo, no me puedo reír porque quiero besarlo de verdad, pero no puedo. No puedo porque está aquí Snake, porque a nuestro alrededor hay cincuenta mil personas, porque este partido está siendo televisado.

Hundo la cabeza entre las manos y niego con firmeza. Me siento humillada. Los vítores ahora se convierten en abucheos, y tengo demasiado miedo como para sentarme derecha, así que echo un rápido vistazo por entre mis dedos. Me alivia ver que Tyler y yo ya no estamos en la pantalla. En vez de nosotros, ahora hay dos chicos besándose con gran pasión.

Mis ojos encuentran los de Tyler. Se encoge de hombros, pero su boca va esbozando una sonrisa muy despacio.

—¿Por qué nos eligieron? —protesto, mientras me paso las dos manos por el pelo—. De toda la gente que hay aquí, ¿la cámara tenía que posarse en nosotros?

—¡Casi me muero de la risa! —grita Snake, inclinándose hacia delante para mirarnos a los dos. Me da una palmada fuerte en la espalda con su mano libre—. Qué incómodos se veían.

—Dímelo a mí —murmuró.

Me encojo de hombros para que quite la mano y él bebe la cerveza que le queda en el vaso. Miro a Tyler otra vez, pero él se limita a observarme fija e intensamente y a sonreír.

Tras un momento, vuelve a clavar la mirada en el campo cuando comienza la séptima entrada. No se le borra la sonrisa. Tengo ganas de preguntarle por qué parece haber disfrutado del momento tan vergonzoso que acabamos de vivir, pero está tan concentrado en el juego que dudo que me conteste.

Los Red Sox logran su quinta carrera, lo que los sitúa a tres carreras de ventaja. Llega la séptima entrada y el estadio canta *Take me out to the ball game* y *God bless America* al unísono. Yo no canto, sobre todo porque no estoy de humor, pero Snake y Tyler no tienen el más mínimo problema para ponerse de pie y gritar con todo el mundo.

La actuación de los Yankees a mitad de la séptima entrada no es patética, pero en la octava algo cambia. Logran tres carreras, y los Red Sox ninguna, y cuando le toca batear a Derek Jeter, el corazón me palpita más que nunca. Cada vez que balancea el bate, noto una extraña sensación en el estómago, como si fuera a vomitar. Los nervios que estoy sintiendo me superan tanto que tengo miedo de desmayarme. Se me ponen blancos los nudillos de lo fuerte que me estoy agarrando al borde del asiento. Tyler está tranquilo, sólo gruñe y niega con la cabeza porque la carrera de Jeter no parece llegar nunca, y cuando el partido se aproxima al final mi nerviosismo se convierte en pánico. En la novena y última entrada, están empatados cinco a cinco. Derek Jeter todavía no ha logrado un *home run*.

Los Red Sox van ganando terreno, pero meten la pata a lo grande. Me pregunto si es porque sienten la tensión en el estadio o porque se han convertido en unos inútiles a medida que el partido ha progresado. Sea como sea, acumulan tres eliminaciones por *strikes* antes de que ningún jugador abandone siquiera el *home plate*. Cuando les toca batear a los Yankees, los aficionados de los Red Sox se preocupan de verdad. Snake maldice entre dientes mientras aprieta, nervioso, la gorra entre sus manos.

Los Yankees, sin embargo, no están mucho mejor. Parece que quieren progresar cuando Mark Teixeira alcanza la segunda base y se queda allí cuando le toca batear a Derek Jeter. Entonces comienzo a ponerle más atención al partido. Según parece es su última oportunidad para batear en el partido, lo que significa que no quedan muchas esperanzas con respecto a mi trato con Tyler. Sólo es válido si Derek Jeter logra un *home run*, y hasta ahora lo único que ha conseguido ha sido llegar a la tercera base.

Camina a paso tranquilo hacia la tierra para ocupar su posición en el *home plate* y el corazón se me acelera. Lleva una tobillera, pero no le impide darle patadas a la base mientras se ajusta el casco. Todo el mundo a nuestro alrededor se levanta de sus asientos de repente —todos salvo los fans de los Red Sox, por supuesto— y Tyler me toma por el brazo y me ayuda a ponerme de pie con suavidad. Me lanza una sonrisa rápida y esperanzada. Los dos dirigimos nuestra atención hacia el campo, y no sé Tyler, pero yo desde luego que estoy conteniendo la respiración. Jeter balancea el bate un par de veces antes de asentir con la cabeza y levantarlo, manteniéndolo por encima del hombro. Su mirada es firme; sus ojos, entrecerrados. El lanzador tira la pelota, pero él no intenta darle, sólo niega con la cabeza. Esto vuelve a pasar en el segundo lanzamiento. En un último intento de mantener el ánimo, el estadio comienza a corear el nombre del jugador; el ruido hace eco a mi alrededor. Repiten el nombre de Derek Jeter una y otra vez, acompañado de aplausos, y yo me uno al ritmo. Tyler también está coreando, y no se escucha nada más salvo los gritos que aclaman a Derek Jeter. Todo el mundo está centrado en él y en nada más.

El lanzador de los Red Sox se posiciona otra vez. Levanta la pierna, lleva la pelota hacia atrás y con un movimiento rápido del brazo, lanza hacia Jeter. Yo dejo de corear porque dejo de respirar, porque estoy apretando los puños con tanta fuerza que creo que se me van a romper los dedos.

Y entonces, en una fracción de segundo, se oye un estruendoso chasquido.

Todo el estadio deja de corear. Incluso los fans de los Red Sox se ponen de pie. Los ojos de todo el mundo se abren como platos mientras la pelota sobrevuela el campo. Mantengo la vista clavada en ella mientras se desplaza con un efecto cortado hacia la izquierda del centro del campo. Va casi a cámara lenta, y yo abro la boca mientras Tyler se lleva las manos a la cabeza. La pelota vuela por encima de las letras del cartel del estadio, por encima de la pantalla de vídeo. Sale fuera del parque.

Más importante aún, es un *home run*.

El estadio explota. Las tribunas comienzan a retumbar otra vez y el estruendoso griterío alrededor me ensordece. Teixeira camina lentamente hasta el *home plate*, mientras Jeter lo sigue, corriendo despacio. No hay prisa. Los Yankees acaban de marcar otras dos carreras y ganan el partido. Entre toda la alegría y el caos, me descubro dando saltos y vitoreando, participando de la celebración. A mi lado, Tyler está sonriendo y dando silbidos, y cuando me descubre mirándolo, me rodea con el brazo y me atrae hacia él. Yo tampoco puedo dejar de sonreír. El ambiente es eléctrico y no creo haber experimentado algo tan emocionante en mi vida. Es una sensación increíble estar en el estadio de los Yankees, en Nueva York, celebrando un triunfo de los locales contra los Red Sox, con la multitud entusiasmada y con Tyler a mi lado. Derek Jeter logró su *home run*. Mi trato con Tyler sigue en pie, y en este preciso momento no creo que mi verano pueda ir mejor.

Echo un vistazo hacia mi izquierda. Snake también está de pie, pero él no está celebrando. Está discutiendo con el fan de los Yankees que está sentado detrás de él. Arrastra las palabras. Tyler sigue vitoreando a mi lado aunque yo paro. Le lanzo una mirada de advertencia a Snake, pero él no me hace caso. En su lugar, le entierra un dedo en el pecho al otro tipo. Y ya valió. Es lo que faltaba.

El de los Yankees responde tirándole la cerveza por encima a Snake, y éste le suelta un puñetazo de inmediato. Antes de que pueda salir de en medio, el otro tipo salta por encima de la hilera de asientos y derriba a Snake, empujándome a mí hacia el lado. Me caigo encima de Tyler, que me toma de la cintura. Levanto la vista para mirarlo, pero él no me está poniendo atención a mí. Está lanzándole una mirada asesina a la pelea que acaba de surgir a nuestro lado. Tiene la mandíbula tensa y los ojos entrecerrados. Con las manos todavía en mi cintura, me aparta hacia la derecha.

Snake y el de los Yankees están en el suelo, los puños vuelan por el aire mientras la gente deja de vitorear y comienza a incitarlos. Las chicas de la hilera de adelante gritan mientras tratan de apartarse, pero el resto de la gente parece querer que siga la pelea. Cuando vuelvo a mirar a Snake, me doy cuenta de que está encima del fan de los Yankees, pegándole varias veces en la mandíbula antes de ir a por su nariz. Entonces interviene Tyler . Toma a Snake por la parte de atrás de la camiseta, intentando jalarlo, pero antes de que sea capaz de levantarlo, otro fan de los Sox salta por encima de los asientos y le da un puñetazo inesperado en toda la cara a Tyler.

—¡Oye! —grito.

Intento alcanzar a Tyler, pero se aparta bruscamente de mí y le devuelve el puñetazo al chico. Al principio no le encuentro sentido a que un tipo cualquiera haya decidido golpear a Tyler, pero cuando veo las camisetas de los cuatro, todo queda claro.

Snake es un fan de los Sox y pelea con un fan de los Yankees. Tyler también es de los Yankees, y dudo que nadie vaya a pensar que está tratando de ayudar a Snake. No me sorprende que otro adversario de los Sox se meta en la pelea. Está apoyando a Snake, un colega, creyendo que Tyler está ayudando al fan de los Yankees. Los puñetazos vuelan por todas partes, y Tyler recibe uno en el rabillo del ojo.

Me pongo roja de ira al ver que alguien golpea a Tyler, así que hago todo lo posible por intervenir. Lo agarro por la camiseta e intento apartarlo a jalones del alcance de los golpes del aficionado de los Sox, pero alguien tira su refresco a la pelea y me pega en el hombro, mojándome entera. Jadeo y suelto a Tyler, ya que me caigo de espaldas. Aterrizo en el suelo dándome un doloroso golpe sordo en la cabeza contra el asiento. Por un momento me quedo sentada, algo mareada y sin poder levantarme. Lo único que puedo pensar es que Snake es un mamón cuando está borracho.

Cuando levanto la vista, hay mucha gente gritando y me doy cuenta de que los están separando. Veo a unos cuatro tipos de seguridad y a dos polis, y hacen falta cuatro de ellos para separar a Snake del fan de los Yankees. Tyler y el de los Sox se apartan solos, pero de todas formas los arrastran por las gradas. Uno de los guardias de seguridad hasta trata de alcanzarme, levantándome del suelo por el codo sin mostrar demasiada consideración. Casi me disloca el hombro al arrastrarme entre las hileras de asientos y me retuerce el brazo de una manera dolorosa y extrañísima.

Nos corren a los cinco: a Tyler, a Snake, al de los Yankees, al de los Sox, todos con labios partidos y ojos hinchados, y a mí. La sección 314 se pone a corear «¡Puta Boston!» mientras nos alejan de allí, y todos aplauden. Las peleas públicas siempre son entretenidas, salvo cuando formas parte de ellas.

Nos guían hacia abajo hasta que estamos dentro del estadio otra vez, y el guardia de seguridad que me tiene agarrada parece fiarse lo suficiente de mí como para soltarme por fin. Snake va gritando y murmurando mientras caminamos, y yo intento hacerlo callar por telepatía antes de que empeore la situación. Se me retuerce el estómago cuando me doy cuenta de que probablemente nos vayan a arrestar por agresión, y me pregunto si debería aprovechar la oportunidad que tengo ahora mismo de informar al guardia de seguridad que tengo a mi lado de que yo no hice nada.

Por alguna razón, sin embargo, ninguno acaba esposado en el asiento trasero de un coche de la poli. Ni los guardias de seguridad ni los polis pronuncian una palabra mientras nos llevan para abajo, hacia el Grand Hall. Lo único que hacen es empujarnos hacia afuera con prisa, darse la vuelta y alejarse.

A estas alturas ya está oscureciendo y mientras hacemos una pausa para pensar en lo sucedido, el fan de los Yankees llama mamón a Snake y pienso que van a volver a pelearse, pero no. Snake se limita a negar con la cabeza y camina hacia nosotros mientras los otros dos tipos se alejan, con las cabezas agachadas.

Tyler se mete las manos en los bolsillos de sus *jeans* y camina a paso tranquilo hacia mí.

—Muy bonito, idiota —dice entre dientes.

Tiene el ojo un poco hinchado y rojo, y Snake tiene un corte en la mejilla.

—Ya, ya, bueno —dice Snake. Se encoge de hombros, intenta darle un empujoncito a Tyler, y luego suspira—. El partido ya había acabado de todas formas. Y ganaron ustedes. Me da igual. Cállate. Ni lo menciones. Vámonos a casa. Quiero dormir, unos dos días seguidos. Dos días o dos meses.

Se da la vuelta y comienza a caminar, cruza la calle y se dirige a la estación del metro. Su equilibrio no es para tirar cohetes y va haciendo eses.

Miro a Tyler con el rabillo del ojo. Parece casi arrepentido, pero también se lo ve agotado y vencido. Logra sonreírme.

—¿En serio nos acaban de correr del estadio de los Yankees? —pregunto—. ¿De verdad nos corrieron de mi primer partido de béisbol?

—Bueno —dice— por lo menos no lo olvidarás nunca.

Seguimos a Snake hasta la estación, y enseguida descubro que hay un lado positivo de que nos hayan corrido del partido antes del final: el metro está tranquilo y hay un montón de asientos vacíos en el tren número 4 para ir al centro. Snake está demasiado apático y borracho incluso para hablar con nosotros, así que pasa todo el viaje de regreso a Manhattan con el entrecejo fruncido. Incluso cuando nos bajamos del 6 en la estación de la calle 77 no nos espera, y me doy cuenta de que es muy mal perdedor. Se va por la avenida Lexington, gira en la esquina de la calle 74, y lo perdemos de vista, pero parece que él llegará al departamento mucho antes que nosotros. Tyler y yo caminamos a un ritmo mucho más lento, a pesar de que no vamos hablando. Pero es una sensación cómoda de todas formas.

Cuando llegamos al edificio ya pasa de las once de la noche y el cielo tiene un color azul intenso. Los faroles arrojan un resplandor cálido sobre las banquetas, y Tyler se detiene al lado de su coche. El Honda Civic desapareció, dejando un hueco vacío adelante del Audi, lo que permite a Tyler estirar la mano, tomarme por la muñeca y conducirme con suavidad hacia el cofre. No dice nada, sólo me sonríe en la oscuridad; sus dientes brillan. Me empuja contra el coche con cuidado.

Ahora me muestra una sonrisa amplia, y sus ojos color esmeralda centellean. Presiona las palmas de las manos sobre el coche a ambos lados de mí y atrapa mi cuerpo entre el suyo y el coche. Me mira a los ojos.

—Parece que Derek Jeter consiguió el *home run*, ¿no?

Me mira con tanta sinceridad que no puedo dejar de sonrojarme, porque, como siempre, en realidad no estamos hablando de Derek Jeter ni de béisbol. Estamos hablando de nosotros y del trato que hicimos: el que se está llevando a cabo en este instante. Ahora nos toca a nosotros hacer un *home run*.

—Supongo que sí —susurro. No puedo hablar más alto.

Tyler asiente y baja la vista hacia el suelo, aún sonríe. Parece que él también está nervioso. Mientras espero a que diga algo, observo las venas de su cuello y de sus brazos, y noto que sobresalen más de lo normal. Sólo aparto la vista cuando siento que me mira, y entonces frunce el ceño y me pregunta:

—¿Por qué no me besaste?

—Tyler... —Suspiro mientras intento escoger las palabras, sorprendida por su pregunta. ¿No es evidente? Trago saliva, miro sus manos a ambos lados de mi cuerpo y pongo las mías encima de las suyas. No levanto la vista—. Sabes que no podía —digo, por fin—. Todo el mundo nos estaba mirando.

Se instala el silencio entre nosotros. Tyler retira su mano derecha de debajo de la mía y recorre mi muslo con sus dedos, y luego mi brazo, despacio. La sensación de su piel cálida junto a la mía parece encender mi cuerpo. Su mano alcanza mi hombro y la mueve con delicadeza hasta ponerla en mi mentón. Entonces levanto la vista para mirarlo con ansiedad desde debajo de mis pestañas. Con una expresión de deseo en los ojos, se atreve a susurrar:

—Ahora nadie nos está mirando.

Empuja su cuerpo contra el mío, levanta la otra mano y pasa sus dedos por mi pelo, y en esa fracción de segundo, su cálido aliento roza mi mejilla. Estrella sus labios contra los míos, con deseo pero con suavidad, y me besa profundamente desde el principio. Es muy repentino pero también familiar, y no puedo hacer otra cosa que hundirme en él. Es la primera vez que me besa en casi dos años, pero parece que sólo hubieran pasado un par de días. Todo es exactamente como lo recuerdo. Los movimientos de su boca contra la mía, mi cuerpo tembloroso cuando me toca, nuestros corazones martilleando en nuestros pechos. Rodeo su cuello con mis brazos y lo atraigo hacia mí, presionando aún más mis labios contra los de él; mis dedos se enredan en su pelo. Sus manos se deslizan de mi cara a mis muslos, y los agarra con fuerza para tomarme en brazos y sentarme en el cofre del coche, empujando mi cuerpo hacia atrás, haciendo que se me caiga la gorra de los Yankees. Sus caricias son como descargas eléctricas, sus labios, aún más, y la energía que explota en mis venas me hace sentir eufórica. Tyler gime bajito justo antes de morderme el labio inferior, besándome con tacto una vez más. Entonces noto su sonrisa en la comisura de mi boca.

Antes de volver a atrapar mis labios con los suyos, susurra contra mi piel:

—Espero que Dean nos perdone.

14

El sábado, estoy sentada en la barra de la cocina, con las piernas cruzadas y los labios fruncidos. Mis ojos siguen a Tyler, que entra al departamento, cruza la sala y se acerca a la cocina por tercera vez. Lleva otra caja de cerveza, me sonríe brevemente mientras la deposita a mi lado en la barra, junto a las demás.

—¿En serio hace falta tanto?

Lanzo una mirada incisiva a la barra. Está cubierta de botellas, salvo el espacio que ocupo yo. Ingentes cantidades de alcohol, desde cajas de Corona hasta botellas de tequila y vodka, hay de todo.

—¿Acaba de preguntar hace falta tanto? —dice Snake soltando un suspiro dramático cuando entra por la puerta. La cierra con una patada mientras acarrea la última caja de cerveza y la deja con las otras. Se vuelve hacia mí y luego niega con la cabeza para mostrar su desaprobación—. Ay, pequeña Eden, de los bosques de Portland, bienvenida al mundo real.

—Vivo en California, Stephen —le digo al momento.

Enfatizo su nombre real y prolongo las sílabas mientras levanto las cejas—. Hace mucho que conozco el mundo real.

La sonrisa de Snake flaquea y mira a Tyler buscando su apoyo, pero él está de pie, mirándonos con los brazos cruzados y una sonrisa en los labios. Se encoge de hombros, y Snake me clava la mirada.

—No me llames así.

—Pues tú no me llames «pequeña Eden, de los bosques de Portland» y no presupongas que no estoy dispuesta a apuntarme a una fiesta.

Sonrío, triunfante, y extiendo la mano, que Snake duda si estrechar. Al final lo hace y pone los ojos en blanco al mismo tiempo. Una vez llegados a un acuerdo, vuelvo a poner las manos en mi regazo y miro el alcohol una vez más.

—Lo que quería decir es si hace falta tanto alcohol para diez personas —digo aclarándome la garganta.

Snake me fulmina con la mirada, con sus ojos grises entrecerrados.

—Por supuesto que sí. A nadie le gusta que se acabe la bebida en una hora. —Muy despacio, su boca cambia de una línea recta a una pequeña sonrisa—. Excepto a las niñitas de los bosques de Portland, según parece.

Tyler suelta una carcajada justo cuando yo levanto el puño de manera amenazante; aunque estoy bromeando, extiendo la mano, pero él me toma de la muñeca. Por si las moscas.

—Bueno, bueno —dice Tyler, contoneando las cejas mientras me mira. Retiro la mano con fuerza y le muestro el dedo medio a Snake—. Aunque me encantaría ver cómo le das una paliza a Snake, tenemos una fiesta dentro de tres horas.

Snake se burla de mí y alcanza una de las cajas de cerveza. Toma una botella y le quita la corcholata en el borde de la barra, cerca de mi muslo. Niega con la cabeza en mi dirección, pero está sonriendo cuando se lleva la botella a los labios. Justo en ese instante se oye el crujido de la puerta del baño, y Emily entra a la cocina con el pelo mojado recogido en una coleta.

—Ah, la bretona por fin ha decidido unirse a nosotros —comenta Snake. Apunta hacia la colección de alcohol con su cerveza—. ¿Qué, impresionada o no?

Emily recorre las botellas con la vista y se ríe por la nariz. Una carcajada ligera y algo tonta que me provoca ganas de resoplar, pero prefiero no mostrar mi irritación, así que cierro los ojos. Me estoy esforzando para que me caiga bien, pero cada día se me hace más difícil.

—Oye, ¿no habías dicho que teníamos limones? —dice Tyler desde el refrigerador mirando por encima del hombro con la boca abierta y el entrecejo fruncido.

Los ojos de Snake se abren mucho.

—¿No tenemos?

Tyler gruñe al cerrar el refrigerador con el codo de forma suave, y toma sus llaves de la barra.

—Vuelvo ahora.

—Voy contigo —se ofrece Emily.

Me bajo de un salto de la barra y me pongo de pie, diciendo a toda velocidad:

—Yo también voy.

«No —pienso—. Ni de broma voy a dejarla a solas con él.»

Tyler nos mira durante un segundo antes de encogerse de hombros como disculpándose.

—Sólo tengo dos asientos, Eden —dice.

Vuelve a mirar a Emily y le sonríe. Luego los dos se dirigen hacia la puerta. Me quedo mirándolos incrédula, y justo antes de que desaparezcan, Tyler dice en voz alta por encima del hombro:

—No se maten.

Cuando se van hay un momento de silencio, y el único sonido que se oye es el que hace Snake bebiendo su cerveza. Suspira con satisfacción, pero no dice nada.

—¿En serio acaba de hacer eso? —pregunto por fin. ¿La eligió a ella en vez de a mí?

—¿Y qué? ¿En serio querías ir a comprar limones? —Snake se ríe como si se estuviera burlando de lo patética que soy y se voltea hacia las bocinas. Apoya los codos en la barra y se pone a juguetear con los ajustes, intentando conectar su celular—. Es mejor que estés aquí, donde puedes ir calentando y tomar ventaja. —Le echa un vistazo de reojo al montón de alcohol.

Estoy a punto de poner los ojos en blanco, pero de repente sus palabras me dan una idea. Ventaja. Claro. Una ventaja me beneficiaría, sólo que no la que Snake tiene en mente.

—Me voy a arreglar.

Sonriendo, me doy media vuelta, salgo de la cocina, cruzo la sala sin volver a mirar a Snake y me meto a la habitación de Tyler.

—¿Tan pronto? —grita Snake, pero no le contesto. Ya cerré la puerta.

Todavía sigo sonriendo, y estoy encantada porque sé exactamente lo que me voy a poner. Una prenda que toda chica tiene y que es lo único que me aseguré de meter en la maleta: un vestidito negro. Un básico. Ella me ayudó a elegirlo hace unos meses, y me aseguró que impresionaría a Dean. Ironías de la vida, ahora me lo voy a poner para conquistar a su hijo.

Me cuelgo el vestido del brazo, tomo algunas otras cosas y me dirijo hacia la sala, esquivando a Snake para conseguir entrar a la regadera antes que él. Si algo he aprendido en las últimas dos semanas es que cuatro personas tardan una eternidad en arreglarse cuando sólo hay una regadera. A veces Snake se da por vencido.

—¿Estás segura de que no quieres nada? —pregunta cuando paso por su lado.

—Totalmente segura —digo.

Corro hacia el cuarto de baño, cierro la puerta con el seguro —incluso lo compruebo, para cerciorarme— y me meto a la regadera. Voy por todo, uso el jabón corporal más espectacular y el perfume más caro, todo en un patético intento de superar a Emily. Sé que no debería rebajarme a esto, pero no se me ocurre nada mejor. Emily tiene su acento. Su pelo parece más suave que el mío. Es tímida de una manera que la hace parecer más simpática que yo. Es inteligente. Y, lo que es más importante, parece recibir la atención de Tyler más a menudo que yo. Lo único que me queda es recurrir a mi vestidito negro.

Únicamente paso quince minutos en el baño tras decidir no lavarme el pelo; sólo salgo y me dirijo a la cocina cuando huelo a vainilla y mis piernas están suaves. No traigo nada más que la toalla, pero ni siquiera me importa pasar rozando a Snake. Llevo el vestido colgando del brazo otra vez. Tengo demasiado miedo de perderlo de vista.

—¿Todavía no regresan? —pregunto por encima del hombro justo antes de llegar a la habitación de Tyler.

—Nop. —Snake hace un pop con los labios al pronunciar la «p» y se encoge de hombros. Sigue bebiendo la Bud Light y escuchando esa música tan rara suya.

Cierro la puerta de la habitación de Tyler y pongo el vestido sobre la cama con cuidado, para no arrugarlo. Me alegro de que Tyler y Emily no hayan regresado todavía. Cuanto más tiempo tenga, mejor. Si Tyler me viera ahora mismo entonces mi patético intento de atraer su atención sería un fracaso total. A no ser que, por supuesto, dejara caer la toalla un poquito más abajo.

«Por Dios, Eden». Niego con la cabeza y me doy la vuelta para tomar mi bolsa de maquillaje, que está en el buró de Tyler. Me siento en el piso, cruzo las piernas, me acerco a los espejos de las puertas del clóset y me pongo manos a la obra. Oigo que Snake sube el volumen de la música en la cocina y pronto es lo suficientemente alta y clara para escucharla a través de la puerta cerrada de la habitación. Puede que sea la primera vez que la escucho, pero no está nada mal. Un poco *indie*, pero es básicamente rock. Muevo la cabeza al compás de las guitarras, lo que me lleva a aplicarme el maquillaje de manera algo irregular. Elijo un *look* dramático pero no demasiado recargado. Me concentro en los ojos, con mucho cuidado para crear un efecto ahumado perfecto, pero el resultado no es lo que esperaba. Cuando ya me convencí de que estoy guapa, paso al pelo.

Ésa es otra tarea totalmente distinta. Lo he tenido recogido en un chongo desordenado todo el día, y cuando intento deshacérmelo descubro que está apelmazado y enredado completamente. No tengo más opción que hacerle una videollamada a Rachael, por mucha vergüenza que me dé. Por suerte, contesta, pero estoy bastante segura de que habría preferido haberme colgado cuando ve el desastre en que tengo el pelo. Respira con dificultad durante un momento, pero al final me guía para convertir mi pelo en un chongo ingenioso y sexy.

—¿Cómo te va en la gran ciudad? —pregunta.

Me está observando en la pantalla mientras sigo sus instrucciones, intentando sujetar los mechones con cuidado.

—Todo es diferente —murmuro, mi voz algo ahogada por las horquillas que tengo entre los dientes. Estoy mirando hacia el espejo, concentrándome en el pelo, pero tengo el teléfono puesto enfrente, mirando hacia mí para que Rachael pueda ver cómo progreso—. La verdad es que me encanta. ¿Qué te parece?

Giro la cabeza hacia un lado para mostrarle la trenza que me estaba haciendo, que he añadido al chongo sin que ella me lo sugiriera.

—Muy bonita, pero aflójala un poco —sugiere Rachael.

Me volteo otra vez, bajando la vista hacia el teléfono, mirándola a ella. Está acostada en su cama, apoyada en sus almohadas, con un *bagel* en una mano y el teléfono en la otra. Por una vez, tiene el pelo recogido en un chongo desordenado y no trae nada de maquillaje. Se oye la tele de fondo.

—Entonces, ¿la fiesta es en el departamento?

—Sí. —Comienzo a aflojar la trenza con los dedos, haciendo que se vea un poco más desordenada—. ¿Y tú? ¿Tienes planes para esta noche?

—Suena genial. Estoy celosa. —Rachael le da un mordisco a su *bagel* y mira hacia la tele mientras mastica. Suspira cuando vuelve la vista al teléfono—. ¿Conoces a Gregg

Stone? Es un año mayor que yo, así que probablemente no, pero por si acaso. Esta noche hay una fiesta en su casa. Tiffani y Dean van, pero yo igual me quedo en casa. Me acaba de bajar la regla.

Le da otro mordisco al *bagel*. Bueno, dos.

—¿Dean va? —pregunto, haciendo una pausa, apartando las manos de mi pelo—. No me lo ha comentado.

—Sí —dice con la boca llena—. Al principio no iba a ir, pero Tiffani lo convenció de que no te extrañaría tanto si se emborrachaba. Así que sí. Ahora va.

—¿Por qué no podía quedarse en Santa Bárbara durante el verano? —murmuro entre dientes, pero Rachael me oye, porque me lanza una mirada asesina. Así es Rachael. Pacificadora. Si hay algo que detesta es que sus amigas no se lleven bien, lo cual es irónico, dado que no es capaz de soportar a Tyler. Alzo la voz y digo—: En serio, ¿por qué le dice que se emborrache? ¿Qué lógica tiene eso?

A Dean nunca le ha gustado mucho el alcohol.

—No es mala idea —comenta Rachael en voz baja. Se encoge de hombros, pone el resto del *bagel* sobre el buró y se sienta—. Está deprimido desde que te fuiste. Necesita vivir un poco.

—Ya.

Trago saliva con fuerza, tomo el spray y me rocío un poco sobre el pelo para que el peinado se quede en su lugar, pero me siento culpable. Estoy esforzándome por estar guapa para Tyler, no para Dean, que está al otro lado del país, aceptando los consejos de mi querida amiga Tiffani de que se emborrache. Me gustaría que no me extrañara tanto.

—¿Y tú qué? ¿Cómo llevas lo de estar sin él?

Bajo la mirada hacia el teléfono.

—¿Qué?

—Sin Dean —dice—. ¿Lo extrañas?

Lo pienso durante un segundo. ¿Lo extraño? ¿De verdad lo extraño? No estoy segura. Me gustaría creer que sí, que pienso en él cada segundo del día, pero la verdad es que no. Estoy demasiado pendiente de estar con Tyler otra vez después de tantos meses y no me queda mucho tiempo para extrañar a Dean. Sin embargo, Rachael está esperando una respuesta, así que digo:

—Lo extraño más que a nadie.

Cuando las palabras salen de mi boca, me siento como la peor persona del mundo.

—Oye, gracias por tu ayuda —digo, forzando una sonrisa mientras hago un ademán de volver a centrarme en mi pelo. Ya está listo, y me gusta—. Aquí ya son casi las siete. Debería terminar de arreglarme. Cuida a Dean.

—Cuenta con ello —dice Rachael.

Nos despedimos, cerramos la videollamada y vuelvo a centrar mi atención en arreglarme para la fiesta en vez de pensar en Dean. Ahora mismo no puedo permitirme pensar en él.

Al final me lleva unos cuarenta minutos perfeccionar el maquillaje y el pelo, y cuando ya lo hice, me siento muy satisfecha. Lo justo como para ponerme el vestido por fin.

Me queda exactamente como lo recordaba: ceñido pero no apretado, sexy pero discreto. Me gusta cómo resalta mi figura, y me quedo mirándome en el espejo durante un rato. Es la primera vez desde hace meses que me arreglo tanto. La última fue en marzo, para el cumpleaños de Rachael.

Todavía me estoy mirando en el espejo cuando oigo voces por primera vez desde hace una hora, voces que no son la de Snake. Voces, de hecho, que suenan como las de Tyler y Emily.

De inmediato me doy la vuelta, casi tropiezo con la bolsa de maquillaje y corro por la habitación. Mi maleta sigue tirada en el piso, sólo hay zapatos adentro a estas alturas, la abro y saco el único par de tacones que decidí traer. Son negros, para hacer juego. Me da miedo que Tyler entre en cualquier momento, así que me los pongo lo más rápido posible y me tomo un minuto para volver a ponerme en equilibrio.

Y antes de que me surjan las dudas, me dirijo directamente hacia la puerta sin ni siquiera mirarme en los espejos del clóset cuando paso por su lado. Todavía me da algo de vergüenza intentar sugestionar a Tyler con mi vestidito negro, pero intento no pensar mucho en ello y giro la chapa de la puerta. Lo único que se me viene a la cabeza mientras abro la puerta de un jalón es: «Dios, los celos son una mierda».

Entro a la sala, de repente muy nerviosa, y bajo la vista de inmediato hacia la alfombra que piso con los tacones. Puedo sentir como me miran los tres, noto sus miradas. Por debajo de mis pestañas, veo a Snake sentado en la barra, donde estaba yo antes, y descubro que los ojos de Tyler, que está al lado de su compañero de piso, se agrandan. Emily está al otro lado de Snake y, para mi sorpresa, es la primera en hablar.

—¡Guau! —dice, su acento es muy marcado—. ¡Estás guapísima, Eden!

Entonces levanto la vista, porque no sé si lo dice con sarcasmo. La observo con tanta intensidad que debo de parecer grosera otra vez. Da la impresión de que nunca le contesto. Ni le sonrío. Es más, la mitad del tiempo ni siquiera doy señales de notar su presencia. Pero su expresión parece sincera, y me doy cuenta de que no está bromeando para nada. Está echándome un cumplido. Siempre me ha encantado que las chicas elogien a otras chicas. Y ahora, de repente, me siento fatal por alegrarme porque ella parece menos que yo simplemente porque aún trae *jeans* y una sudadera con gorra mientras que yo ya me puse un vestido y tacones.

—Gracias —murmuro.

No la puedo mirar directamente, sobre todo porque me siento algo avergonzada, así que me fijo en Tyler y en Snake. Tyler no parece haber caído a mis pies todavía, y Snake asiente con la cabeza.

—Al final, la pequeña Eden de los bosques de Portland no está mal —comenta.

Tiene una sonrisa traviesa en los labios y creo que está esperando a que yo le murmure algo entre dientes, pero no estoy de humor para meterme con él.

Esta noche, sólo estoy de humor para Tyler.

—Estás muy guapa —murmura por fin.

Dirijo mi mirada hacia a la de él. Me está observando, me recorre el cuerpo de arriba abajo con los ojos, y mientras Snake se voltea para cambiar la música y Emily se prepara una bebida, sonríe. Sólo una pequeña sonrisa.

Para mí no es suficiente, así que dejo escapar un suspiro y me dirijo hacia el sillón. Camino de manera exagerada y pomposa por la sala, con la esperanza de que todavía me esté mirando, pero lo dudo. Me siento en el sillón que está más cerca de las ventanas, el que de cierta manera pertenece a Tyler, en el que ha dormido estos días. No estoy muy segura de qué hacer ya preparada tan temprano, así que miro por la ventana. El sol del atardecer brilla, y en la calle el tráfico es infinito, pero eso no es nada nuevo. Me centro en la gente que camina por las banquetas, que desde aquí se ve pequeñita. Me pregunto si vivirán en Manhattan. Si estarán aquí de vacaciones. De viaje de negocios. Visitando a la familia. Si se habrán fugado de casa. Me pregunto y pienso tantas cosas sobre ellos que casi ni me doy cuenta de que Tyler se sienta a mi lado.

Lo miro de reojo.

—Hola —digo.

Justo cuando la palabra sale de mi boca, me hago una nota mental. «¿Hola?».

Pero es como si ni me oyera, porque en vez de responderme, mueve su cuerpo lentamente hacia mí, se pone tan cerca que nos tocamos. Me toma por sorpresa, sobre todo porque Snake y Emily están a sólo unos metros de nosotros, e incluso va más allá y pone su mano en mi rodilla y coloca la cabeza sobre mi hombro.

—Estás más que guapa —me susurra. Su voz tiene un tono provocador y ronco. Clavo la vista en las venas de la mano que puso sobre mi rodilla mientras él respira en mi oreja—. Pero comprenderás que no podía decir en voz alta que me pareces supersexy.

Me aprieta la rodilla con suavidad cuando se aparta de mí, con una expresión tranquila, como si no estuviera coqueteando conmigo. Levanta las cejas de forma inocente. Ahora estoy completamente contenta otra vez, no sólo porque parece que mi vestidito funcionó, sino también porque Tyler vuelve a estar a mi lado.

Incapaz de contestarle, me sonrojo y me muerdo el labio inferior. Entonces veo a Emily con el rabillo del ojo, y me centro en Tyler otra vez.

—¿Por qué se tardaron tanto? Estuvieron afuera una hora.

Tyler se limita a encogerse de hombros.

—Ah, sí, nos pusimos a hablar y…

¿Hablar? ¿Él y Emily se pusieron a hablar? ¿Qué se supone que significa eso? ¿De qué tenían que hablar? Lo único que estaban haciendo era comprar una mierda de limones.

—Bueno, ya está —digo, quitando su mano de mi rodilla a la vez que me levanto—, ahora sí que necesito alcohol.

Puedo escuchar cómo suspira Tyler mientras me alejo, y cuando me dirijo hacia la cocina, Emily se va para arreglarse. Me parece genial que lo haga, porque si se quedara aquí conmigo lo único que recibiría sería una mirada asesina cada cinco minutos. Cuando pasa por mi lado, me reclino hacia atrás contra la barra y le dedico una gran sonrisa a Snake. Intento darle a entender que estoy lista para empezar a beber.

—Barman de Boston a sus órdenes —dice con un acento muy marcado. Incluso me hace una pequeña reverencia.

—Vodka con cola —murmuro.

Escucho que Emily dice algo desde la sala, y cuando echo un vistazo por encima del hombro la encuentro hablando con Tyler. Tiene los ojos clavados en ella mientras caminan hacia las habitaciones, y justo antes de que Emily entre en la habitación de Snake y Tyler en la suya, se ríen de algo.

Vuelvo mi mirada hacia Snake.

—Bien cargado.

La gente llega a las nueve. Las chicas del departamento 1201 son las primeras y no parecen tan locas como esperaba. Se ven un poco nerviosas y creo que puede ser porque también estamos aquí Emily y yo. Se nos presentan a los cinco minutos. Natalie es la más alta de las tres, tiene un cabello largo y sedoso que le llega hasta las caderas, y luego está Zoe, que trae unos lentes enormes con armazón redondo que le quedan muy bien. Ashley es la más baja y la que más fuerte habla de todas. Lo primero que le pregunta a Snake es si más tarde van a tomar chupes en su cuerpo.

Luego aparecen dos chicos de tres pisos más abajo, tardo una hora en averiguar cómo se llaman. El rubio es Brendon. El de pelo cobrizo es Alex. Tyler habla más con ellos que con las chicas, así que al final decido que me caen bien.

Emily acaba invitando a una amiga en el último minuto, así que una chica callada aparece sola por la puerta, y me alegro de que esté aquí. Mantiene a Emily ocupada, lo que significa que no se acercará a Tyler.

El último que llega es el novio de Zoe, un tipo de pelo azul que ya viene pedo.

No seré yo quien lo juzgue, ya que estoy algo más que alegre. Creo que mientras avanza la noche, Snake me prepara las copas mucho más fuertes de lo que le pido, pero estoy demasiado ocupada observando a Tyler para discutir, así que me las tomo sin chistar. Ésa es la razón más probable de que, a la hora de comenzar la fiesta, yo ya esté bailando con las chicas del 1201. Damos muchos saltos y de vez en cuando algunos gritos, y no estoy muy segura de cómo demonios estoy bailando, pero bajo las luces tenues me siento tranquila, como si nadie pudiera verme. Estoy tan relajada que sigo tomando, le sigo pidiendo a Snake más copas, sigo tirando vasos vacíos sobre la barra. A estas alturas ya estoy acostumbrada a esta situación, Rachael me lleva entrenando dos años, pero mi tolerancia al alcohol sigue siendo pésima. Soy tan peso ligero como ella.

Pasan de las once cuando la cabeza me empieza a dar vueltas. Intento convencerme de que es porque la música está muy fuerte, pero sé que me estoy mintiendo, así que me tomo un descanso. Me dejo caer en el sillón, me recuesto y cierro los ojos durante diez minutos. Pensándolo en frío me doy cuenta de que probablemente haya sido lo peor que podía haber hecho, porque cuando me levanto, todo me golpea a la vez. Nada más ponerme de pie me caigo hacia un lado, y lo único que impide que me desplome encima de la tele es Skye, la amiga de Emily, que me agarra, me sujeta hasta que recupero el equilibrio y pone los ojos en blanco. Me preocupa lo borroso que lo veo todo, porque hasta la callada Skye me parece rara cuando la miro.

—¿Estás bien? —pregunta.

Comparada conmigo se la ve sobria como un palo.

—¡Sí, sí!

Sé que no estoy ni medio bien, pero no tengo ganas de hablar con ella, así que le doy un breve abrazo sin saber muy bien por qué y me doy la vuelta para alejarme con paso vacilante.

Veo a Tyler en la cocina, preparando copas. Parece estar sustituyendo a Snake en el papel de barman/DJ, así que decido unirme a él. No se ve muy borracho, si es que lo está, y se muerde el labio mientras observa la bebida que está preparando.

—Hola —digo.

Tal vez arrastro algo las palabras, pero no estoy segura. Con torpeza, limpio un hueco en la barra y me siento en ella. Me resulta mucho más difícil que otras veces, como si tuviera las muñecas rotas, pero al final consigo subirme con gran esfuerzo. Cuando ya estoy arriba, cruzo una pierna sobre la otra y balanceo los pies.

—Hola —repito.

—Creo que deberías dejar de beber —murmura, pero ni siquiera levanta la vista.

Toma una botella de vodka casi vacía y vierte el resto en la copa. No estoy segura de si es para él o para otra persona, pero parece estar más interesado en la bebida que en mí.

—Tyler —digo.

Otra vez, seguramente arrastre las palabras, y hasta puede que no se me entienda nada. Tengo la vista borrosa fija en un lado de su cara. Me gusta cómo su barba incipiente, bien recortada y suave, delinea su mentón y cómo la camisa blanca que lleva se le ajusta al cuerpo. Intento batir las pestañas para él, pero ni siquiera me está mirando, así que hago lo único que se me ocurre. Deslizo mi cuerpo por la barra unos centímetros hasta que mis piernas tocan su cintura. Entonces deja de poner atención a la bebida.

Lo veo tragar saliva mientras sus ojos se dirigen a mis muslos. Froto mi pierna contra su cadera y frunzo los labios, y una expresión bastante culpable cruza su cara. Traga otra vez y levanta la vista para mirarme.

—¿Qué haces?

—¿Qué hago? —repito.

Sonrío lo más seductora que soy capaz ahora mismo, levanto las cejas inocentemente, como si no me diera cuenta de a lo que estoy jugando. El vodka parece haberme dado más confianza. Mucha. Me siento tan segura de mí misma que ni siquiera tengo en cuenta que estamos en su departamento, en una fiesta, con mucha gente.

—Eden. —Tyler pronuncia mi nombre con firmeza, con un leve matiz tenso en su tono, como si estuviera intentando no enojarse. Da un paso hacia la izquierda para apartarse de mí y cortar el contacto. Echa un vistazo rápido por encima del hombro y se asegura de que nadie nos vio—. Aquí no.

—Pero, Tyler —susurro.

Pongo mi brazo por encima de su hombro, extiendo la otra mano y le arrebato la copa. Si estuviera sobria, de ninguna manera me bebería eso, dado que tiene un color algo raro y no tengo ni idea de lo que lleva, pero a estas alturas ya ni me importa. Me llevo el vaso a los labios, lo inclino y tomo un largo trago mientras miro a Tyler por encima del borde. Segurísimo que tiene vodka, y tal vez algo de ron. ¿Jugo de arándanos? Sea lo que sea, sabe bien, y cuando Tyler intenta quitármelo, presiono mi mano contra su pecho para empujarlo hacia atrás.

—No, no.

—Eden, estás borracha.

Tyler me mira durante un largo rato con el ceño fruncido. No estoy segura de si está decepcionado o enojado, pero supongo que lo segundo, porque cierra los ojos un momento mientras suspira.

Me da la oportunidad perfecta para inclinarme hacia delante y besarlo, así que eso es exactamente lo que hago. Rodeo su cuello con mis brazos y presiono mis labios contra el borde de su mentón barbudo, pero no dura mucho.

Se aparta de inmediato y me fulmina con la mirada.

—Eden —bufa—, te lo digo en serio. Para, carajo.

Me deslizo para bajarme de la barra y aterrizo de forma algo torpe, pero una vez que recupero el equilibrio me vuelvo a acercar a él. Intenta dar un paso hacia atrás para apartarse de mí, pero sólo logra dar con la espalda en la puerta del lavadero. Veo el pánico en su cara, recorre la sala bajo la luz tenue con la mirada mientras intenta averiguar si alguien nos está viendo, pero yo estoy tan borracha y tan confusa y tan desesperada por él que todo me da igual.

—Eden —intenta una vez más. Suaviza el tono y su voz se convierte en un susurro. Es difícil escucharlo por encima de la música—. Piensa. ¿Quieres que nos descubran? Porque eso es lo que va a pasar si no paras.

Tal vez estaría más preocupada si no estuviera en un estado tan lamentable y pudiera procesar lo que me está diciendo, pero ahora mismo sus palabras no me entran en la cabeza. En este momento, lo único que siento es desesperación. Estoy desesperada por besarlo, por estar con él, por hacer que todo esto funcione por fin, y lo necesito desesperadamente.

Los labios de Tyler dibujan una línea firme y me toma de la muñeca, dándose la vuelta y abriendo de un empujón la puerta del lavadero. Me jala hacia adentro de una manera no muy suave y cierra la puerta de un portazo, pero casi no se escucha por el ruido de la fiesta. Se queda delante de mí un segundo o dos mientras yo lo miro, esperando. Durante un instante, pienso que se va a dar la vuelta y se va a ir, pero no lo hace. En su lugar, se acerca a mí. Respira hondo, tiene los ojos entrecerrados, y sólo deja de moverse cuando nuestros cuerpos se tocan.

—¿Por qué me lo estás poniendo tan difícil? No me puedo resistir a ti —me susurra justo antes de juntar sus labios con los míos, sus manos toman mi barbilla mientras me empuja contra la secadora.

Me besa de una manera muy diferente a como lo hizo el lunes, cuando estábamos sobre el cofre de su coche. Entonces fue lento, profundo. Ahora es rápido, ansioso. Animado por algún tipo de adrenalina sexual, recorre mi cuerpo con las manos, por encima de mi vestidito negro. Me tiemblan las piernas, y estoy bastante segura de que se debe a una mezcla de excitación por sentir sus labios y de alcohol. Seguramente note el sabor de mi boca, lo mismo que yo percibo el sabor a cerveza de la suya, y lo beso con impaciencia, con fuerza y lo mejor que puedo con la peda que traigo. Mis manos torpes encuentran su cinturón, pero ni he llegado a intentar abrírselo cuando Tyler hace una pausa. Sus manos toman las mías, las aparta y me las sujeta contra la secadora, a mi espalda. Me quedo quieta, con los labios separados mientras recupero el aliento, y Tyler me mira fijamente con incredulidad.

—Derek Jeter hizo un *home run* —jadeo para defenderme.

Estaré borracha, pero sigo siendo perfectamente consciente del trato que hicimos.

Todavía sujetándome las muñecas contra la secadora, baja sus labios hasta mi cuello, trazando una ruta de besos suaves desde la mandíbula hasta la clavícula. Me hace temblar, y lo único que quiero es enredar mis dedos en su pelo, pero cuando intento mover las manos, me las aprieta aún más. Noto su respiración en mi piel mientras deposita un beso prolongado justo debajo de mi oreja.

—Pero, Eden —murmura con voz rasposa—, nadie hace un *home run* al principio del partido.

15

Mientras intento despegar los ojos a la mañana siguiente, estiro los brazos entumidos. Toco la pata de la mesita de centro y sólo entonces me oriento y me doy cuenta de que estoy acostada en el suelo. Noto que la alfombra de la sala está pegajosa por las bebidas derramadas, y cuando por fin me obligo a abrir los ojos completamente, la sala se vuelve más nítida. Un débil chorro de luz ilumina el departamento, pero no es ni fuerte ni ámbar para que sea el amanecer. Podría ser cualquier hora. Podría ser media tarde. ¿Quién sabe? Yo ni siquiera sé cómo o cuándo acabó la fiesta. Lo único que recuerdo es que estuve besando a Tyler en el lavadero. Después de eso… Nada. En blanco.

Con el rabillo del ojo, veo mis tacones a unos metros de mí. No recuerdo habérmelos quitado. El departamento apesta a tabaco y a alcohol, y creo que no me he sentido tan asquerosa en la vida. Con torpeza y algo avergonzada, me levanto del piso, donde claramente debo de haberme echado a dormir borracha a quién sabe qué hora de la madrugada. Llevo de pie una fracción de segundo cuando siento un repentino dolor punzante en el lado izquierdo de la cabeza, y respiro lo más hondo que puedo en un intento fallido de hacer que desaparezca. No sirve de nada. De hecho, parece empeorarlo. El dolor punzante se hace más agudo, un picotazo. Me froto las sienes mientras recorro el departamento con la mirada, pero lo único que veo es que está lleno de basura. Botellas de cerveza medio vacías, vasos de plástico aplastados y vasitos de *shots* desperdigados por las barras de la cocina. Cuando miro alrededor de la sala me siento algo aliviada al descubrir que no soy la única que se durmió aquí. Hay dos más.

Snake está en uno de los sillones, con el pelo rubio alborotado, boca abajo con la cabeza enterrada en los cojines negros. Está roncando bajito y no tiene facha de que vaya a despertarse enseguida, así que tomo su brazo, que está colgando por el borde del sillón, y lo coloco al lado de su cuerpo.

En el otro sillón, uno de los chicos que viven tres pisos más abajo está acostado con la cabeza hacia abajo. Es el del pelo cobrizo, Alex. Tiene la mandíbula tan abierta que pienso que tal vez se le haya desencajado.

Me masajeo las sienes en un segundo intento por calmar el dolor de cabeza mientras me dirijo hacia la cocina, con la vista clavada en la cafetera y en nada más. Qué bien me vendría una taza, o cinco. Una parte de mí piensa si despertar a Snake y a Alex para ofrecerles un café, pero justo entonces paso por delante del espejo de la pared de la sala.

Me detengo. Me acerco despacio. Aparto los labios, horrorizada. Mi vestido ya no es discreto. Parece haberse deslizado hacia arriba por los muslos mucho más de lo que debería, y yo agradezco que nadie más esté despierto para verlo. Me ajusto el vestido lo más rápido que puedo y no suspiro por mis fachas. El maquillaje con el que me esmeré tanto no sobrevivió. Tengo los ojos como un borrón, y manchas negras y plateadas decoran toda mi cara. Noto los pegotes de rímel y mis ojos se ven hinchados e inyectados en sangre. La mitad del pelo se me salió del chongo que traía. Tengo mechones sueltos por todas partes, y una vez más, suspiro. Suspiro, suspiro, suspiro. ¿Por qué habré bebido tanto?

Sé la respuesta. Es obvio. Fue por Tyler. Fue por Tyler y por Emily y porque les tomó más de una hora comprar los limones en una maldita tienda. ¿Por qué acabaron platicando? No sé de lo que hablaron. No sé adónde fueron. Lo único que sé es que no quería pensar en ello, y Snake estaba a cargo del alcohol, y de repente me pareció mucho más atractivo emborracharme en ese momento. Anoche, beber mucho no me pareció una idea tan horrible. Ahora veo que fue lo peor.

Me siento zombi y tengo el estómago revuelto, y cuando me aparto del espejo se me ocurre otra cosa que no tiene nada que ver con el café. Ahora me doy cuenta de que no veo a Tyler. Normalmente duerme en el sillón en el que Alex está acostado. Mis ojos rápidamente miran hacia la puerta de su habitación. Está cerrada y es lógico que quisiera recuperar su cama dado que yo me quedé dormida en el piso y estaba claro que no la iba a utilizar. No puedo dejar de preguntarme si intentó ayudarme a levantarme o si decidió dejarme allí sin más. A lo mejor él se quedó dormido antes que yo. A lo mejor ni siquiera se dio cuenta de que estaba allí tirada. Sea como sea, ahora tengo el cuerpo adolorido por haber pasado la noche en el piso.

Tyler normalmente se despierta antes que yo, pero hoy no, así que decido invertir los papeles por una vez. Hoy lo despertaré yo. Hoy le llevaré el café yo.

Paso por entre los sofás, entre Snake y Alex, y estiro la mano hacia la chapa de la puerta de Tyler. Se oye un suave clic, y con suavidad la abro completamente. La habitación está totalmente a oscuras, sólo la luz del sol de la sala me permite ver algo. Hace mucho calor y el aire está cargado.

—¿Tyler? —Hablo bajo, suave. Entrecierro los ojos hacia la cama mientras se adaptan a la falta de luz. Puedo ver su contorno. No se mueve—. Tyler —llamo otra vez, un poco más alto—. Despierta.

Se mueve un poco, poniéndose con suavidad de lado, ahora de cara hacia mí. Hunde la cabeza en la almohada y murmura:

—¿Qué hora es?

—No tengo ni idea —digo. Mantengo la voz baja—. ¿Quieres café?

Sin pensarlo, enciendo las luces, y hay tanta claridad que Tyler gime y se tapa la cabeza con las sábanas a toda prisa.

—Joder, Eden —balbucea.

—Mierda. Perdón.

Estoy a punto de apagar las luces, pero entonces oigo un leve y bajito «Humm» y me detengo en seco. Debo de haberlo imaginado. Es demasiado agudo para ser la voz de Tyler.

Las sábanas se mueven. Pero Tyler está quieto. Mis cejas se levantan con rapidez mientras voy descifrando lo obvio poco a poco. Mi mente cruda va procesándolo todo a un ritmo demasiado lento. Emily emerge de debajo de las sábanas. Sus ojos se encuentran con los míos y de repente parece despierta completamente. Las dos nos quedamos paralizadas. No sé por qué estoy tan sorprendida de encontrarla aquí, al lado de Tyler, sin nada más que un sujetador de encaje negro. Se le entrecorta la respiración y toma las sábanas, las abraza alrededor de su cuerpo y mira de reojo a Tyler. Él también se levanta como un rayo.

Siento todo el cuerpo entumido, y lo único que puedo hacer es sacudir la cabeza mientras doy un paso hacia atrás en dirección a la puerta. Lo sabía.

—Eden —dice Tyler.

Aparta las sábanas y se levanta de la cama. Todavía lleva puestos los *jeans*, pero los tiene bajados y se le ven varios centímetros de los bóxers negros. El elástico le aprieta los músculos del vientre. Si esto sucediera en cualquier otra circunstancia, estaría mirándolo embobada y mis ojos probablemente estarían vidriosos. Pero en este instante estoy demasiado dolida como para que me importe.

—Ni se te ocurra —susurro. Lo aparto de mí de un empujón cuando se me acerca, me doy la vuelta a toda prisa y salgo de la habitación con un enojo monumental. Lo noto detrás de mí, lo que me enoja aún más. Me detengo a la mitad de la sala, me doy la vuelta y lo fulmino con la mirada, furiosa—. ¿Sólo amigos?

—Te estás equivocando totalmente —dice. Pone sus manos sobre mis hombros y me mira intensamente. Tiene los ojos muy abiertos.

—No, Tyler. —Intento encogerme de hombros para quitarme sus manos de encima, pero él no me deja—. Lo sabía. Sabía que había algo más y ahora me siento estúpida por haberte creído cuando me dijiste que no había nada entre ustedes. —Se me quiebra la voz y no puedo descifrar si estoy decepcionada o enojada o las dos cosas. Creo que las dos. Me siento decepcionada porque haya otra chica y estoy enojada porque me mintió—. ¿Qué hicieron ayer por la tarde? ¿Cogieron en el coche?

—Eden —dice, la mandíbula se le tensa. Respira hondo y entrecierra los ojos mientras me mira—. Sólo somos amigos. —Exhala y por fin suelta mis hombros—. Ayer nos quedamos dormidos. No pasó nada.

Parte de mí podría reírse. ¿En serio cree que soy tan ingenua? ¿Tan estúpida? Doy otro paso para apartarme de él.

—¿Y acabó semidesnuda? —Mi tono es despectivo y mi voz está cargada de veneno. Si no estuviera tan enojada tal vez me pondría a llorar—. Muy bonito, Tyler.

—Hacía un calor de la fregada, ¿sí? —dice enojado, con los ojos llenos de ira. Había controlado bastante bien su mal humor hasta ahora.

—No te creo —le susurro.

De la nada, escucho gemir a Snake.

—¿Qué demonios hacen, chicos? —Su voz es rasposa, y Tyler y yo volteamos la cara hacia él al mismo tiempo. Snake nos mira desde el sillón, sentado, con los ojos pesados.

Miro a Tyler de nuevo. Está negando con la cabeza, o a Snake o a mí o a ambos. Con una expresión dura, se da la vuelta y se dirige hacia la puerta. Ni siquiera se toma la molestia de ponerse una camiseta.

—¿Adónde carajos crees que vas? —grito, exasperada.

¿Cómo se atreve a irse? Eso lo hace parecer culpable. No se resuelve nada y me siento incluso más molesta que hace un segundo.

—¡A la azotea! —contesta Tyler de mala leche, cerrando de un portazo. Me quedo mirando la puerta con cara de no entender nada.

—¡Joder! —dice Snake—. ¿Qué demonios les pasa?

Se pone de pie y me fulmina con la mirada como si todo fuera culpa mía mientras se arrastra hacia la cocina. No tiene muy buen equilibrio y existe una pequeña posibilidad de que todavía esté borracho. Sin embargo, con todo el escándalo, Alex no parece haberse inmutado. Todavía está dormido.

—Pasa que Tyler es un mentiroso —murmuro.

Los ojos de Snake no se apartan de mí mientras merodea cerca de la cafetera. Me mira pestañeando con curiosidad, como si estuviera esperando a que lo ponga al día con lo que pasó. Es una explicación que no le voy a dar.

—Snake —digo—, por favor, por favor hazme un café antes de que me caiga muerta.

—¿Eden?

Me volteo al instante hacia la voz de Emily. Está en la puerta de la habitación de Tyler y ya se puso algo de ropa. Ropa de Tyler. La camisa que traía anoche. Eso me enoja todavía más.

—¿Qué?

Cruzo los brazos sobre mi arrugado vestidito negro que ya no es nada atractivo.

Emily se toca las puntas del pelo y se enrolla algunos mechones alrededor de los dedos.

—¿Puedo hablar contigo?

La verdad es que parece avergonzada, y su voz tiembla un poco. No me hace sentir ni una pizca de compasión. De hecho, también la hace parecer culpable.

—No creo que me puedas decir nada para justificarte —afirmo en voz alta y con firmeza, para que capte el mensaje de que estoy muy enojada. De fondo se oye la cafetera, y soy consciente de que Snake nos mira a las dos. Entonces decido que prefiero no meterlo en esta situación. Aprieto los labios para formar una línea firme y añado—: Pero bueno.

Con los brazos aún cruzados, cruzo la sala y entro a la habitación de Tyler, rozando a Emily al pasar por la puerta. Por suerte, tiene dos dedos de frente y la cierra para tener algo de intimidad, y enciende las luces. Ahora, nadie se queja.

—Eden —comienza—, sé lo que parecía y sé que estás enojada. O sea, es tu hermano, así que te resulta raro, ¿no? —Gesticula mucho al hablar y tiene los ojos muy abiertos. Parece que quiere hacerme creer que es inocente, pero me mantengo firme y me limito a pestañear—. No nos acostamos —dice en voz baja—. Te lo digo en serio, no hicimos nada. Sólo somos colegas.

Me podría quedar aquí y discutir con ella todo el día, pero empiezo a procesar sus palabras y me tomo un momento para ordenar mis pensamientos. «Es tu hermano, así que te resulta raro.» Eso es lo que ella cree. Debo de parecer una hermanastra loca demasiado sobreprotectora, y entonces me doy cuenta de que olvidé por completo que ninguno de ellos sabe lo que pasa en realidad. Alex no lo sabe. Snake no lo sabe. Emily no lo sabe. Ninguno de ellos sabe que estoy enamorada de Tyler. Ninguno tiene ni idea.

Y ahora sólo parezco una loca.

Sé que necesito calmarme, hayan cogido o no; si no mi rabia parecerá fuera de lugar. Culpables o inocentes, tengo que dejar que se queden libres de culpas. No sé si están diciendo la verdad o si están mintiendo descaradamente, pero de todas formas, suspiro.

—Bueno —digo. Me resulta difícil obligarme a aparentar que estoy tranquila, que no me importa, pero lo hago porque mantener mi secreto con Tyler es lo más importante—. Sé que en realidad no es asunto mío. Es que es raro porque ésta es mi habitación mientras estoy aquí.

—Sinceramente, Eden, nunca te haría eso —dice.

Parte de mí se pregunta si me está mintiendo, pero una hermanastra no lo cuestionaría, así que me callo. Parece que cada día se hace más y más difícil seguir fingiendo que no pasa nada. Se me olvida que para todo el mundo somos hermanastros. Para Tyler y para mí, somos mucho más.

Tocan a la puerta de la habitación de Tyler, y Snake la abre de un jalón sin esperar a que le digamos que pase. Trae tres tazones de café humeante y le da uno a Emily y otro a mí, quedándose el tercero para él.

—Me pareció que lo necesitaban —dice, y hace un movimiento con la cabeza.

Él también sigue con la misma ropa de anoche, sólo que tiene desabrochados los botones de la camisa. Tiene un tatuaje de un sol en el pecho y se da cuenta que Emily y yo lo estamos mirando fijamente.

—Es porque yo soy igual de ardiente —contesta antes de que le podamos preguntar. No estoy segura si está bromeando o no.

De todas maneras, la cabeza me sigue retumbando, rodeo el tazón de café con las manos muy fuerte y me largo a la sala sin siquiera mirar a Emily. Un horrible tufo a alcohol parece impregnar el aire de todo el departamento, y cuando me siento en el sillón, miro fijamente durante un rato a Alex, que sigue acostado al otro lado de la mesita de centro. Todavía no se ha movido ni un centímetro.

Mientras Snake cruza la sala a tropezones para sentarse a mi lado, lo miro de reojo y luego señalo con la cabeza al tipo que pasó la noche aquí.

—¿Lo puedes despertar?

—No —dice Snake con un movimiento de la cabeza—. Le diré a Brendon que venga por él. —Bebe ruidosamente un sorbo de su café, y suspira al tragar—. Carajo, estoy hecho mierda. ¿Cómo vas tú?

—No muy bien —admito. Esto hace que me dé cuenta de que me sigue doliendo la cabeza, y de repente parece que empeora. Sin embargo, agradezco no tener náuseas—. ¿Tienes algún analgésico?

—En la segunda puerta por la izquierda, en el estante de arriba —me informa Snake, señalando hacia la cocina con la taza.

Me pongo de pie, tomo un buen sorbo del café antes de dejarlo en la mesita y arrastro los pies hacia la cocina. Hasta caminar requiere un gran esfuerzo. Me duele la espalda por haber dormido en el suelo y me iría bien descansar algo, pero estoy demasiado irritada para dormir. Abro el estante, me pongo de puntitas y revuelvo en su interior. Mis manos sólo parecen tocar encendedores.

—¿Fumas o qué? —le digo a Snake en voz alta por encima del hombro.

—¿Eh? —pregunta perplejo. Levanto un encendedor mientras con la otra mano sigo buscando, sin voltearme—. Ah, eso —dice—. No, no fumo. ¿Ya encontraste los analgésicos? Es una caja roja.

—Sí, aquí están —respondo. Tomo un vaso de agua y me tomo un par de pastillas, con la esperanza de sentirme mucho mejor, y vuelvo a la sala por el café. No me siento, sólo clavo mi mirada derrotada en Snake—. Voy a refrescarme un poco. —Miro a Alex con el ceño fruncido. Me estoy empezando a preguntar si sigue vivo—. Asegúrate de que se vaya a casa.

Snake asiente con la cabeza y se acomoda aún más en el sillón. Detrás de él, Emily pasa corriendo de la habitación de Tyler a la de Snake, que técnicamente es la suya. Igual que la de Tyler es mía durante el verano. Todavía tiene puesta la camisa de Tyler, pero lleva en la mano el vestido y los tacones, y se ve avergonzada. Por lo menos la vuelta a casa sólo es de menos de un metro.

Agradezco que haya salido de la habitación de Tyler, porque así puedo tomar ropa limpia. Me dirijo hacia allí con el café en la mano, y cuando entro a la habitación, me sorprende ver que Emily lo ordenó todo. Las cortinas están corridas y las ventanas están abiertas para permitir que entre luz y aire fresco. La cama está hecha a la perfección, las almohadas, ahuecadas. Incluso mi ropa desperdigada por la habitación se ve más ordenada.

Tomo un pants y una sudadera, y corro al cuarto de baño antes de que me gane Emily. Un regaderazo caliente es lo mejor para aliviar la cruda, así que subo la temperatura y me quedo debajo del agua, con la espalda apoyada en la pared y los ojos cerrados. Me quedo así un rato, inmóvil, respirando. Hago todo lo posible por relajarme, pero no creo que pueda. Sigo furiosa con Tyler. Con Emily no tanto. Ella no sabía lo que hay entre Tyler y yo, y por lo menos fue lo suficientemente valiente para quedarse en el departamento, no como Tyler, que salió corriendo a la primera de cambio.

Paso media hora en el baño, me lavo el pelo y me visto, me pongo la gorra de la sudadera sobre la cabeza y salgo como flotando. Llevo el vestidito negro en la mano. Creo que no me lo volveré a poner jamás. Me agacho y recojo los tacones del piso de la sala mientras paso, y veo que Alex ya no está en el sillón. Emily y Snake aparecen de la nada, los dos corren al baño, pero ella llega primero, le cierra la puerta a Snake en la cara y éste gruñe.

—¿En serio? —le grita a través de la puerta—. Ustedes se tardan un montón. Yo sólo cinco minutos. Ándale. Déjame pasar a mí primero.

—Podemos ponernos a limpiar —le sugiero desde el otro lado de la sala. Snake estira el cuello y me mira fijamente—. ¿Qué? —pregunto—. Vamos a tener que hacerlo en algún momento.

Vuelvo a la habitación de Tyler para tirar mi vestido y mis tacones sobre la maleta, sin molestarme en meterlos, y me reúno con Snake. Para mi sorpresa, no me cuesta mucho convencerlo de que me ayude. Durante los veinte minutos que Emily pasa en el baño, los dos nos ponemos manos a la obra. Comenzamos por la cocina, metemos a presión todo el alcohol que sobró en el refrigerador y apretamos las botellas y las latas vacías en bolsas de basura. Las barras están pegajosas por las bebidas que se derramaron, así que mientras yo las limpio, Snake reúne todos los caballitos y popotes desperdigados por el departamento, quejándose mientras lo hace.

En cuanto Emily abre la puerta del baño, Snake sale disparado, e intercambian papeles. Ahora Emily me ayuda con la limpieza, y ninguna de las dos habla mientras trabajamos. El silencio comienza a ser demasiado tenso, así que enciendo la tele para que haya ruido de fondo. Abro todas las ventanas que puedo y echo aromatizante por todos lados. Emily saca la aspiradora del lavadero y la pasa por todo el departamento, incluso por las habitaciones. Dejo que ella termine y me encierro en la habitación para secarme el pelo. Cuanto más tiempo pasa, más me pregunto por qué está tardando tanto Tyler.

Ya lleva en la azotea más de una hora. Antes nunca le tomaba tanto tiempo calmarse. Cuando Snake sale de la regadera, lo envío a ver qué está haciendo Tyler. Pone los ojos en blanco cuando se lo pido, pero lo hace de todas formas. A los cinco minutos, regresa.

—No está —dice, encogiéndose de hombros.

Levanto la vista de la tele, y lo miro con cara extrañada y el ceño fruncido. No estoy segura de si me está tomando el pelo o no.

—¿Qué?

—No está en la azotea.

—Entonces ¿dónde está?

No estoy segura de adónde puede haber ido. No hay manera de que haya salido del edificio. No llevaba nada más que los *jeans*.

—Ni idea —dice Snake. Vuelve a encogerse de hombros y apoya la espalda en la barra, y entonces es él quien me mira con cara extrañada—. ¿Por qué discutían?

—Por nada —digo a toda prisa. Probablemente al final lo descubrirá, pero ahora mismo no tengo ganas de hablar de ello.

Snake me mira con el entrecejo fruncido y estoy esperando a que insista, pero ni se molesta en perder el tiempo. Se acerca al refrigerador y busca algo de comer.

Dirijo la vista hacia el televisor, pero no me concentro para nada. Estoy pensando en Tyler. A pesar de que ahora mismo no tengo ganas de hablar con él, decido intentar llamarle al celular, pero es inútil. Su teléfono suena en la habitación. Cuelgo y dejo escapar el aire en un gesto entre un suspiro y un gemido. ¿Dónde demonios estará?

No todo es malo, sin embargo. Están pasando *La dama y el vagabundo* en la tele. Snake se burla de mí desde la cocina durante unos quince minutos mientras engulle sándwiches como un cerdo, pero lo ignoro y subo el volumen cada vez que abre la boca. Las películas de Disney no son infantiles, como él cree. Tampoco son tontas, y cuando deja de reírse de mí por verlas, decide ir a visitar a las chicas del 1201 para ver si están tan crudas como él.

Es agradable lograr algo de paz. Emily, por otro lado, no ha salido de la habitación de Snake desde hace más de cuarenta minutos, y pienso que debe de haberse quedado dormida. Tengo la sala para mí sola, sin nadie que se queje de la película, y aprovecho la ocasión para acostarme en el sillón y ponerme cómoda, acurrucándome entre los cojines.

Veo la película completa antes de que regrese Snake y de que se despierte Emily, y ahora ya pasaron casi tres horas desde que Tyler salió hecho una furia. No tengo ni idea de adónde puede haber ido. Podría estar escondido en el 1201 o en el departamento de Alex y Brandon. Podría haberse encerrado en su coche para evitarme. Podría estar en cualquier lugar del edificio. Tarde o temprano, tendrá que regresar y enfrentarse a mí.

Justo en ese momento, oigo que abren la puerta del departamento y supongo que es Snake. Pongo la tele en silencio, me levanto del sillón y miro hacia la puerta. Mis ojos se topan con los de Tyler.

—Ya era hora —recrimino. Ansioso, cierra la puerta tras de sí y baja la vista hacia la alfombra. No sé cómo ha logrado cambiarse, pero trae unos shorts negros y una camiseta gris—. ¿De dónde sacaste esa ropa?

—Tenía la maleta del gimnasio en el coche —dice en voz baja. Se mordisquea el labio inferior durante un segundo antes de prepararse y caminar hacia mí—. ¿Dónde están los demás?

—Snake está con las chicas del 1201 y creo que Emily está durmiendo, así que ahora es el momento perfecto para que seas sincero conmigo. —Me pongo de pie y apago la tele, el silencio nos rodea mientras paso al lado del sillón. No me detengo hasta que estoy delante de él—. Por favor, dime qué está pasando.

—No pasa nada, Eden —responde Tyler. Su voz es suave y sincera, mucho más serena que antes. Tiene los ojos tranquilos y apagados, aunque un poco inyectados en sangre—. No entiendo por qué no me crees. ¿Qué he hecho para que dudes de mí? ¿Cuántas veces necesitas que te diga que Emily y yo somos sólo amigos? —Habla con firmeza—. Anoche no pasó nada —afirma muy despacio—. Nunca ha pasado nada y nunca pasará.

—Es agradable saber que te acurrucaste junto a ella en la cama y a mí me dejaste tirada en el piso —murmuro, porque es lo único que se me ocurre decir ahora mismo.

Es como si Emily tuviera prioridad. Como si Tyler hubiera tenido que elegir a quién cuidar anoche y claramente la hubiera elegido a ella, lo cual no da credibilidad a lo que me está diciendo ahora.

—¿Dormiste en el piso? No lo sabía.

Lo único que puedo hacer es quedarme mirándolo. Parece sincero, pero Tyler es muy buen actor. Hace años nos tenía a todos engañados. Nadie sospechó que por dentro estaba roto y que no era el tipo duro que todos pensaban. Guardar secretos es lo que mejor se le da. Ahora mismo podría estar mintiéndome.

—No sé qué pensar, Tyler —murmuro por fin.

—¿Ves que la mire a ella igual que a ti? —me pregunta. Da un paso hacia mí y me mira por debajo de las pestañas; las comisuras de sus ojos se arrugan.

—No.

—Pues eso, Eden —dice frustrado—. Me está empezando a estresar que dudes de mí todo el tiempo, y he estado pensando cómo demostrarte que sólo te quiero a ti. —Deja de hablar un momento, niega con la cabeza y suspira—. ¿Sabes qué? A la mierda todo. No te quiero. Te necesito.

—¿Me necesitas? —repito.

—Te necesito —confirma, asintiendo con la cabeza—. Te necesito porque eres una de las pocas personas en las que confío. Te necesito porque tú me viste como solía ser y aun así te quedaste conmigo. Te necesito porque estoy enamorado de ti, Eden, y no tengo ni idea de cómo podré dejar de quererte. —Sus palabras me golpean tan fuerte que creo que ni siquiera pestañeo. Me quedo allí, escuchándolo, y está clarísimo que no finge. Su voz incluso suena al borde de la súplica—. Tengo algo que servirá como prueba.

Muy despacio, se enrolla la manga izquierda de su camiseta para revelar su bíceps, más grande que nunca, envuelto en plástico transparente. Debajo, veo tinta negra y brillante. Mordiéndose el labio, Tyler se quita el plástico con mucho cuidado y gira el brazo para que lo vea. Escrito con tinta en letras pequeñas, en negrita, veo mi nombre. Nada más. Sólo cuatro letras. Tan simple y sin embargo tan estúpido… Primero me quedo desconcertada, pero entonces enseguida me irrito.

—Estarás bromeando, ¿no?

¿Cómo se le puede haber ocurrido hacer esa locura? Entrecierro los ojos y miro el tatuaje un rato más mientras intento averiguar si es de *henna*. Espero que lo sea, pero tiene la piel roja y levantada y hay algunos rastros de sangre. Siento que el pecho se me hunde por la angustia.

—Es de verdad —dice Tyler, lo que es muy evidente—. Permanente.

—Perdiste la cabeza.

Doy un paso hacia atrás sin apartar los ojos de su brazo. Mi nombre. ¿No se da cuenta de que la gente viene y va? ¿No sabe que las cosas pueden cambiar? Ahora mismo parece que lo que hay entre nosotros, sea lo que sea, es real y eterno, pero la verdad es que ninguno de los dos puede saber lo que pasará en los meses y años que aún están por venir. Todavía aturdida, logro apartar mis ojos del tatuaje y dirigirlos a sus ojos

—¿Y si elijo a Dean, Tyler? —susurro.

—Sé que no vas a elegir a Dean —dice, negando con la cabeza.

—¿Cómo estás tan seguro?

—Porque si quisieras seguir con Dean, no habrías hecho el trato conmigo —dice, y tiene razón—. No habrías animado como una loca a Derek Jeter.

—Todavía no he elegido —suelto de pronto. Pero en realidad creo que sí. Creo que ya sé que al final va a ser Tyler. Si creyera que Dean podría seguir albergando esperanzas, no estaría haciendo esto. No estaría evitándolo a toda costa—. Pero da igual, esto es una estupidez monumental, Tyler —murmuro, señalando con la cabeza el tatuaje de su brazo.

Tyler baja la vista y lo observa un momento.

—A mí me gusta.

—¿Y qué vas a hacer cuando volvamos a casa y lo vean nuestros padres?

Me cruzo de brazos. Estoy empezando a entrar en pánico de sólo pensarlo. A lo mejor podríamos quedarnos en Nueva York. A lo mejor podríamos escondernos aquí y no volver a Santa Mónica jamás. No me importaría.

—¿Cómo vas a explicarlo? ¿Eh?

La mirada de Tyler se encuentra con la mía otra vez, sus ojos se ven vibrantes y muy abiertos. Se encoge de hombros.

—Supongo que tendremos que decirles la verdad —dice.

Y ante mi sorpresa, sonríe como si pensara que si la gente llegara a saber nuestro secreto no sería el fin del mundo.

16

—Ehhh —digo el miércoles a última hora de la mañana mientras observo el plato que Tyler me acaba de pasar. Muy considerado él, decidió prepararme un pan tostado como desayuno tardío. Para mi desgracia, está quemado, negro—. A ver cómo te lo digo… ¿es comestible? —Lo tomo y doy golpecitos con él en el borde del plato. Está duro como una piedra. Le dedico una pequeña sonrisa a Tyler—. Bueno, la intención es lo que cuenta, ¿no?

Tyler se ríe desde el otro lado de la barra, negando con la cabeza mientras se lleva las manos a la cara.

—Mi mamá no estaría orgullosa de mí ahora mismo —balbucea, riéndose de su engendro. Se levanta, toma el plato y tira la tostada a la basura sin vacilar—. Voy a intentarlo otra vez —dice mientras se voltea hacia mí de nuevo. Con las manos en el borde de la barra, me mira con ojos ardientes—. En realidad, puede que necesite tu ayuda experta.

Pongo los ojos en blanco y rodeo la barra para unirme a él en la cocina, apartándolo de un codazo mientras tomo el pan blanco. Pongo cuatro rebanadas en la tostadora y bajo la palanca para que se doren; mientras, me apoyo de espaldas en la barra y me cruzo de brazos.

—¿Tienes diecinueve años y no puedes hacer pan tostado sin quemarlo?

—En mi defensa —dice Tyler despacio, sonriendo—, estaba demasiado ocupado mirándote a ti.

Le doy un golpe en el brazo, con cuidado de no tocar el tatuaje de su bíceps, que ya empezó a cicatrizar, y luego frunzo los labios.

—¿Me puedes decir algo en español?

Tyler levanta las cejas hacia mí con sospecha y se cruza de brazos como imitándome.

—¿Vas a pasar el resto de la vida pidiéndome que hable en español?

—Bueno —digo, encogiéndome de hombros tranquilamente—, tiene su punto sexy.

Se ríe otra vez, y durante un momento, me limito a observarlo. Estudio la expresión de sus ojos. Escucho. Hace dos años jamás se reía así. Nunca se reía de verdad. Entonces siempre lo hacía de forma sarcástica y dura, pero ahora su risa es suave y agradable y feliz. De nuevo puedo sentir el halo positivo que lo rodea, igual que cada día, de una forma que jamás había visto. Creo que verlo feliz de verdad es lo más atractivo. No me podría sentir más orgullosa de cómo ha cambiado. Estoy sonriendo, pero él no parece darse cuenta de cómo lo estoy mirando.

—*Me muero por besarte** —dice sonriendo.

Las palabras me suenan e intento recordar dónde las he oído. No tardo mucho en acordarme.

* En español en el original.

—¿Eso no significaba que…?

—Me muero por besarte —termina él. Levanta una ceja y da un paso hacia mí—. Sí, sí significa eso. —Antes de que pueda reír o sonrojarme o reaccionar de alguna manera, me planta un beso en los labios. Sólo uno. Rápido. Y luego otro, con suavidad, mientras pone sus manos en mi cintura—. Dime algo en francés.

Lo miro desde debajo de mis pestañas. Creo que me está contagiando su buen humor. Hago acopio de valor y decido murmurar:

—¿Qué te parece *je t'aime*?

Tyler ni pestañea, aunque la expresión en sus ojos cambia.

—Sólo si a ti te parece *te amo** —dice bajito.

Sigue sonriendo, como yo, y creo que los dos sabemos que todavía no estamos listos para decirlo en inglés. Una vez más, presiona sus labios contra los míos, y justo cuando creo que se va a convertir en un beso apasionado con lengua, los panes saltan.

Tyler se aparta de mí riéndose antes de que yo haya tenido la oportunidad de mirar hacia la tostadora, y cuando lo hago, dejo escapar un suspiro. Se quemaron otra vez.

—Creo que deberíamos darnos por vencidos con el pan tostado—digo. Y no puedo reprimir la risa. Qué ridículos somos.

—Vaya que sí —dice Tyler—. Te invito a comer afuera para compensar. Donde quieras, yo te sigo.

Estoy a punto de aceptar su oferta cuando mi celular empieza a sonar en la mesita de centro de la sala. Paso por

* En español en el original.

su lado y me dirijo hacia allí. No es la melodía de llamada normal, y cuando tomo el teléfono y miro la pantalla, me doy cuenta de que es porque se trata de una videollamada. Y es de Dean.

Sin pensarlo dos veces, voy a rechazarla, pero me freno en seco justo antes de tocar la pantalla. Sigue sonando, y Tyler me mira con sospecha desde la cocina. No he hablado con Dean desde el domingo. Sé que tengo que contestar, así que miro a Tyler y me encojo de hombros en señal de disculpa y acepto la llamada.

—Holaaa —digo, lo más alegre que puedo sin que se note demasiado que estoy fingiendo.

La conexión tarda un poco hasta que aparece la cara de Dean y me mira desde la pantalla, perplejo. Me parece que no me ha oído, así que lo saludo con la mano para que sepa que estoy aquí. Se le ilumina la cara de inmediato.

—¡Ey, has contestado!

—¡Claro! —digo—. ¿Qué tal?

—Aquí, a punto de irme a trabajar —me dice. Pero ya lo sé. Trae el overol azul con el nombre del taller lleno de manchas de grasa y tiene el pelo despeinado—. Pensé que primero podía ver cómo le iba a mi chica favorita. ¿Qué tal?

—Son casi las ocho allí, ¿no?

Aquí son las once. Me hundo en el sillón, cruzo las piernas y mantengo el teléfono delante de mí, intentando centrar toda mi atención en mi novio. Es difícil ignorar el hecho de que Tyler me está taladrando con la mirada desde el otro lado de la sala.

—Estoy genial. Aquí, sin hacer nada.

Dean levanta una ceja.

—¿Hay algo que quieras contarme?

—No. —No puedo mirarlo a los ojos, así que clavo la vista en su hombro. Y él no se da cuenta. Me siento demasiado culpable para devolverle la mirada.

—¿Nada nuevo desde el domingo?

—Nada especial, pasando el rato, supongo. —Me encojo de hombros y me hundo más en el sillón. Con el rabillo del ojo veo a Tyler, que está tirando las rebanadas de pan quemadas a la basura—. ¿Cómo va todo por allí?

Dean pone los ojos en blanco y respira hondo.

—Rachael está sufriendo una crisis nerviosa porque su peluquera le cortó demasiado el pelo o algo por el estilo, así que ahora se niega a salir de su casa; Meghan vuelve de Europa la semana que viene, Tiffani prácticamente vive en la playa porque está convencida de que la arena de aquí es mucho mejor que la de Santa Bárbara; empezó a trabajar en el taller de mi papá un chico nuevo que no tiene ni idea de lo que es una llave inglesa; mi mamá dice que extraña que vengas a cenar, y mi papá te manda un saludo. Creo que eso es todo. —Suelta el aire, riéndose. Me resulta raro escuchar su risa en vez de la de Tyler. E incluso más raro ver sus ojos oscuros cuando estoy tan acostumbrada a los de color esmeralda de Tyler—. Oye, ¿qué vas a hacer mañana para celebrar el cuatro de julio?

Le lanzo una mirada a Tyler. Tiene los brazos cruzados sobre la barra de la cocina y está inclinado hacia delante, con una sonrisa cómplice en los labios. El cuatro de julio siempre nos traerá recuerdos. Mañana se cumplirán exactamente dos años desde que descubrí que me gustaba Tyler de la manera en que no debía. Mañana se cumplirán dos años desde que nos arrestaron por allanamiento. Ni siquiera recuerdo haber celebrado la independencia de nuestro país esa noche. Sólo recuerdo haberme sentido sumamente confundida, más que nunca en toda mi vida.

Tragándome el nudo que siento en la garganta, dirijo la mirada hacia Dean. Me está sonriendo.

—Todavía no hemos decidido nada —digo con la garganta seca—. Tyler quiere que nos quedemos en Nueva York, pero su compañero de departamento quiere que vayamos a Boston. Sea como sea, terminaremos viendo fuegos artificiales sobre un río. Seguramente tendrán que tirar una moneda al aire o algo así. ¿Y tú?

—Creo que vamos a ir a echarle un vistazo al espectáculo de Marina del Rey.

Le contestaría, pero de repente me distraigo cuando la calidad del video se ajusta, volviéndose más nítida y menos pixelada. Pestañeo al ver su mandíbula.

—¿Eso... eso que veo es una barba de varios días?

—Tal vez. —Se frota la barbilla con timidez y me mira dramáticamente con los ojos ardientes a través de la pantalla—. Decidí no rasurarme durante el verano. Sé que a ti no te gusta, pero como no estás aquí, no te importará.

Mis ojos se dirigen a Tyler otra vez. Está levantando las cejas mientras se toca su barbilla, señalando su barba incipiente. La sonrisa no abandona sus labios.

Le lanzo una mirada que deja claro que no me caen nada bien sus distracciones en este momento, sobre todo porque estoy intentando hablar con Dean. Pongo la llamada en silencio un segundo, y le digo «En ti sí me gusta» y luego vuelvo la mirada a mi novio.

—Ey, creo que se cortó un segundo —dice Dean frunciendo el ceño a casi cinco mil kilómetros—. ¿Qué dijiste?

—Nada, estaba hablando con Tyler —digo enseguida.

Me arrepiento justo cuando las palabras salen de mi boca. No debería haber mencionado que Tyler está aquí. En la cocina, él se endereza rápidamente y me fulmina con la mirada.

—¿Está ahí? —pregunta Dean. Su cara se parece alegrar otra vez. Sé que no debería habérselo dicho. Sube la voz y dice—: Ey, amigo, ven aquí.

No está hablando conmigo. Se dirige a Tyler, que niega con la cabeza desde el otro lado de la sala.

—Ehhh, espera un segundo —suelto de sopetón. Esta vez pauso la llamada y me volteo para mirar a Tyler, desesperada—. Ya sé que no debería haber dicho que estabas aquí, pero por favor, ven a hablar con él un segundo.

—No —dice Tyler firme, agitando las manos para dar más énfasis—. Ni de broma. No, no, no.

—Por favooor —le ruego. Se me arrugan las comisuras de los ojos y hago un puchero—. Si no lo haces, se va a preguntar por qué te portas como un patán. Eres su mejor amigo, por si no lo recuerdas. Haz como si no pasara nada.

—Eden, por si se te olvida, su novia le está poniendo el cuerno conmigo —murmura Tyler mientras se masajea las sienes. Con una mirada penetrante, añade—: No voy a hablar con él.

Me quejo, me volteo hacia el teléfono y reanudo la videollamada. Dean espera pacientemente.

—Ahora no puede contestar —miento—. Está desnudo.

—¿Desnudo? —Dean me lanza una mirada extraña, y Tyler levanta las manos con exasperación.

—Quiero decir —murmuro— que se está cambiando de ropa. En su habitación. No aquí.

Mis torpes balbuceos deben de parecerle peor a Tyler que la idea de tener que hablar con Dean, porque se acerca dando grandes pasos desde la cocina y me arranca el teléfono de la mano. Se lo pone delante con una sonrisa en la cara.

—Ey, hermano. Perdona, me estaba poniendo una camiseta. ¿Qué pasa?

Me quedo mirando a Tyler desde el sillón con cara de sorpresa cuando escucho a Dean.

—¡Amigo! Llevo mucho tiempo sin verte. Yo estoy genial. Pero extraño muchísimo a Eden.

—No lo dudo —dice Tyler seco—. Pero se la está pasando bien.

Puedo notar que está molesto conmigo por hacerle hablar con Dean, pero no nos queda otra. Dean todavía no puede enterarse, sobre todo porque estamos en costas opuestas, y yo sé que tengo que decírselo cara a cara. De cierta manera, le estamos mintiendo ahora mismo, pero la única opción que tenemos es aparentar que todo está bien, incluso cuando no es así. Le rompería el corazón enterarse de esta manera, a través de una videollamada cuando estamos a casi cinco mil kilómetros de distancia, así que nos vemos obligados a engañarlo. Aunque es muy difícil, es por su bien. No sé cómo se lo diremos. No sé qué se supone que tenemos que explicarle, pero sí sé que todavía tenemos tres semanas para averiguarlo. Lo arreglaremos. Seremos honestos y sinceros, le expondremos nuestras razones y lo haremos como Dios manda. Dean se lo merece, es lo menos.

Tyler se acomoda a mi lado en el sillón, pega su cuerpo al mío mientras sostiene el teléfono delante de nosotros a una altura en la que los dos entremos en la pantalla. Durante diez minutos, le contamos a Dean todo sobre Nueva York y lo increíble que es la comida italiana de aquí, y él nos pone al día de todos los últimos chismes de Santa Mónica. Una chica que estaba en mi curso se comprometió con un tipo que le lleva diez años. Un chico de la clase de historia de Dean ahora está en la cárcel por agresión sexual. Por suerte, Dean tiene que irse a trabajar y cuando terminamos la videollamada, Tyler se acuesta en el sillón agotado.

—Vamos a ir al infierno, ya es oficial —dice en un gruñido. Lo único que puedo hacer es suspirar a su lado, no siento nada más que culpabilidad y vergüenza. Dean no se merece esto. Tras un segundo, Tyler se inclina hacia delante para mirarme de lado—. Lo vamos a destrozar. Se vea por donde se vea. Tenemos que ser sinceros con él y aceptar que realmente metimos la pata hasta el fondo. ¿Cuándo se lo vamos a decir?

—En cuanto lleguemos a casa. No podemos esperar más —opino. No lo puedo mirar a la cara. Tengo los codos apoyados en las rodillas, algo inclinada hacia delante, y me sostengo la cabeza entre las manos—. Es muy injusto para él.

La voz de Tyler es solemne y suave.

—¿Crees que nos perdonará algún día?

—Creo que sí, con el tiempo —murmuro.

No me extrañaría que no lo hiciera, pero me gustaría pensar que algún día lo entenderá. Al fin y al cabo es Dean. Nuestro Dean. Nunca le ha guardado rencor a nadie en toda su vida.

—Dios, soy una mierda de mejor amigo —murmura Tyler.

—Y yo soy una mierda de novia incluso más grande —añado.

Va a ser difícil decírselo. Es como si perdiera a su novia y a su mejor amigo al mismo tiempo. Traicionado por los dos.

De la nada, Tyler coloca su mano en mi muslo.

—Eden —dice—. ¿Esto significa que me estás eligiendo a mí?

Aunque la suelta de sopetón, su pregunta no me toma por sorpresa. Voy asimilando sus palabras muy despacio mientras respiro. Serena, por fin lo miro sólo para descubrir que me está observando fijamente, con los ojos muy abiertos y de un verde apagado. Parece casi preocupado, como si yo fuera a decir que no.

—Siempre he tenido claro que te iba a elegir a ti —susurro.

Veo el alivio en sus ojos, aunque sus rasgos no cambian en absoluto. Sólo su mirada se vuelve más intensa.

—Y ¿qué significa que me elijas a mí?

—Ya lo sabes, Tyler. —Levanto su mano de mi muslo y la cojo con la mía, entrelazando mis dedos con los suyos. Encajan a la perfección. Como debe ser. Como siempre ha sido—. Quiere decir que quiero estar contigo. —Mi voz es firme. No estoy nerviosa. No tengo dudas. Estoy contenta por decir nada más que la verdad—. En serio.

Tyler reprime una sonrisa mientras intenta mantenerse serio, pero eso no me impide ver como se iluminan sus ojos con mis palabras.

—Sabes que vamos a tener que decírselo a nuestros padres, ¿verdad?

—Ya —digo. Una vez más, suspiro. Un suspiro largo. Un suspiro que me llevo guardando dos años. El tener que decírselo a nuestros padres es lo más aterrador, y parece que el momento está cada vez más cerca. Será un alivio hacerlo de una vez por todas—. Yo estoy preparada.

—¿Y seguro que no te vas a rajar otra vez? —pregunta Tyler al momento, apretando mi mano. Su expresión cambia. Sus palabras son rápidas y entusiastas—. ¿No vas a cambiar de opinión cuando llegue el momento?

—Tyler —digo con firmeza—. Si tú lo haces, yo también. —Mis labios dibujan una sonrisa y digo—: *No te rindas.**

Las palabras que me dijo Tyler en la azotea en mi primera noche en la ciudad. Las palabras que escribió en los Converse que me regaló. Las palabras que tienen un significado tan simple y sin embargo tan significativo: «No te rindas».

En ese momento, Tyler esboza una amplia sonrisa, sus ojos arden, sus dientes brillan, su mentón está bien definido, y desprende una ola de buena vibra.

—Gracias a Dios que no lo hiciste.

* En español en el original.

17

—... y eso sin mencionar que le gusta la Breve Vita. Creo que son italianos. A ella le encantan. Siempre cierra los ojos cuando escucha música, porque es un poco rara. Pero me gusta. Siempre que entraba a su habitación, la encontraba sentada, con los audífonos puestos y los ojos cerrados. La mitad del tiempo creo que ni siquiera se daba cuenta de que yo estaba allí. Nunca abría los ojos, pero estaba guapa que te mueres. Pero también rara.

No recuerdo el momento exacto en que despierto. Es como si fuera de forma gradual, y lentamente me voy dando cuenta de las palabras que se están diciendo cerca de mí. Estoy envuelta en el edredón de Tyler y me quedo acostada un minuto o dos mientras me voy espabilando. Ni siquiera asimilo lo que está sucediendo hasta que escucho que la voz de Tyler dice con suavidad:

—Ey, por fin te despiertas.

Abro los ojos y parpadeo muy despacio para adaptarme a la luz de la habitación, y echo un vistazo hacia la derecha. Tyler está a mi lado y me está sonriendo, totalmente despierto, con una cámara de video en la mano. Me está enfocando a mí.

—¿Qué estás haciendo? —murmuro con curiosidad. La luz roja está parpadeando.

—Nada, tonterías —dice. Pero no apaga la cámara. Sigue grabándome—. Feliz cuatro de julio, cariño.

Me siento un poco y me froto los ojos, pero soy consciente de que me está filmando. Mi mirada se dirige a la cámara y sonrío al objetivo.

—Feliz cuatro de julio.

—El cuatro de julio es mi fiesta favorita del año —le dice Tyler a la cámara enfocándose a sí mismo. Me dirige una sonrisa que derretiría hasta los polos—. Creo que Eden sabe por qué.

Se estira por encima de mí y deja la cámara en el buró.

Las cortinas están abiertas, así que en la habitación entra una cálida luz matinal. La temperatura es perfecta y relajante; Tyler acaricia mi brazo y toma mis manos entre las suyas. Acurruca su cara en mi cuello y respira junto a mi piel. Yo dejo escapar un suspiro de satisfacción. Me podría acostumbrar a despertarme junto a él todas las mañanas. Levanto los brazos, rodeo su nuca sin apretar, con las manos en su pelo, y lo atraigo hacia mí. Mis labios encuentran los suyos y, por primera vez, Tyler se relaja y me deja llevar el control, pero me siento tan rara que termino riéndome pegada a su boca. Él también sonríe, me toma por la cintura y coloca mi cuerpo encima de él. Me siento en su regazo, se me salen mechones de pelo de mi chongo despeinado y me tapan los ojos, así que me los meto detrás de las orejas y me vuelvo a inclinar, plantándole una serie de besos en los labios.

—Humm —murmura.

—Creo que es mejor que apagues ese aparato —susurro lanzándole una mirada a la cámara de vídeo, y le beso un lado de la barbilla.

Tyler se sonríe con una expresión traviesa.

—¿Y si la dejamos encendida?

—Humm —coqueta, me reclino hacia atrás y me siento encima de él—. Pues nada, déjala.

Me bajo de su cuerpo y me deslizo fuera de la cama, poniéndome de pie.

—Bueno, bueno, la apagaré —dice Tyler, estirándose para darle al botón. La apaga en una fracción de segundo.

—Demasiado tarde —digo encogiéndome de hombros, provocadora. Me resulta algo raro verlo en su cama en vez de en el sillón, y en ese exacto momento decido que a partir de ahora voy a dejar que duerma a mi lado todas las noches. Quiero despertar así cada día—. ¿Café?

—Sabes que sí.

A última hora de la tarde, truenos y lluvias intensas empezaron a atormentar la ciudad. Desde entonces el cielo oscuro y la lluvia han sido constantes en Manhattan, y justo cuando Tyler y yo nos estamos poniendo de acuerdo en si vamos a salir o no a ver las celebraciones, de repente hay un apagón.

El departamento se sumerge en la oscuridad y no se escucha ningún sonido salvo el de la lluvia deslizándose por las ventanas. Afuera, las luces de la ciudad siguen como siempre. Sólo el edificio de Tyler se quedó sin electricidad.

—No me jodas —murmuro incrédula.

Me acerco despacio a Tyler y estiro mi mano para tocar su brazo en medio de la limitada luz.

—Qué onda —dice, dando unos pasos hacia atrás—. Es el cuatro de julio, está lloviendo a mares y no tenemos luz. —Noto que va tanteando para cruzar la sala. Yo agarro firmemente el dobladillo de su camiseta y lo sigo muy despacio, pegada a sus talones—. Creo que en el lavadero hay velas. Nunca pensé que tendríamos que usarlas.

En cuestión de segundos Tyler choca con la barra de la cocina. El sonido de su cadera cuando se golpea con el borde es suficiente para que me estremezca. Se queja pero no se detiene mucho tiempo, y me guía hacia el lavadero. Sólo llevo puesta la ropa interior y una camiseta extragrande, así que meto la mano debajo de la camiseta para sacarme el celular del sostén. Aunque la luz de mi teléfono es limitada, a Tyler le sirve de ayuda para encontrar las velas en uno de los estantes encima de la secadora.

—Ten —dice, pasándome un par—. ¿Las puedes poner en la sala?

Hago lo que me pide, me tambaleo de vuelta a la sala en medio de la oscuridad y pongo las velas en la mesita de centro. Poco a poco mis ojos se van adaptando a la falta de luz y empiezo a ver los contornos de los muebles e incluso el del cuerpo de Tyler, que camina hacia mí.

—Por aquí —lo guío.

Extiendo los brazos, lo tomo de la muñeca y lo acerco hasta donde estoy.

Tras poner más velas en la mesita, se mete las manos en los bolsillos de sus *jeans* y se escucha el ruido de sus llaves y monedas cuando saca un encendedor. Le da con el pulgar a la ruedita y se enciende la llama, iluminando una pequeña parte de la sala. Enciende las mechas, se guarda el encendedor en el bolsillo y toma dos velas y las lleva a la cocina. Pone una en cada barra y cuando se dirige de vuelta adonde estoy, puedo ver toda su cara. Hay un resplandor naranja en la habitación y a pesar de que afuera está lloviendo, el departamento está calentito y acogedor.

—¿Y si nos quedamos aquí? —pregunta, levantando una ceja—. Todavía ni te has vestido. Nos vamos a empapar. Quién sabe, a lo mejor hasta suspenden el espectáculo.

Snake y Emily salieron antes para conseguir un buen lugar para ver el espectáculo sobre el río Hudson y se supone que debíamos encontrarnos con ellos en media hora. No creo que les haga mucha gracia que no aparezcamos, sobre todo cuando fue Tyler el que insistió en que nos quedáramos en Manhattan.

—¿Estamos convirtiendo en tradición esto de perdernos los fuegos artificiales? —pregunto de broma.

—Tengo una idea —dice en voz baja, ignorando mi pregunta. Pone dos velas en la mesa y se acerca a mí. Toma otras dos y mira hacia su habitación. Así que me dirijo hacia allí y me llevo una tercera.

—¿Cuál es tu idea? —pregunto, poniendo la vela en uno de los burós.

La habitación está a oscuras y afuera cae una tormenta de miedo, pero las tres pequeñas velas nos dan algo de luz, la suficiente para vernos.

Sólo una mitad de la cara de Tyler está iluminada; cuando va hacia su cama, veo como su sombra baila en las paredes.

—Ven aquí, cariño —murmura, y se me forma un nudo en la garganta mientras hago lo que me manda—. Quiero jugar a un juego.

—¿Un juego? —repito.

Hago todo lo posible por parecer relajada y serena y tranqui, pero me resulta imposible. Mi voz es casi un gritito. Sin embargo, eso no me impide agarrar las sábanas con suavidad y gatear por la cama hasta él. Me siento sobre mis rodillas.

Tyler se pasa la lengua por los labios mientras me observa, como si se estuviera preguntando si soy demasiado delicada, demasiado frágil para lo que tiene en mente. No es así. Sólo estoy un poco nerviosa.

—Date la vuelta —me dice en voz baja, pero firme.

—¿Que me dé la vuelta? —repito, tragando saliva.

Analizo sus facciones e intento adivinar qué pretende, pero no deja ver nada. Se limita a mirarme con una expresión despreocupada.

—Eden —insiste.

Aflojo los músculos, me relajo y respiro hondo. A la luz de las velas, me doy la vuelta para darle la espalda, cruzo las piernas y no digo nada más. Sólo espero.

—Quítate la camiseta —me ordena suavemente, e incluso con el ruido de la tormenta, su voz es lo más poderoso que hay a mi alrededor.

Me toma por sorpresa, pero no tengo miedo. Todo es muy cómodo y natural. Cierro los ojos, exhalo una bocanada de aire muy despacio y agarro el borde de mi camiseta. El corazón me late a todo lo que da, pero no está golpeando en mi pecho y mi pulso no está acelerado, así que me la quito con facilidad y la tiro al piso. No estoy segura de lo que está haciendo Tyler.

De repente siento un escalofrío y no sé si es porque estoy casi desnuda y tengo algo de frío o porque estoy casi desnuda delante de Tyler. Sea como sea, no me siento incómoda.

—Y esto —murmura Tyler.

El colchón se mueve cuando él acerca su cuerpo al mío. Recoge mi pelo con cuidado, lo aparta hacia un lado y presiona sus labios frescos detrás de mi hombro, respirando fuerte contra mi piel. Su otra mano recorre el broche de mi sostén.

—¿Qué? —susurro.

—Quítatelo —me urge, mientras recorre mi nuca con sus labios.

Me llevo la mano hacia la espalda, tanteo con torpeza y me lo desabrocho. Relajo el pecho y mi respiración al final se acelera. Ahora siento ansiedad. Ha pasado mucho tiempo. Dos años para ser exactos. No sé qué esperar, pero sí sé que no quiero negarme. La tensión sexual entre nosotros se ha ido incrementando desde el partido de los Yankees, desde el momento en que Tyler mencionó a Derek Jeter y su *home run*. Y pienso: «Es el momento». Tal vez sea hora de marcar un *home run*. Es el momento. Lo he estado esperando, me daba demasiado miedo mencionarlo, di por hecho que Tyler se había olvidado del trato, y ahora que ha llegado el momento de repente estoy aterrada. Es como si fuera nuestra primera vez. Aún con miedo y náuseas, no recuerdo haber querido hacer algo tanto como quiero hacer esto.

Aturdida, empujo el sostén desde la cama hasta el piso y cierro los ojos. Me alegro mucho de no estar cara a cara. Creo que no sería capaz de mirarlo a los ojos en este instante. Él no dice nada. Permanecemos sentados en silencio un momento, y luego siento la yema de sus dedos en mi piel. Con suavidad va dibujando trazos en mi espalda.

Yo tampoco digo nada, sobre todo porque no me siento capaz de formar una frase completa ahora mismo, y me quedo quieta, con la mirada fija en la vela que arde delante de mí. Tyler se mueve por un segundo pero enseguida se sitúa detrás de mí otra vez. Oigo que quita la tapa de una pluma. Quiero darme la vuelta o por lo menos mirar por encima del hombro para ver qué hace, pero me da la sensación de que no quiere que lo vea.

De repente, presiona la punta de la pluma contra mi espalda y noto como la tinta me produce una extraña sensación en la piel. Por un momento o dos casi me dan ganas de reír. Reprimo la tentación de moverme y dejo que Tyler escriba. La punta de la pluma rueda sobre mi piel y la sensación cuando dibuja curvas y puntos es fascinante. Escribe toda una frase en mi cuerpo.

—Hecho —anuncia Tyler, con voz de satisfacción—. Eden.

—¿Tyler?

—Date la vuelta —me ordena otra vez en un susurro. Puedo sentir la intensidad de su mirada.

Ahora estoy temblando un poco. No porque esté nerviosa, sino porque sé que está mal. Sé que le estoy siendo infiel a Dean. Lo sé. Eso es lo peor de esto. Sé que está mal y sé que son cuernos, y sin embargo lo hago. Cierro los ojos con fuerza y me volteo para quedar directamente delante de Tyler. Cuando dejo de moverme, tengo el pulso a mil por hora y el corazón me late desbocado. Abro los ojos muy despacio.

Tyler me está mirando, sus ojos brillantes observan mi cuerpo. Se quedan fijos en mis pechos varios segundos, y luego vuelven a mis ojos.

—La desnudez de tu hermana, hija de tu padre o hija de tu madre, nacida en casa o nacida afuera, su desnudez no descubrirás —murmura Tyler, sin apartar sus ojos de los míos, ardientes—. Levítico, capítulo dieciocho, verso nueve.

No muevo ni un músculo. Estoy decidida y no siento el reflejo natural de taparme el pecho, sino que jugueteo con los dedos en mi regazo y levanto las cejas mientras lo miro.

Sus labios dibujan una sonrisa maliciosa que deja entrever parte de sus dientes. Todo su rostro sigue brillando.

—En otras palabras —dice—, iré al infierno sin duda alguna.

—Pero ¿tú ibas a la iglesia o algo? —pregunto, aguantándome la risa. Jamás en la vida pensé que Tyler citaría la Biblia. Aunque sea con sarcasmo.

—Lo busqué en Google —dice con cara de póquer—. Quería asegurarme de que no iremos a la cárcel por esto y, buenas noticias, todo indica que no.

Ahora sí que suelto una carcajada, le sonrío y él se ríe conmigo, y me doy cuenta de que ni siquiera me importa que nos perdamos los fuegos artificiales. También nos los perdimos hace dos años y no pasó nada. Poder tener momentos íntimos con Tyler siempre es mucho mejor, y mientras le doy vueltas a eso, un escalofrío me recorre la espalda. Creo que jamás podré olvidar estos momentos. Tampoco creo que pueda dejar de querer a Tyler. Por suerte, ya no me hace falta.

Entonces, mientras me estoy riendo, sobre las sábanas veo la pluma que Tyler usó. La alcanzo, la tomo entre mis dedos y la levanto hacia la luz. Es un marcador permanente.

—¡Tyler! —exclamo, me levanto de un salto y dirijo mi

cuerpo desnudo hacia la puerta. ¿Entre todas las cosas que podría haber usado tuvo que escoger un marcador permanente? Probablemente haya garabateado groserías en mi piel y tengo visiones terribles de que la tinta tardará semanas en desaparecer—. ¡Bórrame esto!

Corro por el departamento, Tyler me sigue de cerca. Tomo una vela de la cocina y me lanzo de cabeza al baño. Pongo la vela en el piso, tomo una toalla de mano y la empapo de jabón. Intento desesperadamente llegar a mi espalda.

—Tranquila —dice Tyler, pero todavía se está riendo y ni siquiera intenta ocultar sus carcajadas. Toma la toalla de mis manos y se pone detrás de mí—. Déjame a mí.

Comienza a frotar mi piel lo más suavemente posible y con el rabillo del ojo, veo nuestro reflejo en el espejo. Ladeo la cabeza un poco para ver mejor mi espalda, para leer lo que escribió Tyler antes de que lo borre. No reconozco las palabras, creo que están en español, pero me doy cuenta de que el espejo las refleja al revés. Me concentro mucho en cada letra hasta que me doy cuenta de lo que hizo. Sólo es una palabra. Una palabra, escrita una y otra vez, que cubre cada centímetro de mi espalda, desde los hombros hasta la parte baja de la espalda.

Todo lo que dice es esto: «MÍA».

Cada letra en mayúscula. Cada letra gruesa y nítida. Cada letra llena de significado.

Separo los labios mientras dejo escapar un pequeño suspiro. Siento que la satisfacción corre por todo mi cuerpo al darme cuenta de que es verdad. Soy suya. Siempre he sido suya, nunca he llegado a ser de Dean, y Tyler siempre ha sido mío también.

Mientras Tyler frota mi espalda con más ímpetu, también suspira.

—Odio tener que decirte esto —dice por fin—, pero no se quita. ¿Y si probamos otra cosa?

De repente sus manos firmes rodean mi cuerpo, y me empuja hacia la regadera. En una fracción de segundo, abre la llave. El agua me golpea en la espalda, cae por mi cara, me empapa completamente. Tyler se ríe de mi expresión, pero mientras lo fulmino con la mirada a través del agua, niego con la cabeza. En serio, ya no puedo aguantar más.

—A la mierda —murmuro.

De una palmada pongo mi mano sobre su pecho, agarro con fuerza su camiseta y atraigo su cuerpo de un jalón hacia el mío debajo del agua. Me pongo de puntitas y pego mis labios a los suyos con fuerza. Esta vez aprovecho la oportunidad y asumo el control, y con ese poder, lo empujo contra la pared de la regadera y aprieto mis senos contra su pecho. Mi boca se mueve al compás del agua que nos cubre.

La camiseta se le pega al cuerpo mientras su ropa se empapa por completo, pero no parece importarle. Sus manos están en mi pelo; sus labios, contra los míos. El agua sigue cayendo sobre nosotros en una explosión infinita, potente y fuerte, y me recuerda la sensación de besar bajo la lluvia. Bajo una lluvia fuerte, rápida. Impaciente, llevo una mano al dobladillo de su camiseta e intento subírsela con torpeza, y pongo la otra mano en su cinturón.

—Para —gime Tyler en mi boca.

Tarda un momento en separar sus labios de los míos, pero cuando lo hace, jadea en mi oído. Lo observo por entre la corriente de agua, perpleja e irritada, y me pregunto por qué carajo siempre me está cortando la inspiración, hasta que me doy cuenta de por qué se detuvo.

En algún lugar del departamento puedo oír la voz de Snake.

—Espérate aquí —susurra Tyler, respirando fuerte, el pecho le sube y le baja a toda prisa. En un dos por tres, se cierra la llave y Tyler ya está al lado de la puerta del baño. Se pasa una mano por el pelo empapado y abre de un jalón, echando un vistazo desde el marco—. Chicos, chicos, estamos aquí. La regadera estaba haciendo cosas raras otra vez. Estaba intentando repararla. Hay agua por todos lados.

—¿A quién le importa la regadera? —Escucho que murmura Snake—. La pregunta importante es ésta: ¿no se les olvidó algo? ¿Los putos fuegos artificiales, por ejemplo?

Suspirando, me deslizo por la pared hasta sentarme en el piso de la regadera. Estoy mojada hasta los huesos y mi subidón de euforia desapareció de golpe. Me abrazo las rodillas contra el pecho y apoyo la cabeza en la pared. Sólo puedo pensar en el verso de la Biblia que citó Tyler, y cuantas más veces lo recito en mi cabeza, mis labios más sonríen.

Pecadores, desde luego.

18

Ladeo la cabeza hacia el cielo y cierro los ojos con fuerza mientras el sol me da en la frente. Llevamos todo el día afuera a pleno sol y estoy empezando a tener náuseas; estoy ardiendo y sudando. Si hay algo que he aprendido de Nueva York es que el clima puede cambiar de un sol abrasador a tormentas cuando le da la gana. Hoy hay treinta y dos grados. Aprieto el vaso de té helado que he estado bebiendo y respiro hondo. En momentos como éste echo de menos Santa Mónica, pues hay una piscina a la que echarse a no más de metro y medio de mi habitación. Hasta ahora había dado por hecho ese lujo. Aquí no hay lugar en los patios traseros para tener una piscina. Caramba, puede que la mitad de la gente de esta ciudad ni siquiera tenga jardín. No sé cómo refrescarme. Siento como si la piel se me estuviera derritiendo, y en el viaje de vuelta de nuestra excursión a Queens y a Brooklyn, me echo un vistazo a la cara en el espejo de la visera, y me doy cuenta de que tengo la frente quemada. Incluso me quedó la marca de los lentes de sol.

—Hace calor, ¿eh? —dice Tyler. También mira hacia el cielo entornando los ojos, no hay una sola nube, y luego dirige la vista al coche. No sé por qué, pero pone la mano en el cofre con cuidado. Se encoge de dolor y da un paso hacia atrás. Sacude la mano, intentando calmar la quemadura—. Carajo.

Pongo los ojos en blanco, y me siento en el borde de la banqueta. Noto que el cemento arde contra mis muslos, pero después de unos segundos es tolerable. Coloco el té a mi lado —total, ya está demasiado caliente y asqueroso para tomármelo— y observo el coche de Tyler mientras la luz del sol rebota en su carrocería blanca y brillante. Se me ocurre una idea que es demasiado tentadora para dejarla ir.

—¿Puedo manejar yo?

Tyler deja de aliviar el dolor de su mano. Paralizado, me mira y entonces, con una expresión de recelo, dirige la vista hacia su Audi.

—¿Tú? ¿Mi coche? ¿Este coche? —Se muerde el labio inferior y se masajea la nuca, inquieto—. No te lo tomes a mal, Eden, pero… ya sabes.

Pongo las palmas de mis manos en la banqueta, me reclino hacia atrás y lo miro entrecerrando los ojos bajo la luz radiante del sol con una ceja levantada.

—¿No confías en mí?

—Para empezar —dice a toda velocidad—, tú tienes un coche automático. Éste es manual.

—¿Y crees que no sé cambiar de velocidad?

Las dos cejas de Tyler se disparan hacia arriba y me mira fijamente con intensidad.

—¿Sabes?

—Los automáticos son para vagos —digo, poniéndome

de pie. Lo miro entrecerrando los ojos y sonrío de manera desafiante—. Los manuales son mucho mejores. ¿Me das las llaves?

Con una sonrisa radiante suelta una carcajada, rodea mi cuello con su brazo y me atrae hacia él.

—Ni de broma —dice, y me planta un beso en la mejilla al momento. Para seguir la broma, me aparta de él otra vez.

Sabía que no me dejaría ponerme detrás del volante de su coche, pero tenía que intentarlo. Me encojo de hombros, tomo mi té del piso y me dirijo al otro lado de la calle hacia el departamento. Tyler me sigue, da un paso para alcanzarme y agarra mi mano libre con la suya. Creo que, por primera vez, no reacciono. Me parece algo normal, y Tyler tampoco hace grandes aspavientos, porque se limita a guiarme hacia el edificio y hacia el elevador, sin soltarla.

No solemos ir de la mano. Es normal para las parejas, pero no para dos personas que comparten un secreto. Hoy, sin embargo, no hace falta tener cuidado. Snake se fue a Boston esta mañana para visitar a su familia y no regresará hasta mañana. Emily está con unas amistades que hizo en la ciudad. Ahora mismo, Tyler y yo no corremos peligro.

Nos dirigimos hacia el departamento y en cuanto cruzo la entrada decido que me voy a dar un regaderazo frío para refrescarme. Cuando se lo digo a Tyler, sin embargo, se me sonrojan las mejillas. Los recuerdos de la noche del jueves inundan mi mente. Tyler, la regadera, la lluvia, las palabras, la biblia…, y parte de mí se pregunta adónde nos habría conducido esa noche si Snake y Emily no hubieran regresado tan temprano.

Es muy obvio que Tyler está pensando exactamente lo mismo que yo, porque reprime una sonrisa de satisfacción.

—Sin problema —dice.

Es muy tentador soltarle alguna indirecta de que debería acompañarme, pero sé que sería capaz. Sólo le sonrío, lo más inocentemente que puedo, y me dirijo hacia el baño mientras tiro el vaso de té helado en la basura al pasar.

Muerta de calor, me quito la ropa y me echo un vistazo en el espejo. Creo que tengo algunas marcas del sol y me veo la cara incluso más roja que en el coche. Me meto a la regadera y ajusto la temperatura. Helada es demasiado insoportable, así que pongo el agua templada y me quedo un rato debajo del chorro. No me tomo la molestia de lavarme el pelo, así que cuando mi piel ya no parece que vaya a explotar en llamas, salgo de la regadera y me envuelvo con una toalla, apretándomela contra el cuerpo mientras regreso hacia la sala.

Al principio no me doy cuenta de que estoy sola. No es hasta que me pongo un par de shorts para correr y una camiseta sin mangas que me percato de que el departamento no sólo está en silencio, sino también vacío.

—¿Tyler? —llamo en voz alta. Estoy en medio de la sala, con las manos en las caderas y el entrecejo fruncido. Espero unos segundos pero no recibo respuesta—. ¿Tyler? —grito más fuerte.

Suspiro. Tyler no saldría sin avisarme. Tal vez haya olvidado algo en el coche. Tal vez esté en la azotea. No me sorprendería. Siempre se escapa allí cuando le da la gana.

Aunque ahora no esté al sol, noto que la piel me arde más que antes. Siento la cara tan caliente que me duele y me estoy arrepintiendo de no haberle hecho caso a mi mamá cuando me dijo que metiera *after sun* en la maleta. Entonces no sabía que en Nueva York hacía tanto calor.

Dar un paseo por Queens fue mala idea, sin duda. Creo que el único momento que conseguimos algo de sombra fue cuando nos paramos a comprar las bebidas. El resto del tiempo me quemé entera.

Intento darme algo de aire en la cara mientras me voy directa a la cocina, al segundo estante de la izquierda. Es donde los chicos guardan las medicinas y un botiquín de primeros auxilios, y si existe la más mínima esperanza de encontrar algo de aloe vera, será ahí. Me estiro para alcanzar el estante de arriba, sin poder ver nada mientras revuelvo botellas. Encuentro analgésicos, los que me aliviaron el dolor de cabeza el fin de semana pasado, y curitas, que no me sirven para nada, y sigo sacando casi de todo pero nada que me sirva. No hay aloe vera. Suspiro, me subo a la barra, me pongo de rodillas y miro dentro del estante. Hasta los hombros me están empezando a arder muchísimo, así que sigo buscando a tientas, estirando la mano hasta el fondo del estante. Me detengo cuando toco un bote de cristal.

Cuando entorno los ojos, creo que se me detiene la respiración. Es un tarro de cristal. Sellado. Dentro, hay varias bolsitas herméticas, transparentes y pequeñas. Lo que me deja paralizada es que contienen hierba.

Al principio estoy demasiado aturdida para procesar la información. Tomo el bote con la mano, miro su contenido sin poder creer lo que veo y con la boca abierta. No sé por qué hay hierba aquí. No debería. Tyler dejó de fumar hace casi dos años y Snake me dijo que no fumaba, pero conociéndolo podría ser mentira. No es mía, y dudo que sea de Emily.

Se me contrae el estómago mientras vuelvo a mirar atónita en el estante. Todavía siguen allí los encendedores, los que encontré el domingo por la mañana cuando buscaba los analgésicos. «¿Por qué estará esto aquí? —pienso—. ¿Quién fumará esta mierda?»

Tomo un par de encendedores con la mano, los miro durante unos segundos, y también el tarro. Al final coloco los encendedores sobre la barra y centro mi atención en el bote. No sé qué me lleva a hacerlo, pero desenrosco la tapa, y el olor es tan potente y abrumador que casi me caigo al piso.

Es tan penetrante que me dan náuseas. Es muy diferente al olor de la hierba cuando sueltan el humo en el aire. Más fuerte, con olor a almizcle. Cierro el bote lo más rápido que puedo, casi con náuseas por el olor, y luego miro los encendedores. Los contemplo fijamente durante un rato, intentando decidir si debería volver a poner todo en su lugar y fingir que nunca lo vi, pero justo cuando estoy decidiéndolo, lo entiendo de sopetón.

Los encendedores. El jueves, Tyler y yo encendimos las velas. Tyler justo traía un encendedor en el bolsillo. Comprendo que haya encendedores en un departamento. Eso está bien. Pero ¿en su bolsillo? ¿Quién demonios lleva un encendedor sin ninguna razón? Nadie, a no ser que… a no ser que fume.

Casi se me cae la mandíbula cuando me doy cuenta de lo que significa eso. Ni hablar. Ni de broma. Tyler dejó toda esta mierda hace tiempo. Me dejó claro la primera noche en Nueva York que estaba bien, que ya no necesitaba esas cosas. No sería capaz de mentirme. Tiene que ser de Snake. Lo del encendedor debe ser una coincidencia. Tyler no puede estar metido en estas movidas otra vez.

Me enfurezco y sin pensarlo dos veces, abro el tarro y

tomo una de las bolsitas, aguantando la respiración hasta que lo cierro de nuevo. Me siento aturdida y enojada, bajo de un salto de la barra y me meto la hierba en el bolsillo de los pantalones. Abro la puerta del departamento de un jalón y salgo al rellano, apretando los dientes para no soltar un grito de exasperación. Sé que Tyler está en la azotea. Sé adónde fue. Siempre es lo mismo, y mientras entro al elevador, me doy cuenta de que nunca me había preguntado por qué siempre subía allí. Siempre solo, a veces tarda horas en bajar. ¿A qué se debe? La respuesta me parece cada vez más y más evidente, pero no quiero creerlo. De ninguna manera puede ser verdad.

Tomo el elevador hasta el último piso, y con los puños apretados, subo las escaleras hasta la azotea. Entro por la puerta con precaución, lo más sigilosamente que puedo, y la cierro tan despacio que apenas se oye el clic de la cerradura. Cuando me volteo, descubro que la azotea está vacía salvo por una persona. Parece que tengo razón, Tyler está en la azotea.

Está de espaldas a mí y tiene los codos apoyados en el muro, un poco inclinado hacia delante por encima del borde del edificio, con la mirada fija en la avenida. No está haciendo nada más. Está ahí quieto.

Respiro hondo, me acerco y me detengo a unos centímetros de él.

—Hola —digo. Calmada. Tranquila. Por dentro estoy hirviendo.

Tyler se voltea a toda prisa, sobresaltado por el sonido de mi voz y algo sorprendido por mi presencia. Pero sonríe. Es una sonrisa cálida.

—Hola —responde—. Perdón que no te dijera que estaba aquí arriba. Pensé que tardarías más en la regadera, así que, no sé, se me antojó subir. Hace demasiado calor para quedarse en casa, ¿no crees? Pero, madre mía, aquí afuera hace más calor todavía. Oye, se te ve la cara algo quema…

—Tyler —lo interrumpo en voz baja pero firme. Nuestras miradas se entrecruzan y él levanta una ceja, esperando a que yo hable. Siento náuseas cuando meto la mano en el bolsillo y tomo la hierba. Con la bolsita entre el pulgar y el índice, la levanto y la pongo delante de su cara, y lo fulmino con la mirada de la manera más dura y feroz que puedo—. ¿Qué es esto?

Sus ojos se agrandan cuando ve la bolsa y su expresión cambia de relajada al pánico casi de inmediato. Lo puedo ver en sus ojos. Se queda sin palabras, y mientras miro como abre la boca sin emitir ningún sonido, siento que se me hunde el pecho.

—Vas a decirme que es de Snake, ¿no? —pregunto en voz baja, casi parece que se lo suplico. Eso es lo que quiero oír. Es lo que necesito oír, o no me va a caer nada bien. Se me quiebra la voz y lo único que puedo susurrar es—: Por favor, dime que es de Snake.

—Eden —dice Tyler muy despacio, y la culpabilidad que anega sus ojos me da la respuesta que no quería oír.

Ni siquiera intenta ocultarlo. Ni siquiera va a intentar negarlo.

De repente, exploto. Es una mezcla de furia y decepción, que me consume y que aviva mis palabras al mismo tiempo.

—¡Me mentiste! —grito, furiosa—. ¡Me mentiste a la cara cuando te pregunté si estabas bien! ¡No estás bien! ¡Eres un mentiroso!

—Eden, estoy bien —protesta Tyler en voz baja. Se le ve avergonzado, y con razón. Me siento muy decepcionada—. Pero es que…

—¿También has vuelto a meterte coca? —Mi tono es mordaz.

—Carajo, no.

—¿Cuándo empezaste a fumar esta mierda? —exijo saber, agitando la bolsita en el aire. Una parte de mí quiere tirarla por el borde del edificio—. ¿Cuándo volviste a las drogas?

Tyler se muerde el labio inferior y me mira; la culpabilidad todavía se le ve reflejada en la cara, las comisuras de sus ojos se arrugan poco a poco.

—Un par de semanas después de haberme mudado aquí —confiesa.

—¿Me estás tomando el pelo, Tyler? ¿Tan pronto? —exploto, negando con la cabeza con incredulidad. No puede ser verdad—. ¡Te podrían haber corrido a patadas de la gira!

—No soy tan estúpido como para que me cachen.

—Pues yo te acabo de cachar, idiota —digo cortante.

Le tiro la bolsita al pecho y se cae al piso mientras me doy la vuelta, demasiado furiosa para seguir mirándolo.

—Eden, por favor, cálmate —me pide Tyler, sin levantar la voz. No lo culpo. Lo cacharon. Por supuesto que habla bajito—. Es sólo hierba.

—¡Y qué más da lo que sea! —Me enojo más y más a cada segundo que pasa, me doy la vuelta a toda velocidad y levanto las manos con indignación. No lo entiende—. ¡Se supone que estás bien! ¿Por eso subes aquí cada tanto? ¿Para drogarte?

—Puedo dejarlo cuando me dé la gana —dice, sin contestar la pregunta, y no suena nada convincente—. Mírame.

Se agacha, toma la bolsita del piso y la aprieta en su puño. Luego se inclina hacia delante para agarrarme la muñeca.

—No me toques —digo con un bufido, pero no sirve de nada.

Ya está jalándome hacia delante por la terraza, directos hacia la puerta. No dice nada mientras me arrastra detrás de él. Está demasiado concentrado, respira hondo. Yo tampoco tengo ganas de hablar con él, así que bajamos las escaleras y entramos al elevador en completo silencio.

Estoy muy enojada. Furiosa. Colérica. Irritada. Confundida. ¿Por qué? ¿Por qué Tyler volvió a las drogas? No lo entiendo. Cruzo los brazos, lo miro de reojo y doy un paso hacia un lado para apartarme de él mientras el elevador nos lleva hacia el doceavo piso. No quiero estar cerca de él. Metió la pata hasta el fondo. A más no poder.

No obstante, me vuelve a tomar por el brazo y me saca de un jalón del elevador, camina tan rápido por el rellano que casi me veo obligada a correr. Como olvidé cerrar la puerta con llave, me arrastra hacia dentro sin vacilar, y cuando echa un vistazo hacia la cocina, veo como su mirada se endurece aún más cuando descubre el tarro de hierba sobre la barra. En cuanto al departamento, apesta a marihuana, y ahora me arrepiento de haber abierto el bote.

Me suelta el brazo, cruza la sala a grandes pasos hasta la cocina, abre el bote y mete la mano para sacar las dos bolsitas que quedan. Con las tres en la mano, abre la puerta del baño de un empujón y me mira por encima del hombro.

—Mira —dice, con un tono de frustración en la voz.

A regañadientes, me obligo a caminar hacia él, cruzo los brazos y le lanzo una mirada asesina desde la puerta del baño—. Mira, carajo —murmura.

Abre la primera bolsa y vacía su contenido en el inodoro, sacudiéndola con ganas antes de tirarla al piso. Hace exactamente lo mismo con las otras dos mientras yo lo miro con los ojos muy abiertos. Cuando jala de la cadena y desaparece todo, se vuelve hacia mí con una mirada desanimada en los ojos.

—¿Quieres saber por qué no estaba bien, eh? —dice en voz alta y de mal humor—. No estaba bien porque no estaba contigo, ¿sí? Ésa es la razón. Fue por ti.

Alucinando, me quedo mirándolo mientras intento asimilar sus palabras, pero no puedo.

—¿Qué?

—Mira, cuando me mudé aquí pensé que sería capaz de olvidarme de ti, pero no fue así —reconoce, su voz es suave otra vez. Parece casi destrozado. Se pasa una mano por el pelo, cierra la tapa del inodoro y se sienta, con la cabeza agachada—. No podía quitarme tu imagen de la puta cabeza y tenía que distraerme.

Parpadeo, no entiendo nada. ¿Por qué estamos teniendo esta conversación otra vez? ¿Por qué volvemos a hablar de distracciones? Se supone que esto tenía que haberse acabado hace mucho tiempo.

—¿Me estás echando la culpa a mí? —pregunto sin poder creer lo que oigo.

—Sí, es tu culpa —dice con dureza a la vez que levanta la cabeza de golpe. Me mira con intensidad e indignación—. Te echo la culpa a ti por hacerme creer que no tenía ninguna posibilidad contigo.

—¿Nunca vas a superarlo? ¿Seguirás haciéndome sentir culpable por lo que hice para siempre? —grito, dando un paso hacia delante y agachándome frente a él para poder mirarlo directamente a los ojos de la manera más sincera que puedo—. Ya te lo dije, lo siento —digo muy despacio—. Jamás dije que no quisiera estar contigo. Te dije que no podía. Es diferente.

Cuando Tyler no me responde, la situación me sobrepasa. Desaparece la ira y sólo siento decepción y confusión. No sólo la hierba y la discusión, sino todo. De repente el peso de toda la situación me cae encima; hemos traicionado a Dean, hemos pasado las tres últimas semanas haciendo cosas a escondidas porque es lo único que sabemos hacer, pronto tendremos que decirles la verdad a Dean y a nuestros padres, Tyler me ha estado mintiendo al decir que estaba bien... Los problemas han ido escalando desde el momento en que llegué a Nueva York, y ahora todo está saliendo a la superficie al mismo tiempo. No puedo con ello.

Se me llenan los ojos de lágrimas que corren libres unos segundos después, y me desplomo en el piso, mientras me llevo las manos a la cara, intentando frenar lo mejor que puedo mis sollozos. Pero es inútil, y enseguida estoy llorando desconsolada en el piso al lado de los pies de Tyler. Lo escucho respirar, pero aparte de eso, todo es silencio.

Después de un rato, Tyler me habla con suavidad. Pero no levanto la vista, sólo lloro aún más fuerte al oír el sonido de su voz, floja y débil. Segundos después, siento sus manos sobre mi cuerpo. Con cuidado, me rodea con los brazos y me levanta. No me suelta. Me atrae hacia su cuerpo con fuerza, me aprieta y yo hundo mi cara en su camisa de franela. Él permanece quieto, limitándose a abrazarme, y eso es suficiente.

—Lo siento —susurra, apoyando la barbilla en mi cabeza—. Debería habértelo dicho.

No le contesto. Estoy demasiado dolida para intentarlo tan siquiera. No sé qué más le puedo decir. Sólo espero que sea verdad que se arrepiente de volver a hacer lo que todos estábamos convencidos de que no volvería a hacer jamás.

De repente lleva su mano a mi cara, me levanta la barbilla con el dedo pulgar y fija su mirada en mis ojos hinchados. Su expresión es totalmente sincera. Incluso se le ve dolorido mientras susurra con más firmeza:

—Lo siento.

Mantiene mi rostro en esa postura, mi cara levantada hacia la suya, y puedo ver como sus ojos miran mis labios. No me muevo. Espero. Él también. Está intentando sondear si me voy a apartar o no, pero cuando no lo hago, cierra los ojos y me roza los labios con su boca.

El beso es suave y ligero al principio, el solo roce de sus labios, pero enseguida se vuelve más profundo. Rodeo su cara con mis manos mientras él me besa con más rapidez, los dos acalorados por nuestras emociones. Cambia de suave y lento a rápido y furioso en cuestión de segundos, una mezcla de rabia y pena, y pronto me encuentro perdiéndome en él otra vez; me olvido de todo lo que acaba de suceder.

Sin apartar sus labios de los míos, Tyler se agacha un poco, desliza sus manos debajo de mis muslos y me levanta del piso. Enseguida rodeo su cintura con mis piernas con todas mis fuerzas, y coloco mis brazos alrededor de su cuello, besándolo igual de intensa y profundamente. Se pone a caminar, apretándome el trasero mientras salimos del baño, cruzamos la cocina y la sala. Le agarro el pelo bruscamente, ladeo su cabeza y llevo mis labios hasta su cuello, estampando una hilera de besos suaves y profundos en su piel. Él reacciona gimiendo mi nombre.

Como era de esperar, acabamos en su habitación. Por supuesto. Separa sus labios de los míos, cierra la puerta con una patada y me posa sobre el blando colchón de su cama. Me mira con los ojos ardientes, y yo pestañeo con una sonrisa ansiosa en los labios. Y esta vez, cuando estiro la mano para alcanzar su cinturón, no me lo impide, porque esta vez no estoy borracha. Esta vez no hay interrupciones. Esta vez estamos preparados.

Lo hago retroceder un paso y me arrodillo delante de él, me quito la camiseta y la tiro al piso. Cuando lo miro a través de mis pestañas, veo que traga saliva, y sus ojos brillantes me animan a que continúe. Así que lo hago. Mis manos tiemblan un poco cuando desabrocho sus *jeans*, meto los dedos en las presillas del cinturón y se los bajo, junto con sus calzoncillos. Abro mucho los ojos.

No recuerdo mucho de hace dos años, de la noche de la fiesta en la playa, la noche en la que me dijo la verdad. Recuerdo que no fue lo mejor del mundo, pero eso era de esperar. Al ser mi primera vez, dudo que lo impresionara. Ahora, sin embargo, han pasado dos años, y una puede ganar mucha experiencia en ese tiempo.

Así que me pongo a trabajar, demostrándole lo que he aprendido en el último par de años. Las variaciones de una técnica a otra lo desconciertan, y me siento muy satisfecha cada vez que gime. Tiene los ojos cerrados y con una mano se apoya en la pared, la otra la tiene en mi pelo. Siento que domino la situación, pero antes de que me dé cuenta él busca mis manos y me levanta del piso, y aprieta sus labios contra los míos sin vacilar.

La situación es bastante confusa. Siempre lo es. Parece que siempre nos acabamos enredando, y ésta no es una excepción. Tyler está tan concentrado en besarme que pasa un buen rato intentando desabrocharme el sostén; le está costando tanto que acabo riéndome y me aparto un segundo de él para hacerlo yo. Se le ve un poco avergonzado cuando se quita los *jeans* completamente, y cuando lanzo mi sostén por encima de su hombro, pone ambas manos en mi cintura y vuelve a atraerme hacia su cuerpo. Me recorre con sus manos; sus pulgares acarician suavemente la piel justo debajo de mis pechos, mientras me va besando el cuello hasta el hombro y la clavícula. Contengo un suspiro de placer y me centro en quitarme los Converse y los shorts.

Sus labios atrapan los míos otra vez mientras lleva una mano hasta mi trasero y yo pongo las mías a desabrochar los botones de su camisa de franela; me doy toda la prisa que puedo mientras lo beso. Al final, soy tan inútil como él con mi sostén, así que se acaba de desabrochar él mismo. Cuando se la quita de su espalda y la deja caer al piso, yo le recorro el pecho con las manos. Tiene la piel caliente y puedo sentir como late su corazón. El mío está igual de desbocado, y por donde Tyler tiene la mano ahora mismo, estoy segura de que él también puede sentirlo.

Suavemente pero con urgencia, Tyler me empuja sobre la cama y yo me dejo caer, aterrizando con delicadeza sobre el colchón. Pero no se une a mí de inmediato. Se da la vuelta, toma sus *jeans* y hurga en los bolsillos para buscar su cartera, con una expresión de pánico que aumenta cuanto más tarda. Sé lo que está buscando, pero le digo que vuelva a mí con una risa nerviosa, y le informo de que no tiene que preocuparse por nada. Lo tengo controlado. Mamá insistió.

Puedo ver el alivio de Tyler mientras tira los *jeans* y la cartera al piso otra vez, y se muerde el labio cuando viene hacia mí. Siento como si la piel me estuviera ardiendo y no sé si es por las quemaduras del sol o porque me está tocando; sea por lo que sea, no me molesta. Lo agarro del pelo y aprieto el puño mientras él baja ambas manos por mi cuerpo, recorriendo cada centímetro de mi piel. Lleva sus labios al borde de mi mandíbula mientras mete una mano en mis calzones, y yo cierro los ojos y me centro en mi respiración. No puedo hacer otra cosa que jalarle el pelo mientras echo la cabeza hacia atrás contra las almohadas, arqueando la espalda.

Después de un rato, me mira con los ojos muy abiertos, como si me quisiera preguntar si estoy lista, así que asiento con la cabeza.

No recordaba cómo se movía y cómo me hacía sentir hasta ahora. No recordaba cómo ondulaban juntas nuestras caderas. No recordaba que nuestra respiración nunca estaba sincronizada, sino que era rápida e irregular. No recordaba ninguna de esas cosas hasta ahora, ahora que está sucediendo otra vez. Sólo que esta vez, Tyler no tiene miedo de ser más brusco que la primera vez. Alternando entre ritmos, una mano aprieta la mía y la otra me sostiene con firmeza la cadera; su cuerpo suda contra el mío. Me deja sin aliento, y es tan increíble que creo que sonrío todo el tiempo, incluso cuando gimo despacio. No puedo hacer otra cosa. Es todo tan… tan Tyler… Eso es lo mejor de todo.

Sé que es inmoral, inapropiado, pero eso sólo hace que

sea mucho más excitante. Es un subidón de adrenalina total. Lo peor es que sé que no debería estar pasando. Todavía no. No mientras sigo con Dean. Tyler, por otra parte, aceptó que su amigo saldrá herido. Aceptó el hecho de que les diremos la verdad a nuestros padres cuando volvamos a casa. Yo, sin embargo, todavía no. Me gustaría creer que sí. Intento convencerme de que estoy lista para abordarlo, para agarrar al toro por los cuernos, pero en algún lugar de mi interior todavía siento pánico y recelo. Todavía me siento culpable por querer a Tyler. Todavía me siento avergonzada. No me parece justo.

Creo que siempre seremos un gran secreto compartido.

19

La semana siguiente no llamo a Dean. No me atrevo a escuchar su voz. Cada vez que él intenta contactar conmigo, dejo que entre el buzón de voz mientras miro la pantalla, me mordisqueo el labio y me siento como la peor persona sobre la faz de la tierra. No es sólo por lo del sábado. También por lo del domingo por la tarde, y por lo del martes por la mañana, y por lo de anoche.

Tyler y yo teníamos que ponernos al día con muchas cosas. El equivalente a dos años. Cada vez que Snake y Emily se iban, aprovechábamos la intimidad. De hecho, la aprovechamos tanto que Tyler ha estado bromeando con decírselo para dejar de dormir en el sillón al lado izquierdo de la mesita de centro. Cada vez que lo menciona lo fulmino con la mirada.

No es que lo planifiquemos ni nada de eso. Es sólo que pasa a menudo. Tampoco me quejo.

A media noche, Tyler me despierta. Estoy completamente desnuda, envuelta en su edredón y totalmente agotada por el ejercicio que hemos hecho hace unas horas. Me siento feliz sumergida en el calor de sus sábanas, pero me obligo a abrir los ojos de todas formas. Tyler está de pie al lado de la cama, merodeando por encima de mí en la oscuridad, y me sorprende descubrir que se puso algo de ropa, un par de *jeans* y una sudadera con gorra azul marino.

—¿Qué hora es? —gimo, apretando los ojos otra vez y hundiendo la cabeza en las almohadas.

Se oyen sirenas en la calle, pero eso no es nada raro. Nueva York nunca se calla. Jamás.

—Las tres —dice Tyler en voz baja. Lo noto alejarse de mí y me pregunto si es posible que esté sonámbulo o algo así, pero cuando empieza a echarme ropa encima me doy cuenta de que no es así—. Vístete.

Me doy la vuelta y me incorporo un poco apoyándome en los codos, parpadeo al mirar la ropa que Tyler me echó encima. Lo mismo que lleva él: vaqueros y una sudadera con gorra. Incluso me lanza el sujetador, que me da en la cara.

—Mierda, perdón —dice, pero se está aguantado la risa mientras se acerca hacia mí otra vez. Yo me limito a poner los ojos en blanco—. Tengo una sorpresa para ti.

—¿Una sorpresa? —murmuro con poca energía.

Hay algo en su voz que me da un poco de miedo. Las sorpresas nunca son buenas. Podría ser cualquier cosa. Y encima a las tres de la madrugada. Eso es todavía más raro. Me froto los ojos y me incorporo un poco más, y ni siquiera me molesto en cubrirme con el edredón. A estas alturas, tengo la impresión de que Tyler me ve desnuda más veces que con ropa.

Se inclina para encender una de las lámparas del buró y cuando ésta me ilumina la cara, veo que está sonriendo con satisfacción. Se agacha al lado de la cama, pone sus ojos al mismo nivel que los míos y en sus labios se dibuja una amplia sonrisa. Se mete la mano en el bolsillo para tomar algo y lo coloca delante de mi cara. Son las llaves de su coche.

—Todo tuyo.

Abro los labios y pestañeo sorprendida. Que me ofrezca la oportunidad de conducir el R8 a media noche era lo último que esperaba. Miro las llaves del coche y el llavero de Audi brilla bajo la luz. Estiro la mano para tomarlas al instante, una pequeña sonrisa se dibuja en mis labios.

—¿Aunque no te fíes de mí?

—Debo de estar loco —dice en voz baja, sonriendo. Se pone de pie, toma mi mano libre y me saca de la cama. Me ayuda a levantarme y me mira—. Pero estamos en Nueva York. No hacemos nada más que locuras en esta ciudad.

Ya totalmente despierta, me invade la emoción. La idea de manejar el coche de Tyler, lo que puede hacer ese motor, me llena de euforia. Nunca me han gustado mucho los coches, pero el de Tyler es una excepción. Alcanzo mi ropa y me visto a toda velocidad, y luego pongo la habitación patas arriba buscando mis Converse. Los mismos que he llevado las últimas cuatro semanas. Parecen ser los únicos zapatos que me pongo ahora, y ya no están tan blancos como al principio.

—Si le haces un solo rasguño a mi bebé vas a ver —dice Tyler cuando ya estoy vestida, pero está sonriendo.

Pone su brazo sobre mi hombro y me conduce hasta la puerta, la abre sin el menor ruido y atravesamos la sala.

En la oscuridad, distingo el contorno del cuerpo de Snake en el sillón. Su sillón, por suerte. Está profundamente dormido y ronca un poquito, así que Tyler y yo nos dirigimos hacia la puerta del departamento a escondidas y en silencio. Llegamos al rellano sin haberlo despertado, y Tyler me suelta mientras cierra la puerta con llave.

El edificio está en calma y ninguno de los dos habla por miedo a despertar a los vecinos al pasar por delante de sus departamentos; llegamos al elevador. Tintineo las llaves en mi mano y noto que Tyler me mira de reojo. Espero que no me arresten por esto.

Cuando salimos del edificio y pongo el pie en la calle 74, me doy cuenta de que Nueva York sigue ajetreada. Aunque la corriente de tráfico y de personas en las banquetas es bastante menos abundante que durante el día, para ser las tres de la madrugada todavía hay muchos coches en la calle. Sobre todo taxis. No hace calor, pero tampoco frío.

El coche de Tyler me espera estacionado al otro lado de la calle. Lo miro y la emoción me invade otra vez. Abro las puertas con el control de las llaves al instante. Ante mi sorpresa, Tyler me quita las llaves, corre a abrir la puerta del conductor y me mira con los ojos brillantes. Tengo las cejas levantadas, exijo una explicación.

—¿Qué pensabas que te iba a dejar conducir en pleno Manhattan? —Tyler se ríe mientras se sube al coche, y justo antes de cerrar la puerta, añade—: Ni de broma.

Me cruzo de brazos irritada y me subo al asiento del pasajero. Le lanzo una mirada asesina, decepcionada.

—¿Dónde puedo manejar entonces?

—En Jersey City —contesta Tyler al momento mientras

pone el motor en marcha. Ronronea suavemente al encenderse y un escalofrío me recorre la espina dorsal.

—¿En Jersey City?

—Sí —confirma—. En el estacionamiento del Target.

La salpicadera brilla en la oscuridad con un tono anaranjado, los números del velocímetro se encienden. Los botones del reproductor de música y del climatizador también se iluminan, y yo me inclino hacia delante para ajustar la temperatura antes de hundirme en mi asiento. Mientras Tyler saca el coche del apretado espacio donde está estacionado, yo me pongo el cinturón.

Menos mal que lo hago, porque justo cuando doblamos en la esquina para acceder a la Segunda avenida, acelera a fondo hasta que llegamos a un semáforo. Escucho los acelerones del motor mientras espera. Me mira de reojo, sonríe y aprieta los dientes antes de fijar los ojos en la avenida. Somos los primeros en el semáforo. Delante de nosotros el camino está despejado. Los dedos de Tyler aprietan la palanca de cambios mientras con la otra mano agarra bien fuerte el volante. El rojo cambia a verde, y cuando pisa a fondo el acelerador, las llantas rechinan y el coche sale catapultado por la avenida. Va a tanta velocidad que mi cuerpo se encaja en el asiento. El motor ruge detrás de nosotros, el tubo de escape escupe gases y deja una estela de humo. Normalmente reprocharía la conducción temeraria, pero ahora mismo, a las tres de la madrugada en pleno Manhattan, me encanta.

Tyler mete sexta y me mira de reojo y me dirige una sonrisa traviesa. Vuelve a concentrarse en la carretera, y mientras el coche sigue aumentando de velocidad, me sujeto al asiento con una mano y con la otra al cinturón. Echo un vistazo al velocímetro y veo que vamos al doble del límite permitido, pero Tyler sólo reduce la velocidad cuando llegamos a otro semáforo.

Después de eso ya no hay más oportunidades de manejar temerariamente porque las calles no están lo bastante despejadas. Estamos atrapados detrás de un camión y sólo logramos perderlo de vista cuando doblamos hacia la derecha en la calle Houston. Seguimos en dirección oeste por Manhattan hasta que entramos a un túnel, igual que el Lincoln, el que crucé cuando llegué a la ciudad, sólo que Tyler me comenta que éste se llama Holland.

En unos minutos ya salimos del túnel, y poco después de haber entrado a la Jersey City, Tyler entra al estacionamiento del Target. El centro comercial está cerrado, y el parking no sólo es enorme, también está vacío. Es perfecto.

Apaga el motor en medio del estacionamiento y suelta un suspiro. De repente estamos en silencio y los ojos de Tyler recorren la zona a través del parabrisas. Parece que le gusta lo que ve y se vuelve para mirarme de frente.

—Adelante, disfrútalo al máximo.

Los dos abrimos las puertas y nos bajamos del coche al mismo tiempo. Nerviosa, rodeo el coche mirando al piso, mi cuerpo roza el de Tyler cuando nos cruzamos. Ahora que por fin llegó el momento de manejar su Audi, me pongo algo nerviosa. Me preocupa destrozarlo, pero al mismo tiempo tengo muchas ganas de demostrarle a Tyler qué soy capaz de hacer.

Me coloco en el lado del conductor y Tyler en el del acompañante; trago saliva mientras ajusto el asiento, acercándolo más hacia el volante para que mis pies puedan alcanzar los pedales. Mientras Tyler me observa con satisfacción, pongo el motor en marcha. Vuelvo a echarle un vistazo rápido al estacionamiento para situarme y calcular el espacio del que dispongo. Entonces nos ponemos los cinturones.

Hace tiempo que no manejo un coche manual, y estoy tan acostumbrada a los automáticos que tardo un poco en acostumbrarme a usar el pie izquierdo para el clutch y también a cambiar de velocidad. El coche se me apaga en el primer intento de ponerlo en movimiento.

—Tienes razón —dice Tyler, riéndose a mi lado—. Se te da genial manejar un coche manual.

—¡Cállate! —murmuro, pero ni siquiera lo miro.

Estoy tan centrada en poner el motor en marcha otra vez que bloqueo el sonido de su risa por completo. Se puede burlar de mis habilidades para manejar todo lo que quiera. Ya le demostraré que se equivoca.

Esta vez, me aseguro de que mi mente piense en modo manual. Meto primera con el pedal del clutch pisado y empiezo a acelerar el motor despacio. Cuando ya me siento satisfecha de lo fuerte que ruge, aprieto el acelerador con fuerza. El vehículo sale disparado hacia delante, volando sobre el asfalto del estacionamiento. Tiene tanta potencia que en un primer momento me cago de miedo, pero me limito a agarrar el volante con fuerza y acelero aún más. En cuestión de segundos el coche ya va casi a cien por hora, y con el rabillo del ojo veo cómo se levantan las cejas de Tyler mientras me mira a mí y a la carretera a toda velocidad. Freno y bajo un par de velocidades cuando nos aproximamos al final del parking, giro el volante con rapidez hacia la derecha y el coche gira, las llantas rechinan.

Vuelvo a toda prisa, incluso más que antes, mientras voy cambiando de velocidades hasta llegar a la sexta, y me da una euforia tan grande manejar un coche manual que sonrío todo el tiempo. Me da muchísima más sensación de control.

—¿Hasta qué velocidad llega? —grito por encima del ruido del motor.

Sin apartar los ojos de la carretera, vuelo por la esquina del centro comercial, olvidándome de cambiar de velocidad. El coche casi derrapa hasta la banqueta, pero por suerte sigue pegado al asfalto. Tyler y yo nos agarramos con todas nuestras fuerzas. Él se sujeta en la manilla de encima de la puerta y yo me agarro al volante incluso con más fuerza, hasta que los nudillos se me ponen blancos.

—¡No te pases! —me advierte—. No tienes suficiente espacio para pasar de ciento cuarenta.

—Ciento cuarenta, pues —le sonrío rápidamente y vuelvo a mirar hacia delante.

Me detengo en el borde más apartado del parking cuando ya giré el coche para avanzar en la dirección contraria. Hay bastante distancia desde aquí hasta el otro extremo del estacionamiento. Me da tiempo de sobra.

—Carajo —murmura Tyler mientras me escucha acelerar el motor otra vez. Sabe exactamente lo que estoy haciendo—. Cariño, aunque sea lo último que hagas, no te olvides de pisar el puto freno.

—Si no te fías de mí —le digo al momento—, te puedes bajar del coche.

Señalo la puerta con la cabeza mientras acelero el motor aún más, tan fuerte que vibra en mis oídos.

Las cejas de Tyler se le disparan hacia arriba, pero no se

mueve ni un centímetro; no tiene la menor intención de bajarse del coche. En vez de eso, aprieta el cinturón de seguridad con una mano, pone la otra en mi muslo, y con su voz ronca, ordena:

—Pisa a fondo.

Y lo hago. Aprieto el acelerador a tope y el coche sale disparado con tanta velocidad que nuestros cuerpos vuelan hacia atrás y se hunden en los asientos. Tyler se pone a reír otra vez mientras la velocidad sigue aumentando. Aprieta mi muslo y esto me distrae tanto que tengo que obligarme a ignorarlo mientras le echo un rápido vistazo al velocímetro y vuelvo a mirar hacia delante. Noventa y seis. Piso el acelerador hasta que mi pie está tocando el suelo. Ciento doce. Ciento treinta. Ciento cuarenta.

Pero no paro. Eso es lo que Tyler espera que haga. Parar es la salida fácil. Me gusta el riesgo, así que hago lo contrario a lo que debería. Mantengo el pie en el acelerador. Ciento sesenta.

—Eden —dice Tyler cauteloso pero con firmeza. Se sujeta a su cinturón con más fuerza. Ciento ochenta—. ¡Eden!

En cuanto llego a esa velocidad, clavo el freno, pisándolo lo más fuerte y rápido que puedo mientras las llantas dejan su marca el asfalto. Aprieto mis brazos con fuerza alrededor del volante, mi cuerpo vuela hacia delante, y de repente siento pánico al darme cuenta del poco espacio que queda entre donde estamos y el final del estacionamiento, así que cierro los ojos con fuerza. Parece que pasaran mil años hasta que el coche finalmente derrapa y se detiene. Yo estoy jadeando cuando por fin lo hace, y cuando me doy cuenta de que paramos, abro los ojos muy despacio y miro por el parabrisas. Estamos a pocos centímetros de la banqueta.

Cuando miro hacia mi derecha, Tyler me está lanzando una mirada de incredulidad. Tiene los ojos muy abiertos y los labios separados, y lo único que es capaz de decir es:

—Hija de puta, Eden.

—Todavía no acabo —digo con una sonrisa, y ahora parece entrar en pánico de verdad.

Me suelta el muslo, se hunde otra vez en su asiento y suspira de alivio por seguir vivo.

Me recojo el pelo en una cola alta con la liga que llevo en la muñeca para apartármelo de la cara. Y, con un subidón de adrenalina, me quito la sudadera y la camiseta. Ya no hace nada de frío en el coche. Lanzo la ropa sobre el regazo de Tyler y pongo los ojos en blanco cuando él me mira sonriendo. Es como si nunca me hubiera visto en sostén.

Tomo el volante otra vez y, con calma y lentitud, manejo hacia el centro del estacionamiento y paro el coche por completo. Respiro hondo, me concentro mucho. Sólo he hecho esto una vez. Soy necia e insisto en hacerlo de nuevo para impresionar a Tyler, pero sé que corro el peligro de que me salga fatal y quedar como una imbécil. Pero vale la pena intentarlo.

Tyler me está mirando fijamente e intenta descifrar qué estoy haciendo, y mientras acelero el motor poco a poco por última vez, giro el volante del todo y lo mantengo en esa posición.

—Ni hablar —dice cuando se da cuenta de mis intenciones—.Vas a tener que pagar tú las llantas nuevas que le van a hacer falta después de esto.

Y tiene razón. Va a haber que cambiarle los neumáticos, porque estoy a punto de quemarlos completamente.

Acelero lo suficiente, y entonces piso el pedal a fondo.

El coche da vueltas hacia la derecha, los neumáticos se queman contra el suelo, rechinando. Me río mientras el coche sigue girando, y cuando echo un vistazo por el espejo retrovisor, me sonrío orgullosa al ver que estamos envueltos en una nube de humo. Veo que salen marcas en el piso y decido dejar de quemar las llantas. Entonces freno.

Nos quedamos sentados en silencio unos segundos, mi corazón palpita a toda velocidad de lo excitada que estoy, y esperamos a que se despeje el humo.

—Bueno, ya está —anuncio. No puedo borrar la sonrisa de mis labios.

—¿Dónde demonios aprendiste a hacer eso?

—Me enseñó el papá de Dean —explico.

En marzo, me tuve que pasar horas practicando hasta que por fin me salió bien.

Tyler frunce el entrecejo mientras me mira como si no creyera ni una palabra de lo que le estoy diciendo.

—¿Hugh te enseñó a hacer trompos?

—Sí —confirmo, encogiéndome de hombros. Todavía me siento bastante satisfecha de mis impresionantes habilidades. Seguro que Tyler no se lo esperaba—. Estaba a punto de cambiar las llantas de su camioneta, así que dejó que Dean y yo destrozáramos las antiguas.

—Ah —dice—. Bueno, ya, déjame manejar a mí.

Mientras él se baja del coche y pasa por delante del cofre hacia el lado del conductor, yo paso por encima del tablero central y me siento en el del acompañante. No me tomo la molestia de ponerme la sudadera ni la camiseta, pero me abrocho el cinturón. Ahora nos queda media hora de viaje de vuelta a casa.

Pero en la cabeza de Tyler, el espectáculo aún no ha terminado. Cierra la puerta tras de sí, se pone el cinturón y echa un vistazo por el retrovisor mientras estudia con atención el estacionamiento. No da ningún tipo de aviso y justo cuando lo estoy mirando con los ojos entrecerrados y con sospecha, mete marcha atrás y pisa el acelerador. Estira el cuello para mirar sobre su hombro a través del parabrisas trasero, sus ojos fijos en la carretera. El coche comienza a tomar velocidad mientras volamos hacia atrás en línea recta, y cuando Tyler se voltea rápidamente para mirar hacia delante, murmura:

—Agárrate.

Justo cuando dice esto, pisa el freno a fondo y gira el volante por completo. Da un giro de ciento ochenta grados hacia la derecha, y cuando estamos de frente a la dirección de la que acabamos de venir, Tyler mete primera a toda prisa. El ímpetu de haber conducido marcha atrás a tal velocidad cambia en un segundo, y de repente estamos yendo por la misma recta, sólo que ahora hacia delante. Tyler frena justo cuando llegamos a la salida del parking.

Lo miro pestañeando y enciendo la luz del techo. Hace que el color esmeralda de sus ojos parezca más brillante.

—¿Desde cuándo sabes hacer giros en J?

—¿Desde cuándo sabes lo que es un giro en J? —me pregunta al momento Tyler, justo antes de tomar mi cara con sus manos y apretar sus labios contra los míos.

No parece que estuviéramos en medio de la noche y no da la sensación de que lo hubiéramos hecho hace unas horas. Le devuelvo el beso y ahora todo parece tan familiar que no puedo hacer otra cosa que sonreír contra sus labios. Me gusta que esto ya no parezca raro. Me agrada que sea algo normal. No inmoral. Normal. Agarro la sudadera de

Tyler, me siento sobre las rodillas y lo atraigo hacia mí, apretando mi pecho contra el suyo. El espacio es limitado, pero seguimos a lo nuestro y aunque estamos algo apretados, las manos de Tyler consiguen acariciar mi cuerpo, y me agarra de las caderas.

—Ojalá mi coche tuviera asientos atrás —murmura contra mi mandíbula con una breve carcajada.

Pongo los ojos en blanco, le lanzo una sonrisa seductora y le susurro:

—Podemos improvisar.

El motor sigue encendido, pero ninguno de los dos parece ponerle atención. Me estiro para apagar la luz del techo mientras la mano de Tyler intenta abrir mi sostén. Está mejorando, ya es menos torpe, y cuando está a punto de abrirlo, suena mi celular.

Vibra en el bolsillo trasero de mis *jeans*, y me quedo paralizada. Intercambiamos una mirada perpleja mientras me aparto de él y estiro la mano para tomar el teléfono. Me quedo paralizada cuando veo el nombre de Rachael en la pantalla.

Tyler se desploma en su asiento, derrotado. Se pasa una mano por el pelo, la otra la tiene apoyada en el volante.

—Carajo, Eden.

—¡No es culpa mía! —me disculpo.

No tengo ni idea de por qué me llama Rachael a estas horas de la madrugada. Algo irritada por la interrupción, contesto con un tono mucho más malhumorado de lo que debería.

—¿Qué?

—Guau, Eden, ya pareces una neoyorquina gruñona

—trina la voz de Rachael—. Llevo sin hablar contigo un montón de tiempo ¿y me contestas así?

—Rachael —digo despacio—. ¿Te das cuenta de que aquí son las cuatro de la mañana? Es de madrugada.

—¡Ay, Dios, vaya! —explota, soltando un pequeño suspiro.

A menudo Rachael se olvida de la diferencia horaria. La primera semana que pasé aquí, casi siempre me llamaba pasadas las doce de la noche. No importa las veces que le recuerde que hay tres horas de diferencia, siempre se le olvida.

—Se me olvidó por completo. Aquí no es ni la una. ¿Te desperté?

—No, ya estaba despierta.

Tyler me mira impaciente y yo me encojo de hombros. No puedo colgarle sin más.

—Bueno, te tengo que contar algo sobre el martes.

—Date prisa —me dice Tyler articulando las palabras en silencio.

Le hago señales con la mano, cruzo las piernas sobre el asiento y me aprieto el teléfono contra la oreja.

—¿Qué me tienes que contar?

El martes es cuando Rachael y Meghan llegan a Nueva York para celebrar el cumpleaños de Meg. Van a estar aquí cinco días, y me muero de ganas de verlas. Sin embargo, ahora mismo mis pensamientos no están centrados en la visita de mis amigas precisamente. Están centrados en Tyler y en que me está lanzando una mirada asesina. Me distrae un poco.

—Nos quedaremos en el Hotel Lowell —me informa Rachael. Voz clara y segura. Jamás espero nada menos de ella—. Estoy mirando el mapa y está en la esquina de la calle 63 con la avenida Madison. ¿Sabes dónde queda eso?

Intento visualizar el mapa. Estoy bastante segura de que la avenida Madison está sólo tres cuadras al oeste del departamento de Tyler. La calle 63, once cuadras al sur.

—El departamento de Tyler está en la calle 74. Al norte de tu hotel.

—¿Así que estamos cerca? —pregunta.

—Creo que sí.

—Genial. Necesito que me hagas un favor. —Hace una pausa, respira hondo y yo me aparto el celular de la cara y suelto un suspiro. Conociendo a Rachael, no debería sorprenderme la locura que me puede pedir. Siempre suele ser algo surrealista. Sin embargo, no lo es—. ¿Puedes venir a nuestro hotel el martes por la noche? Que venga Tyler también. Te mandaré un mensaje con el número de la habitación cuando nos registremos. Tenemos muchísimas ganas de verlos.

—Por supuesto, nos acercaremos. —Con el rabillo del ojo veo que Tyler se endereza en el asiento y levanta las cejas, sorprendido porque uso el plural. Quiere saber en qué lío lo estoy metiendo. Se lo explicaré después—. Rachael, es muy tarde.

—Ay, Dios, sí, lo siento, Eden —se disculpa, y por una vez, parece sincera. Normalmente hay que obligarla a que pida perdón—. Buenas noches, cielo.

Cuelgo y suspiro, pero entonces sonrío. Me aseguro de apagar el celular, lo tiro al piso y me estiro por encima del tablero del centro para acariciar la mandíbula de Tyler con los dedos. Al principio no se lo ve muy contento, pero en cuanto lo miro desde abajo, a través de mis pestañas, parece perdonarme por interrumpir nuestro momento, porque se acerca y continuamos desde el punto en que lo habíamos dejado.

No se toma la molestia de preguntarme qué haremos el martes.

20

Acaban de dar las ocho del martes por la tarde cuando Tyler y yo nos dirigimos hacia el Lowell, en la calle 63 con Madison. El sol está empezando a esconderse detrás de los edificios de Manhattan mientras Tyler maneja hacia el sur por la avenida Park. Trae unos lentes de sol negros, tiene una mano en el volante y con la otra va jugando con su pelo, el codo apoyado en la puerta.

—Creo que nos están tomando el pelo —murmura después de un rato—. ¿El Lowell? No me jodas.

Le lanzo una mirada.

—¿Qué?

—Ay ya —se burla, y a pesar de que no puedo verle detrás de sus lentes, sé que está poniendo los ojos en blanco—. Rachael y Meghan son estudiantes. ¿En serio crees que se pueden permitir un lugar así? O sea, Meghan acaba de volver de Europa. Probablemente no tenga más de diez dólares.

—Tyler, tú estabas en el instituto, tenías dieciséis años cuando compraste este coche con ese gran fondo fiduciario que te habían dejado —le recuerdo, y para darle más fuerza a mi argumento, añado—: ¿En serio crees que los chicos de dieciséis años se pueden permitir coches como éste?

—Era por decir algo —dice, ignorando lo que acabo de decir.

Sólo tardamos diez minutos en llegar a la calle 63, y Tyler da marcha atrás para estacionarse con una sola maniobra, justo delante de la Ópera de Santa Fe. Yo no tengo tanta habilidad como él, todavía me estoy acostumbrando a lo bien que se estaciona, tarda siempre menos de sesenta segundos.

Mientras me bajo del coche, Tyler echa los lentes en el tablero antes de cerrar con un portazo, y no puedo hacer otra cosa que levantar las cejas mientras lo sigo por la calle 63. No sé qué demonios le pasa.

El Hotel Lowell está unos edificios más abajo, casi en la esquina de la avenida Madison. Es de ladrillo rojo, tiene las puertas doradas y un precioso toldo blanco. Me quedo mirándolo durante un rato hasta que Tyler gruñe y me jala hacia dentro por la muñeca. Un portero nos saluda y nos mantiene la puerta abierta, dándonos la bienvenida al hotel y deseándonos una estupenda estancia. Me da la impresión de que Tyler no tiene muchas ganas de estar aquí porque deja escapar un suspiro. Ahora mismo, o le repatean los hoteles de lujo, o Rachael y Meghan.

El vestíbulo es pequeño pero acogedor, con muchos sillones y sofás, y Tyler y yo pasamos rápidamente por delante del mostrador de recepción y nos dirigimos hacia el elevador. La habitación de Rachael y Meghan está en el décimo piso, y hacia allí nos dirigimos. Tyler se cruza de brazos y apoya la espalda en el barandal del elevador.

—¿Qué te pasa? —le pregunto por fin.

—No sé por qué vine —me contesta enseguida.

Frunzo el entrecejo, desconcertada con su pregunta.

—Porque son tus amigas.

—Eden —dice—. Creo que no he hablado con Rachael más de seis veces en todo un año, y con Meghan ninguna. Ni tú. Admítelo.

Me encojo de hombros. En cierto sentido tiene razón. Meghan ya no nos suele llamar. Parece haberse alegrado de irse de Los Ángeles. Las únicas oportunidades que tuve de hablar con ella de verdad fueron cuando vino de visita. Ni siquiera yo nos considero muy amigas a estas alturas.

—Bueno, es verdad, resulta un poco más difícil mantenerse en contacto con Meghan —reconozco.

—Va —dice Tyler con una carcajada dura—. Está claro que no quiere tener nada que ver con nosotros. Lo único que le importa es Utah y ese tal Jared. ¿Ya se casaron? Porque desde luego lo parece.

—Carajo, Tyler.

—Mira —dice en voz baja—, es que esto es muy incómodo. Ya no soy su amigo. Cosas que pasan.

El elevador se detiene con suavidad y la puerta se abre con un sonido metálico, interrumpiendo nuestra conversación. De todas maneras, no creo que hubiera sido capaz de contestarle. Tyler todavía está enojado y ni siquiera intenta ocultarlo mientras caminamos por el décimo piso. Vuelvo a sacar el celular para comprobar el número de la habitación en el mensaje de texto y luego detengo a Tyler delante de la puerta. Llamo con los nudillos.

Mientras esperamos, contemplo a Tyler. Está mirando la puerta fijamente, con una expresión tranquila, y no puedo dejar de observar cada centímetro de su cara. Su cutis bronceado y su pelo oscuro y alborotado, que él atribuye a sus genes hispanos, sus vibrantes ojos color esmeralda, que alternan entre apagados y brillantes, su mandíbula perfectamente definida con la cantidad justa de barba incipiente...

Todo eso... Todo eso es mío.

—¿Qué? —dice al notar mi mirada. Sus ojos verdes me miran directamente.

No puedo ocultar mi felicidad ni lo intento, y mientras mis labios dibujan una amplia sonrisa algo avergonzada, me encojo de hombros.

—Nada.

Entonces se abre la puerta con tanta fuerza que crea una brisa, y antes de que tenga tiempo de reaccionar me arrastran hacia adentro y me abrazan.

Reconozco el perfume y el champú al momento. Es el aroma de Rachael, el mismo de siempre. Su larga cabellera se me mete en la cara mientras me abraza con fuerza y grita, y no puedo hacer nada más que reírme en su hombro. De verdad me alegro de verla. Me recuerda mi vida en Santa Mónica. Durante las últimas cuatro semanas casi me había olvidado de ella por completo.

—Dios, Rachael —murmuro—. Me vas a romper el brazo.

Aún riéndome, logro escabullirme de su fuerte abrazo y luego doy unos pasos hacia atrás para contemplarla.

Su pelo está varios tonos más oscuro a como lo recuerdo, y es evidente que se cortó varios centímetros, pero no lo menciono. Recuerdo que Dean me había comentado que no estaba muy contenta con ello. Aparte de eso, sigue siendo mi mejor amiga y tiene una enorme sonrisa en la cara.

—¡Te he extrañado mucho!

—¡Yo también a ti! —respondo.

No me había dado cuenta hasta ahora. He estado muy distraída por todo lo que ha sucedido a mi alrededor, y ahora me estoy empezando a sentir culpable.

—¡Tyler!

Los ojos de Rachael se agrandan cuando clava su vista en él, y la verdad es que no puedo culparla. Parece cinco años mayor que cuando se fue. Sigue en la puerta algo incómodo, pero Rachael me rodea para acercarse a él y también le da un abrazo. Es un abrazo breve, y cuando se aparta lo toma del brazo, lo hace entrar a la *suite* y cierra la puerta.

—¡No puedo creer que haya pasado un año!

—Sí, es una locura —dice Tyler.

Ahora tiene una pequeña sonrisa en los labios, y no sé si es real o falsa. Sea como sea, ya no se lo ve incómodo.

Mientras conversan, me tomo un minuto para ver la *suite*. Es enorme, y parece tener dos habitaciones separadas, un baño y una cocina americana. El piso es de madera y hay alfombras orientales, y todo parece bastante elegante y de época, pero moderno a la vez. Hay algunas obras de arte impresionantes en las paredes, pero no las miro durante mucho tiempo y vuelvo al lado de Tyler.

—Entonces ¿ el metro es seguro? —le pregunta Rachael con los ojos muy abiertos—. ¿No nos dispararán ni nada?

—No te preocupes por el metro —le dice Tyler. Noto que tiene ganas de poner los ojos en blanco, pero se contiene—. Con no parecer una turista no tendrás problemas.

Vuelvo a echar un vistazo por la *suite*. Falta algo. Tardo un segundo en darme cuenta y cuando lo hago, le lanzo una mirada a Rachael e interrumpo su conversación.

—¿Dónde está Meghan?

Rachael dirige la mirada hacia mí. Casi sonríe, pero se contiene y se encoge de hombros con tranquilidad.

—Volvió de Europa con un virus. No podía dejar de vomitar, así que se tuvo que quedar en casa.

—Entonces ¿hiciste todo este viaje sola?

Las palabras apenas salen de mi boca cuando alguien lanza sus brazos sobre mis hombros y los de Tyler, apretándonos con fuerza. Me encojo con sorpresa ante este abrazo tan repentino, y antes de que pueda darme la vuelta siquiera, una voz murmura:

—Hola, neoyorquinos.

El corazón se me detiene. No por el susto, sino por la voz. La reconozco demasiado bien.

Es la voz de Dean.

Me encojo de hombros para soltarme y me doy la vuelta a toda velocidad justo a la vez que Tyler, y veo que no me equivoco.

Dean está delante de mí. Tiene una enorme sonrisa en la cara y sus ojos oscuros brillan mientras da un paso hacia mí, rodeándome con sus brazos y abrazándome con fuerza contra su pecho. Estoy tan aturdida que ni siquiera puedo devolverle el abrazo. Me limito a quedarme allí, boquiabierta y con los ojos como platos. Por encima del hombro de Dean, Tyler me está mirando fijamente, su cara está tan pálida como la mía. Los dos estamos pensando exactamente lo mismo: «Ojalá esto no estuviera pasando».

—Sorpresa —susurra Dean.

Su voz hace que un escalofrío me recorra la espalda mientras hunde su cara en mi pelo, y todo me parece tan extraño… No estoy acostumbrada a Dean. Estoy acostumbrada a Tyler.

Dean no debería estar aquí. No debería estar en Nueva York con Tyler y conmigo. Se supone que se tenía que quedar en Santa Mónica. Yo debería tener dos semanas más para decidir qué voy a hacer con él. No estoy lista para enfrentarme a esto ahora. El hecho de que Dean esté aquí puede echarlo todo a perder.

Cuando por fin me suelta, me mira con fascinación y niega con la cabeza mientras sonríe. Una sonrisa amplia y sincera. Duele verla.

—Dios, cuánto te he extrañado —dice, y me besa.

Al principio me quedo paralizada, me toma tan desprevenida que ni siquiera puedo apartarme. Antes sentía algo cuando besaba a Dean, pero ahora nada de nada. No noto ninguna descarga de adrenalina. Dean me besa con suavidad pero con desesperación, como si estuviera intentando recordar lo que ha extrañado tanto, pero yo no puedo devolverle la misma energía. No quiero. Para mí es un beso sin vida.

Intento dirigirle una mirada de disculpa a Tyler. Se puso rígido y sus ojos se han endurecido, y nos está lanzando una mirada feroz con una expresión fría en la cara. De la nada, agarra el hombro de Dean y lo hace retroceder un paso, interrumpiendo nuestro beso. Se lo agradezco muchísimo.

—Pero bueno, hermano, ¿acaso te olvidas de tu mejor amigo? —pregunta Tyler, y cuando Dean se vuelve para mirarlo, tiene una sonrisa en la cara.

Pero lo veo todo muy claro. Todavía noto el brillo furioso en sus ojos y la rigidez del músculo de su mandíbula.

Dean, sin embargo, no ve nada más que la sonrisa en la cara de su amigo.

—Carajo, ¿qué le pasó a tu acento?

—Nueva York y un compañero de piso de Boston —dice Tyler con un tono seco—. Tienen la mala costumbre de pegarte el acento.

Riéndose, Dean le da un abrazo mientras se dan palmadas en la espalda, y cuando se apartan Tyler pregunta:

—Entonces ¿cómo es que viniste? —No se molesta en ocultar el tono duro de su voz. Se limita a cruzarse de brazos mientras levanta las cejas, esperando una respuesta.

—Vine para sustituir a Meghan —explica Dean. Trae una camisa azul marino y *jeans* oscuros, y se mete las manos en los bolsillos—. Fue una decisión de último minuto, la verdad. Creí que mi papá no me iba a dejar tomar vacaciones, pero me dijo que adelante. Fue idea de Rachael.

Tanto Tyler como yo le lanzamos una mirada a Rachael al mismo tiempo. Está viendo cómo se desarrolla la escena con una sonrisa rebosante de alegría en la cara. En este instante, ni Tyler ni yo estamos muy contentos. Invitar a Dean a Nueva York es lo peor que podría haber hecho.

—Tyler, te traje a tu mejor amigo. Eden, te traje a tu novio —dice, sonriendo aún más—. ¿Soy o no soy la mejor amiga del mundo?

Ni siquiera me atrevo a contestarle. Sé que sus intenciones eran buenas, pero no tiene ni idea de lo que acaba de hacer. Metió la pata. Dudo que Rachael y Dean se den cuenta, pero para Tyler y para mí la tensión se está haciendo insoportable.

Le lanzo una mirada llena de pánico y él cierra los ojos y se pasa una mano por el pelo. No sé qué pensar. No sé qué hacer. Y cuando Dean se pone a mi lado otra vez, me rodea con el brazo y me planta un beso suave en la mejilla, me empiezo a sentir incluso peor.

¿Se supone que tenemos que decirle la verdad ahora que está aquí en Nueva York? ¿O esperamos tal como habíamos planeado? Ahí está lo jodido. Decidir cuándo hacerle daño a Dean. Es inevitable: sólo es cuestión de cuándo y dónde. Aquí no, eso seguro. Ahora mismo no. Pero pronto, quizá.

Y si pensaba que las cosas no podían ser peor, me doy cuenta de lo equivocada que estaba.

La puerta del baño se abre de repente y capta la atención de los cuatro. Frunzo el ceño, confundida, y escucho una voz que dice con entusiasmo:

—Chicos, la bañera es maravillosa.

Es otra voz que reconozco. Una voz que jamás pensé que tendría que volver a oír. Una voz que pertenece a alguien a quien no he visto desde hace dos años. Y justo cuando empiezo a palidecer otra vez, sale del baño con el pelo recogido en un chongo desordenado y nada más que una toalla alrededor de su pequeño cuerpo. Se detiene cuando nos ve y sus ojos se mueven rápidamente de Tyler a mí durante un instante, y luego, tan despacio que casi duele, Tiffani sonríe.

—¿Por qué nadie me ha informado de que mi pareja de hermanastros favorita ya había llegado?

21

Esto no está pasando. No puede estar pasando. Dean no puede estar en Nueva York. Tiffani no puede estar delante de mí, sonriendo con lo que parece ser un gesto inocente. La conozco y sé que detrás de esa inocencia hay un ser retorcido. Así es Tiffani, siempre ha sido igual. Manipuladora, controladora y dispuesta a desafiar a todos y a todo para lograr lo que quiere. En su cabeza, las cosas sólo funcionan a su manera. Y aquí la tenemos, en la misma habitación que Tyler y yo. Delante de las dos personas a las que sabe que puede destrozar, que están intentando hacer todo lo posible por ocultar un secreto que sólo ella conoce.

—¿Me estás tomando el pelo? —dice Tyler de un bufido, cortando la tensión del ambiente.

Desvía su mirada de Dean a Tiffani y niega con la cabeza sin poder creer lo que ve.

Rachael deja escapar un suspiro, se cruza de brazos y se apoya en el reposabrazos de una de las sillas de época. Le da una patada a la alfombra y le clava una mirada dura a Tyler.

—Chicos, ¿no podemos llevar el tema como adultos? Ya terminaron, ya está. Eso fue hace dos años. Supérenlo.

—¿Lo dices en serio, Rachael? —Tyler la mira pestañeando, con los ojos muy abiertos. Suelta una carcajada, aturdido por la situación, y creo que reírse es lo único que puede hacer—. A la mierda. Me voy. —Levanta los brazos en señal de rendición, se da media vuelta y se dirige hacia la puerta a grandes pasos. La abre con tanta fuerza que las bisagras rechinan—. Te espero en el coche, Eden —dice por encima del hombro, y cierra la puerta de la *suite* con un portazo. Le sigue un tremendo eco.

—Veo que haberse mudado a Nueva York no le ha ayudado a resolver sus problemas de ira —dice Rachael tras un momento de silencio.

Está bromeando, por supuesto, pero yo no le veo la gracia. De hecho, me parece una falta de respeto. De tan mala educación que no puedo contenerme y la fulmino con la mirada.

—¿Por qué siempre tiene que ser tan cabrón? —añade Tiffani. Su voz es dulce y suave, como si estuviera profundamente ofendida—. Tiene problemas graves. No se puede ser tan agresivo. Está claro que lo heredó de su padre.

Estoy a punto de decir algo, a punto de abrir la boca para llamarle la atención a Tiffani por lo que acaba de decir, pero para mi sorpresa, Dean se me adelanta.

—Chicas, ya —las reprende, quita sus brazos de mis hombros y me rodea por la cintura—. No sean tan duras con él.

—Un poco melodramático sí fue, ¿no crees? —murmura Rachael—. Salir corriendo de esa manera… El Tyler de siempre, supongo.

—No lo culpo —digo lanzándole una mirada mordaz a Tiffani.

Ni siquiera voy a intentar ocultar que la detesto. Rachael también me está irritando poco a poco. ¿El Tyler de siempre? Ellas sólo lo han visto ahora. Por supuesto que se enojó porque Tiffani apareció de la nada. Ni Rachael ni Tiffani lo han visto en realidad, el Tyler que está siempre riéndose con carcajadas sanas y que sonríe todo el día. Aún no han visto al nuevo Tyler. Bueno, todavía no está completamente bien, pero lo está consiguiendo poco a poco. Está mucho más feliz que nunca, y sus insultos me están enojando. Siempre lo defenderé.

—No me vengas tú también con ésas —gime Rachael, ladeando la cabeza y cerrando los ojos.

—Dios, Eden —dice Tiffani—, creía que tal vez ahora que te habías graduado habrías madurado —dice batiendo las pestañas desde la puerta del baño mientras se sujeta la toalla y frunce los labios.

—¿Qué te pasa conmigo, Tiffani? —exijo saber enojada, mientras me encojo de hombros para soltarme de Dean y doy unos pasos hacia ella—. ¿Por qué siempre has sido tan…?

Dean me agarra por detrás, y me jala hasta pegarme a su cuerpo mientras intenta que no me lance al cuello de Tiffani.

—Tiffani —dice—. No seas cabrona.

—Cierra la puta bocota, Dean —le ordena.

Su voz pierde la suavidad y ahora es dura. Nos lanza una mirada furiosa a los dos, sale muy enojada hacia uno de los dormitorios y da un portazo.

Le echo un vistazo a Dean por encima del hombro y él

me suelta, y se limita a encogerse de hombros como si le pareciera una tontería. Nos defendió a los dos, a Tyler y a mí, y eso sólo hace que me sienta incluso más culpable que antes. Así es Dean. Siempre está ahí para todo el mundo. Pronto le estallará en la cara. Me duele pensar en ello, así que me centro en otra cosa.

—Un poco melodramática sí fue, ¿no crees? —repito las palabras de Rachael. Me aparto de Dean, me cruzo de brazos y arqueo las cejas—. ¿Qué demonios hace aquí?

Rachael se aparta de la silla, suspira y se acerca a nosotros. Trae con ella el aroma de su perfume.

—Iba a venir desde el principio, Eden. Sólo que no te lo dije porque no quería que te pasaras meses quejándote. ¿No pueden superarlo de una vez por todas?

—¿Superarlo? —repito—. ¿En serio?

—A ver, te entiendo —dice—. La odias por lo que le hizo a Tyler, y ella te odia a ti por tomar partido y apoyarlo a él. Pero ya pasaron dos años. ¿No creen que se están comportando como niñas? ¿No pueden perdonarse y olvidarlo? Tiffani quiere volver a ser tu amiga. De los dos.

Me dan ganas de reírme, igual que Tyler, con incredulidad. Rachael no tiene ni idea de lo que sucedió hace dos veranos. A veces preferiría que lo supiera, pero no lo sabe, así que tengo que limitarme a apretar los dientes para contener las ganas de soltarle la verdad.

—No voy a volver a ser su amiga, Rachael. Jamás.

—No te preocupes —dice Dean a mi espalda, yo me encojo. No estoy acostumbrada a oír su voz. Todavía me toma por sorpresa que esté aquí. Me posa una mano en el hombro y se pone a mi lado, con una sonrisa de consuelo en la cara—. No tienes que ser su amiga.

—Va, Dean —murmura Rachael—, tienes que admitir que para los demás es incómodo.

—Yo no estoy incómodo —afirma Dean con una expresión serena. Sé que está mintiendo, pero también que lo hace para apoyarme, así que me quedo quieta debajo de su mano—. Nada es incómodo a no ser que lo hagan incómodo, que es exactamente lo que están haciendo.

Rachael aprieta los labios.

—Lo único que estoy haciendo es intentar reunirlos a todos —dice, pero suena un poco triste.

Luego se calla, se da la vuelta y se dirige a la habitación en la que entró Tiffani, dejándonos a Dean y a mí solos.

Él se vuelve para mirarme de frente, se ve un poco desmoralizado. No creo que esto haya salido como lo tenían planificado.

—Tal vez haya sido mala idea pedirles que vinieran —balbucea—. Queríamos sorprenderlos, y yo tenía que verte esta noche. No podía esperar hasta mañana.

—Bueno, pues aquí me tienes —digo con poco entusiasmo.

Me río, pero no sueno convincente. Estoy empezando a sentirme mal. No puedo soportar que Dean y Tiffani estén en Nueva York. Es demasiado difícil tener que lidiar con los dos al mismo tiempo.

—Y que la gente diga que el perfil de los edificios es lo más hermoso de Nueva York… —dice, sonriendo mientras me mira levantando las cejas.

Entonces me doy cuenta de que se rasuró esa horrible barba de varios días que se estaba dejando.

Pongo los ojos en blanco y lo empujo por el hombro.

—Dios, Dean, ¿en serio?

—Tenía que decirlo. —Su sonrisa se refleja en sus ojos mientras pone las manos en mis hombros y me mira fijamente—. Durante este mes se me han ocurrido muchas cursiladas.

Entonces me besa, y como esta vez estamos solos, recorre mi cuerpo con sus manos, desde mis hombros hasta mi cintura. Me besa como si fuera la primera vez.

Me resulta difícil besarlo con entusiasmo. ¿Cómo hacerlo? Sin embargo, lo intento, todavía no estoy preparada para levantar sospechas. Estoy intentando comportarme con normalidad, actuar como si no estuviera enamorada de su mejor amigo y como si no le fuera a decir la verdad muy muy pronto.

Me aparto cuando ya no puedo seguir besándolo. Me encojo de hombros y miro hacia la puerta con el ceño fruncido.

—Dean, tengo que irme —murmuro—. Tyler me está esperando en el coche.

—Sí, ve —dice. Por fin me suelta y se aparta. Sigue sonriendo—. Ahora íbamos a salir a comer algo. A ver la ciudad, supongo. Pero mañana pasaremos el día juntos, ¿va?

No creo que eso le haga mucha gracia a Tyler, y tartamudeo que ya tengo planes para mañana, pero Dean parece confundido. No sé qué hacer: ¿se supone que debo continuar actuando con toda normalidad o ignorarlo para que se dé cuenta de que pasa algo? No sé qué le hará menos daño, así que termino por aceptar ir a cenar con él.

Todo esto es demasiado para asimilar a la vez, y mientras me despido de Dean y le grito un adiós a Rachael a través de la puerta de la habitación, me doy cuenta de que me tiemblan las manos. Salgo corriendo de la *suite* del hotel lo más rápido que puedo sin que se note que estoy desesperada por irme, y no espero al elevador. Tengo demasiada prisa por alejarme de Dean y Tiffani, así que bajo corriendo por las escaleras los diez pisos, con paso irregular. Cruzo a grandes pasos el vestíbulo principal y salgo a toda velocidad del hotel antes de que el portero tenga la oportunidad de abrírmela, y me mira levantando una ceja cuando paso delante de él.

Por suerte, el coche de Tyler sigue estacionado al lado de la banqueta, delante de la Ópera de Santa Fe. Tiene el motor en marcha, y sin perder un segundo abro la puerta del pasajero y me subo, cerrando de nuevo de un jalón.

Respiro con dificultad y miro a Tyler. Tiene el cuerpo rígido contra el asiento, y las manos tan apretadas en el volante que los nudillos se le ven pálidos, los brazos, tensos. Ni siquiera me mira, se limita a apretar la mandíbula con la vista clavada en el parabrisas.

Cuando abre los labios para hablar, lo único que puede decir es:

—¿Qué carajo hacemos ahora?

—No lo sé —respondo. Con un gemido apoyo la cabeza en el tablero y me paso las manos por el pelo. Aprieto los ojos e intento procesar todo lo que acaba de suceder, pero es un problema tremendo. No puedo atar cabos ahora. Levanto la cabeza muy despacio y me volteo para mirarlo—. ¿Tyler, deberíamos decírselo? O sea, sería lo correcto, ¿no?

—Tenemos que decírselo —afirma, pero lo dice muy despacio y ahora su voz está mucho más calmada. Me mira de frente, la preocupación se refleja en nuestros ojos—. Sé que íbamos a esperar hasta volver a casa, pero ahora está aquí y tenemos que hacer lo correcto al menos una vez en la vida.

—¿Cuándo?

—¿Qué?

Trago el nudo que se me está haciendo en la garganta.

—¿Cuándo se lo diremos?

Tyler se encoge de hombros.

—Se lo podemos decir mañana. Carajo, también podemos volver allí y decírselo ahora mismo, pero le arruinaríamos su viaje a Nueva York, porque la pasaría fatal. O... —dice— podemos esperar hasta el último día. Decírselo la última noche antes de que se vayan. Así, por lo menos podrá disfrutar de la ciudad, y además no tendrá que vernos durante mucho tiempo antes de irse lo más lejos posible de nosotros. ¿Entiendes?

—¿Quieres que finja que todo está bien durante cinco días?

Entrelazo las manos nerviosa. Quiero a Dean. Por eso es tan difícil. No voy a terminar con él porque no quiera estar con él. Voy a romper con él porque volví con Tyler, porque es injusto que su novia esté enamorada de otra persona.

—Compórtate un poco diferente para que note que pasa algo —me aconseja Tyler, pero tiene el ceño fruncido mientras pone el motor en marcha—. Dios, nos va a odiar un montón, ¿no crees? ¿Viste cómo te miraba?

—Nos miraba a los dos —corrijo. Me pongo el cinturón y dejo escapar un suspiro que no sabía que tenía dentro—. Se veía tan feliz de vernos...

—Por cierto, olvídate de Dean un segundo —dice Tyler a la vez que sale del lugar donde se había estacionado y se dirige a la avenida Madison. Su tono se vuelve amargo de nuevo—. ¿Por qué está Tiffani en Nueva York? ¿Y a qué vino eso de «pareja de hermanastros favorita»? Sabe que nos odia.

—En realidad, sólo me odia a mí —digo, soltando una pequeña carcajada mientras me acomodo en el asiento y veo cómo conduce Tyler—. Porque le robé a su novio y todo ese rollo.

Tyler me echa un vistazo y también se ríe, su expresión se suaviza. Con una mano en el volante, estira la otra por encima del tablero del centro y toma mi mano. Entrelaza sus dedos con los míos, su piel es suave y cálida, como siempre.

—No te imaginas cómo te lo agradezco.

22

Al día siguiente, tanto Tyler como yo andamos nerviosos. No podemos evitarlo. Es desesperante saber que Dean está tan cerca. Otra vez tenemos que ser supercautos, controlar lo que decimos y asegurarnos de que nunca nos miramos durante mucho tiempo. Volvemos a ser nada más que hermanastros.

Y aunque estamos intentando actuar con normalidad y lo más inocentemente posible, a Tyler le está costando ocultar su irritación porque Dean está a punto de venir a recogerme.

Él se prepara un café en la cocina mientras yo camino de arriba abajo en la sala, a la espera de que toquen la puerta, y al final Emily nota la tensión.

Pone la tele en silencio, cosa que irrita a Snake, y estira el cuello para mirarnos, sus ojos se mueven de Tyler a mí.

—¿Qué pasa?

—Eden tiene una cita —dice Tyler. Tiene la mirada clavada en mí, y revuelve su café sin apartar los ojos de mí. Tiene la mandíbula tensa—. Su novio le dio una sorpresa anoche y se presentó en Nueva York. ¿Y les comenté que mi ex, la psicópata, también está aquí?

—¿Tiffani? —pregunta Emily.

Dejo de pasearme por la sala y le lanzo una mirada curiosa a Tyler, con una ceja levantada. Debe de haberle hablado a Emily sobre Tiffani. De hecho, creo que le debe de haber contado casi toda su vida. Siempre parece saber hasta los más pequeños detalles.

—Sí —dice Tyler con rigidez. Nos da la espalda y se centra en su café, y eso le da la oportunidad a Emily de volver su mirada hacia mí.

—Eden, no sabía que tenías novio —dice, observándome con intensidad. Me hace sentir incómoda.

—Sí, sí —murmura Snake—, ¿a quién le importa?

Intenta inclinarse por encima de ella para tomar el control remoto, pero ella le pone una mano en el pecho y lo empuja hacia atrás, no aparta sus ojos de los míos.

—Llevamos más de un año y medio —digo en voz baja. Un año y medio. Ése es el tiempo que le he hecho perder a Dean—. Se llama Dean.

En ese momento, alguien toca la puerta. Todos miramos al mismo tiempo, pero Tyler y yo intercambiamos una mirada fugaz. Él deja de vacilar con su café, sus manos se quedan congeladas en medio del aire y yo me mordisqueo la parte interior de la mejilla. No tengo ganas de ver a Dean esta noche, pero si no lo hago sabrá que algo anda mal. No estoy lista para decírselo todavía.

Noto las miradas de todos cuando me acerco a la puerta, alisándome la falda plisada por el camino. Muy despacio, toqueteo las cerraduras antes de abrir la puerta de un jalón. Y, por supuesto, me encuentro con Dean, que me saluda.

Con una sonrisa en los labios, deja escapar un suspiro de alivio cuando me ve.

—Menos mal que no nos equivocamos de departamento.

—¿Equivocamos?

Enseguida aparecen por la puerta Rachael y Tiffani, que estaban detrás de él, con la respiración algo entrecortada, como si hubieran subido los doce pisos por las escaleras. Aprieto la cerradura cuando Tiffani me sonríe con los ojos muy abiertos.

—¿Qué hacen aquí? —pregunta Tyler desde la cocina.

Cuando miro por encima de mi hombro, veo que dejó su café en la barra y se dirige hacia nosotros. Se mete las manos a los bolsillos, pero no me impide ver que está apretando los puños.

—¡Queríamos conocer tu departamento! —dice Rachael alegre. Sin embargo, justo a continuación titubea y se encoge de hombros algo avergonzada—. Y también queremos hablar contigo porque lo de anoche fue horrible.

Tyler mira a Rachael y luego a Tiffani durante un buen rato. Le dedica a Tiffani más tiempo que a Rachael, y casi puedo ver como reprime las ganas de negarles la entrada. Al final da un paso hacia atrás y se aparta de la puerta.

—Bueno, pasen —murmura.

Rachael entra primero hasta el centro de la sala, Tiffani la sigue de cerca. Mientras Tyler me mira y se encoge de hombros, yo frunzo el ceño, me vuelvo hacia Dean y lo tomo de la camisa. Lo hago entrar y cierro la puerta con una patada. Snake y Emily se levantan del sillón y contemplan a nuestros invitados de la Costa Oeste incómodos. La mirada de Snake no se aparta de Rachael, y la de Emily no se separa de Tiffani.

—Muy bien —dice Tyler.

Hace las presentaciones a toda prisa, diciendo los nombres y resumiendo la historia de cada uno al máximo. Snake es el compañero de departamento de Boston. Emily es la británica que se fue de gira con él. Rachael es una amiga. Tiffani es sólo Tiffani. Dean no es nada más que mi novio. Tyler no menciona que eran mejores amigos. Es inútil. Esa amistad va a terminar dentro de cuatro días.

Snake cruza la sala directo hacia Rachael cuando terminan las presentaciones incómodas. Yo intento lanzarle una mirada de advertencia, y él o no lo capta o elige ignorarme descaradamente. Tiene sus ojos grises clavados en ella, extiende la mano y se vuelve a presentar. Esta vez, para mi sorpresa, como Stephen.

Poniendo los ojos en blanco, le lanzo una mirada a Tiffani. Está observando a Emily a unos metros de distancia y yo veo con ansiedad como Emily se le acerca, con una expresión despreocupada.

—Así que tú eres Tiffani…

—¿Qué quieres decir con eso? —dice Tiffani entrecerrando los ojos, sorprendida por el tono de voz de Emily.

Si Emily viviera en Santa Mónica sabría muy bien que no hay que meterse con Tiffani Parkison. Pero para su mala suerte no vive allí, así que desconoce esta regla básica de supervivencia. Y continúa.

—Ah, no, nada —dice encogiéndose de hombros brevemente—. Es sólo que he oído hablar mucho de ti, eso es todo.

—¿En serio?

La cara de Tiffani se ilumina al pensarlo, como si le encantara que mencionen su nombre en las conversaciones de todo el mundo. La mayor parte de las veces, lo que se dice de ella no es precisamente bueno.

Emily se sonríe, pero no es sincera. Por primera vez, parece estar en guardia. Normalmente se muestra más vulnerable, más suave y callada. Hoy no.

—Desde luego. Pero no te preocupes, seguro que todo lo que me han dicho es cierto al cien por ciento.

No alcanzo a escuchar qué rollo le suelta Tiffani, porque mi atención se desvía hacia Tyler cuando éste se nos acerca. Está sonriendo. ¿De verdad? Lo dudo.

—Y bien, Dean, ¿quieres que te enseñe el departamento? —sugiere.

Dean niega con la cabeza y dice:

—Creo que nos iremos enseguida. No quiero perder más tiempo.

—No, hermano, vamos, deja que te lo enseñe. —Tyler lo rodea con un brazo, alejándolo de mí mientras le aprieta el hombro. No creo que Dean fuera capaz de soltarse aunque lo intentara—. Mira qué vistas. Da a la Tercera avenida. —Empuja con suavidad a Dean por la sala hacia las ventanas y lo retiene allí. Mientras Dean mira hacia la calle, Tyler me lanza una sonrisa maliciosa, y yo me limito a poner los ojos en blanco como respuesta.

Con el rabillo del ojo, veo que Tiffani se dirige hacia ellos. De un empujón se mete entre los dos, y rodea los hombros de ambos con sus brazos. Tyler se encoge de hombros de inmediato para soltarse.

—Y bien ¿qué estamos mirando? —pregunta.

Al otro lado de la sala, Snake sigue hablando con Rachael. Ésta se enrolla mechones de pelo entre los dedos, tiene los labios un poco abiertos y presta atención al rollo que Snake les echa siempre a las chicas.

Todo esto me confunde. No sé por qué, pero mi vida en Santa Mónica me parece algo totalmente separado de mi verano en Nueva York. No se tendrían que haber mezclado. Pero como lo han hecho, siento náuseas. Durante todo el mes pasado, Nueva York me parecía un lugar seguro. Podía ignorar por completo mi vida en Santa Mónica. Olvidarme de nuestros padres, de nuestros amigos, de Dean. Lo mejor de todo es que me había olvidado de que Tyler es mi hermanastro, hasta ahora. La realidad nos golpeó de lleno. Y carajo, cómo duele.

—Me lleva —murmura Emily entre dientes mientras se me acerca, cruzándose de brazos. Se detiene a mi lado y señala a Tiffani con un movimiento de la cabeza—. Es igualita a como me la imaginaba. Entra como si fuera la reina de las reinas.

—Le bajaste los humos enseguida —digo. La miro de soslayo, observando la manera en que fulmina con la mirada a Tiffani. Mantengo la voz baja—. ¿Por qué lo hiciste?

Emily se encoge de hombros y dirige la mirada hacia mí, los ojos se le suavizan un poco.

—Tyler me contó toda su historia —dice. Al lado de las ventanas, Tyler está señalando tiendas y cafeterías de la Tercera avenida, ignorando la insistencia de Tiffani mientras ella intenta acercarse a él—. Lo que le hizo fue horrible —añade Emily—. No soporto a las chicas como ella. Además, apoyo a muerte a mis colegas.

—Ten cuidado —murmuro sin apartar la mirada de Tiffani. Tiene una mano detrás del hombro de Tyler, la otra en su propia cadera—. No quieres sufrir su ira.

Emily da un paso hacia delante y se gira para mirarme directamente a la cara. Se ríe y pregunta:

—¿Lo dices por experiencia?

—Desde luego.

Tratar con Tiffani fue un infierno. Por eso ahora es tan incómodo estar cerca de ella. Se comporta como si tuviera el poder, tanto por cómo sonríe como por cómo habla. Da pánico.

Hablando de Tiffani, debe de haberse dado por vencida de meterse en la conversación entre Dean y Tyler, porque se da la vuelta y se dirige hacia nosotras. Suspira mientras se acerca, con la mirada puesta exclusivamente en mí. Sonríe y, como siempre, es una mueca falsa y amarga.

—Eden. Vamos afuera. Ahora mismo.

No muevo un músculo, permanezco donde estoy.

—No, estoy bien aquí.

Tiffani no acepta un no como respuesta, porque me toma de la muñeca y me jala hasta la puerta sin miramientos. Le lanzo una mirada por encima del hombro a Emily y ella me la devuelve con los ojos muy abiertos y se encoge de hombros. Me arrastra hasta el rellano contra mi voluntad y cuando cierra la puerta, por fin me suelta.

—¿Qué quieres?

Me cruzo de brazos y doy un paso hacia atrás mientras ella se vuelve para mirarme.

En el rellano, un poco más allá, un chico sale de su departamento. Tiffani espera en silencio a que pase por nuestro lado, en dirección al elevador. Cuando ya se fue, la sonrisa de Tiffani se vuelve retorcida y entrecierra los ojos.

—¿La explicación breve? Estoy empezando a extrañar a Tyler.

Es tan ridículo que suelto una carcajada. No me puedo contener, y antes de darme cuenta, estoy sonriendo ante lo increíble que suena lo que acaba de decir. Tal vez no me parecería tan gracioso si su relación hubiera sido sincera y real. Pero no lo era. No puede extrañar a quien nunca quiso. Aún riéndome, le pregunto:

—¿Y cuál es la explicación larga?

—Estoy empezando a echar de menos a Tyler y tú me vas a ayudar a recuperarlo —dispara enseguida. Se cruza de brazos y su sonrisa se convierte en una fina línea recta.

Dejo de reír. Ahora me parece patética. Está alucinando totalmente.

—Sabes que eso jamás sucederá, ¿no?

—¿Por qué no? Va a volver a California, los dos estamos solteros, y ¿soy yo o tu hermano está mucho más bueno?

Suelta un suspiro y se abanica la cara con la mano de manera dramática, tiene las mejillas sonrojadas.

—Vete a la mierda, Tiffani.

—Caramba, estás a la defensiva. —Suspira y se lleva la mano al corazón, como si la hubiera herido, pero yo me limito a poner los ojos en blanco. Siempre es muy melodramática—. Espera —dice. Creo que deja de actuar durante un segundo porque me mira con una expresión perpleja que parece sincera. Noto como la expresión de sus ojos cambia mientras me observa, separa los labios y deja escapar un suspiro—. No me digas que siguen cogiendo.

Me sorprende tanto la pregunta que no contesto. Aunque intentara negarlo, ella sabría que le estoy mintiendo. Siempre me cacha. Pestañeo y trago el nudo que tengo en la garganta, y luego bajo la vista hacia el piso. Tiffani hace que parezca normal. Nunca hemos «cogido» sin más. Siempre ha sido más que eso.

—Ay, Dios —exclama Tiffani en voz baja. El *shock* es evidente en su tono. Por una vez, no se está burlando ni hablando con desprecio—. ¿Te lo estás tirando?

La vuelvo a mirar, pero enseguida cierro los ojos y me llevo una mano a la cara. Siento las mejillas bastante calientes y lo único que puedo murmurar a través de mi mano es: «No es para tanto». Sé que me estoy mintiendo a mí misma. Sé que es para tanto y para más. Siempre lo será.

—¿Que no es para tanto? —repite Tiffani. Parece que no tarda en reponerse de la sorpresa de descubrir que Tyler y yo seguimos juntos, porque ahora su voz tiene un tono de júbilo que está intentando ocultar por todos los medios—. Pero, Eden, si tú estás con Dean.

Niego con la cabeza, me doy la vuelta y comienzo a caminar hacia la puerta del departamento. Me muerdo con fuerza el labio inferior y respiro muy despacio para contener las lágrimas. Duele saber que la única persona que sabe de mi relación con Tyler es lo suficientemente cruel como para gritarlo a los cuatro vientos. Veo que tiene muchas ganas de decírselo a todo el mundo, y que todavía no lo haya hecho es lo más angustioso del mundo. Mantiene nuestro secreto por una razón, y conociendo a Tiffani, no es por ser buena amiga.

—Espera —dice Tiffani en voz alta. Me detengo pero no me doy la vuelta. Sólo mantengo los ojos cerrados y escucho—. Disfruta de tu cita con Dean. ¿Le vas a decir que le estás poniendo el cuerno?

Aprieto los dientes. No tengo ni que mirarla para saber

que está sonriendo. Lo está disfrutando a tope. Sin embargo, no le doy la satisfacción de saber que sus palabras me están irritando, porque mantengo la boca cerrada y me pongo a caminar.

—Eden —me llama otra vez cuando llego a la puerta del departamento. Me detengo, con los dedos apretados alrededor de la cerradura. Sé que no debería escuchar lo que tiene que decirme, pero no me puedo aguantar—. ¿Has engordado desde la última vez que te vi?

Sus palabras me golpean donde más duele. Es una frase que no he escuchado desde hace años, el tipo de comentario que solía escuchar en Portland y que me daba más pavor que nada en el mundo. Pensé que mi peso por fin había dejado de importarme, pero una fracción de segundo después de que las palabras abandonen la boca de Tiffani, toda la autoestima que había logrado desarrollar en los últimos años desaparece y mi pulso se acelera mientras intento frenar las lágrimas que intentan escapar de mis ojos. Aunque quisiera decirle algo a Tiffani, no podría. Aunque quisiera darme la vuelta y mirarla, no habría forma. Ya no.

Abro la puerta del departamento y me meto lo más rápido posible. La cierro de un portazo y corro todas las cerraduras. Ella no va a volver a entrar a este departamento. No después de haberme dicho eso.

Con la respiración entrecortada, noto que el lugar está muy silencioso, y cuando me giro muy despacio, todos tienen la vista clavada en mí. Rachael y Snake dejaron de hablar. Emily sigue en el mismo sitio donde la dejé, tiene las cejas levantadas. Tyler y Dean están en la cocina, Tyler con su café en la mano, y Dean con una expresión algo derrotada en la cara. Me quedo mirando a Rachael. Tiffani no me lanzó ese comentario por casualidad. Fue con la peor intención, y las únicas personas que podrían haberle dicho mi problema son Tyler, Dean y Rachael. No es difícil averiguar quién es la culpable.

No quiero llamar la atención, pero tengo miedo de ponerme a llorar en cualquier momento delante de ellos, así que llamo a Rachael mientras me dirijo hacia el baño. Paso de un empujón entre Dean y Tyler y cierro la puerta detrás de mí, sólo la abro unos segundos después cuando Rachael da unos golpecitos con los nudillos en la madera. Abro y la meto de un jalón, y cierro con seguro.

—¿Qué? —pregunta de inmediato, confundida.

—¿Le dijiste a Tiffani?

—¿Que si le dije qué?

—Lo de… —Respiro hondo, la rodeo y me apoyo en el lavamanos antes de levantar la vista otra vez. Estoy segura de que tengo una expresión desolada, porque es exactamente como me siento— mi problema —digo—. La razón por la que hago ejercicio.

Las arrugas de preocupación de la frente de Rachael se vuelven más profundas cuando frunce el ceño.

—Bueno, a lo mejor le dije hace mil años —admite en voz baja—. Me preguntó por qué eras tan adicta a correr.

—¡Rachael! —gimo, y echo la cabeza hacia atrás. Me llevo las manos al pelo y miro el techo. Me estoy arrepintiendo de haberle contado mis secretos. Desearía no habérselo dicho a nadie jamás—. Ahora sabe cómo insultarme —murmuro mientras bajo la cabeza para mirarla a los ojos. Ella se toca los labios con el pulgar con expresión de culpabilidad y permanece callada, sin saber qué decir—. Me acaba de preguntar si he engordado. ¿Tú crees que he ganado algo de peso?

Recorro cada centímetro de mi cuerpo con la mirada. Últimamente estaba feliz. Por fin había descubierto el equilibrio perfecto entre comer sano y hacer ejercicio, sin llegar a extremos, sin tener que andar vigilando cada cosa que me metía a la boca. Ya no me saltaba comidas. Ya no me sentía culpable por no salir a correr de vez en cuando. Pasé meses sin preocuparme por mi peso, pero ahora es como si todo me golpeara a la vez. Intento recordar cuántas porciones de pizza me he comido desde que llevo en Nueva York. Intento contar cuántos chorritos de caramelo le he añadido al café en el último año. Me pregunto si tal vez el relajarme un poco fue una pésima idea.

—Eden, estás perfectamente bien —dice Rachael. Me rodea la cara suavemente con sus manos y me la levanta para mirarme directamente a los ojos con una expresión de súplica—. Para —dice con firmeza. Da un paso hacia atrás, deja caer los brazos a ambos lados de su cuerpo y suspira—. Escúchame, voy a hablar con Tiffani. Sabe que hacer ese tipo de comentarios no está bien. Pero por favor, no dejes que te altere. Disfruta tu cita con Dean.

No sé cómo voy a hacer eso ahora. Ni siquiera quiero salir del baño, y menos ir a cenar con el tipo con el que voy a terminar dentro de nada. Así de hecha una mierda, no creo que pueda seguir fingiendo.

Alguien toca la puerta, y Rachael y yo miramos hacia ella. La voz de Dean vibra a través de la madera.

—¿Están bien, chicas?

Dan otro golpecito, esta vez más suave, y la voz que le sigue no es la de Dean sino la de Tyler.

—¿Eden?

—¡Enseguida sale! —dice Rachael en voz alta. Cuando

se da la vuelta para mirarme una lágrima ya se desliza por mi cara, y ella se apresura a secármela con el dedo pulgar—. Vamos, que no pasa nada —me dice con suavidad. Entonces me rodea con los brazos y me abraza con fuerza y calidez—. Lo siento —dice con su cara contra mi pelo—. No tienes que ser amiga de Tiffani. No me importa.

—Más vale que no te importe —murmuro—, porque no voy a ser su amiga nunca.

Dean me lleva a cenar a un restaurante que se llama Bella Blu, cuatro cuadras al sur, en la avenida Lexington. Es pequeño e italiano, lo que no me sorprende en absoluto. Dean está muy orgulloso de sus raíces italianas, igual que Tyler de sus genes hispanos, a pesar de que los heredó de su padre.

Al final llegamos veinte minutos tarde, en parte porque Tyler entretuvo a Dean y en parte porque yo me encerré en el baño con Rachael. Antes de salir, me sequé los ojos y dejé que Rachael me retocara el maquillaje, me lo dejó mucho mejor de lo que estaba.

Nadie preguntó qué había pasado ni por qué Tiffani se había quedado en el rellano. No se atrevieron.

Rachael ya había retomado su conversación con Snake cuando me fui con Dean. Tyler me frunció el ceño. Emily se limitó a mirarme no sólo con curiosidad, sino también con sospecha. Tiffani estaba apoyada en la pared con los brazos cruzados y una sonrisa en los labios y nos deseó que la pasáramos bien. Dean le dio las gracias, sin notar el tono intrigante de su voz, y yo ni siquiera la miré cuando aprovechó la oportunidad para colarse en el departamento de nuevo.

Ya no tenía la seguridad en mí misma necesaria para enfrentarme a ella. Sólo me quería esconder.

En el Bella Blu, sin embargo, la noche no hace más que empeorar. Me siento demasiado culpable. En mi primera noche en Nueva York, me encontré en una situación exactamente igual, sentada a una mesa en un acogedor restaurante italiano. Sólo que entonces se trataba del Pietrasanta, no del Bella Blu, y no estaba con Dean, sino con Tyler.

—Te lo juro —dice Dean mientras traga otro bocado de sus ravioli de langosta—, iré a la universidad el otoño que viene. Sé que dije que iba a acceder este año, pero la verdad es que me gusta trabajar con mi papá. Sin clases, sin estudiar. Sólo coches presuntuosos.

Picoteo mi ensalada César con el tenedor, sin ponerle demasiada atención y con la mirada perdida. Llevo diez minutos dándole vueltas a los crutones, apenas he comido. No se me antoja.

—Ajá.

—Y sé que estaba empeñado en ir a Berkeley, pero he estado checando los programas de Empresariales de Illinois y…

—¿Qué? —Levanto los ojos de mi ensalada para mirar a Dean, su mirada es cálida y brillante, como siempre.

—Illinois —repite con una sonrisa—. Para que estemos más cerca.

Se me retuerce el estómago y hago todo lo posible para esconder mi inquietud. Siempre hemos tenido claro que me voy a mudar al otro extremo del país en dos meses, pero no hablamos de ello a menudo. A ninguno de los dos se le antojaba. Siempre resultaba difícil hablar de eso, de pasar cuatro años separados. Estaríamos juntos en el verano, en las vacaciones de primavera, en Navidades, en Acción de Gracias. Nos veríamos, pero sería diferente y difícil. Ahora no me preocupa mudarme lejos de Dean. De hecho, creo que cuando se vaya de Nueva York, estará encantado de que me vaya a otro estado. No creo que quiera volver a verme jamás.

—Pero tú siempre has querido estudiar en Berkeley —replico en voz baja.

—Lo sé —dice—, pero estaremos a más de tres mil kilómetros de distancia si decido quedarme en California. —Toma más ravioli con el tenedor y se los mete en la boca, alcanza su bebida y toma un trago rápido. Lentamente se inclina hacia delante—. He estado checando Northwestern —me comenta—. Creo que la carrera de Económicas es genial, y ¿sabes qué es lo mejor de todo? —Hace una pausa, y no porque esté esperando una respuesta, sino porque quiere sonreírme—. Está en Evanston. A sólo treinta y dos kilómetros de la Universidad de Chicago.

Fijo la vista en la flor del centro de la mesa, contemplo su brillo e intento procesar lo que Dean me está diciendo. Está dispuesto a abandonar la universidad de sus sueños para que no tengamos que estar separados. Así es Dean. Nada egoísta, siempre considerado y dispuesto a hacer sacrificios por la gente a la que quiere. Podría haber ido a la universidad el año pasado, pero no lo hizo porque su papá siempre había querido que trabajara con él en el taller. Sé que le gustan los coches, pero también lo mucho que quiere hacer la carrera de Empresariales. Y sin embargo lo aplazó un año porque primero tiene que continuar la tradición de la familia Carter. Está dispuesto a intentar entrar a otras universidades porque no quiere que nos separen miles de kilómetros.

—Creo que no deberías descartar Berkeley —digo, pero no lo miro a los ojos. Sigo centrada en la flor. Sigo pensando.

—¿Para qué? —pregunta Dean.

—Es una universidad increíble.

—Y también la Northwestern —comenta— y además está al lado de la tuya.

Ahora lo miro. Aparto el plato, casi sin haberlo tocado, y entrelazo las manos delante de mí.

—Pero siempre has dicho que no querías irte de California.

Creo que Dean esperaba que yo estuviera encantada con que él se mudara a Illinois el año que viene, porque su sonrisa empieza a desvanecerse poco a poco. Frunce el ceño.

—Eden —dice con firmeza, las comisuras de sus ojos se arrugan mientras me clava la mirada—. Ya tengo que pasar un año sin ti. Son casi treinta horas en coche, pero podría ir a Chicago una vez al mes, y tú vendrás a casa durante las vacaciones. Incluso podría conseguir un segundo trabajo para tener dinero e ir a verte más a menudo. Pero eso es sólo este año. No creo que pueda soportar pasar por lo mismo durante cuatro.

—Dean.

—Por eso cuando vaya a la universidad el año que viene quiero estar cerca de ti —continúa, ignorándome. Se recuesta en su silla, cruzándose de brazos mientras sonríe otra vez—. Imagínatelo. Tú estarás en segundo y yo en primero. Cambio de papeles.

Si quisiera seguir con Dean, creo que es posible que estuviera emocionada con la idea. Sin embargo, se me hace muy difícil oír sus planes para el futuro conmigo cuando yo sé que no tenemos futuro, y no creo que pueda decirle nada que lo haga cambiar de opinión. Cuando Tyler y yo le digamos la verdad, imagino que se replanteará a qué universidad quiere ir. Entonces, estoy segura de que volverá a considerar Berkeley. Seguro que no querrá estar cerca de mí.

—Dean —murmuro.

Me duele mirarlo, ver cómo me mira con sus ojos brillantes y llenos de honestidad y cariño. Me gustaría poder verlo de la misma manera. Se merece eso y mucho más. Yo lo quiero. Desde que empezamos a salir, siempre lo he querido. Es sólo que mi corazón pertenece a Tyler. Dejar a Dean es lo que tengo que hacer.

—Te quiero —digo. Mis ojos no se apartan de los de él. De hecho, no estoy segura de estar pestañeando siquiera—. Eso lo sabes, ¿no?

Estira los brazos por encima de la mesa y toma mi mano con las suyas, y cuando la sonrisa le llega a los ojos, dice:

—Por supuesto que lo sé.

Y en ese instante, no puedo hacer nada más que esperar que de verdad lo sepa.

23

Al día siguiente, cuando regreso de correr, se decide que las chicas y los chicos pasarán el día separados. No estoy segura de quién tomó esa decisión, sólo sé que me parece fatal. Tyler, Snake y Dean van a una exposición de coches clásicos a las afueras de la ciudad mientras las demás vamos a Times Square. Una vez más, nadie tiene en cuenta mi opinión, y cuando intento poner peros a los planes que me impusieron, no llego a ninguna parte. Incluso Emily tiene dudas sobre pasar la tarde con Rachael y Tiffani.

Así que, durante el montón de horas que pasamos en Times Square, Emily y yo las seguimos rezagadas. No puedo ni mirar a Tiffani, y hablar con ella menos, así que mantengo las distancias todo el tiempo. A veces, cuando Rachael y ella entran a las tiendas, Emily y yo nos quedamos afuera, platicando entre nosotras, con la esperanza de que no noten nuestra ausencia. Además, ya he estado en Times Square un montón de veces, así que ya no es ninguna novedad para mí, y para Emily tampoco. Ella lleva más de un año viviendo en Nueva York. Sin embargo, para Rachael y Tiffani, Times Square es tan fascinante y cautivador como lo fue para mí la primera vez que Tyler me trajo. Por esa razón, no me importa que se detengan cada dos por tres para sacar fotos.

—¿En serio camina así o crees que lo hace a propósito? —me pregunta Emily entre dientes mientras seguimos a nuestras acompañantes por la calle 43.

La distancia entre nosotras va aumentando poco a poco, y Emily ladea la cabeza para mirar los contoneos de Tiffani. Camina toda pomposa, como si tuviera una misión que cumplir.

—A propósito. Antes nunca se meneaba así —murmuro, con cuidado de que no me escuchen. No creo que pudieran oír nuestra conversación aunque lo intentaran, porque Times Square es tan ruidoso y tan frenético como siempre—. ¿Sabes?, la verdad es que me cayó bien cuando la conocí, pero luego todo se fue a la mierda.

—¿Qué pasó?

—Es una historia muy larga —digo. No creo que fuera capaz de explicarlo aunque lo intentara. «Pues resulta, Emily, ¡que Tyler terminó con ella para estar conmigo!» Sí, ya. Como si pudiera decir eso—. Y no me digas que tienes tiempo, porque la verdad es que no tengo ganas de hablar del tema.

—Tampoco pensaba insistir —dice Emily, y cuando la miro de soslayo, de repente me doy cuenta que prefiero estar con ella que con Rachael, mi mejor amiga.

Me siento culpable porque no me cayera bien Emily al principio, pero eso era antes de saber a ciencia cierta que no había nada entre Tyler y ella. Ahora estoy empezando a considerarla una amiga, y que ninguna de las dos soportemos a Tiffani nos parece genial para estrechar lazos, ¿quién me lo iba a decir?

Sólo diez minutos después, Tiffani entra a la cafetería Brooklyn Diner mientras Rachael se queda en la puerta, esperándonos. Son casi las tres y todavía no hemos comido, así que no nos importa parar. Así descansamos de andar de tienda en tienda.

Nos sentamos a una mesa en un rincón, al lado de las ventanas, pero las bolsas con las compras de Tiffani ocupan la mitad del espacio a su lado. Yo me siento junto a Emily, por supuesto, y me aseguro de quedar enfrente de Rachael. Tiffani está en diagonal, y eso me ayuda, porque sólo la veo con el rabillo del ojo, y no le pongo demasiado interés. Clavo la vista en la mesa y en nada más y muevo las manos con ansiedad sobre mi regazo.

Las tres se toman su tiempo para estudiar el menú, sin embargo, yo ni me molesto en tomarlo. Rachael se da cuenta a los pocos minutos, me mira con los ojos entrecerrados por encima de la carta y me da una patada por debajo de la mesa. La ignoro y desvío la vista para ver el ajetreo de Times Square. Los lugareños se abren paso entre la lentitud de los turistas. Éstos ni siquiera parecen darse cuenta de que bloquean el paso en las banquetas cuando se detienen a mirar un mapa, sacar fotos o preguntarles a sus acompañantes en qué dirección seguir. Incluso desde aquí puedo sentir la frustración de los neoyorquinos.

—Así que eres de Inglaterra… —le dice Tiffani a Emily.

Pongo el codo sobre la mesa y apoyo la barbilla en la mano, sin apartar la vista de la calle 43. Sigo, sin embargo, escuchando.

—Sí —responde Emily, con un tono algo desconfiado—. De las afueras de Londres.

—¿Ya vivías aquí o te mudaste para las pláticas de concientización?

—Vine por eso —dice Emily en voz baja. Intenta mantener sus respuestas lo más breves posible. No creo que esté de humor para conversar con Tiffani. No la culpo.

—Entonces ¿abusaron de ti?

Se me abre la boca en cuanto las palabras salen de los labios de Tiffani. Me quedo tan alucinada que me vuelvo de inmediato para mirarla sin poder creer lo que oí. Ella pestañea a Emily, con los labios muy apretados, esperando una respuesta.

—¡Tiffani! —exclama Rachael con un grito ahogado, horrorizada—. No seas mala.

—Sólo era una pregunta —dice Tiffani mientras mira de reojo a Rachael. Vuelve a fijarse en Emily y se encoge de hombros—. ¿Y bien? ¿Sí o no?

—No tiene por qué contestarte —digo rígida, entrecerrando los ojos y mirando a Tiffani. No quiero atraer su atención, pero se está pasando de la raya.

Los ojos de Tiffani se dirigen a los míos al instante.

—¿No deberías estar eligiendo todo lo que vas a comer en vez de meterte en las conversaciones de los demás?

—Tiffani —murmura Rachael, mordiéndose el labio incómoda mientras me lanza una mirada como pidiendo disculpas.

Tiffani se vuelve a encoger de hombros como si no supiera de qué se queja.

Se me encoge el estómago otra vez mientras intento hacer oídos sordos a su comentario, pero es difícil ignorarlo.

Me cuesta fingir que no duele, que me hace sentir peor aún. No quiero quedarme aquí a esperar a la mesera, porque si lo hago Rachael fruncirá el ceño y Tiffani probablemente sonría cuando termine por no pedir nada, y realmente prefiero evitar la situación totalmente.

—Perdón —murmuro, y Emily se pone de pie al instante para dejarme pasar.

Rachael me mira con cara de sospecha y con el ceño fruncido, como preguntándome por qué me voy, así que enseguida aclaro: «Voy al baño», y me alejo para buscarlo.

Los baños están al otro lado del restaurante y cuando entro me doy cuenta de que son bastante pequeños. Sólo un par de inodoros y otro de lavamanos. Por suerte, no hay nadie, así que apoyo la espalda en la pared al lado de los secadores de manos y dejo escapar un largo suspiro.

No quiero volver. No quiero ver a Tiffani otra vez. Sólo quiero irme, regresar al departamento y que Tyler me consuele. Intento imaginarme el restaurante para ver si es posible ir desde los baños hasta la salida principal sin que Rachael, Tiffani y Emily se den cuenta. Pero luego me acuerdo de Emily, que está sentada con dos completas desconocidas, y una ya le cae mal. Tiffani lo ha notado, y estoy convencida de que su única misión es dejarla en ridículo de la misma forma que a mí. Me gustaría haberle pedido a Emily que viniera al baño conmigo. Me gustaría no haberla abandonado allí. Sólo por el bien de Emily, tendré que obligarme a volver con el grupo. Pero todavía no. Mientras tanto, espero que Rachael le ponga un alto a Tiffani si vuelve a hacer comentarios fuera de lugar.

Mi paz en los lavabos no dura mucho tiempo, porque a

los cinco minutos abren la puerta de un jalón. La persona que entra es justo de quien estoy intentando escapar.

—¿Por qué estás tardando tanto? —pregunta Tiffani, y se cruza de brazos mientras se acerca hasta mí. No la miro a los ojos. Sólo me cuelo por su lado, rozándola al pasar, y me dirijo hacia la puerta—. Espera —dice.

—¿Qué quieres, Tiffani? —le digo malhumorada, dándome la vuelta. Jamás podré soportarla—. ¿Qué?

—Anoche me quedé despierta hasta tarde —dice con calma—. Pensando. —Se pone a caminar por los lavabos, de arriba abajo, desde donde estoy yo hasta los secadores, con las manos en las caderas. Está actuando toda melodramática a propósito, como siempre. Pero yo no me la trago. Me limito a cruzarme de brazos y a suspirar mientras espero a que continúe—. Anoche, mientras estabas con Dean, hablé con Tyler. Le pedí disculpas por lo que pasó en el hotel. No le importó —comenta. No estoy segura de si miente o no, porque Tyler no me mencionó nada cuando volví de cenar con Dean. No me dijo que Tiffani se hubiera disculpado ni que a él no le importara lo que pasó—. Creo que puedo tener otra oportunidad con él —dice, mientras se para delante de mí y me mira a los ojos—. Por supuesto, sólo si tú no estás en medio.

Veo lo que está insinuando casi al instante, y sólo me puedo reír.

—¿En serio crees que terminará conmigo para poder estar contigo? —Pongo los ojos en blanco por lo patético que es. Eso es lo único que no me da miedo de Tiffani, sus conspiraciones ridículas. Creo que están empeorando con el tiempo—. Dios, cómo alucinas.

—Por supuesto que no —responde. Lo dice tan despacio que es angustioso, sus labios se curvan para dibujar una sonrisa tensa—. Sé que él no lo hará, por eso necesito que lo hagas tú.

—Espera, espera —digo. Sus palabras ya parecen ir más en serio—. ¿Qué?

—Termina lo que hay entre ustedes —ordena con dureza. Entrecierra los ojos y da golpecitos impacientes con el pie en el suelo de azulejos.

Niego con la cabeza al momento. Tiene que estar loca si piensa que voy a hacer algo así.

—Olvídate —digo, con voz firme a pesar de lo débil que me siento comparada con ella.

—Pues entonces creo que le haré una llamadita a Dean.

Abre la bolsa y saca su celular. Da unos toquecitos a la pantalla y cuando levanta la vista, sonríe ante mi mirada aterrada. Me pone el teléfono delante para que vea el nombre de Dean, ya está llamando.

—¡No!

Me lanzo hacia delante intentando quitarle el teléfono. Mi corazón dio un vuelco y siento que no puedo respirar. Se me aguó la sangre en las venas y el color desapareció de mi cara.

Tiffani sonríe de manera siniestra mientras estira el brazo e impide que me acerque. Con la otra mano, sostiene el teléfono en el aire, lo más lejos de mi alcance que puede. Pone el altavoz para que se escuche el eco del monótono tono de llamada en los lavabos.

—Corta con Tyler, y no le diré nada a Dean. ¿De acuerdo?

—¡De acuerdo! —grito.

No tengo otra opción. Ahora incluso me están temblando las manos, y tengo el pecho encogido.

Entonces, Tiffani me hace retroceder unos pasos de un empujón y corta la llamada antes de que Dean pueda contestar. Estoy tan aturdida que ni siquiera puedo sentirme aliviada.

—Bueno, pues esto es lo que vas a hacer —dice con una gran sonrisa de superioridad; es tan perversa que me cuesta mirarla. Ahora sí que me dan náuseas. Ahora sí que desearía haber escapado del restaurante cuando tuve la oportunidad—. Necesito que sea esta noche. Dile lo que quieras a Tyler, pero tienes que dejar claro que tu asquerosa historia con él terminó. Después, vendrás a dormir a nuestro hotel.

—¿Qué? —Ahora mi voz es un susurro; no es firme y fuerte como me gustaría. Sólo es débil. Derrotada.

—A ver, tienes que darle un toque dramático. —La sonrisa de Tiffani se hace aún más grande, y no sé cómo es capaz de sonreírme, de disfrutar al verme tan desconcertada, tan muerta de miedo, tan paralizada... Es una sádica—. Además —continúa, encogiéndose de hombros con tranquilidad—, no soy tonta. Le podrías hablar a Tyler sobre nuestra conversación, así que creo que será mejor que te quedes con Dean. Le di muchas vueltas a este plan, así que cuando se te ocurra, que se te ocurrirá, si aún no se te ha ocurrido, que le podrías decir la verdad a Dean tú misma antes de que pueda hacerlo yo, no pierdas el tiempo. Llamaré a tus padres y les diré lo que está pasando, y sé que no te me adelantarás, porque no les dirías la verdad por teléfono ni de broma.

De repente parece mucho más inteligente de lo que había creído. Esta conspiración ya no me parece tan divertida como hace unos minutos. Me veo obligada a decidir a quién hago daño: a Tyler, a Dean o a mis padres. Me tiene arrinconada, exactamente como quiere, y no me deja otra opción que obedecer.

—¿Me estás chantajeando?

—No —responde Tiffani. Su enorme sonrisa por fin se vuelve algo más pequeña mientras se acerca más a mí, su tono de voz es amenazador—. Sólo me estoy asegurando de que sepas lo que sucederá si no me haces este favor.

—Si crees que va a funcionar, te equivocas —murmuro, tragando saliva—. Él nunca volverá contigo.

—Pero Eden —dice, sus facciones se le relajan mientras da un paso hacia atrás y deja escapar una pequeña carcajada—, las dos conocemos a Tyler y sus distracciones, y por suerte, yo estaré ahí para evitar que piense en ti.

Abro la boca para rebatirla, pero la puerta de los lavabos se vuelve a abrir de un jalón, y es Emily. Nos mira desde el marco con las cejas levantadas. Va de Tiffani a mí con sospecha antes de preguntar:

—¿Qué están haciendo?

—Un pacto —contesta Tiffani, acercándose aún más a mí y rodeándome con el brazo, apretando mi cuerpo contra el de ella.

Noto que se sonríe al rozar su mejilla contra la mía, pero yo todavía sigo demasiado paralizada para reaccionar. No puedo forzar una sonrisa por el bien de Emily. No puedo fruncir el ceño. Sólo puedo intentar respirar, tengo la mente totalmente en blanco y estoy mirando fijamente los lavamanos.

Esta noche tengo que hacerle daño a Tyler por el bien de todos, y jamás he tenido tanto miedo.

24

Tyler lleva un rato dando vueltas por el departamento. Lleva algo de ropa de su habitación al lavadero. Ayuda a Snake a cambiar las bisagras de la puerta de uno de los estantes de la cocina. Limpia la cafetera en silencio, concentrado, pasándose la lengua por los labios, de vez en cuando tararea algo. Lo he estado observando desde el sillón todo este tiempo, con un nudo en el estómago. Intento averiguar la mejor forma de hacer lo que tengo que hacer. Emily está sentada a mi lado, está haciendo *zapping* y de vez en cuando me pregunta si estoy bien. Insisto en que estoy perfectamente, pero miento como una canalla.

Cuando Snake se dispone a salir a comprar comida decido respirar hondo y lanzarme de una vez por todas. Me levanto del sillón, Emily me observa con curiosidad cuando cruzo la sala, y me detengo al lado de la barra de la cocina. Tyler levanta la vista de la cafetera y me mira con una cálida sonrisa.

—¿Qué onda?

—Ven conmigo a la azotea —le digo en voz baja.

No era la respuesta que esperaba. Se le iluminan los ojos y deja de limpiar la cafetera de inmediato. Trago saliva con dificultad cuando me sonríe.

—¿Cómo es que jamás se me había ocurrido antes? —me susurra, inclinándose hacia mí para que Emily no pueda oír nada de lo que decimos.

—Tyler, tenemos que hablar en serio.

En una fracción de segundo su expresión cambia de coqueta a preocupada, y yo me vuelvo hacia la puerta, intentando que no vea que ya estoy al borde de las lágrimas. Hago todo lo posible para mantenerme fuerte, a pesar de que podría romperme en cualquier momento. Si abro la boca puede que grite, así que llevo a Tyler afuera del departamento y hacia la azotea en silencio. Por suerte, él no intenta preguntarme nada en el camino, ni siquiera cuando estamos en el elevador, a pocos centímetros de distancia.

Hace mucho rato que el sol se puso, son casi las diez, y el cielo tiene un tono azul oscuro cuando abro la puerta de un empujón y salgo a la azotea. Reviso la zona para asegurarme de que no hay nadie más, y cuando estoy segura de que estamos solos, avanzo muy despacio por el cemento.

Detrás de mí, Tyler pone sus manos en mi cintura y mete la nariz en mi mejilla de repente, y murmura en mi oído.

—Cariño, ¿está todo bien?

Su voz hace que me duela el pecho, y dos temblores me recorren la espina dorsal. Me doy la vuelta en sus brazos, mis ojos se arrugan al mirarlo con una mezcla de dolor y confusión. Todavía no puedo creer que estemos en esta situación tan terrible, y todavía no sé qué le voy a decir exactamente, pero sí que cuando aparto sus manos de mi cintura, la mirada en sus ojos refleja la mía.

—Tyler, necesito que me escuches con muchísima atención.

Asiente y respira hondo.

—Te escucho.

Tardo un momento en reunir el valor para comenzar a hablar. Es la única excusa lógica que se me ocurre. La única que podría justificar algo así. Aunque mis palabras no sean sinceras, tienen que ser creíbles. Incapaz de seguir mirándolo a los ojos, bajo la vista hacia el piso de cemento, a sus botas cafés, y mi corazón se contrae cuando me atrevo a decirle:

—Quiero seguir con Dean.

—¿Qué?

No tengo ni que mirarlo para notar el *shock* en su voz, para oír cómo se resquebraja al final. Me duele oírlo. Y me duele aún más saber que es por mi culpa.

—No quiero seguir con esto —digo—. Quiero a Dean.

Los labios de Tyler se separan mientras mis palabras le entran en la cabeza. Cuando las asimila de verdad, sus pupilas se dilatan con pánico. Da un paso hacia mí y me toma de la muñeca con suavidad. Incluso alcanzo a ver como le echa un vistazo a su bíceps, al tatuaje con mi nombre. Traga con dificultad y levanta la vista.

—Dijiste que no cambiarías de opinión.

Cierro los ojos, libero mi muñeca y doy un paso hacia atrás. Me sigo inventando razones por mucho que no quiera hacerlo.

—Ver a Dean otra vez me hizo darme cuenta… de que quiero seguir con él. No contigo.

Gira la cabeza con fuerza hacia un lado, deja escapar un largo suspiro y se aleja de mí. Mientras se pasa las manos por el pelo y se agarra las puntas con fuerza, inclina la cara hacia el cielo y hace un círculo con el cuello. Cuando vuelve a mirar hacia abajo, aprieta los puños y suelta un puñetazo al aire.

—No me puedes hacer esto otra vez.

En ese mismo momento, se me rompe el corazón. Los trozos me cortan el pecho y mi cuerpo tiembla por la culpa. No quiero darme por vencida otra vez, pero no me queda otra. Confío en que cuando Tiffani se vaya de Nueva York, podré explicarle a Tyler lo que pasó. Confío en que comprenderá por qué estoy haciendo esto.

—Lo siento.

Los ojos se me llenan de lágrimas, y cuando miro los ojos de Tyler, el color esmeralda se ha apagado tanto que siento un nudo en el estómago. Me está mirando y negando con la cabeza, y me doy cuenta de que no puedo seguir aquí arriba con él. Le doy la espalda e intento frenar el llanto pestañeando, y me dirijo hacia la puerta.

—Eden, espera —me llama Tyler en voz baja y rasposa. Escucho que sus pies golpean el suelo mientras se acerca hacia mí a toda prisa. Cuando ya estoy adentro del edificio se coloca detrás de mí y me suplica—: Por favor. Esto no es justo.

—Lo siento —murmuro otra vez.

No me doy la vuelta y sigo caminando lo más rápido que puedo. No tomo el elevador porque no quiero verme obligada a hablar con él en un espacio tan pequeño, así que voy por las escaleras. Al final bajo corriendo, de dos en dos, mientras Tyler me pisa los talones.

Justo cuando estoy doblando la esquina del cuarto tramo de escaleras pone su cuerpo delante del mío, me toma de los hombros y me bloquea el paso.

—¿Por qué? —pregunta con la voz rota, todavía rasposa, todavía dolida—. Pensé que todo iba bien. ¿Qué pasó? ¿Hice algo mal? ¡Dímelo!

No tengo fuerzas para contestarle. Es verdad, todo iba bien. Hasta que llegó Tiffani. Tyler no ha hecho nada mal, y no puedo mentirle, así que le doy un empujón en el pecho con mi hombro y lo quito de en medio. Esta vez corro aún más rápido, mis Converse retumban en las escaleras mientras intento dejar de oír el sonido de la voz de Tyler, que grita mi nombre sin descanso. Su voz no es ronca, pero tampoco firme ni profunda. Porque no está enojado. No está furioso. Sólo está... dolido. Eso es todo. Completa y absolutamente herido.

Cuando llego al doceavo piso, estoy llorando como una magdalena. Las lágrimas me corren por las mejillas y ni siquiera tengo fuerzas para secármelas. La garganta se me cierra tanto que me cuesta respirar. Tyler respira con rapidez y dificultad detrás de mí, y cuando llego a la puerta del departamento rezo para que no esté cerrada con llave. La abro de un empujón y le doy un susto de muerte a Emily, que está sentada en el sillón, porque da un salto y gira la cabeza para mirarnos confundida, con los ojos muy abiertos y los labios separados.

Sin embargo, ni Tyler ni yo le ponemos ninguna atención, porque yo me dirijo directamente a su cuarto. Mantengo la cabeza agachada para intentar ocultar que estoy llorando, pero creo que Emily se da cuenta. Incluso intento cerrar la puerta de la habitación de Tyler detrás de mí de un portazo, pero él la sujeta con las manos y la vuelve a abrir.

—Eden —susurra mientras me sigue. Cierra la puerta tras de sí, y baja la voz. Cuando lo miro a través de las lágrimas, veo que las comisuras de sus ojos están algo hinchadas—. ¿Qué te hizo cambiar de opinión? ¿Por qué Dean? ¿Por qué no yo? Contéstame eso nada más. Por favor.

—Porque Dean no es mi hermanastro.

Ahora dejo de mirarlo, tengo el corazón acelerado, siento presión en el pecho mientras me muevo por la habitación. Abro las puertas del clóset para tomar mi mochila del estante de arriba. Comienzo a revolver dentro del clóset, saco a jalones algo de ropa y la meto a la mochila. Después paso al lado de Tyler y me dirijo hacia la cómoda.

—¿Qué estás haciendo? —susurra Tyler con los hombros caídos mientras me mira fijamente. La frente se le arruga. Por primera vez desde hace años, sus ojos se ven sin vida, igual que antes.

—Me voy al hotel con Dean.

Mi voz suena patética. Mis palabras parecen más un sollozo, y ni siquiera sé si se me entiende. Sigo recogiendo mis cosas, desenchufo el cargador de mi celular. Meto todo a la mochila, la cierro y me la cuelgo en el hombro. Me enderezo.

—¿Qué puedo hacer para impedir que te vayas? —pregunta Tyler, pero suena más como una súplica. Da unos pasos hacia mí, con una mano me toma el mentón y con la otra, la mano. Aprieta sus dedos entre los míos con tanta fuerza que duele, y el calor de su piel quema mi barbilla—. ¡Carajo! ¿Hay algo que pueda hacer para que cambies de opinión?

Con todas mis fuerzas, suelto mi mano de la suya.

—No.

Entonces me voy. Agarro el tirante de mi mochila mientras me paso la otra mano por el pelo, no dejo de preguntarme si habrá otra manera de librarme de Tiffani. Tenía razón, podría haberle dicho la verdad a Dean antes que ella, y así no habría tenido nada con lo que amenazarme. De todas formas tenía pensado decirle todo a Dean, sólo que no tan pronto. Ésa habría sido la única manera de evitar lo que acabo de hacer, pero Tiffani ya lo había planeado todo, y si se lo decía a Dean ella se lo diría a nuestros padres. Y no estoy lista para dar ese paso.

Tyler no intenta seguirme cuando salgo de su habitación y cruzo el departamento. Ni siquiera Emily me pregunta nada cuando abro la puerta y salgo hacia el rellano. Ya no me importa que me vea llorando. Se ve preocupada, y lo único que puedo ofrecerle es una sonrisa triste mientras cierro la puerta tras de mí. No sé qué le dirá Tyler, lo que sí sé es que ahora mismo me importa un bledo si le cuenta la verdad sobre lo que ha sucedido, la verdad sobre nosotros. Yo sólo quiero alejarme.

Esta vez sí tomo el elevador, me tiemblan los labios y sollozo durante todo el trayecto, e incluso cuando me arrastro fuera del edificio y salgo a la calle 74 sigue sin importarme. No me importa estar llorando en plena noche por las calles de Nueva York. Lo único que sé es que me relaja respirar el aire fresco de la noche, y aprieto los ojos unos segundos mientras doblo en la esquina hacia la Tercera avenida. Siento que mi pecho comienza a relajarse e incluso dejo de temblar.

Me toma veinte minutos llegar hasta el Lowell, todo derecho por la Tercera avenida hasta cruzar la calle 63. Pero no me importa. Disfruto de mi tiempo y de mi intimidad, a pesar de que todavía hay una corriente abundante de peatones en las banquetas y tráfico en las carreteras. Es agradable estar sola de una vez por todas. Sin Tyler. Sin Tiffani. Sin Dean, sin Rachael, sin Snake y sin Emily. Sólo yo. Recibo algunas miradas curiosas de la gente al pasar por mi lado, y me pregunto si parezco una rebelde que se escapó de casa. Pero me da igual. Lo que la gente de Manhattan piense de mí no me preocupa ahora mismo.

Hace más frío que en la azotea, así que me meto las manos al bolsillo de mi sudadera cuando llego a la calle 63 y suspiro aliviada cuando vuelvo a pasar por delante de la Ópera de Santa Fe. Se me agotaron las lágrimas cuando llego al hotel, y ya se me secaron las mejillas. Ahora sólo tengo los ojos hinchados y rojos, así que me los froto para intentar esconder que estuve llorando, pero creo que sólo consigo empeorarlo, porque me arden.

Hoy hay un portero diferente, un hombre de mediana edad canoso que me abre la puerta y me desea dulces sueños. No le digo que ni siquiera me hospedo aquí y por supuesto que no le menciono que dudo mucho que esta noche duerma, y de sueños dulces nada. Me limito a darle las gracias.

Paso por delante del mostrador de recepción arrastrando los pies, cruzo el vestíbulo hacia el elevador e intento recordar por dónde se llega a la *suite*. Sé que está en el décimo piso, así que aprieto el botón y espero mientras el elevador sube con suavidad. Tiene espejos, así que miro mi reflejo. Tengo los ojos horribles y es evidente que acabo de llorar como quince minutos sin parar. Sé que no puedo hacer nada para ocultarlo y estoy segurísima de que Tiffani estará encantada cuando me vea. En un último intento para calmar la hinchazón, me froto los ojos con suavidad con las mangas de la sudadera, justo antes de darme por vencida completamente.

Salgo del elevador, concentrándome en que no se me dispare la respiración y cruzo el rellano del décimo piso hacia la *suite*. Cuando llego, me detengo delante de la puerta un buen rato. No tengo ningunas ganas de entrar. No quiero enfrentarme a la sonrisa de satisfacción de Tiffani ni a Dean. Creo que la única que no me preocupa es Rachael, pero me pregunto cómo debo actuar y qué decirles a ella y a Dean. ¿Cómo explico por qué estuve llorando? ¿Qué razón les doy para querer quedarme en su *suite*? Dudo que Tiffani les haya explicado nuestro acuerdo.

Respiro hondo un par de veces y por fin toco la puerta. Ahora ya pasan de las diez de la noche, pero oigo el sonido de la tele. No tardan mucho en abrirme, y me preparo para ver quién es. Rezo para que sea Rachael, pero no. Es Tiffani. Lo que me temía.

—¡Eden! —exclama con sorpresa, pero al mismo tiempo se le dibuja una sonrisa triunfante en la cara. Está envuelta en una bata de seda, que mantiene cerrada con una mano mientras con la otra sostiene la puerta—. ¿Cómo, tú por aquí?

Aprieto los dientes y la aparto de un empujón. Ahora mismo no puedo con ella. Mientras avanzo hasta el centro de la sala, oigo como cierra la puerta. Dean, que estaba sentado en una de las horribles sillas de época, se pone de pie de un salto. Sus cejas se disparan hacia arriba y seguro que se pregunta por qué estoy aquí. Trae unos pants negros y una camiseta blanca, y de inmediato camina hasta mí. Su cara no tarda mucho en reflejar la preocupación.

—¿Qué haces aquí? —me pregunta, agachándose un poco para quedar más bajo que yo y mirarme por entre sus pestañas—.Eden, ¿qué pasa?

Tomo su mano y entrelazo mis dedos con los suyos. Me consuela su presencia. Dean siempre me tranquiliza sólo con el sonido de su voz. Siempre es tan cariñoso, tan suave… Doy un paso hacia delante y entierro mi cara en su pecho, su camiseta se pega a mis ojos húmedos.

—Discutí con Tyler —susurro, aunque no sea toda la verdad. Soy consciente de que Tiffani nos está observando a unos pocos metros de distancia, pero cierro con fuerza los ojos y la ignoro—. Prefiero quedarme aquí contigo.

No es verdad. Es puro teatro. La forma en que me aferro a Dean, sin embargo, es real. Lo sigo abrazando con todas mis fuerzas, pero no para contentar a Tiffani, sino porque necesito hacerlo. Necesito a Dean ahora mismo. Necesito a mi novio.

Él me aprieta aún más, junta su frente con mi sien y respira con suavidad en mi oído.

—Me alegro de que hayas venido —dice en un susurro—. Por supuesto que te puedes quedar con nosotros. ¿Verdad, Tiffani?

Se aparta un poco, pero no se separa completamente, sigue con su brazo a mi alrededor.

—¡Por supuesto! —dice Tiffani. Por su tono de voz parece que se compadezca de mí, como si no estuviera detrás de todo—. No puedo creer que hayan discutido. Siempre se llevan tan bien…

Si no estuviera tan rota por dentro, tal vez tendría la

energía suficiente para soltarle una grosería. Lo único que puedo hacer por ahora, sin embargo, es apretarme más contra el cuerpo de Dean. Rodeo su espalda con mis brazos y respiro su aroma. Normalmente huele a grasa y a gases de los tubos de escape, pero ahora que está a casi cinco mil kilómetros del taller sólo huele a jabón.

—Por favor, no te pongas triste —dice, mientras me acaricia el brazo de arriba abajo—. Sea lo que sea, se resolverá seguro.

—Sólo quiero dormir —murmuro.

Todavía noto la mirada atenta de Tiffani. La tele sigue sonando de fondo, y la pura verdad es que quiero irme a la cama. Quiero quedarme dormida y luego despertar y descubrir que nada de esto sucedió. Me sentiré mejor por la mañana. Menos rota.

Dean baja su mano y la entrelaza con la mía sin apretar mucho para cruzar la *suite*. Abre uno de los dormitorios con un leve empujón, y cuando echo un vistazo por encima de mi hombro, veo que la boca de Tiffani se tuerce para dibujar una de sus infames sonrisas. Articula unas palabras con la boca, pero no le entiendo, y tampoco es que me importe. Aprieto la mano de Dean con más fuerza y me doy la vuelta. Lo sigo hasta dentro de la habitación y cerramos la puerta detrás de nosotros.

La habitación es grande, tiene una cama matrimonial enorme justo en el centro, y más obras de arte decoran las paredes. Su maleta todavía está en el piso, y enseguida la aparta con el pie y suelta mi mano.

—Rachael y Tiff comparten la otra habitación —me explica—. Ésta es la mía.

Asiento. Me quito la mochila del hombro, la pongo sobre la cama e intento abrir el cierre con torpeza—. ¿Dónde está Rachael?

—Ya está acostada.

Dean se encoge de hombros, se dirige a la cama y se pone a acomodar las almohadas. Aparta algunas hacia el lado y abre el edredón. Todo es beige. Se quita la camiseta, la dobla sin muchos miramientos y la echa sobre la única silla que hay, en un rincón de la habitación. Otra vez parece preocupado; tiene la frente arrugada y se acerca a mí otra vez.

—¿Estás segura de que estás bien?

Pongo la mano sobre su pecho desnudo e intento sonreírle.

—Sí. Estaré mejor en la mañana. Sólo necesito dormir un poco.

Por la manera en que frunce el ceño, sabe que estoy mintiendo, pero no insiste, y yo me alegro, porque prefiero no hablar del tema. No podría aunque quisiera. No podría confesarle que la única razón por la que estoy aquí es que Tiffani me está chantajeando, y tampoco puedo armarme de valor para seguir mintiendo. Si Dean me pregunta, tal vez le diga que la discusión con Tyler fue sobre nuestros padres. Eso será creíble.

Me quito la ropa y la meto en la mochila, y me doy cuenta de que no traje ni la mitad de las cosas que debería. Suspiro, cierro la mochila, la lanzo al piso y me dirijo hacia la cama sin nada más que mi ropa interior. Mientras Dean apaga la luz, me meto en la cama y me tapo con el edredón. La habitación se sumerge en la oscuridad y puedo oír que Dean arrastra los pies por el suelo, y en unos segundos se une a mí en la cama.

—Pues eso, no te preocupes —murmura mientras acerca su cuerpo al mío; noto su piel algo fría cuando su pecho me toca la espalda. Me rodea el vientre con el brazo, y yo respiro hondo mientras coloco mi mano sobre la suya—. Ya se le pasará —me dice una vez más, y yo deseo con todas mis fuerzas que tenga razón.

A las dos de la mañana, sigo despierta. Estoy quieta, mirando el techo e intentando borrar la cara de Tyler de mi cabeza. No puedo dejar de oír su voz. No puedo dejar de pensar en él. Recuerdo como se le pusieron los ojos cuando le dije que quería seguir con Dean y como me suplicó que lo pensara bien.

A las tres, ya no puedo más.

A estas alturas Dean se dio la vuelta y está en el otro lado de la cama, a varios centímetros de mí, así que aparto el edredón sin problemas y me levanto de la cama sin molestarlo. Mi vista hace rato que se adaptó a la oscuridad, así que no tengo problema en distinguir los muebles y busco mi mochila. La tomo y revuelvo dentro de ella hasta que encuentro mi celular. Enseguida marco el número de Tyler. Lo tengo en marcación rápida.

Sale el buzón de voz, no me sorprende. Son las tres de la madrugada. Seguro que está durmiendo, pero estoy desesperada por hablar con él, así que vuelvo a marcar con la esperanza de que si insisto él se despertará.

—Eden —dice una voz al otro lado de la línea. Pero no es la de Tyler. Es la de Emily.

—¿Emily? —pregunto en voz baja, echándole un vistazo al cuerpo dormido de Dean—. ¿Dónde está Tyler?

—Eden, está muy pedo —me explica Emily sin titubear. Su voz suena ronca y bajita, como si estuviera medio dormida—. Pero muy muy pedo.

—¿Qué?

Deja escapar un suspiro.

—Pues, mira, nos despertó a Stephen y a mí hace más o menos media hora. Estaba rompiendo botellas en la cocina y apenas podía estar de pie. —Hace una pausa, y yo me aprieto el teléfono contra la oreja; escucho voces masculinas en alguna parte del departamento. No puedo distinguir lo que están diciendo, pero reconozco el acento marcado de Snake—. ¿Qué pasó? —pregunta Emily, y oigo que suspira. Escucho como se mueve por la habitación y las voces se oyen más cerca. Ella levanta la voz para hablar por encima de ellas—. Lleva superenojado desde que te fuiste y ahora Stephen está cuidándolo en el baño porque no deja de vomitar. —Se aleja el teléfono un momento mientras murmura—: Carajo, Snake, que tienes que mantenerle la cabeza arriba. Toma. Habla con Eden.

Se escuchan algunos ruidos cuando el teléfono cambia de manos, y de fondo puedo oír las náuseas de Tyler entre gruñidos. Emily sigue suspirando y Snake no para de decir palabrotas. Entonces me empiezo a sentir aún más culpable, incluso peor que antes. Sé que es mi culpa. Sé que yo provoqué esta situación.

—Voy para allá —digo, en voz alta. Alcanzo la mochila con mi mano libre y empiezo a meter en ella algo de ropa.

—No creo que sea buena idea —dice Snake al momento, con tanta firmeza que dejo lo que estoy haciendo. Me quedo quieta, con una pierna a medio meter en los *jeans*—. Ahora mismo te odia. No vengas a empeorar las cosas. Nosotros nos ocupamos. Tú tranquila. —En cuanto dice esto escucho a Tyler vomitar. Emily suspira otra vez, y a este lado del teléfono yo no puedo hacer nada más que pasarme la mano por el pelo y fruncir los labios—. Carajo —se queja Snake, y entonces me cuelga.

Me quedo mirando el brillo de la pantalla durante un minuto o algo más. Sin poder creer lo que oí, me quito los *jeans* y los aparto de una patada. Ahora sí que estoy al máximo de culpabilidad, y si las luces estuvieran encendidas seguro que me vería pálida. Aprieto los dientes y tiro el teléfono al piso en un ataque de rabia. Ni siquiera me importa que haga ruido al caer. Dean no mueve un músculo, y mientras me empiezo a desmoronar otra vez, me vuelvo a meter a gatas a la cama. De nuevo encuentro consuelo en él, así que aprieto mi cuerpo contra su espalda y tomo su mano. Juego con sus dedos, entrelazándolos con los míos, antes de apretar su mano con fuerza y hundir mi cara en la parte de atrás de su hombro. En tan sólo tres días, lo dejaré. Le diré la verdad, y no puedo hacer nada más que esperar que tanto él como Tyler me perdonen por las decisiones que me he visto obligada a tomar.

25

Cuando por fin me quedo dormida, ya son casi las seis de la mañana. No me vuelvo a despertar hasta la tarde, así que cuando me decido a abrir los ojos, me siento algo desorientada. Noto la cabeza pesada, como siempre que lloro mucho, y Dean ya no está a mi lado. Me incorporo un poco apoyándome en los codos y miro alrededor de la habitación con los ojos medio cerrados. Mi teléfono está bocabajo en el piso y la mitad de mi ropa sobresale de la mochila. Suspiro. Ayer fue un desastre.

La *suite* está en silencio. Sin voces. Sin tele. No puedo culpar a Dean por haberse ido. Está en Nueva York, no se puede permitir perder el tiempo quedándose en el hotel. Hay tantas cosas que ver y tan poco tiempo… Pero aun así lo llamo, sólo para cerciorarme de que no está.

Me sorprendo cuando me contestan. Escucho la voz de Dean desde la sala, y segundos más tarde su cabeza aparece por la puerta, sonriéndome con calidez a la vez que dice:

—Por fin.

Pongo los ojos en blanco, me siento y abrazo el edredón.

—¿Dónde están Rachael y Tiffani?

—Rachael salió a comer con el chico lagarto.

Levanto una ceja.

—Querrás decir Snake.

—Sí, sí, ése —dice Dean. Abre la puerta, entra a la habitación y la cierra tras él. Todavía trae el pants de anoche y parece que ha estado sin hacer nada toda la mañana—. ¿No tiene algo así como unos veinticinco años?

—Veintiuno —contesto en voz baja.

Si no estuviera alucinando todavía por lo que sucedió anoche, tal vez me preguntaría por qué demonios salió a comer con él Rachael. Desde que Trevor terminó con ella en las vacaciones de primavera lleva dándole vueltas a la idea de ser independiente y estar sola. Es evidente que no duró mucho tiempo.

—¿Dónde está Tiffani?

—No lo sé —contesta Dean cuando se sube a la cama y se acuesta junto a mí. Se pone de lado, apoyándose en un codo— y no me importa.

Alcanza mi cintura, pone una mano fría sobre mi cadera y me aprieta contra él. Sus labios enseguida se acercan a mi cuello, y va dejando un rastro de besos suaves en mi piel.

—Te he extrañado mucho —murmura.

Desliza su cuerpo sobre el colchón y aprieta su pecho contra el mío. Acaricia con suavidad, de arriba abajo, mis costillas y acerca sus labios a la comisura de mi boca.

Me besa con dulzura, igual que siempre lo ha hecho, pero yo no le puedo devolver el beso con la misma ternura. Ni siquiera soy capaz de besarlo, porque con el rabillo del ojo veo mis Converse en el piso. Me recuerdan a Tyler. Por supuesto. Él me las regaló. Y escribió en el plástico. Me dijo que no me rindiera y, sin embargo, es exactamente lo que cree que hice. No estoy segura de cómo debo aclararle a Tyler que no me he dado por vencida, que es todo sólo provisional, hasta que Tiffani se vaya de Nueva York. No sé cómo puedo arreglar nada de esto.

Frunzo el ceño, le paso la mano a Dean por el pelo y lo aparto de mí con suavidad.

—Hoy no.

Me mira con los ojos muy abiertos, confundido.

—¿Qué?

Vuelvo a mirar mis tenis. La tela blanca desteñida, las letras garabateadas de Tyler en el plástico... Se me ocurre una idea. Es completamente irracional, pero es una idea que sólo Tyler podrá comprender.

—Tengo que hacer una cosa —le digo.

Sin dudar ni un segundo, me quito de encima el edredón, saco las piernas de la cama y alcanzo mi mochila del piso.

—¿Qué? —pregunta Dean otra vez, sentándose en la cama mientras me mira fijamente, como si no pudiera creer que lo haya rechazado.

Primero, me acabo de despertar. Segundo, me he estado tirando a su mejor amigo. Tercero, le voy a decir la verdad pronto, y creo que quedarme aquí y hacerle creer que todo está bien es lo peor que puedo hacer.

—¿Qué es tan importante para que lo tengas que hacer en este preciso instante?

Todavía en ropa interior, recojo mis cosas del piso, la mochila, el teléfono y los Converse, y me dirijo hacia la puerta.

—No te lo puedo decir —digo por encima del hombro.

Me dirijo hacia la sala, y me meto a toda prisa en el baño. Escucho que Dean me sigue. Cierro con seguro antes de que me alcance.

—Eden —dice a través de la madera, tocando con los nudillos—. ¿Qué pasa? ¿Tiene que ver con lo de anoche?

Lo ignoro y saco mi ropa de la mochila a toda prisa, esta vez al menos no estoy a oscuras a la mitad de la noche. Desparramo la ropa por todo el baño e intento elegir un conjunto entre las prendas que logré tomar cuando me iba. No quiero perder más tiempo, así que ni siquiera me baño, sólo me lavo un poco. Tardo cinco minutos en prepararme, y cuando ya me puso los tenis, cierro la mochila y me la cuelgo en el hombro.

Cuando abro la puerta del baño, Dean está apoyado en el marco. Da un respingo hacia atrás; en sus ojos se refleja el pánico cuando ve la expresión de mi cara. Muy bajito, pregunta:

—¿Hice algo mal?

—¡Tú no has hecho nada mal, Dean, y ahí está el problema! —digo con un gemido, niego con la cabeza y paso por su lado rozándolo.

Ahora mismo estoy tan enojada conmigo misma, tan furiosa, que me desquito con él. Se me rompe el corazón al ver la preocupación en sus ojos. Es muy difícil ser consciente de que pronto tendré que hacerle daño, porque es la única persona a la que nunca, jamás, querría herir. Él se merece alguien mucho mejor que yo.

Espero a que me conteste, pero no lo hace. Es como si ni siquiera supiera por dónde empezar para intentar averiguar lo que estoy pensando. No soy capaz de volver a mirarlo y salgo de la *suite*. Cierro la puerta detrás de mí y sigo caminando, y cuanto más camino por el rellano, cuanto más me alejo de la *suite*, mi atención se aparta más de Dean y se centra en otra cosa. Mi objetivo y misión actuales. Mi idea absurda.

Mientras me dirijo hacia el vestíbulo principal en el elevador, me cercioro de que anoche metí la cartera en la mochila, y dejo escapar un suspiro de alivio al ver que sí. Saco mi celular y me abro paso entre un grupo de turistas que están reunidos en recepción, con cuidado de no chocar con ninguna de sus maletas, y luego le doy las gracias al portero por abrirme la puerta.

Me alejo de él lo más rápido posible y camino por la calle mientras miro mi teléfono. Saco el mapa del metro al mismo tiempo que busco posibles estudios. Sin tener idea todavía de qué dirección voy a tomar, me detengo en la esquina para intentar decidirlo. Las calles están hasta el tope de gente, como siempre, así que doy un paso hacia atrás y me pego a la pared de un edificio, para asegurarme de no bloquear el paso a los peatones.

No tardo más de diez minutos en decidirme por un estudio y trazar la ruta del metro que debo tomar, y aunque tengo que moverme unos tres kilómetros sola por Manhattan, me siento muy segura.

Me cuelo con destreza entre los turistas fascinados como si llevara años viviendo en el centro. La ciudad se me ha hecho más y más fácil de navegar, sobre todo después de llevar un mes caminando estas calles, así que ya tengo memorizada la ruta por la zona del Upper East Side. Llego a la estación en poco más de cinco minutos, y por suerte llevo la MetroCard.

Hace cuatro semanas el metro me aterraba. Entonces Tyler tuvo que arrastrarme hasta la estación; sin embargo, ahora me muevo por una nueva estación sin ningún problema. Eso es, por supuesto, hasta que llego al andén. Hay una peste horrible. Hace un calor sofocante y la aglomeración lo empeora, y me resulta difícil ocultar mi desagrado. Antes de venir a Manhattan, no pensaba que el metro fuera lujoso, ni siquiera limpio, pero por lo menos las demás estaciones no me habían dado ganas de vomitar. Aguanto la respiración y me quedo quieta, apretada entre una mujer con un cochecito y un grupo de jóvenes turistas asiáticos. Si mamá supiera que estoy aquí sola, me mataría.

El tren llega a los pocos minutos, pero hay tanta gente en el andén que ni siquiera llego a subirme. No me atrevo a abrirme paso a codazos entre la muchedumbre, así que me aparto un poco mientras se llena y se va, y entonces me acerco más al borde del andén y me pregunto cuánto tiempo seré capaz de sobrevivir a los gases tóxicos. Me da miedo respirar, así que cierro los ojos y aprieto mi mochila lo más fuerte que puedo mientras espero al siguiente tren.

Aparece unos cinco minutos más tarde, y esta vez sí peleo por subir. No pienso quedarme ni un segundo más en este agujero negro que es la estación de la calle 59. Está a tope, así que me quedo de pie, pero no me importa. Sólo estaré un par de minutos, hasta la estación Grand Central, así que no tardaré mucho en bajarme.

Ya he estado en la estación Grand Central varias veces este verano, así que encuentro el cambio de línea para ir a la calle 42 como si nada. Durante todo el trayecto siento que los nervios se me van disparando, pero me digo a mí misma que no me voy a rajar. Puede que me esté dejando llevar por una decisión que tomé en una fracción de segundo y puede que sea una locura y una estupidez, pero tiene sentido. Simplemente creo que es lo que debo hacer, por alguna extraña razón, y sólo por eso sigo adelante con mis planes y tomo el enlace hacia Times Square.

Salgo de la estación a toda prisa y sigo el mapa que voy mirando en mi teléfono, comparando las calles de Manhattan y mi pantalla para asegurarme de que voy por buen camino. Giro hacia la izquierda en la avenida y recorro dos cuadras en dirección sur. Paso la calle 40 y el edificio del *The New York Times*, y entonces encuentro lo que buscaba.

Está encima de una tienda de recuerdos de Nueva York y un Subway, y ni siquiera me molesto en mirar el estudio desde fuera antes de entrar. Quiero hacerlo ya mismo, en vez de pensarlo dos veces. Pero sí me detengo en las escaleras para echarle un vistazo a mis Converse.

Giro el pie hacia un lado y recorro la letra de Tyler con los ojos. Han pasado cuatro semanas desde que me dijo que no me rindiera. Lo único que puedo hacer ahora es hacerle saber que no lo he hecho de la manera más eficaz que se me ocurre, y cuando ya estoy abriendo la puerta del estudio de tatuajes, sonrío.

Voy bajando por la avenida Lexington cuando me llama Emily. Ya son casi las cinco y es hora pico en la ciudad, hay un tráfico tremendo y las banquetas están a reventar. No tenía intención de pasar toda la tarde afuera, pero después del viaje, de tener que esperar dos horas en el estudio y de pararme casi una hora para tomar un café y comer algo, termino por volver al departamento ahora mismo. Así que cuando mi celular vibra en el bolsillo trasero de mis *jeans*, contesto mientras sigo caminando.

—Hola, ¿qué onda?

—Me quedé fuera del departamento —dice Emily algo avergonzada.

—¿Qué? —Rozo con el hombro sin querer a un tipo, y éste me dispara una mirada indignada. Yo sólo puedo encogerme de hombros como disculpa, y luego escabullirme de él, e intento no molestar a nadie más—. ¿Cómo te pasó eso?

—Fui a mi departamento para empacar algunas cosas y no pensé en llevarme las llaves porque creí que Tyler no se movería de aquí. Lleva en la cama todo el día, así que no se me ocurrió que iría a ningún lugar, pero llevo diez minutos tocando la puerta sin parar y nadie contesta —explica Emily, suspirando a través del hilo telefónico.

—¿Dónde está Snake?

—Estoy bastante segura de que salió con tu amiga —dice, y tiene razón. Dean ya me puso al día, Rachael y Snake habían ido a comer juntos. Es algo raro—. Por lo menos eso es lo que creo que me dijo —continúa Emily—. No sé, yo todavía estaba medio dormida entonces, porque Tyler nos tuvo despiertos toda la noche.

—¿Cómo está? Me refiero a Tyler.

La de ayer fue la peor noche de todo el verano, y la culpa fue de Tiffani. Si nunca hubiera venido a Nueva York, si hubiera renunciado a su estúpido sueño de volver con Tyler tanto tiempo después, nada de esto habría pasado. Yo no le habría tenido que mentir a Tyler y él no habría vuelto a las andadas. Para el viejo Tyler, ser imprudente es la mejor distracción que hay.

—Con cruda, pero estaba un poco mejor cuando me fui —contesta Emily con una carcajada, como si estuviera poniendo los ojos en blanco—. ¿No tendrás un juego de llaves?

—Tienes suerte —digo—. Tengo el juego extra desde hace dos semanas. Aunque todavía no las he usado.

Tyler por fin había confiado en mí lo suficiente como para darme unas llaves, por si necesitaba entrar al departamento sola, y lo tenía guardado en el monedero de mi cartera desde entonces.

—Si no es mucha molestia —dice Emily—, ¿crees que podrías acercármelas?

—Por supuesto. —Tengo que levantar la voz para que se me oiga por encima del ruido de la ciudad. Como una neoyorquina de raza pura—. Justo estoy yendo hacia allí ahora. Estoy a unas dos cuadras.

—Perfecto —dice—. Gracias, Eden. Te veo en unos minutos.

Cuelgo y me meto el teléfono al bolsillo de nuevo. Mientras sigo en dirección hacia el departamento de Tyler puedo ver el edificio que se erige en lo alto en la esquina de la cuadra, al otro lado de la calle, pero mis ojos no se detienen en él mucho tiempo. Vuelven a mi muñeca y sigo sin creérmelo, como durante todo el trayecto. Incluso en el metro no podía apartar la vista de ella, doblando mi brazo izquierdo en todas las direcciones posibles para intentar que la luz le diera en el ángulo perfecto. Incluso cuando subía las escaleras y me abría paso por las estaciones del metro no podía dejar de mirarme el brazo. De vez en cuando pasaba los dedos por el plástico transparente sólo para recordarme que estoy loca de remate. Mi papá me va a matar cuando me vea. Eso si mi mamá no me asesina antes por viajar sola en metro en Nueva York.

Cuando llego al edificio de departamentos, paso a toda velocidad por el lado de los buzones y me dirijo directamente hacia el elevador. En los diez segundos que tardo en llegar al doceavo piso, tomo una sudadera de mi mochila y me la pongo, asegurándome de que me tape la muñeca. No quiero que Emily me haga preguntas, y la verdad es que no sé cómo va a reaccionar Tyler cuando me la vea. Sólo espero que comprenda lo que estoy intentando comunicarle sin tener que decírselo con palabras. Tiffani me advirtió que no podía decirle a Tyler lo que estaba pasando, pero eso no significa que no pueda intentar demostrarle la verdad.

Cuando llego, Emily está sentada delante de la puerta con las piernas cruzadas, se ve algo cansada. Se levanta del piso de un salto y me sonríe.

—Hola —saludo, ajustándome los cordones de la sudadera mientras pienso en nuestra conversación de hace cinco minutos. Entonces no le puse mucha atención a sus palabras, pero ahora que está delante de mí es como si de repente recordara todo lo que me dijo—. No sabía que tuvieras departamento propio.

—Sí, en Queens —dice encogiéndose de hombros.

—Entonces ¿por qué viniste aquí? Tyler nunca me lo explicó.

—Compartía departamento con un tipo, y durante un tiempo fue genial, pero últimamente no andábamos muy bien. Discutimos y prácticamente me corrió de casa —dice, sin poder mirarme a los ojos. Su voz se vuelve más suave y suspira, frunciendo el ceño—. La verdad es que era un imbécil, y yo no sabía adónde ir, así que llamé a Tyler.

Me quito la mochila del hombro, me apoyo la mochila en la rodilla y abro el cierre para buscar mi cartera. Sigo hablando con Emily, pero estoy demasiado centrada en revolver en la bolsa para mirarla.

—¿Por qué estabas empacando tus cosas?

—Porque estoy a punto de enviar todo a casa —dice—. La semana que viene vuelvo a Londres.

Dejo de revolver en mi mochila y levanto la vista.

—¿Qué?

—Ya es hora de que me vaya. La gira terminó hace un mes. —Sonríe de tal manera que está claro que no quiere irse, como si la idea de volver a Inglaterra no la entusiasmara. No la culpo. Parte de mí tampoco quiere volver a Santa Mónica—. Y bien, ¿encontraste las llaves? —pregunta; su tono de voz cambia cuando deja el tema de su regreso.

—Sí. Aquí están.

Alcanzo mi cartera, abro el monedero y saco la llave. Se la paso a Emily y cierro todo de nuevo, y luego la sigo hasta adentro del departamento.

Al cruzar la entrada se detiene de golpe, y yo choco contra su cuerpo. Cuando echo un vistazo por encima de su hombro, me encuentro lo último que esperaba ver. Jamás, ni en un millón de años habría pensado que tal imagen se desplegaría delante de mis ojos. De hecho, tardo por lo menos diez segundos en asimilar lo que veo, y por lo menos doce le lleva a Tyler apartarse de Tiffani.

La tiene apretada contra la barra de la cocina y ella le rodea la mandíbula con las manos mientras él besa su hombro, igual que besaba los míos. Tiene una mano en la parte inferior de la espalda de Tiffani y la otra en su cintura, y tardo menos de un segundo en ver que ella tiene la blusa abierta. Me vienen *flashbacks* de cuando conocí a Tiffani, entonces estaban fajando en el probador de American Apparel, y no puedo asimilar que está sucediendo otra vez. No puedo aceptar que, otra vez, ella esté consiguiendo lo que quiere. Soy incapaz de comprender que todo esto, toda su manipulación, haya funcionado como ella esperaba. Incluso peor, no puedo creer que Tyler haya caído en la trampa. No puedo creer que se la haya puesto tan fácil, que le haya allanado el camino para que ella consiguiera exactamente lo que quería.

Cuando por fin se da cuenta de nuestra presencia con el rabillo del ojo, aparta sus labios de la piel de Tiffani y da un gran paso hacia atrás. Se limita a mirarme con los ojos muy abiertos, justo antes de bajar la vista al bulto que hay en sus *jeans*.

—Eden.

Tiffani resopla de manera dramática, da un paso hacia delante y rodea su bíceps con fuerza, justo el brazo que tiene mi nombre.

—¡Ay, Dios! Qué vergüenza.

—Eden —repite Tyler.

No hace ningún esfuerzo para librarse de la mano de Tiffani. De hecho, no mueve ni un músculo. Se limita a quedarse allí de pie, sin la menor pizca de vergüenza. Aunque lo cierto es que tiene un aspecto horrible. Tiene el pelo alborotado y los ojos pesados, como si estuviera agotado.

No estoy enojada. Estoy colérica. Furiosa. Rodeo a Emily, que está en estado de *shock* y no sabe cómo reaccionar, y doy un paso decidido por la sala.

—No intentes explicarte, Tyler —digo en un bufido, con

los dientes y los puños apretados, las manos a ambos lados de mi cuerpo—. No puedo creer que…

—Eden —me interrumpe, diciendo mi nombre por tercera vez, su voz es nerviosa pero firme—. No pensaba explicarme —dice—. Te iba a pedir que te fueras de mi departamento de inmediato.

Se me hunden los hombros de inmediato y me tambaleo mientras lo miro parpadeando, aturdida.

—¿Qué?

—Ya oíste —dice Tiffani. Como era de esperar, tiene una sonrisa triunfante en su rostro. Se la ve despiadada—. ¿No pueden darnos algo de intimidad? ¿No tienen que ir al gimnasio o al loquero?

Me quedo boquiabierta. Sus palabras, que nos lanza como si nada, me golpean tan fuerte que ni siquiera logro encontrar energía para enfurecerme. Intercambio miradas con Emily. Tiene los labios separados, los ojos muy abiertos, está completa y absolutamente sorprendida por el comentario. En ese mismo instante, siento lástima por Tiffani, porque logra su satisfacción dando donde más duele. Me da pena porque usa la debilidad de los demás a su favor. Por eso, jamás la perdonaré. Ni ahora, ni nunca.

Cuando miro a Tyler, veo que ya no me está lanzando una mirada asesina. Sus ojos se desviaron a Tiffani y la observa con asco. Alcanza sus manos y las aparta de su brazo. Se separa de ella negando con la cabeza.

—¿Qué acabas de decir? —dice muy despacio.

Tiffani pone los ojos en blanco, pero siento que algo crece dentro de mí, algo más que furia. Verla a ella con Tyler me hace sentir muy incómoda. Nada de esto tenía que haber sucedido. Tyler no debería haber recurrido a ella para distraerse, no importa lo dolido o enojado que esté conmigo. Entonces me doy cuenta de que la sensación que a cada segundo que pasa se hace más intensa dentro de mí no es más que desesperación. Tengo que arreglar este desastre, demostrarle a Tyler que sigo, ahora y siempre, enamorada de él.

Al diablo con Tiffani. A la mierda sus juegos. Ahora mismo no puedo seguir así ni un segundo más. No puedo mirar a Tyler y ver esa expresión de reproche en sus ojos, como si no quisiera ni tenerme cerca.

Ni siquiera me importa que Emily lo vea todo. No me importa que Tiffani le diga la verdad a Dean. No me importa, porque que ellos dos descubran la verdad es mucho menos aterrador que pensar que Tyler jamás me perdonará por las cosas que le dije anoche.

Antes de que me dé cuenta, estoy avanzando por la habitación, acercándome lentamente a Tyler, y las palabras comienzan a brotar de mi boca antes de que pueda pensar lo que estoy haciendo.

—Lo que te dije anoche era mentira —murmuro, con la vista puesta en Tyler, sólo en él—. No elijo a Dean. Te elijo a ti. Siempre has sido tú. —Desvío la vista hacia Tiffani. Ahora la rabia me da el valor suficiente para mirarla a los ojos—. Ella me obligó a terminar contigo anoche, porque es una zorra.

Tiffani sigue sonriendo, pero puedo notar cómo trata de ocultar su rabia. Intenta mantener el papel de calmada e inocente, y dice con rigidez:

—¿Y por qué iba a hacer algo así, Eden?

—Porque quieres volver con Tyler —interrumpe Emily con aspereza a mis espaldas, y cuando me vuelvo para mirarla, se acerca hacia donde estoy.

Me quedo paralizada al ver que no parece sorprendida,

que no suelta un gritito de incredulidad. Acabo de dejar claro que Tyler es mucho más que mi hermanastro, y sin embargo ni siquiera ha pestañeado. Sólo se ve a la defensiva, se cruza de brazos y clava la vista en Tiffani.

—La amenazaste. Te oí en el restaurante. —Su voz se vuelve más suave cuando desvía su mirada hacia Tyler. Lo mira a él y luego a mí durante un momento—. Eden te está diciendo la verdad, Tyler.

—Por favor. Si van a inventarse mentiras, por lo menos intenten que tengan algo de lógica —se burla Tiffani, pero puedo ver el pánico en sus ojos mientras se ajusta la blusa, muy consciente de que su momento de gloria de haber recuperado a Tyler se le está yendo de las manos. Sabe que está perdiendo—. Jamás haría algo así.

Los ojos de Tyler todavía se ven furiosos, pero no conmigo. Con Tiffani. Da otro paso para alejarse de ella, no hacia el lado, sino hacia delante, y se coloca junto a Emily y yo. Estamos los tres contra ella.

—Vete —ordena.

—¿Qué?

—Que te largues de una puta vez —repite, y señala la puerta con el pulgar por encima de su hombro muy enfadado. Su voz es cortante y su postura firme, y ahora seguro que no se va a echar atrás—. Ahora mismo.

Furiosa, Tiffani hace una mueca y se abre paso entre nosotros a empujones. Le pone una mano en el pecho a Tyler y lo hace a un lado. Le da un empujón a Emily con el hombro, incapaz de controlar el desprecio que siente hacia nosotros, y entonces se detiene y se da la vuelta para mirarme a la cara. Sólo se limita a negar con la cabeza y, por increíble que resulte, sonríe.

—Ahora sí que la cagaste —dice con un bufido, y yo sé que lo hice. Sé que ahora se lo dirá todo a Dean. Por supuesto que lo hará.

—Ahí está la puerta —le indico con calma, a pesar de todo lo que podría gritarle ahora mismo, y me aparto.

Señalo la puerta con la cabeza y por fin se va muy enojada, con un portazo tras de sí.

Se hace el silencio. Ninguno sabe qué decir ni cómo reaccionar. Ninguno quiere ser el primero en hablar. Emily me mira con las cejas levantadas, y Tyler se limita a quedarse quieto, dándonos la espalda con la cabeza agachada. Puedo oír su respiración entrecortada, y casi siento cómo analiza todo lo que ha pasado. Al final, me doy cuenta de que tengo que ser yo la que hable primero.

Aturdida por lo que acaba de suceder, tengo que obligarme a cruzar la habitación para acercarme a Tyler por detrás. Alcanzo su brazo y lo toco con suavidad con la punta de los dedos.

—Tyler…

Sacude la cabeza muy despacio.

—Tengo… tengo que aclararme las ideas —dice en voz baja.

Se aparta de mí, cruza la sala y va hacia su habitación. Unos segundos después, vuelve y se pone unos zapatos. Trae las llaves del coche colgando del dedo índice.

—No deberías manejar —señala Emily, preocupada.

La miro, todavía me pregunto por qué no ha reaccionado a lo que dije sobre Tyler. Tal vez no lo ha entendido. No lo sé. Pero es raro. Durante los últimos dos años esperaba que la gente reaccionara con rabia, asco y confusión cuando lo descubrieran. Emily es la primera persona a la que se lo dije de forma indirecta, y ni siquiera ha pestañeado. Sigo esperando su reacción. Sigo esperando a que me pregunte: «¿Qué demonios está pasando entre ustedes?». Espero que diga algo. Lo que sea.

—No pasa nada —dice Tyler.

Toma las llaves de casa de la barra de la cocina, pasa entre Emily y yo, con cuidado de no tocarnos, y luego desaparece. No da un portazo como Tiffani. Simplemente la cierra despacio.

Lo que más me gustaría hacer en este momento es salir corriendo detrás de él, explicarle todo con detalle, pero sé que necesita tiempo. Primero tiene que entender los hechos, y luego podré hablar con él. Más tarde, cuando regrese. Ahora mismo, sin embargo, sigo asombrada con la falta de reacción de Emily. Se suponía que decir la verdad no iba a ser tan fácil. Tendría que ser aterrador.

—Emily… —digo muy despacio, algo incómoda. Puede que no esté haciendo ninguna pregunta, pero desde luego que las estará pensando. No puedo dejarlo sin más, sin que ella sepa lo que está sucediendo en realidad, así que me armo de valor para enfrentar mi peor miedo: tener que explicarme—. Tyler y yo…

—No es necesario que me lo expliques —dice Emily encogiéndose de hombros, y pasa por mi lado para dirigirse hacia la cocina. La miro desde la sala mientras ella toma una botella de agua del refrigerador. Con toda la tranquilidad del mundo desenrosca el tapón y se apoya en la barra. Ante mi gran sorpresa, me lanza una mirada cálida y no hace más que sonreírme, dulce y reconfortante—. Ya me había dado cuenta.

26

Al principio, no le encuentro sentido a las palabras de Emily. ¿Ya se había dado cuenta? Imposible. Tyler y yo hemos tenido muchísimo cuidado. Me da miedo pensar que Emily se haya dado cuenta a pesar de haber hecho todo lo posible por mantener nuestra relación en secreto. De repente me aterra que no sea la única. ¿Cuántas personas habrán sospechado? ¿Cuántas se habrán preguntado si había algo entre nosotros? Sólo espero que la respuesta sea ninguna. Emily, por otro lado, no parece alucinar porque Tyler sea mi hermanastro. No parece estar incómoda ni confusa, tampoco parece que le dé asco ni que nos juzgue. Lo único que le puedo preguntar es:

—¿Cómo lo descubriste?

Bebe un trago de agua, aún sonriendo. Me alegro de que esté alegre. Me preocupaba que el comentario de Tiffani sobre el loquero le fuera a doler, pero parece haber hecho oídos sordos igual que yo al del gimnasio. Fue un golpe bajo para intentar hacernos daño. Sin embargo, ahora hay asuntos más importantes que atender. Lentamente, Emily vuelve a tapar la botella, y se encoge de hombros.

—Era evidente.

—¿Cómo? Pues no debía serlo —admito en voz baja, intentando asimilar que estoy hablando de este tema con otra persona que no es Tyler. Me resulta raro. No estoy acostumbrada.

—Sí, de eso también me di cuenta —dice, con una pequeña carcajada. Una risa cálida, amistosa—. En serio, fueron varias cosas.

Cruzo la sala hacia la barra de la cocina. Cuando llego allí, me agacho y apoyo los brazos en ella y miro a Emily con curiosidad y confusión—. ¿Como qué? ¿Qué nos delató?

—Bueno —empieza—. Tyler pasó de dormir en el sillón a contigo en la cama. A ver, hay hermanos que comparten cama, pero parecía algo más que eso. Cuando la otra noche se fueron a dormir temprano, yo los estaba buscando al volver, y cuando miré en la habitación de Tyler estaban durmiendo abrazados. Lo único que pude pensar fue que ni loca haría eso con mi hermano.

Levanto las cejas.

—¿Te diste cuenta sólo por eso?

—No —dice—. También me fijé en el tatuaje de Tyler. Lo vi una mañana cuando tú estabas en la regadera, y cuando le pregunté por qué había elegido tatuarse tu nombre, él se encogió de hombros y dijo que porque eras su hermana. Pensé que era raro, porque ¿y sus hermanos? ¿Por qué no se tatuó también sus nombres? Sobre todo porque ellos son sus hermanos de verdad. Sin ánimo de ofenderte.

—No me ofendo. Sabía que el tatuaje era mala idea

—digo casi riéndome. Es bastante irónico dado que yo acabo de hacer lo mismo, y entonces miro hacia mi muñeca para asegurarme de que sigue oculto bajo la manga. Más tarde se lo mostraré a Tyler. Ahora, sin embargo, estoy centrada en Emily. Jamás imaginé que una conversación sobre este tema sería así. Tan normal. Tan fácil—. ¿Qué más nos delató?

Emily piensa un momento y se roza los labios con la punta de los dedos, entrecerrando los ojos sin mirar a nada en particular hasta que los posa en mí.

—¿Tyler te dejó leer su discurso de la gira? —me pregunta.

Me quedo sorprendida un segundo, parpadeando, e intento responder.

Tyler y yo hablábamos muchísimo por teléfono durante el año que estuvo de gira, pero no recuerdo que me hubiera leído el discurso completo. Cuando se mudó a Nueva York todavía estaba trabajando en él, y entonces sí me pidió consejo alguna vez sobre lo que había escrito. Siempre le decía que me parecía que sonaba bien, crudo y honesto, como él. Nunca llegué a oír la versión final. Nunca le pregunté por ella.

—No —admito por fin—. ¿Por qué?

La sonrisa de Emily se hace más grande, entonces se endereza un poco y se balancea sobre los talones, pasándose la botella de agua de una mano a la otra.

—Hacia el final de nuestros discursos, teníamos que hablar de los efectos secundarios de nuestro abuso. La secuelas psicológicas —dice. Yo me pregunto si se siente incómoda, pero no lo parece. Ha hablado de esto una y otra vez durante todo un año, lo mismo que Tyler—. Tyler solía hablar de las drogas y del alcohol y de todo lo demás —continúa—, y siempre mencionaba a una chica. Nunca reveló su nombre, pero decía que ella había sido la primera persona en años en preocuparse por lo que le estaba pasando. La primera persona que quiso ayudarlo de verdad, y que eso fue justo lo que hizo sin darse cuenta. Contaba que ella había sido el motivo de que su vida comenzara a cambiar y a mejorar. Hablaba de ella como si estuviera enamorado, y siempre nos preguntábamos por qué no decía su nombre. —Hace una breve pausa, no está sonriendo pero tampoco tiene el ceño fruncido. Suelta una bocanada de aire muy despacio, abre los labios y dice—: Yo me di cuenta de que no lo decía porque esa chica eras tú.

Tardo un rato en asimilar sus palabras. Lo único que soy capaz de hacer es mirarla fijamente mientras intento procesar lo que me dice. Tyler nunca mencionó que hablara de mí en su discurso y mucho menos de esa forma. No estoy muy segura de cómo debo sentirme al respecto. ¿Incómoda? No. ¿Sorprendida? Sí. Lo único en lo que puedo pensar es en lo enamorada que estoy de él, y sin embargo ni siquiera está aquí. Ahora mismo necesito abrazarlo desesperadamente. Tocarlo, decirle que lo quiero. Y esta vez no en francés.

Cuando Emily se da cuenta de que no tengo el valor de contestar, continúa, rodea la barra de la cocina y dice:

—Así que pensé que había algo entre ustedes, pero no quería preguntarles, y entonces apareció tu novio, y creí que todo habían sido imaginaciones mías. Pero anoche descubrí que tenía razón y que no me había inventado nada.

—¿Cuando lo dejé? —adivino, y me aparto de la barra, girándome para mirarla a los ojos.

—No —dice ella—. Después. —Se aleja de mí, se dirige hacia el otro lado de la sala y mis ojos la siguen. Me habla por encima del hombro, levanta la voz y entra a la habitación de Tyler—. Tyler grabó algunos videos de la gira y se los estaba enviando por correo electrónico a una amiga —la oigo decir, reapareciendo por la puerta del dormitorio con una computadora portátil en las manos— y encontré algo que creo que deberías ver. No estoy segura de si tú lo sabes o no.

Mi curiosidad se dispara y corro a unirme a ella en el sillón. Pone la computadora en la mesita de centro y la abre para que veamos la pantalla. Entrelazo mis manos con ansiedad en mi regazo cuando la enciende. Ninguna de las dos se relaja. Nos sentamos al borde, nos inclinamos hacia delante, miramos fijamente la computadora. Emily no tarda mucho en entrar a la cuenta de Tyler para consultar sus archivos. Baja directamente hacia el video más reciente que se descargó a la computadora y lo abre. No se ve nada más que una pantalla oscura. Entonces pone la pausa antes de que empiece, y luego se gira para mirarme.

—Abrí este video por accidente y te juro que sólo vi los primeros diez minutos o así y… —Sus palabras se desvanecen mientras vuelve la vista hacia la computadora. La toma, la levanta con cuidado y la pone en mi regazo—. Bueno, creo que deberías verlo. Probablemente necesites intimidad y prefieras ponerte cómoda.

Frunzo el entrecejo y ella se pone de pie. Siento curiosidad y al mismo tiempo algo de sospecha. Mis ojos la siguen cuando se dirige hacia la cocina a buscar su botella de agua, su cola de caballo se mece alrededor de sus hombros. Siempre ha sido muy buena conmigo. Siempre.

—¿Emily? —Me muerdo el labio inferior con ansiedad mientras espero a que se dé la vuelta. Cuando lo hace, levanta las cejas y me escucha—. Lo siento —le digo.

Ella ladea la cabeza un poco.

—¿Qué?

—Por cómo te traté cuando nos conocimos —digo, y luego me encojo de hombros bastante avergonzada al admitirlo—. Creí que Tyler y tú estaban enamorados —Avergonzada, me agarro la cabeza con las manos y gimo.

Ahora Emily se ríe de verdad, y yo me uno a ella.

—No te preocupes —me asegura—. No te culpo.

Es agradable poder reírse después de todo lo que acaba de pasar. A pesar de que probablemente Tiffani esté volviendo a la *suite* del hotel hecha una furia para decirle la verdad a Dean y a pesar de que Tyler haya desaparecido, yo sigo sonriendo. Me alegra que nuestro secreto ya no parezca tan malo ni tan escabroso ni tan aterrador.

Me levanto con la computadora debajo del brazo y vuelvo a mirar a Emily.

—Y gracias —añado.

—¿Por qué?

—Por no juzgarnos —digo bajito.

No me contesta, sólo asiente. Es la segunda persona que lo descubre y, sin embargo, la primera en aceptarlo, y siempre le estaré agradecida por ello. Es agradable sentirse aceptada.

Con un último intercambio de sonrisas, me doy la vuelta y me dirijo a la habitación de Tyler, recojo mi mochila del piso con la mano que me queda libre y luego cierro la puerta detrás de mí mientras pongo la computadora sobre la cama. Las cortinas están cerradas, como si no las hubieran abierto en todo el día, y la cama de Tyler está sin hacer. No lo culpo. Seguro que tuvo una cruda de caballo. Suspiro, me quito la sudadera con cuidado y la tiro hacia un lado junto con mi mochila. Entonces recuerdo la nueva incorporación a mi muñeca.

Enciendo las luces, levanto el brazo y estudio mi piel de cerca. Noto el plástico transparente húmedo y apretado, y debajo se ven las letras en negrita. Con la máxima delicadeza posible, me quito el plástico. La piel está algo inflamada y tiene un poquito de relieve, pero se ve bien. Es exactamente lo que quería, justo como me lo imaginaba.

A lo largo de mi muñeca izquierda, las palabras *No te rindas** me devuelven la mirada. Están escritas con su letra, tal como lo escribió en los Converse que me regaló. Sus palabras. Su letra. Su única y sencilla petición. Él es el único que lo comprenderá, y sólo por esa razón, me encanta.

Tiro el plástico en el bote de la habitación, vuelvo a apagar las luces y tomo mis audífonos del buró. Ajusto las almohadas y las coloco en el cabezal de la cama para ponerme cómoda. Me siento en la cama y apoyo la espalda. Me tapo con el edredón y alcanzo la computadora. Sin perder ni un segundo más, me pongo los audífonos y miro la pantalla oscura. Le doy al botón del *play*.

Al principio, parece que no pasa nada. La imagen se mueve un poco, pero está demasiado oscuro para descifrar lo que se supone que debo ver. Subo el volumen y, para mi sorpresa, oigo la voz de Tyler. Tono bajo y susurrante, nada más que un suave murmullo.

Cierro los ojos y escucho, siento que mi estómago da un vuelco al oír su voz. Le dice a la cámara mi nombre. Le dice

* En español en el original.

la fecha de mi cumpleaños. Mi color favorito. Mi lugar de nacimiento. El color de mi pelo y de mis ojos. Muy despacio, continúa. Tarda un minuto en describir nada más que mis ojos, y en ese momento decido ponerlo en pausa. Muevo el cursor por la pantalla para ver la línea de tiempo, y cuando la veo, pestañeo y la miro otra vez.

El vídeo dura cuatro horas y veintisiete minutos.

Tiene que ser una falla técnica. No puede ser tan largo.

Durante cuatro horas y media, escucho la voz de Tyler, susurra sin parar y se ríe bajito. Le cuenta a la cámara lo que pasó cuando nos conocimos. Le habla de todas las cosas que le encantan de mí, algunas son manías y gestos de los que ni siquiera yo me he dado cuenta. Habla y habla y habla, casi sin parar y sin titubear mientras reflexiona sobre los momentos que hemos compartido. Conversaciones y besos, allanar propiedades privadas y fiestas.

A medida que el video avanza y las horas pasan, la oscuridad se va disipando poco a poco. Va habiendo más luz y se empiezan a distinguir algunas siluetas. Después de la segunda hora, puedo ver todo el rostro de Tyler, sus ojos brillantes. Está en la habitación, justo en el mismo lugar donde estoy yo ahora. A la tercera hora aparta la cámara de sí mismo y la dirige hacia mí. Hacia mí. Estaba ahí mismo, a su lado, durmiendo todo el tiempo.

Cuando el video ya está terminando, en la pantalla se ve la luz del día. Tyler ni siquiera parece cansado cuando menciona La Breve Vita, y entonces todo comienza a sonarme. Cuando dice… Ya había escuchado esas palabras.

Justo en ese momento Tyler apunta la cámara hacia mí, su suave voz murmura:

—Ey, por fin te despiertas.

—¿Qué estás haciendo? —Sueno medio dormida mientras miro con ojos cansados directamente al objetivo. Me observo en la pantalla.

—Nada. Tonterías.

Escucho el eco de su voz en mis audífonos, y muevo la cabeza totalmente incrédula. ¿Tonterías? Pasó más de cuatro horas hablando de mí. Parece que no quería que yo viera esto ni que supiera que existía.

Nos escucho hablando del Cuatro de julio, tal como lo recuerdo, y al final pone la cámara en el buró. Entonces lo atraigo hacia mí y él aprieta su cara contra la mía y nos besamos. Nos reímos todo el tiempo, hasta que le pido que apague la cámara. Él me pregunta si podemos dejarla encendida. Segundos más tarde, gatea hacia el objetivo y el video se apaga. Se termina.

Pasar toda la tarde escuchando lo que Tyler tiene que decir sobre mí y todo lo que recuerda de los últimos dos años, incluso los detalles más insignificantes, me hizo llorar. Las lágrimas me corren por las mejillas en cálidas olas mientras mantengo la vista clavada en la pantalla. Se puso negra otra vez, vuelve al principio del video, de noche, y puedo ver que mi reflejo me mira. No lloro porque esté mal. Estoy emocionada. Siento todo el cuerpo entumido. Comprender la profundidad con la que Tyler me quiere, sentirlo de verdad… creo que es lo más agradable y a la vez lo más aterrador del mundo.

Pongo el video otra vez, ahora me salto las dos primeras horas. Rebobino y avanzo durante un rato para buscar un momento específico. Es mi favorito de todo el video, el único en que Tyler me habla directamente a mí en vez de a la cámara mientras yo todavía duermo. Cuando lo encuentro, suspiro, me reclino sobre las almohadas. Le doy al botón de *play*, cierro los ojos y escucho.

—No sé cómo se siente uno cuando está enamorado —admite Tyler con una carcajada franca—, pero si el amor es pensar en alguien cada segundo del día... Si significa que tu humor cambia cuando esa persona se acerca... Si estar enamorado significa que harías cualquier cosa por ella —murmura—, entonces estoy perdidamente enamorado de ti.

27

Son casi las diez cuando por fin cierro la computadora de Tyler. Me quedo acostada durante un buen rato. Pensando. En Tyler y en el video y en nosotros. Me pregunto adónde va a llegar todo esto. ¿Qué pasará cuando Dean descubra la verdad y cuando les demos la noticia a nuestros padres? ¿Qué vendrá después? ¿Viviremos juntos? ¿Se supone que debemos esperar unos meses y dejar que todo se calme antes de hacerlo? No lo sé. Lo único que sé es que me estoy cansando de esperar. Han pasado dos años y todavía no hemos llegado a ningún lugar. Dos años y todavía no puedo presentar a Tyler a la gente como mi novio con orgullo. ¿Alguna vez podré hacerlo? Sólo me queda esperar y rezar para que nadie me mire con los ojos como platos y con expresiones de asombro.

Sigo sentada sola en silencio, cómoda en la oscuridad, cuando la puerta se abre muy despacio con un crujido. Levanto la vista esperando ver a Emily, pero es Tyler. Tiene la cabeza agachada y se queda al lado de la puerta, con la mano apoyada en la cerradura. Ahora parece tranquilo. Ni confundido ni enojado, pero tampoco totalmente relajado. Sólo sereno.

—¿Podemos hablar? —pregunta en voz baja. Su voz tiene un tono algo nervioso, como si esperara que le dijera que no.

No veo su cara muy bien, pero noto que no quiere mirarme a los ojos. Tiene la vista clavada en el piso.

No contesto, sólo asiento con la cabeza y espero que lo vea. Apoyo las manos en el colchón y me desplazo hacia el otro lado de la cama, contra la ventana, y espero a que él se una a mí en el hueco cálido que le acabo de dejar. Y eso es exactamente lo que hace. Cierra la puerta detrás de él sin hacer el menor ruido y se acerca. Se acuesta despacio en la cama a mi lado. Se queda encima del edredón, me rodea con el brazo y yo apoyo la cabeza en su hombro. Los dos respiramos tranquilos durante un rato, y aunque él me había preguntado si podíamos hablar, ninguno de los dos quiere hacerlo. Nos limitamos a mirar hacia los espejos del clóset, contemplando el reflejo de nuestras siluetas en la oscuridad.

Después, Tyler por fin decide decir algo, pero no se mueve ni un centímetro mientras se aclara la garganta.

—¿Qué pasó ayer? —pregunta tan bajito que es casi un susurro. El silencio parece demasiado frágil para hablar más alto.

Aprieto los ojos e intento pensar en todo lo que pasó en las últimas veinticuatro horas. Todo se arruinó desde el martes, desde que Tiffani apareció en Manhattan. Ahora me alivia pensar que, a pesar de haberlo puesto todo de cabeza y que a estas alturas ya le habrá dicho la verdad a Dean, Tiffani no logró salirse con la suya. Le salió el tiro por la culata. Que Tyler esté aquí conmigo prueba que está de mi lado, que es a mí a quien cree.

—Tiffani quería volver contigo —admito, con la cabeza aún apoyada en su hombro. Su pecho sube y baja—. Creyó que sólo lo conseguiría si yo no estaba en el medio. Me dijo que tenía que cortar contigo o le diría la verdad a Dean. Si nos adelantábamos y se lo contábamos antes que ella, se lo diría a nuestros padres.

Es un poco más complicado, pero lo simplifico porque no tengo ganas de hablar del tema. Intento levantar la vista para ver a Tyler, pero desde donde estoy sólo le veo la frente.

—Carajo —murmura. Lo veo pasarse la mano que tiene libre por el pelo, mientras deja escapar un largo suspiro. Muy despacio, niega con la cabeza y aprieta mi cuerpo contra el suyo—. Siento haberme comportado como un patán. Es que estaba enojado contigo y perdí la cabeza.

—Yo también lo siento —digo.

Logra reírse un poco, una carcajada bajita, susurrante, igual que las del video. Creo que no le diré que lo vi. Lo mantendré en secreto.

—En serio, pensé que te habías rendido —admite Tyler—. No vuelvas a darme un puto susto así nunca más.

No creo que me rinda nunca, sobre todo ahora, y creo que este preciso momento es la mejor ocasión para mostrarle a Tyler la novedad de mi muñeca. No necesito contestarle. Creo que sus propias palabras son la única respuesta que necesita. Sonrío, levanto la mano y estiro el meñique, girando la muñeca hacia él a propósito mientras digo:

—Prometo que no lo volveré a hacer.

Está a punto de entrelazar su meñique con el mío cuando se detiene, toma mi muñeca, se incorpora como un rayo y luego se inclina hacia delante. Cuando lo miro de lado, está achinando los ojos en la oscuridad para ver las palabras tatuadas en mi piel. Me mira con los ojos muy abiertos.

—¿Qué es esto?

—A lo mejor deberías encender la luz —digo, mordiéndome el labio inferior con algo de ansiedad.

Puedo imaginar como se disparan las cejas de Tyler hacia arriba cuando aparta su brazo de mi cuerpo y se estira por encima de mí para encender la lámpara del buró. No suelta mi muñeca.

La habitación enseguida se llena de luz, iluminando nuestros rostros, y yo ni siquiera miro mi muñeca. Miro a Tyler, cómo brillan sus ojos y se separan sus labios. Toda su cara se ilumina con la sorpresa de una manera adorable mientras me estudia la muñeca con intensidad.

—No inventes —dice; pestañea a la vez que me mira con una expresión llena de inocencia.

Ahora parece más joven, como si volviera a ser un niño.

Me río y suelto mi muñeca de su mano para contemplar mi nuevo tatuaje. Todavía está bastante rojo y de vez en cuando me arde bastante, pero valió la pena sólo por ver la cara de Tyler.

—Me lo hice esta tarde —digo, contestando a la pregunta que ni siquiera me ha planteado. Pero sé que lo está pensando, así que sigo dándole explicaciones—. Fue lo único que se me ocurrió que tendría sentido sólo para ti y para mí. Es tuyo. Es lo que tú escribiste.

—Le diste más vueltas que yo —dice, con una sonrisa algo tímida mientras levanta un poco su brazo izquierdo para contemplar su tatuaje, el que tiene en el bíceps y que son sólo cuatro letras—. Yo no fui tan original. Ey, el «te» parece un poco torcido —dice, señalando mi muñeca otra vez.

—Pues será porque tú lo escribiste un poco torcido —le suelto, poniendo los ojos en blanco, y sólo entonces se da cuenta de que mi tatuaje es de su propia letra, porque se sonroja y aparta la vista. Me levanto de la cama sin dejar de sonreír, me pongo de rodillas en la alfombra y miro a Tyler. Es difícil creer que esta tarde todo estaba tan mal porque ahora todo parece estar bien otra vez—. Por cierto —digo— Emily lo sabe.

—¿Qué sabe? —pregunta Tyler, sin apartar la mirada de mis ojos.

—Lo nuestro —digo despacio. Me levanto del suelo. Miro hacia abajo, a Tyler, que sigue en la cama y me observa—. Sabe que somos más que hermanastros.

—¿Le dijiste?

Se quita el edredón de encima y se levanta de la cama de un salto, se endereza y el pánico inunda sus ojos.

—Lo descubrió por sí misma —le explico. Su expresión cambia de la preocupación a la confusión mientras intenta procesarlo—. Y además —continúo, rodeando la cama con una gran sonrisa en los labios— le da exactamente igual. Le parece perfecto.

Los ojos de Tyler se vuelven a abrir como platos mientras me siguen por la habitación.

—¿En serio?

—Sí. —Me acerco a él, rodeo su cara con mis manos y me estiro para darle un beso. Aprieto mis labios contra los suyos antes de apartarme para añadir—: Que la gente sepa la verdad no es tan malo al fin y al cabo.

Me mira con intensidad, sus ojos buscan los míos. Me pregunto si cree que estoy bromeando, pero hablo muy en serio, así que lo beso otra vez para asegurarle que, por una vez en la vida, todo va bien. No puedo impedirlo y sonrío junto a sus labios. Aprieto los ojos y disfruto la sensación de que la gente no me rechace. Es tan desconcertante y tan increíble que no sé muy bien cómo sentirme. Ya no me aterra que se descubra que estoy enamorada de mi hermanastro. Sólo somos dos personas marcadas por una etiqueta. Eso es todo.

Aunque le cuesta separar sus labios de los míos, Tyler se aparta y baja sus manos hasta mi cintura y con suavidad me hace dar un paso hacia atrás.

—¿Lo sabe Snake?

—No creo —digo, negando con la cabeza. Poco a poco, una sonrisa alimentada por la excitación aflora en mis labios mientras agarro una de las manos de Tyler. La separo de mi cintura y entrelazo mis dedos con los suyos—. ¿Ya regresó? Se lo deberíamos decir. Vamos, ¿se lo podemos decir?

Tyler suelta una carcajada, echa la cabeza hacia atrás y me atrae hacia su cuerpo.

—Ya veremos si te entusiasma tanto la idea cuando se lo tengas que contar a tu papá —murmura sonriendo mientras abre la puerta con su mano libre.

Me lleva hasta la sala, y es la primera vez que salgo de su habitación desde hace casi cinco horas. Estaba demasiado absorta en el video que me enseñó Emily. De cuatro horas y veintisiete minutos.

Hablando de Emily, está sentada en uno de los sillones de la sala, rodeada de libretas y recortes de prensa que decoran la mesita de centro. La tele está encendida, pero tiene el volumen bajo, como si sólo estuviera puesta para dar ruido de fondo. Levanta la vista cuando nos oye arrastrar los pies por la alfombra y se le dibuja una sonrisa en los labios de inmediato.

—Entiendo que ya aclararon las cosas, ¿no?

Tyler no contesta a su pregunta, se limita a caminar conmigo hasta el sillón. Alza nuestras manos entrelazadas y la mira con las cejas levantadas.

—¿Así que ya lo sabes?

—Sí.

—¿Y no te saca de onda? —pregunta, igual de confundido que yo antes.

Durante dos años, esperábamos reacciones muy diferentes de la de Emily. Tyler baja nuestras manos y me suelta.

—No —responde Emily. Niega con la cabeza y le da al botón de la pluma un par de veces con cara tranquila—. Si les soy sincera, por mí pueden hacer lo que quieran. La vida es demasiado corta para dejar pasar estas oportunidades.

Sus palabras me hacen sonreír; rodeo el bíceps de Tyler con mis brazos y lo aprieto con fuerza.

—*La breve vita* —murmuro, mirándolo—. La vida es corta.

Justo cuando él está a punto de abrir la boca para decir algo, se escucha relajo en la puerta. Golpes y como si intentaran encontrar la cerradura a tientas. Los tres miramos hacia allá. Primero pienso que puede tratarse de Dean, que está intentando derribar la puerta para matarnos a Tyler y a mí, pero dejo escapar un suspiro de alivio cuando oigo que introducen una llave en la cerradura. Es Snake, por fin.

La puerta se abre y por costumbre suelto a Tyler y me aparto de él de un salto. A él todavía no se lo hemos dicho.

—Vaya comida más larga —le suelta Emily, inclinándose hacia delante en el sillón para esquivarnos a Tyler y a mí y poder verlo. Mordisquea la parte de arriba de la pluma, sube y baja las cejas y lo mira, tomándole el pelo.

Snake se limita a poner sus ojos grises en blanco, a la vez que camina con toda la tranquilidad del mundo hacia la cocina. Es la primera vez que lo veo desde que anoche se fue al súper y, para mi sorpresa, va muy bien vestido. Trae camisa, y está hasta planchada.

—Sí, sí, también la invité a cenar. Le di un gran *tour* por Manhattan.

—Snake —digo, lanzándole una mirada seria pero de broma mientras me cruzo de brazos—. ¿Quién te dio permiso para invitar a salir a mi mejor amiga?

Obviamente estoy bromeando, pero él se da la vuelta y me mira entornando los ojos.

—¿Qué hace ésta aquí otra vez? —pregunta, apartando la vista de mí y mirando a Tyler. Pero él también está bromeando—. ¿Volvieron a ser mejores amiguitos?

—En realidad —lo interrumpo, dando un paso hacia delante, mientras dibujo círculos con mis pulgares con ansiedad. Quiero que Snake sepa la verdad. Quiero ser yo quien se lo diga. Nunca lo hemos hecho, y creo que ahora tengo el valor que necesito—, tenemos algo que decirlte.

Le echo un vistazo rápido a Emily, que sigue sentada en el sillón mordisqueando la pluma y nos observa con expectación. Luego miro a Tyler por encima del hombro. Tiene la mirada ardiente y me sonríe, pero no con mala intención, más bien me intenta decir que adelante. Da un paso y se coloca a mi lado de nuevo. Snake nos observa con curiosidad.

No sé exactamente qué ni cómo decir la verdad, pero de

repente no tengo que hablar, porque de repente Tyler me atrae hacia él. De golpe, presiona sus labios contra los míos como si lo hubiéramos hecho ya cientos de veces.

Me toma por sorpresa. Es lo último que me esperaba, pero al mismo tiempo soy incapaz de apartarme. Sigo besándolo, atrapada en la comodidad de sus labios. Soy consciente de que Snake y Emily nos están observando y, sin embargo, no me importa.

Tyler se aparta de mí tan precipitadamente como se había acercado, y dirige sus ojos hacia Snake.

—Dame tu opinión —ordena—. Ahora mismo.

Miro a Snake. Nos observa desde la cocina, congelado en el sitio, y no hace más que pestañear. Está un poco aturdido, pero es de esperar que la gente quede sorprendida al principio. Muy despacio, traga saliva e intercambia una mirada algo preocupada con Emily.

—¿Qué carajos...? —dice. Hace una mueca y suelta una carcajada algo incómoda, sin saber muy bien qué decir o hacer.

—Estoy enamorado de ella —le confiesa Tyler, y su voz es tan suave y tan sincera, que no puedo dejar de sonreír.

Creo que podría oír esas palabras una y otra vez, para siempre. No creo que me aburra nunca de escucharlas de sus labios.

—Pero... —Snake le echa un vistazo a Emily como si estuviera pidiendo refuerzos. Debe de estar preguntándose por qué ella no parece tan sorprendida como él y por qué sonríe al ver la escena que se está desarrollando ante sus ojos. Snake niega con la cabeza y suspira—. Pero ¿no son hermanastros?

—Sí —digo, dispuesta a defendernos. Ya estoy harta de

sentirme como si estuviera haciendo algo malo sólo por haberme enamorado de mi hermanastro. Sé que no está prohibido—. Pero no tenemos lazos sanguíneos —explico—. No crecimos juntos, así que no nos vemos como hermanos. ¿Lo entiendes?

Abro los ojos con toda la inocencia que tengo, rogando que lo entienda y que, con suerte, lo acepte. Todavía se lo ve algo atónito.

—Ahhh... Entonces ¿están juntos o algo? —pregunta. Se sujeta al borde de la barra con una mano y con la otra se rasca la cabeza—. ¿Va en serio o me están tomando el pelo?

—No estamos juntos —contesta Tyler a su primera pregunta con voz firme—. Es complicado. Dime qué te está pasando por la cabeza.

Snake se encoge de hombros.

—A ver, es un poquito raro —reconoce—. Mis padres son muy religiosos. Estoy bastante seguro de que ellos esperarían que los denunciara a Jesucristo. —Se relaja un poco, pone los ojos en blanco y luego se vuelve para abrir uno de los estantes y revuelve dentro. Saca un paquete de Doritos y lo abre. Se reclina en la barra de más al fondo de la cocina, se mete un par de nachos en la boca y mastica con gran estruendo mientras observa a Emily—. ¿Qué piensas tú? —le pregunta un minuto después.

—Yo ya lo sabía —dice Emily, encogiéndose de hombros. Agita los papeles que tiene en la mano—. No me molesta.

Snake come varios nachos más mientras piensa, y luego ladea la cabeza.

—Es un poco raro —repite—, pero no tengo ningún problema. —Comienza a sonreír, pero enseguida se convierte en una mueca algo maliciosa. Levanta una ceja y mira a Tyler—. Entonces ¿en su familia es tradición ser así de pervertidos o qué?

Tanto Tyler como yo nos reímos al mismo tiempo, pero nuestro momento de alivio no dura mucho. Alguien toca la puerta y nos distrae a todos. No se trata de un golpecito cualquiera, aporrean de tal manera que retumba todo el departamento. Es implacable y tan fuerte que es más que evidente que están golpeando con rabia. Miro a Tyler mientras me invade el pánico. Es tarde. Estamos todos aquí. Sólo hay una persona que podría presentarse a estas horas, y sólo uno podría estar tan furioso como para aporrear la puerta de esta manera. Tyler se da cuenta, porque en sus ojos se refleja el pavor. Traga saliva. Los dos sabemos que se trata de Dean. Tiffani debe de haberle dicho la verdad al final.

—No abras —dice Snake a toda prisa y en voz baja, apretando el paquete de doritos con fuerza—. Parece la poli.

—No es la poli —dijo bajito, pero no aparto los ojos de la puerta.

Dean sigue tocando. Después de un segundo, grita mi nombre. Cuando escucho la tensión en su voz, se me rompe el corazón. Vaya que lo sabe. Descubrió la verdad y de la peor forma posible. Sé que tengo que abrir la puerta y enfrentarme a él, aunque no quiera.

Tyler, Snake y Emily me miran mientras me obligo a cruzar el departamento. Siento las piernas entumidas y el estómago revuelto, y cuando llego a la puerta, quito el cerrojo muy despacio. La abro.

Dean está delante de mí, respira con dificultad y su

puño se detiene en el aire, listo para seguir dando golpes a la puerta. Sus ojos furiosos se clavan en los míos, y todo mi cuerpo se paraliza. Siento que se me agua la sangre en las venas y se me aflojan las extremidades. Nunca había visto esa expresión en sus ojos. Tiene la mirada tan oscura, tan dura y tan dolida… Es muy diferente al Dean de siempre, y eso es lo que me aterra. Tiene las mejillas encendidas, la rabia lo consume.

—¿Es verdad? —pregunta con voz tensa.

Me sujeto a la puerta con más fuerza mientras la mantengo abierta, y me siento tan mal que no me siento capaz de hablar. Aprieto los ojos y agacho la cabeza. No soporto mirarlo. Duele demasiado, pero mi silencio le dice todo lo que necesita saber. Mi silencio le dice que es verdad, que llevo enamorada de Tyler todo este tiempo.

Dean deja escapar un largo suspiro mientras procesa esta información, y noto que niega con la cabeza durante un rato, justo antes de preguntar:

—¿Con quién?

Ahora sí tengo que levantar la vista. Lo observo confundida, con el ceño fruncido. Las lágrimas se me acumulan en los ojos mientras contemplo la dura realidad. Sabía que Dean saldría herido. Lo supe justo cuando llegué a esta ciudad y Tyler me dejó claro que no había superado lo que sentía por mí. Era inevitable. No teníamos otra opción. Si no le mentíamos, él sufriría. Si le decíamos la verdad, también. Eso lo teníamos claro. La pregunta de Dean, sin embargo, no la entiendo.

—¿Qué?

—¿Con quién me estás poniendo el cuerno? —escupe. Su voz está llena de desprecio y me mira con asco. No lo culpo. Yo también me detesto—. Por lo menos ten la decencia de decírmelo.

Se me contrae la garganta. Cómo no. Estaba claro que Tiffani no iba a mencionar a Tyler. Quiere que yo lo admita. Sin embargo, no sé si puedo hacerlo. No sé si seré capaz de pronunciar el nombre de Tyler. Eso le dolería mucho a Dean. Podría mentir. Podría negarme a decírselo o inventar un nombre falso, pero cuando lo vuelvo a mirar —esta vez de verdad—, veo la agonía en sus ojos y me doy cuenta de que la sinceridad es lo único que le puedo ofrecer. Ya no puedo seguir mintiéndole.

Me esfuerzo por seguir respirando y echo un vistazo por encima de mi hombro. Snake está apoyado en la barra, metiéndose nachos en la boca sin parar mientras nos observa a Dean y a mí con gran interés, y Emily sigue mordisqueando la pluma, pero por lo menos intenta hacer como si no se diera cuenta de que está presenciando una ruptura, porque mira hacia sus libretas, aunque nos echa ojeadas de vez en cuando. O bien Dean no se ha dado cuenta de que tenemos público o sencillamente no le importa. Tyler, sin embargo, ya se dirige hacia nosotros.

Se detiene detrás de mí y apoya su mano en la puerta, justo encima de la mía. Ahora que la mantiene abierta él, retiro mi mano y me centro en Dean otra vez. Sigue esperando una respuesta, más furioso a cada segundo que pasa. Me alegro de que Tyler haya venido hasta aquí. Me alivia no tener que hacer esto sola, que esté a mi lado y que no me abandone a mi suerte.

Noto que Tyler respira hondo detrás de mí y se atreve a susurrar:

—Te engaña conmigo.

Dean se encoge de dolor, su rostro sólo refleja incredulidad y retrocede hacia el rellano, apartándose de nosotros. Niega con la cabeza con fuerza.

—¿Qué dices?

—Dean —susurro; la voz se me quiebra en la garganta. Reprimo los nervios y lucho contra las ganas de llorar—. Te quiero. Muchísimo. —Duele decirlo, porque es verdad, y eso es lo peor de todo. Lo quiero de verdad. Tal vez sería mucho más fácil si no fuera así—. Pero también quiero a Tyler.

—¿Qué quieres decir?

Ahora Dean parece más confundido que furioso. No parece que nuestras palabras le estén entrando en la cabeza. Nos mira a Tyler y a mí, mueve los labios como si estuviera intentando decir algo, pero no le salen las palabras.

—Mira —dice Tyler, dando un paso hacia delante. Intenta poner una mano en el hombro de Dean, pero éste se encoge de manera agresiva para apartarse, y retrocede aún más. Tyler continúa balbuceando una explicación que no es más que un lío de palabras inconexas—. Yo soy el otro. No lo planeamos. En serio, te lo juro, pero no lo pudimos evitar. ¿Crees que yo elegiría enamorarme de mi hermanastra? Porque ya te digo yo que no. Pero las cosas son como son y nosotros íbamos a... íbamos a decírtelo. De verdad, llevamos mucho tiempo queriendo decírtelo, pero no sabíamos cómo. Lo siento, amigo. De verdad lo siento, pero yo... yo la necesito.

Dean se queda callado un buen rato, su mente intenta procesar la nueva información que lo acaba de golpear en toda la cara.

—Ustedes... —comienza a decir, intentando encontrar

las palabras. Aprieta los puños a ambos lados de su cuerpo y me fulmina con la mirada—. ¿Desde cuándo están juntos?

—Desde hace dos años —susurro. Sé que de un segundo a otro voy a ponerme a llorar. Siento que las lágrimas se me van acumulando en los ojos y que luchan por salir libremente. Las reprimo—. Me enamoré de Tyler antes que de ti.

—¿Dos años? —repite Dean, mirándome boquiabierto e incrédulo, las pupilas se le dilatan con decepción y furia al descubrir que todo el tiempo que he estado con él, mi corazón ha estado dividido.

Está intentando encontrarle el sentido a todo, y cuando por fin lo hace, da un paso hacia delante para acortar la distancia que lo separa de Tyler. Acerca su cara a la de él, tiene los labios apretados en una línea recta, y sus ojos dolidos y rabiosos escudriñan la expresión de Tyler. Al final se miran directamente a los ojos, a sólo unos centímetros de distancia.

—¿Te has acostado con ella? —pregunta Dean muy despacio. La pregunta lo destroza. No quiere escuchar la respuesta—. ¿Te has acostado con ella, carajo?

—Amigo, mira —intenta Tyler, pero salir con una excusa sería inútil. Su mejor amigo ya perdió los estribos.

—¡Maldito cabrón de mierda! —ruge Dean.

Los nudillos se le ponen blancos cuando levanta los puños, y en cuestión de una fracción de segundo le lanza un puñetazo con la mano izquierda directamente a la cara, justo debajo del ojo.

Tyler se tambalea hacia atrás, su cuerpo choca con el mío y yo pierdo el equilibrio. También retrocedo, y tanto

Emily como Snake sueltan un grito de sorpresa. Me había olvidado de que todavía estaban allí. Emily se pone de pie, tiene la boca abierta y no sabe si intervenir o no. Snake sigue metiéndose nachos a la boca mientras observa la escena con las cejas levantadas.

Tyler se endereza, recupera el equilibrio y entorna los ojos hacia Dean cuando éste entra en el departamento, con los puños todavía algo apretados.

—Vamos —ordena sin titubear y asiente con la cabeza—. Pégame otra vez. Me lo merezco. Va.

Dean no rechaza la oferta. En unos segundos le lanza otro puñetazo a Tyler, sus nudillos golpean el centro de la mejilla de Tyler con un ruido sordo y doloroso. Dean tiene las mejillas encendidas por la rabia y vuelve a levantar los puños, listo para soltarte otro golpe.

Con calma, Tyler se frota el lado de la cara para intentar aliviar el dolor con un masaje mientras sus ojos le lanzan una mirada letal. No se apartan de los de Dean ni un segundo.

—Bueno —dice con aspereza y voz amenazante—. Pégame otra vez y te devolveré el golpe con el doble de fuerza.

Ahogo un gritito entrecortado mientras Dean levanta el puño otra vez, pero Tyler lo bloquea con agilidad y se lanza sobre él. Retroceden, rodando por el departamento. Emily se quita de en medio justo antes de que caigan sobre el respaldo del sillón. Dean por fin logra meterle un tercer puñetazo, dándole duro a Tyler en toda la nariz.

Tyler pierde la calma por primera vez desde hace años, y está tan furioso que sus ojos parecen una tormenta, feroces, peligrosos e impredecibles. Estira su brazo derecho hacia atrás y le da un golpe en la mandíbula a Dean. Tiene los bíceps hinchados, transfiere toda su fuerza a sus puños y continúa lanzando puñetazos con tanta rapidez y tan implacable que Dean no es capaz devolverle ni uno.

—¡Tyler, para! —intento, pero no es más que un gritito ahogado.

Me acerco corriendo; intento agarrar la parte de atrás de su camiseta para jalarlo hacia atrás y apartarlo de Dean, pero es como si ni siquiera se diera cuenta de que estoy ahí, porque sigue lanzando puñetazos sin parar y casi me da un codazo en la cara. Me tambaleo hacia atrás, con las manos en las mejillas. No estoy segura de lo que debo hacer.

De alguna manera, Dean logra agacharse, empuja el pecho de Tyler y lo tira hacia atrás, los dos vuelan hacia la mesita de centro. Se oye un estruendo cuando el cristal se hace añicos por su peso, y un golpe sordo y desagradable cuando la espalda de Tyler golpea el piso. Queda rodeado de pedazos de cristal y de los recortes de Emily. Pero eso no hace que paren. Por las venas de ambos corre tanta adrenalina que ninguno de ellos siente el dolor.

—Haz algo —le grito a Snake, y le disparo una mirada hacia donde está.

Él sigue contemplando la escena desde la seguridad de la cocina. Él es el único que tiene la suficiente fuerza para hacer algo, y no me doy cuenta de que estoy llorando hasta ahora.

—Bueno, bueno —dice Snake en voz alta. Deja el paquete de Doritos sobre la barra y rodea ésta con rapidez para entrar a la sala. Se arremanga, se acerca al sillón con cuidado y agarra a Dean, rodeando su torso con los brazos, mientras lo levanta y se lo quita de encima a Tyler—. ¡Estense quietos, carajo! —grita. Aparta a Dean hacia donde estoy yo sin miramientos.

Incluso Emily se acerca corriendo para ayudar, y le da la mano a Tyler para que se levante del piso. Tiene la mandíbula apretada y mira con rabia a Dean, pero entonces parece que el subidón de adrenalina se desvanece, porque baja la vista y se observa a sí mismo, y sus ojos se suavizan. Tiene un montón de trocitos de cristal pegados al cuerpo y se quita la camiseta a toda velocidad. Una serie de arañazos decoran la piel de su espalda, pero yo estoy más centrada en su brazo derecho. Del tríceps le sale sangre a borbotones, le chorrea por el brazo hasta más abajo del codo, gotea sobre la alfombra. Cuando por fin se da cuenta, lo único que hace es pestañear mientras Emily sale corriendo hacia la cocina a buscar el botiquín.

Las lágrimas me corren por las mejillas y miro hacia Dean para ver si está bien. No se lo ve muy herido en comparación con Tyler, aunque tiene la barbilla bastante magullada y su ojo izquierdo se está hinchando. Jadea con fuerza, se aprieta el ojo y lo entrecierra mientras se vuelve para mirarme a mí.

—Vamos afuera —me ordena. Su voz sigue siendo tan dura como cuando apareció en la puerta.

No me espera. Cruza el departamento echando humo por las orejas y sale pisando fuerte por la puerta hacia el rellano.

Tengo muchas náuseas y se me hace un nudo en el estómago. Miro a Tyler antes de moverme. Él sigue de pie entre los cristales, donde antes estaba la mesita; está algo atontado, como aturdido. Emily vuelve a su lado y Snake la está ayudando. Le están poniendo un vendaje. Yo me muero por ayudar. Después de todo, yo provoqué esta pelea, pero sé que ahora mismo tengo que lidiar con Dean.

Temblando por los nervios, me obligo a caminar y sigo a Dean hasta el rellano. Justo cuando me planto delante de él, cierra la puerta de un golpe detrás de nosotros. Esta vez parece que no quiere tener público, y yo me siento demasiado rota para hablar, así que me callo. Me limito a secarme las lágrimas mientras intento mirarlo a los ojos.

—Me engañaste —balbucea Dean, como si necesitara decirlo en voz alta para creerlo. Con cuidado, sus ojos entrecerrados se clavan en los míos, y se me rompe el corazón al ver su cara. Está desolado. Destrozado—. Te quise y todo el tiempo… has tenido algo con Tyler. ¡Es mi mejor amigo, Eden! ¡Es tu hermano!

—¡Lo siento! —grito; se me quiebra la voz. Es demasiado tarde para disculpas, pero es lo único que se me ocurre. No creo que Dean me perdone jamás. Puedo verlo en el odio que cubre su cara. No estoy acostumbrada a verlo así. Estoy acostumbrada a ver sus ojos suaves y su sonrisa dulce, pero no creo que vuelva a verlos nunca más—. No sé qué más puedo decir.

—No vuelvas a hablarme nunca más —amenaza. Su voz es rasposa y ruda.

Da un paso hacia atrás para alejarse de mí y con un gesto brusco se mete la mano en el bolsillo trasero de sus *jeans* y saca su cartera. Su mejilla lastimada empieza a sangrar y tengo que aguantarme las ganas de tocarlo para ayudarlo.

—Ten —dice Dean de manera brusca tras un par de segundos.

Con dureza, me lanza un billete de cinco dólares. Me da en el pecho y lo tomo antes de que caiga al piso. Cuando bajo la vista para mirarlo, me doy cuenta de que es nuestro billete. Vuelvo a levantar los ojos, mi corazón se rompe incluso más de lo que ya estaba. Me tiemblan los labios mientras Dean dice entre dientes:

—Cinco dólares para que salgan de mi vida.

Se vuelve a guardar la cartera en el bolsillo, se frota la mejilla y me da la espalda. Sin esperar un segundo más, se va hecho una furia, cruza el rellano en dirección al elevador sin echar ni una última mirada por encima del hombro. Observo como se aleja, las lágrimas me ruedan por las mejillas mientras lo sigo con la mirada. Me siento completamente destrozada. Apoyo la espalda contra la puerta del departamento de Tyler porque las piernas me flaquean. No soy capaz de seguir de pie, así que me deslizo hacia el piso y me quedo sentada allí. Hundo la cabeza en las manos y sollozo aún más fuerte, mientras escucho como Dean se va.

Nunca creí que lo perdería. Siempre esperé que él fuera capaz de entenderlo y de perdonarnos, incluso aunque le llevara tiempo. Quería que Dean estuviera bien, pero está claro que no le puse las ganas suficientes, porque justo pasó todo lo que esperaba que no sucediera.

28

A la mañana siguiente, hay algo de tensión en el departamento. Lo noto desde el momento en que me desperté, hace un par de horas. Nadie habla demasiado, los cuatro nos paseamos por el departamento en silencio. Creo que Snake todavía está intentando entender y aceptar nuestra relación, porque cada vez que me acerco a un radio de sesenta centímetros de Tyler, noto como Snake nos estudia desde la distancia. Tyler hoy está más callado de lo normal. Lo entiendo, porque yo también. Es difícil estar alegre cuando me siento tan perdida y triste por todo lo que ha pasado. Tyler y yo no queremos hablar de lo que sucedió anoche. No queremos ni mencionar a Dean. No he tenido noticias de él desde que me dio la espalda y se fue. No me sorprende. Dudo que vuelva a saber de él, y menos a la mañana siguiente. Tampoco sé nada de Tiffani. No hemos recibido ningún mensaje de texto para burlarse de haberle dicho a Dean la verdad. Ninguna burla sádica. Sólo silencio. Rachael es la única que me envió un mensaje para exigir una explicación sobre lo que está pasando, así que en breve voy a tomarme un café con ella. Me da terror.

Salgo del lavadero después de meter montones de ropa a la secadora y de sentirme como una mierda durante media hora. Paso por la cocina y echo un vistazo al reloj de la pared. Son casi las once y media. Dirijo mi mirada hacia la sala, donde Tyler y Snake están platicando sobre los resultados de un partido de fútbol. La sala se ve algo vacía sin la mesita de centro. Anoche tardamos un montón en limpiarlo todo, y ahora está prohibido entrar a la sala descalzo, por si todavía quedan cachitos de cristal en la alfombra.

—Me voy —digo.

Llevo lista desde hace un rato, pero me puse a hacer cosas para esperar a que fuera la hora de irme. No quiero llegar demasiado pronto, pero tampoco tarde.

Tyler se pone de pie como por resorte, tiene la frente arrugada por la preocupación. Todavía tiene toda la parte de arriba del brazo envuelta en gasas. El cristal le hizo un buen corte.

—¿Estás segura de que no quieres que vaya contigo?

—Creo que es mejor si se lo explico a solas —digo, echándole una sonrisa para agradecer su oferta. Por supuesto que me encantaría que Tyler estuviera a mi lado, pero sé que Rachael sólo quiere hablar conmigo. Tengo que enfrentarme a ella sola—. No creo que tarde mucho.

—Eden —dice Snake, chasqueando los dedos para captar mi atención. Cuando lo miro, sonríe—. Dile a Rachael que pasaré a su hotel a recogerla a las ocho.

Me cruzo de brazos y frunzo el entrecejo. No me fío ni un pelo de sus intenciones.

—Eres consciente de que se va mañana, ¿no?

—Eden —dice otra vez, su tono es severo y me mira negando con la cabeza. Se endereza en el sillón y se lleva las dos manos al corazón—. ¿Acaso no crees en el amor verdadero? No tiene límites. La distancia no es más que un número.

Intenta mantener una cara seria para parecer sincero, pero no puede fingir durante mucho tiempo. Las palabras acaban de salir de su boca cuando rompe a reír y se aparta las manos del pecho.

—No me fastidies.

Pongo los ojos en blanco, me río y alcanzo las llaves de la barra antes de dirigirme hacia la puerta. Antes de salir le lanzo una mirada a Tyler por encima del hombro. Sigue con el ceño fruncido. Se ve desamparado, como si quisiera venir conmigo para que yo no tuviera que explicar nuestra situación sola. Sólo puedo encogerme de hombros y me obligo a sonreírle para tranquilizarlo, a pesar de lo nerviosa que me estoy empezando a poner. Sin titubear, salgo del departamento.

Utilizo las escaleras en vez del elevador, y mientras bajo los doce pisos le envío un mensaje a Rachael para decirle que ya voy de camino. Quedé con ella en la cafetería Joe, a la vuelta de la esquina. Sólo he estado allí una vez, con Tyler, pero fue el primer lugar que se me ocurrió, y recuerdo que su café era estupendo. Tanto Rachael como yo pensamos que quedar en el Lowell sería mala idea, dado que Dean no quiere volver a verme nunca más en su vida. Así que nos alejaremos del hotel.

Cuando salgo del edificio, los nervios empiezan a apoderarse de mí. No estoy segura de qué puedo esperar de Rachael. Podría comprenderlo. Podría darle asco. Podría enojarse. Tengo que dar muchas explicaciones sobre Tyler y sobre Dean. Por el tono de sus mensajes de esta mañana, me da la impresión de que no está muy de acuerdo con las decisiones que he tomado.

Respiro hondo mientras doblo en la avenida Lexington; intento mantenerme lo más relajada posible. La cafetería Joe está ahí mismo, pero me paro y apoyo la mano en un escaparate de una tienda de ropa para mantener el equilibrio. Tardo por lo menos un minuto en tranquilizar mi respiración y deshacer los nudos de mi estómago. Sólo quiero acabar con todo esto de una vez. Que todo el mundo sepa la verdad y que la acepte. Quiero saltarme esta parte, la de dar explicaciones. Frunzo el entrecejo y me doy cuenta de que las próximas personas que van a enterarse de la verdad van a ser nuestros padres.

Cuando llego a la cafetería, acaban de dar las once y media. Entro. Es bastante pequeña, tiene pocas mesas. Me formo en la fila y saco un billete de cinco dólares del bolsillo trasero de mis *jeans*. Cuando le echo un vistazo, dejo escapar un suspiro. No es ese billete, pero me lo recuerda. ¿Se supone que debo guardar el billete de cinco dólares que he compartido con Dean durante dos años y que está todo garabateado por él? ¿O debo gastarlo? ¿O tirarlo a la basura? ¿O donarlo a algún pordiosero? Estoy segura de que no le importaría que el billete esté algo destrozado.

La fila va avanzando, y mientras espero me quedo mirando los botes de galletas que hay sobre el mostrador. Me pregunto qué estará haciendo Dean. Cómo se sentirá. Si estará bien. Lo dudo. Anoche, se veía destrozado. Podía notar la tristeza en su voz y la podía ver en sus ojos. De ninguna manera estará bien hoy.

Siento la garganta seca cuando por fin me atiende la mesera, así que pido con voz ronca. No le pongo el chorrito extra de caramelo de siempre. Engorda demasiado. Trago saliva con dificultad, jugueteo con los dedos sobre el mostrador mientras espero y me hago a un lado. Me gustaría poder ignorar mis pensamientos. No quiero pensar en Dean. Ni en lo despreciable que soy ni en lo fatal que me siento.

No tardan mucho en servirme el café con leche, humeante, como me gusta, y me dirijo hacia una mesa vacía al lado de las ventanas que dan a la calle. Pongo mi café en la mesa y saco una silla. Me desplomo sobre ella despacio mientras mis ojos barren la avenida. Ahora mismo, podría estar en la Refinery. Podría estar mirando hacia el bulevar de Santa Mónica. Podría estar en casa, en California. Por lo menos así lo siento durante un momento. Pero entonces recuerdo que no estoy en la Refinery y menos en Santa Mónica; todavía sigo en Nueva York. Una parte de mí siente nostalgia. Otra, se alegra.

El ambiente de la cafetería es relajado, y sin embargo yo estoy como un flan. Siento que el corazón me golpea en el pecho mientras miro mi reflejo en los cristales. No me siento orgullosa de mí misma. Llevo dos años haciéndolo todo al revés. Metí la pata, y ahora me pregunto si valió la pena.

Sin pensarlo, rodeo el tazón con tanta fuerza que termino por quemarme las palmas de las manos. Las aparto, despertándome del trance en el que estaba. Me siento algo vacía, me miro las manos fijamente durante un rato, estudio las líneas de las palmas.

—Eden.

Levanto la vista y veo a Rachael. Me está mirando con el ceño fruncido, tiene los labios apretados. Retira la otra silla y se sienta, coloca su monedero con cuidado sobre la mesa.

La observo mientras mira por la ventana durante un rato. La tensión es evidente. Ninguna de las dos quiere ser la primera en hablar, y el silencio es tenso. Siento la garganta apretada, y sin embargo sé que debo decir algo, así que tomo mi tazón y bebo un largo sorbo de café. Lo vuelvo a poner sobre la mesa, separo los labios, pero Rachael se gira para mirarme al mismo tiempo y, para mi sorpresa, habla ella primero.

—No puedo creer lo que hiciste —dice apretando los dientes, en voz baja y susurrando.

—Rachael... —Intento pensar en qué decirle, cómo explicarme, pero ella me corta antes de que tenga la oportunidad de seguir hablando.

—No, Eden —estalla malhumorada—. No puedo creer que hayas engañado a Dean. Y con Tyler. ¡Con Tyler! —se burla, y traga saliva con dificultad. Niega con la cabeza asqueada y se gira para alejarse de mí.

—Por favor, escúchame —le suplico, mirando a mi alrededor para cerciorarme de que nadie nos oyó. Preferiría que los demás clientes no se dieran cuenta de que soy una persona horrible.

—¿Sabes cuánto tiempo tardé en calmar a Dean anoche? ¿Tienes la más mínima idea? —Rachael dirige su mirada hacia mí otra vez, se la ve llena de ira y su tono es duro—. Porque durante tres horas seguidas —continúa— tuve que ver llorar a uno de mis mejores amigos. Fue una putada enorme verlo llorar porque a ti te pareció bien ponerle el cuerno.

—No me pareció bien —murmuro.

Aparto la vista de ella, apoyo los codos en la mesa y hundo la cabeza en las manos. Suelto un suspiro profundo, aprieto los ojos. Me da demasiada vergüenza mirarla a los ojos. No puedo justificar mis decisiones ni mis acciones, pero por lo menos puedo intentar explicar mis razones, así que eso es lo que hago.

—Ya había estado con Tyler antes de enredarme con Dean —admito; mi voz sale amortiguada por mis manos. Se me hace un nudo en la garganta—. Toda esta situación empezó hace dos años, cuando los conocí. Entonces no era posible que las cosas fueran más allá entre nosotros, así que me rendí. No porque quisiera, sino porque tenía que hacerlo. —Todavía me parece raro estar hablando con otras personas sobre mi relación con Tyler tan abiertamente. Es extraño. Mantener este secreto ya es algo demasiado normal. Agacho un poco más la cabeza, mis palabras siguen sonando bajitas, casi un murmullo—. Y entonces me di cuenta de que también me gustaba Dean —reconozco—. Pero siempre sentí algo por Tyler. Lo he ignorado durante año y medio, Rachael. Intenté borrarlo por todos los medios, de verdad. —Me trago el nudo de la garganta y me paso la mano por el pelo. Muy despacio, levanto la cabeza y miro a Rachael de reojo. Está escuchando atenta—. Pero entonces vine aquí y… me di cuenta de que al que de verdad quiero es a Tyler. Y que quiero estar con él y con nadie más. Habíamos pensado decírselo a Dean hoy, pero Tiffani se nos adelantó.

Rachael no dice nada durante un rato. Sólo mira hacia la ventana y hacia mí; sus labios tiemblan de vez en cuando.

—No puedo creer que me estés diciendo esto.

—¿Diciendo qué?

—Que quieres a Tyler. —Se estremece al pronunciar esas palabras—. Pero bueno, ¿qué demonios te pasa, Eden?

Gimo entre dientes y tomo mi café otra vez. Tomo un largo sorbo para ganar tiempo mientras intento armar una explicación lógica. No es raro que sea difícil comprender la situación si no se ha pasado por lo mismo.

—Deja que te lo ponga en perspectiva —digo. Me inclino hacia delante y me siento en el borde de la silla. La miro con intensidad y poso el tazón sobre la mesa—. Imagínate que tus padres están divorciados. Luego imagina que tu padre se casa con… digamos, con la madre de Stephen.

Rachael intenta frenar el color que se apodera de sus mejillas mordisqueándose los labios. Recurrir a Stephen para que le entre a la cabeza es lo único que se me ocurre. Lo único que tendrá sentido para ella.

—Entonces eso significaría que Stephen sería tu hermanastro. Pero ¿de verdad lo verías como tu hermano? No hay lazos de sangre —aclaro con gran énfasis, y luego me cruzo de brazos—. Sería un desconocido al que te obligan a ver como un hermano. No puedes hacer nada si te enamoras de él, ¿no? ¿Qué pasa si esa persona es tu media naranja y lo único que impide que estén juntos es un puto certificado de matrimonio entre sus padres? Porque eso es lo que pasó entre Tyler y yo —termino—. Y es una mierda, Rachael. Una puta mierda.

Dejo escapar un largo suspiro mientras niego con la cabeza, triste por la cruda realidad. Si mi padre y Ella no estuvieran casados, que yo estuviera enamorada de Tyler no sería ningún problema. Pero lo están, así que nuestro amor es inaceptable. Desvío la vista de Rachael y la clavo en la acera de nuevo y me desplomo en la silla.

—Los vi como hermanos durante años —dice Rachael en voz baja—, así que como es lógico estoy alucinando. ¿Por qué no me dijiste nada? Soy tu mejor amiga. ¿Por qué no me lo contaste?

—Tenía miedo —digo, encogiéndome de hombros. Todavía tengo miedo, sólo que no tanto como antes. Pero la idea de tener que mantener mi relación con Tyler en secreto para siempre me da más terror que decírselo a mis padres—. También me daba vergüenza. Sentía que estaba haciendo algo malo, pero ahora ya lo superé. Sé que lo que siento por él es normal, no tiene nada de malo.

La miro de reojo para calibrar lo que está pensando y me alivia que ya no parece tan enojada como cuando llegó. Sólo se ve abrumada, como si por su cabeza estuvieran pasando cientos de preguntas que se muere por hacer. Y dispara:

—¿Tu papá y Ella lo saben? ¿Y tu mamá?

—Se lo vamos a decir cuando volvamos a casa —le explico.

Intento no centrarme demasiado en ese tema. Ya no estoy tan nerviosa o ansiosa, pero tampoco es que no me dé pavor. Si pienso demasiado en ello, terminaré imaginándome todo lo que puede ir mal.

—Y entonces ¿qué? —presiona Rachael, ladeando la cabeza. Nuestras voces han pasado de ser meros susurros a un volumen casi normal. La agitación y los ruidos de la cafetera no nos dejan más remedio—. ¿Van a empezar a salir?

—No lo sé.

Rachael frunce el ceño y lanza las manos al aire con frustración.

—Entonces ¿para qué fastidiar a Dean de esta manera si Tyler y tú ni siquiera van a acabar juntos? —Su silla rechina contra el piso cuando se aparta de la mesa de un empujón y se pone de pie—. En serio, no sé en qué estás pensado

—dice. Toma su monedero de la mesa, retrocede varios pasos—. Dean te quiere. Eso lo sabes. Siempre te ha tratado genial, desde que te conoció, y, sin embargo, ¿eliges a Tyler? ¿Qué es lo que le ves? Ya sabes lo que dicen de los niños maltratados —murmura cuando alcanza la puerta.

Un par de personas de la mesa de atrás de nosotras levantan la vista, sorprendidas por el tema de nuestra conversación. Rachael ni se inmuta, sólo se encoge de hombros y abre la puerta mientras termina:

—Acaban siendo maltratadores de adultos. No vuelvas arrastrándote a buscar a Dean cuando Tyler se ponga violento.

Dejo caer las manos en mi regazo para que Rachael no vea que estoy apretando los puños. Rechino los dientes y me obligo a no explotar. Incluso me trago el grito que sube por mi garganta. Soy muy consciente de que a Rachael nunca le ha caído bien Tyler, a pesar de que siempre han estado en el mismo grupo, pero eso no le da derecho a ser tan desagradable con él. Ella no lo conoce como yo. No entiende cómo ha intentado arreglar las cosas, ser mejor persona. Intento mantener la calma, pongo las manos alrededor de mi café otra vez y me vuelvo a girar hacia la ventana.

—Que tengas buen viaje mañana —digo con rigidez. Me niego a escuchar su opinión sobre Tyler. No me importa lo que piense de él y tampoco si nos acepta como pareja o no. Ya me da todo igual. Estoy harta—. Por cierto —digo, cruzando las piernas mientras tomo mi café—, Stephen dice que estés lista a las ocho.

Y entonces, una corriente de aire me roza mientras la puerta de la cafetería se cierra detrás de ella. Rachael no se queda afuera, desaparece de mi vista en cuestión de segundos. Soltando un suspiro que no sabía que me estaba aguantando, bajo la vista hacia la mesa y me centro en las nubes de vapor que salen de mi café con leche.

No hay cosa que me alivie más que saber que Rachael, Dean y Tiffani vuelven a casa mañana. Los últimos días han pasado volando como una niebla de dolor, y me alegra saber que no tendré que volver a verlos. Por lo menos hasta la semana que viene. Tyler y yo también volveremos a casa dentro de cuatro días, el miércoles por la tarde. Tal vez entonces la rabia y la incredulidad de Rachael se hayan calmado, y quizá pueda hablar con ella otra vez. Tal vez entonces me haya perdonado. De la misma manera, puede que yo la haya perdonado por su comentario sobre Tyler. Quizá, sólo quizá, puede que ella por fin entienda que yo no quería que nada de esto pasara.

Me quedo un rato en la cafetería. Es agradable estar sola otra vez. Lo más sola posible en Nueva York. Trazo círculos con el dedo en la mesa. Me dirijo hacia el mostrador otra vez para pedir otro café sin sentirme culpable. Y a éste le añado un chorrito de caramelo. A través de la ventana analizo a la gente que pasa por la avenida Lexington. Me tomo unos minutos para contestar unos mensajes de mamá y de Ella, no menciono que terminé con Dean. Mamá lo adora. Igual que Ella. Es el chico más dulce que existe, dirían.

Cuando por fin le echo un vistazo a mi reloj, me doy cuenta de que llevo aquí casi dos horas. Es casi la una y media. Tyler debe de estar preguntándose dónde me metí, porque aunque nuestra relación sea complicada, no hacen falta dos horas para explicarla.

Así que me dirijo hacia el departamento, con paso lento, que contrasta con el resto de la ciudad. Camino como si no tuviera ningún motivo para hacerlo, porque no lo tengo. Paseo por la avenida Lexington hacia la calle 74 sintiendo... pues nada. Sin más. No me siento vacía ni desanimada ni triste, tampoco encantada ni emocionada. Sencillamente no siento nada. Estoy anestesiada.

Cuando subo los doce pisos hasta el departamento de Tyler, a una mitad de mí le encantaría desplomarse en la cama y dormir para siempre. A la otra mitad le gustaría besar a Tyler sin parar.

Y cuando saco la llave de la cerradura y abro la puerta, Tyler es la primera persona que me saluda. Viene caminando desde la cocina con un cuchillo de mantequilla en la mano, la frente arrugada por la preocupación igual que cuando me fui. Dudo mucho que se haya podido relajar desde que salí por la puerta.

—¿Cómo te fue? —pregunta de inmediato.

Cierra la puerta detrás de mí mientras yo paso a la sala, y luego se queda quieto esperando una respuesta.

—En pocas palabras —murmuro, apretando los labios y frunciendo el ceño—, cuando volvamos a casa, no creo que tengamos muchos amigos.

Las cejas de Tyler se levantan muy despacio.

—Entonces no tan bien como esperabas.

Echo la cabeza hacia un lado y miro por encima de su hombro. Observo a Emily y a Snake. Están en la cocina, discutiendo, con platos en las manos y agitando cubiertos en el aire. En este departamento, la cocina es siempre una tarea de grupo, y nunca va muy bien. Vuelvo la vista hacia Tyler y le digo en un suspiro:

—Más vale que merezcas la pena. Que no hagas que me arrepienta de haber perdido a Dean. Y más vale que merezcas haber discutido con Rachael.

Casi a cámara lenta, las comisuras de sus labios esbozan una leve sonrisa. Da un paso hacia mí con los ojos ardientes.

—Pues no sé si merezco la pena —dice en voz baja—, pero espero que sí.

Su sonrisa se hace más amplia, refleja la mía. Nuestras caras están radiantes. Con cuidado, me rodea la cara con la mano y se agacha para besarme.

—¡Oye! —grita Snake desde la cocina. Nos toma tan de sorpresa que nos apartamos antes de que nuestros labios lleguen a rozarse. Los dos nos giramos hacia Snake, y vemos que él y Emily nos están mirando desde detrás de la barra de la cocina. Ambos están sonriendo con cara de broma. Snake nos señala con el plato—. ¡Nada de besuqueos inmorales en la sala!

Y por una vez, los cuatro nos reímos juntos.

29

Cuatro días más tarde, me cuesta aceptar que mi verano en Nueva York llegó a su fin. Durante todo un año conté los días que me quedaban para venir a la ciudad, y ahora la experiencia que me emocionaba tanto se acabó. Las seis semanas se esfumaron. Lo mismo que el año de Tyler. Es momento de regresar a Santa Mónica y a la playa y al Paseo y al muelle. Volvemos a casa.

Mientras arrastro la maleta sobre las ruedas por la sala, me entra la nostalgia. Es cierto lo que dice la gente de la ciudad de Nueva York: es una maravilla. Extrañaré despertarme con el sonido del tráfico. Extrañaré la corriente constante de gente en las banquetas. Extrañaré los viajes en el espantoso metro. Central Park. El eterno zumbido. El béisbol. El acento marcado. Creo que extrañaré todo, y ahora me parece evidente por qué es tan emblemática.

—¿Estás lista? —escucho que me pregunta Tyler mientras se me acerca por detrás.

Miro por encima del hombro y suspiro, mi sonrisa es triste.

—Supongo.

Hoy parece más joven, sobre todo porque esta mañana decidió rasurarse. Ahora ya no tiene nada de barba y su mandíbula está suave y limpia. Le quitó varios años de encima, así que por una vez aparenta diecinueve. Al cruzar por la habitación, tira su maleta de deporte negra sobre el sillón y luego se voltea para mirarme de frente, y observa mi maleta. Está a reventar. Podría ser porque compré un montón de cosas en Nueva York o porque metí todo sin el menor cuidado. Sea como sea, se ve tan enorme que me estoy empezando a preocupar de pasarme el límite de peso. Tardé cinco minutos en cerrarla, e incluso ahora veo que está a punto de reventar y abrirse.

—Podrías haber enviado la mitad de tus cosas cuando las mías —dice Tyler al final, soltando una carcajada. Cuando pasa por mi lado, pone la maleta en el piso, se agacha y la abre. Me cruzo de brazos y lo miro mientras él toma un montón de mis cosas, cruza la habitación y las mete en su maleta—. Inténtalo ahora —dice.

Pongo los ojos en blanco, intento cerrar mi maleta otra vez, y es mucho más fácil. Me enderezo y sonrío, y entonces me dirijo a su habitación una última vez para tomar mis zapatos y mi mochila. Las dos cosas están en el piso, pero antes de tomarlas barro la habitación con la mirada. Está completamente vacía. Ya no hay pósters en las paredes. Nada en el clóset. La habitación normalmente huele a Tyler, a loción y a leña, pero hoy no. Hoy la habitación está vacía. Enviamos el coche de Tyler y la mayor parte de sus pertenencias al otro extremo del país hace tres días.

Estos últimos días, casi no hemos pisado el departamento. Hemos estado demasiado ocupados intentando llenar nuestros últimos días con la mayor cantidad de recuerdos posible. Volvimos a visitar las principales atracciones turísticas y buscamos cafeterías a las que todavía no habíamos ido y jugamos béisbol en Central Park otra vez y pasamos un día recorriendo los cuatro barrios que nos faltaban por ver. Anoche, Tyler incluso me llevó al Pietrasanta de nuevo para terminar el verano de la misma manera que lo comenzamos, y no pudo ser más perfecto.

Me pongo los Converse y llevo la mochila hacia la sala, a la vez que frunzo el ceño. La sonrisa de Tyler se desvanece, se le pone cara de curiosidad.

—No quiero volver a casa —confieso.

Tyler no contesta, se limita a mirarme con la cabeza ladeada y los ojos ardientes.

—¿No te entusiasma la idea de tener que decirle a tu papá que estás profundamente enamorada de mí? —dice al fin, intentando reprimir una carcajada.

—Ay, sí, seguro que estará encantado. —Pongo el tono más sarcástico que puedo, aunque sonrío—. Como tú eres un chico encantador…

Tyler se ríe y niega con la cabeza. Ambos sabemos que papá y él nunca se han llevado muy bien, así que de todos los chicos de los que podría haberme enamorado, no creo que le guste demasiado que haya elegido a Tyler. Y eso si puede superar el hecho de que somos hermanastros.

La puerta de la habitación de Snake se abre y éste asoma la cabeza y se apoya en el marco.

—¿Todavía siguen aquí?

—¿Crees que nos iríamos sin decirte adiós, Stephen Rivera? —dice Tyler al momento, entornando los ojos de manera desafiante mientras avanza por la sala en dirección a la habitación de su compañero de departamento.

—Carajo, qué contento estoy de deshacerme de ti por fin —murmura Snake. Sonríe y se dan uno de esos abrazos a medias que se dan los chicos, con sonoras palmadas en la espalda.

Es como si se repitiera la escena de ayer, cuando los tres nos despedimos de Emily. Fue un poco después de las cinco de la mañana y todos estábamos medio dormidos. Emily se estaba poniendo triste. Prometimos que nos mantendríamos en contacto. Incluso bromeamos con hacer una reunión cada año. Este tipo de adioses son los que dan miedo. En los que sabes que las posibilidades de volver a verte son muy escasas. A estas horas Emily ya tiene que estar ya en Londres, y esta noche Tyler y yo estaremos en Santa Mónica. Snake es el único que se queda en Nueva York, todavía le falta un año para terminar la universidad. Sinceramente, creo que no podría haber escogido dos compañeros mejores para disfrutar de Nueva York, y no puedo estar más agradecida por su amistad. Los voy a extrañar muchísimo.

Tyler y Snake platican sobre el último año durante un rato, riéndose e insultándose en broma. Luego suspiran. En ese momento, Snake hasta me abraza. Me dice que no estoy tan mal, y yo le digo que él tampoco. Nos sonreímos el uno al otro antes de que él me suelte un último chiste sobre Portland, y entonces Tyler y yo tomamos nuestro equipaje y dejamos el departamento por última vez.

Ya son casi las ocho en la Costa Oeste cuando llegamos a Los Ángeles. Estamos en el Aeropuerto Internacional de Los Ángeles, y Tyler y yo esperamos en las bandas transportadoras durante unos veinte minutos hasta que sale nuestro equipaje, en último lugar. Eso nos pasa por ser de los primeros en documentar en Newark. Y aunque Tyler se enojó porque no le gusta esperar, se vuelve a poner de buen humor cuando nos dirigimos a las llegadas de la terminal 6.

No tardamos mucho en ver a Jamie. Es difícil no verlo. Aparece de la nada y viene de frente hacia nosotros. Levanta una mano para llamar nuestra atención. Tiene una amplia sonrisa en la cara. Es una sensación bastante agradable que esté tan feliz de vernos, y durante un instante regresar a casa ya no parece tan horrible.

—Allí está —digo, y cuando miro a Tyler de reojo, apenas me está escuchando. Está demasiado centrado en su hermano, la sonrisa se le extiende hasta los ojos.

Sólo unos instantes después Jamie por fin nos alcanza, y Tyler lo envuelve en un abrazo. Me aparto un poco, mi sonrisa aumenta cuando los miro. Después de pasar seis semanas con Tyler, se me olvida que el resto de la familia lleva un año sin verlo.

Tyler se separa después de un rato, apoya sus manos en los hombros de Jamie y lo mira con los ojos muy abiertos.

—¡Oye, casi no te reconozco! —dice con una carcajada—. ¿Cuándo diste el estirón? Y ¿qué te hiciste en el pelo?

Jamie se encoge de hombros un poco avergonzado y levanta la mano para tocarse el pelo. Yo no veo un cambio tan drástico, sobre todo porque no llevo fuera tanto tiempo, pero Jamie creció varios centímetros y se cortó el pelo el año pasado. Lo trae así desde hace meses y pronto alcanzará en altura a Tyler. Los dos son mucho más altos que yo.

—Sí, sí, bueno —dice Jamie todavía con vergüenza. Desvía la vista hacia mí—. ¿Qué tal te fue en Nueva York?

—Genial —digo. Reprimo las ganas de intercambiar una mirada cómplice con Tyler, me muerdo el labio y mantengo los ojos clavados en Jamie—. ¿Llegaste bien?

—Sí. Aunque me costó —contesta. Se mete la mano en el bolsillo trasero de sus *jeans* y saca un juego de llaves—. Acabé en el piso de abajo primero, luego por fin encontré el camino hacia el aparcamiento. Las indicaciones de mamá no eran muy claras.

—Oye —dice Tyler, lanzándose hacia delante. Le arrebata las llaves de la mano y las levanta en el aire, escudriñándolas antes de volver a posar la vista en su hermano—. ¿Te regaló la Range Rover? No puedo creerlo. Mamá nunca me dejó manejarla cuando tenía tu edad. ¿No dijo que te iba a comprar un BMW? ¿Dónde está?

—Es que destrocé la defensa la semana pasada —reconoce Jamie, bajando la mirada hacia el piso de la terminal mientras el color invade sus mejillas—. Me estampé en un farol. Está en el taller de Hugh Carter, así que dile a Dean que me lo repare y me lo deje bien bonito, y que me haga un buen descuento —bromea, pero ni Tyler ni yo nos reímos.

Intercambiamos una mirada de reojo y se nos congela la sonrisa. Tyler se pasa una mano por el pelo y suspira justo cuando suena un anuncio por los altavoces. Nos permite quedarnos en silencio un momento sin que Jamie se pregunte por qué nos callamos. Tal vez deberíamos mencionar que Dean no quiere ni vernos a Tyler ni a mí, y no creo que ni él ni su padre vayan a hacerle descuentos a nuestra familia en el futuro, pero no me parece el momento adecuado.

—Bueno, vámonos —dice Tyler mientras se coloca el tirante de su maleta de deporte en el hombro y empuja con suavidad a Jamie hacia delante, señalando con la cabeza la salida—. Quiero ver lo mal que manejas.

—Bastante mejor que tú —murmura Jamie, pero lo dice sonriendo mientras le quita las llaves a Tyler.

Las balancea en su dedo índice y me doy cuenta de que hay una foto en la colección de llaveros que Ella ha ido añadiendo con los años. Es muy pequeña, son Tyler, Jamie y Chase de pequeños. Seguro que se muere de ganas por ver a su hijo mayor. Ya me la puedo imaginar, probablemente esté paseando de arriba abajo mientras espera a que llegue.

Los chicos se ponen en marcha. Tyler lleva su brazo por encima del hombro de Jamie, y yo arrastro mi maleta detrás de ellos. Suspiro muy despacio y me doy cuenta de que estoy sonriendo de manera casi triste. Es difícil asimilar que Tyler haya estado fuera durante un año, y la verdad es que no estoy segura de cómo ha sido capaz de aguantar solo tanto tiempo. Claro, había vuelto a fumar hierba, pero ya lo dejó. Es agradable ver que está aquí otra vez. En casa.

—Sí, ya, ¿cuándo me he estampado con un farol? —le dice Tyler a Jamie; su tono es desenfadado y bromista—. Nunca, porque manejo mejor que tú.

—¿En serio? —pregunta Jamie con aire sarcástico—. Porque tu coche llegó anoche y le hacen mucha falta llantas nuevas. ¿Qué carajo les hiciste?

—Eso es culpa de Eden —murmura Tyler, echando un vistazo por encima del hombro.

Me sonríe y yo le lanzo una mirada asesina, a la vez que le doy un empujón en el hombro.

Nos dirigimos hacia la salida de la terminal, cruzamos

los carriles de acceso al parking de la terminal 6 y seguimos a Jamie hasta el piso más bajo hasta que vemos el coche de Ella. Está metido a presión en un lugar muy pequeño y Tyler chasquea la lengua con desaprobación mientras Jamie abre la cajuela.

—¿Qué? —Jamie exige una explicación y se cruza de brazos agitado. Luego se dirige hacia la puerta del conductor.

—También te estacionas fatal —comenta Tyler.

Echa su maleta a la cajuela, se da la vuelta y toma mi maleta, aún sonriendo. Sigue pesando una tonelada y yo ni siquiera pude sacarla de la banda transportadora sin su ayuda, y ya levantarla ni de broma, así que le doy las gracias y me subo por la puerta trasera.

Tyler cierra la cajuela de un golpe antes de que él y Jamie se suban al coche. Se hacen varias bromas hasta que Jamie pone el motor en marcha y comienza la difícil tarea de buscar la salida del aeropuerto. Dice mucho de él que se ofreciera a recogernos, porque yo me habría negado rotundamente. Demasiadas carreteras enrevesadas. Demasiado fácil terminar en el bulevar que no es.

No obstante, con la ayuda de Tyler, Jamie logra llevarnos hasta el bulevar Lincoln, y luego sigue derecho en dirección norte hacia Santa Mónica. Es la ruta más fácil para volver a la ciudad. Me relajo en el asiento de atrás, desplomada encima de la piel mientras miro por la ventanilla. Me resulta extraño poder ver el horizonte. Es raro no tener edificios y rascacielos a nuestro alrededor. A estas horas el sol ya empezó a desaparecer, el cielo es de un precioso color naranja. La radio suena bajito de fondo mientras Tyler y Jamie hablan en voz baja durante la mayor parte del viaje, poniéndose al día de lo sucedido durante todo un año y riéndose cada poco. No entro en la conversación y me entretengo jugueteando con el conducto del aire acondicionado para que me dé directamente en la cara. Luego cruzo las piernas sobre el asiento, cierro los ojos y apoyo la cabeza en la ventanilla. Cuánta paz. Qué relax. California.

Veinte minutos después, justo cuando estamos llegando a Santa Mónica, mi atención se desvía cuando oigo que Jamie dice:

—Te tengo que contar una cosa. Pero más tarde.

—¿Por qué no me lo dices ahora? —pregunta Tyler. Abro un poco los ojos, sin moverme ni un centímetro, y presto atención.

—Porque… —dice Jamie, echándome un vistazo por el retrovisor, vuelvo a cerrar los ojos al instante, con la esperanza de que crea que estoy dormida— está aquí Eden.

—¿Y? —le dispara Tyler enseguida. Su tono ya no es suave, es molesto—. A no ser que hayas dejado a tu novia embarazada o algo parecido, sea lo que sea me lo puedes decir ahora mismo. ¿De qué se trata?

Abro una rendija los párpados para echar una miradita y veo como Jamie se gira para mirar a la carretera, con ambas manos en el volante. Se queda callado y rígido un rato. Tyler se gira para mirarlo de frente, entorna los ojos y espera. Muy despacio, los hombros de Jamie se hunden mientras respira hondo.

—Sólo te voy a decir esto porque mamá no pensaba hacerlo, y yo creo que debes saberlo —dice. Parece nervioso y vuelve a hacer otra pausa larga. Por fin, mira directamente a Tyler, y entonces dice las palabras que menos esperaba oír—. Papá salió.

Tyler se queda alucinado.

—¿Qué?

—Salió hace un par de semanas —dice Jamie con voz débil.

Echo un vistazo al retrovisor y veo que tiene el ceño fruncido. Tyler, sin embargo, se pone pálido y se desploma en el asiento, dirige la mirada vacía hacia el parabrisas e intenta procesar las noticias que Jamie le acaba de disparar. La radio sigue sonando, la canción pop está fuera de lugar en el ambiente tenso del coche.

Esta vez sí abro los ojos completamente y me incorporo. Yo también estoy alucinando. Sabía que su padre estaba en la cárcel, pero me limité a imaginármelo encerrado en una celda. Lo que nunca pensé fue que algún día lo dejarían salir, porque uno no piensa en eso. Uno no se imagina a esa persona caminando por las calles otra vez. Uno no cree que esa persona pueda volver a tener la libertad de hacer lo que le dé la gana. Uno no piensa que esa persona recupere su vida. Ésa es la parte que da miedo. Y en la que nadie quiere pensar.

—¿Ya pasaron siete años? —pregunta Tyler sin poder creerlo. Se inclina hacia delante, tiene el cuerpo rígido. Pone una mano en el tablero, se quita el cinturón y se vuelve para mirar a Jamie de frente con sus ojos feroces—. Pensé que sólo habían pasado seis —dice brusco y enfadado—. ¡Sólo han pasado seis, carajo!

—Ya pasaron siete —masculla Jamie. Mira a Tyler y luego a la carretera. Intenta centrarse en manejar, pero la rabia de Tyler, que aumenta a cada segundo, se lo pone difícil—. Mamá apenas me cuenta nada —continúa Jamie—, pero ¿te acuerdas de Wesley Meyer? Venía de vez en cuando y lo llamábamos tío Wes. —Mira rápidamente a Tyler para calibrar su reacción, pero éste se limita a apretar la mandíbula—. Bueno, pues mamá cree que papá está en su casa.

—¿Está en la puta ciudad? —bufa Tyler, y apaga la radio de inmediato. Se hace el silencio en el coche, el único ruido es el sonido del motor mientras continuamos hacia Santa Mónica, cruzando el bulevar Pico—. ¿Está aquí?

Desde el asiento de atrás, me siento inútil. No puedo hacer nada, pero sé que Tyler se está poniendo más y más furioso a cada segundo que pasa, así que me incorporo y le pongo una mano en el hombro. Le doy un apretón para que sepa que estoy con él.

—Llévame hasta allí —ordena Tyler de repente, golpeando el tablero con el puño dos veces, mientras le lanza a Jamie una mirada firme y algo amenazante.

—¿Qué?

—A casa de Wesley Meyer. Ahora.

—Tyler… —Jamie se encoge y niega con la cabeza—. No voy a llevarte allí.

—Muy bien, entonces para el coche.

Le da la espalda a Jamie y mira hacia el otro lado, hacia la puerta, y agarra la manilla. Vuelve a mirar a su hermano por encima del hombro, fulminándolo con los ojos. Sólo que esta vez espera algo.

—No voy a parar —le dice Jamie. Aprieta el volante con más fuerza aún.

—¡No estoy bromeando, Jay! —gruñe Tyler, dándole otro golpe al tablero, esta vez con la palma de la mano. Jamie se sobresalta, porque da un respingo y el coche gira un poco hacia la derecha y casi se sube al borde. Si no le hacen algún rasguño, seguro que por lo menos el tablero del coche de Ella llegará a casa con algunas abolladuras—. Para el puto coche.

Jamie gruñe y al final se rinde a la presión. Se detiene al lado de la banqueta, deja el motor encendido, abre la puerta y se baja.

—Sabes que estás haciendo una estupidez, ¿no? —dice entre dientes. Dándole patadas al piso, rodea el coche.

Tyler está a punto de abrir la puerta, pero antes de que pueda saltar hacia afuera aprieto su hombro con fuerza contra el respaldo del asiento para impedir que se mueva. Me quito el cinturón con la otra mano, me inclino hacia delante por encima del tablero del centro y ladeo la cabeza para mirarlo.

—¿Qué estás haciendo, Tyler?

Ahora que puedo mirarlo a los ojos, veo lo rabioso que está. Parte de mí no lo puede culpar por estar irritado, pero también me pregunto qué le está pasando por la cabeza. Sabiendo lo irracional que puede ser Tyler, estoy un poco preocupada. Sobre todo por cómo me mira, con los ojos centelleantes y la mandíbula rígida. Se niega a responderme, se encoge de hombros para soltarse de mi mano, abre la puerta de una patada y se baja a la banqueta.

—¡Tyler! —grito, pero él ya salió del coche y está dando la vuelta para subirse por el lado del conductor.

Jamie se sube al asiento del pasajero, da un portazo y se cruza de brazos, derrotado. Incluso yo frunzo el ceño y me dejo caer en el asiento otra vez, y me quedo de brazos cruzados. No estoy segura de qué se supone que debo hacer.

Tyler se sube al coche y se pone al volante. Tarda unos segundos en ajustar el asiento, y luego arranca. El coche de Ella sale rechinando por la calle 9, controlado por la furia de Tyler, y continúa atravesando la ciudad hacia el norte.

Intento ver sus ojos en el retrovisor un par de veces, pero no le pone atención en ningún momento, así que no se da cuenta de que lo miro.

—Por esto precisamente mamá no quería contarte nada —dice Jamie, alzando las manos exasperado cuando Tyler se salta un *stop*—. Sabía que te pondrías todo loco.

Tyler no le contesta, igual que no me contestó a mí, y creo que tanto Jamie como yo ya nos dimos cuenta de que no tiene nada más que decir. Ninguno de los dos intenta hablar con él. Sólo intercambiamos miradas de preocupación y nos encogemos de hombros mientras Tyler maneja. Sabemos exactamente adónde se dirige, y sin embargo no podemos hacer nada al respecto. Incluso da golpecitos con el índice en el volante a medida que la rabia sigue creciendo dentro de él.

Y en menos de diez minutos, el coche avanza a paso de tortuga hacia el este por la avenida Alta mientras Tyler mira de izquierda a derecha, buscando. Clava los frenos en el cruce de la calle 25, su mirada asesina se posa sobre una casa en concreto. La que está delante de nosotros, de ladrillo blanco y tejado rojo. Es la de Wesley Meyer, sea quien sea, lo que significa que también es donde vive ahora el padre de Tyler y Jamie. Y por eso estamos aquí, claro está. Por su padre.

Tyler apaga el motor, y el silencio se instala en el coche mientras mira la casa fijamente. Y no hace nada más. Se limita a mirarla mientras respira con dificultad y contrae la mandíbula una y otra vez. Es como si estuviera discutiendo consigo mismo para decidir si debería bajarse del coche o no.

—¿Y ahora qué? —pregunta Jamie después de un minuto, rompiendo el tenso silencio—. ¿Vas a plantarte en la puerta y decirle que lo odias? ¿Soltarle un puñetazo? ¿Darle una paliza?

Tyler aprieta los dientes y acerca su cara incluso más a la ventanilla, lo más lejos posible de la mirada asesina de Jamie.

—No lo entiendes —bufa, y el cristal se llena de vaho.

—Oye —dice Jamie con rapidez, sacudiendo la cabeza aunque Tyler ni siquiera lo está mirando—, ¿crees que yo no tengo ganas de reventarle la cara por ti? Pero a ver, piénsalo bien. ¿De qué serviría? Es una tontería, y a mamá le daría un ataque de nervios si se llega a enterar de que lo viniste a ver.

Lo que está diciendo Jamie tiene mucho sentido, pero sólo parece empujar a Tyler a seguir con su plan, y se baja del coche. Abre la puerta y se baja justo cuando estoy abriendo la boca para decir algo, y entonces yo también me bajo de un salto. Ahora ya es casi un acto reflejo lo de ir detrás de Tyler, y rodeo el coche a la carrera y me planto frente a él en el pasto. Le pongo las manos en su pecho, lo empujo con fuerza y lo hago retroceder unos pasos.

—Jamie tiene razón —digo—, no lo hagas.

—Quiero hacerlo.

Todavía tiene una mirada aterradora en los ojos. Ya no estoy acostumbrada a verla. Hace dos años lo estaba. Ahora no tanto. Y no es él. Tyler perdió esa hostilidad hace tiempo, y la cambió por toda la buena vibra que entró en su vida al usar su pasado para ayudar a los demás. Sin embargo, ahora parece que todo eso hubiera desaparecido. Volvió la irritación. El niño de expresión dura y ojos feroces, el niño que pasaba cada segundo del día odiando a su papá está delante de mí.

—¿Por qué carajos no debería hacerlo?

E igual que entonces, hago todo lo que puedo para ayudarle a escoger lo mejor para él. Y ahora mismo, tiene que alejarse de esta casa antes de hacer algo de lo que luego se arrepentirá.

—Porque llevas casi dos años bien —susurro. Mis manos siguen pegadas a su pecho, así que puedo sentir como su corazón late acelerado debajo de mis palmas—. Por favor, no vuelvas a meterte en este lío otra vez. Mira lo que te hizo pasar antes, Tyler. Aléjate de él y listo.

—Eden —dice Tyler despacio, con los dientes apretados. Pone mis manos entre las suyas, sin apartarlas de su pecho. Su corazón parece latir aún más fuerte y su mirada se suaviza durante un segundo—. Quiero que me vea. Sólo quiero plantarme delante de él por primera vez desde hace siete años. Quiero que sepa que la cagó, porque ya no puede formar parte de nuestras vidas. Ni de la mía, ni de la de Jamie, ni de la de Chase ni de la de mamá. A todos nos va perfectamente sin él. Quiero que lo sepa. —Agacha la cabeza, suspira y me aprieta las manos. Tras un momento, levanta la vista otra vez—. Y tal vez, soltarle un puñetazo o dos.

—Lo entiendo —digo, en voz baja. Tengo miedo de que si hablamos más alto, su papá nos escuche desde dentro. Eso es si está en casa—. Comprendo que quieras enfrentarte con él. No te culpo. Pero, Tyler, piénsalo bien. ¿Qué pasará si pierdes la cabeza cuando lo veas? Ya estás enojado, es mejor que lo dejes. Por lo menos por hoy. Puedes tratar con tu papá en otro momento. Primero tienes que asimilar la situación, ¿de acuerdo?

Tyler echa un vistazo hacia la casa por encima de mi

hombro. La estudia durante un rato, sus ojos reflejan una infinidad de emociones. No puedo descifrar lo que está sintiendo. Cambian a demasiada velocidad.

Relaja la mandíbula, traga saliva y me vuelve a mirar.

—De acuerdo —susurra. Suelta mis manos y lleva las suyas a mi cara, rodea mis mejillas con suavidad y me levanta la barbilla para que lo pueda mirar a los ojos—. De acuerdo.

Cierra los ojos, se acerca a mí, presiona sus labios contra los míos con suavidad y lentitud. Me quedo alucinando una fracción de segundo: está completamente fuera de lugar en medio de su rabia. No estoy segura de por qué me besó, si es para buscar consuelo o seguridad o ambas cosas, pero sí sé que está claro que se olvidó de que no estamos solos.

Mientras me inunda el pánico, retrocedo al momento. Separo mis labios de los de Tyler, lo aparto de mí con un leve empujón y disparo mi mirada hacia la Range Rover, que sigue estacionada en la calle. A través del parabrisas, nuestro hermano nos mira parpadeando.

30

Jamie maneja en silencio. Otra vez está al volante, sus labios apretados forman una línea recta. Sus ojos no se apartan de la carretera, no nos echa ni un vistazo ni a Tyler ni a mí. No puedo descifrar si está aturdido o furioso o ambas cosas. Sea como sea, su expresión deja claro que las noticias no le han sentado muy bien. Tal vez Tyler podría haber sido menos directo cuando le dijo a nuestro hermano la verdad, y tal vez yo podría haberme esmerado más en la explicación, porque ahora Jamie sólo parece asqueado. No obstante, la nueva situación que tenemos entre manos ha sido suficiente para distraer a Tyler y lograr que volviera al coche y se alejara del pasto de Wesley Meyer.

Otra vez estoy en el asiento trasero, mordisqueándome con ansiedad el labio inferior mientras toqueteo el cinturón y me siento, una vez más, muerta de vergüenza. La cara de asco de Jamie por la idea de que Tyler y yo estemos juntos no me da la más mínima esperanza a la reacción de nuestros padres. Si nuestro hermano de dieciséis años no puede tolerarlo, entonces dudo mucho que papá y Ella sean capaces de aceptarnos. Por suerte, todavía no vamos ahora verlos. Vamos a casa de mi mamá. Le vamos a dar la noticia a ella primero. Fue idea de Tyler. Íbamos a esperar hasta mañana, pero ahora que Jamie lo sabe, es mejor decírselo al resto de la familia esta noche. Cada segundo que pasa, siento más y más náuseas de sólo pensarlo. Ya llegó el momento de la verdad.

El trayecto a casa de mamá sólo dura algunos minutos. Jamie estaciona el coche detrás del mío en la banqueta, no apaga el motor y sigue callado. No dice ni una palabra, tampoco aparta las manos del volante. Sólo mira fijamente a través del parabrisas con los ojos entrecerrados. Tyler sí mira a su hermano durante un largo rato, intentando captar su atención, pero es inútil. Al final, me lanza una mirada a mí y se encoge de hombros, haciéndome saber que es el momento de bajarnos.

Me quito el cinturón y me bajo del coche aturdida. Tengo los labios fruncidos, más que nada porque me siento increíblemente culpable. No puedo evitarlo. Tyler y Jamie siempre han estado muy unidos, mucho más que con Chase, y rara vez discuten. Pero ahora Jamie parece enojado, y yo siento que es culpa mía. Este ambiente tan tenso no estaría ahogándonos si yo no me hubiera enamorado de Tyler. Lo único que puedo hacer ahora es esperar que se le pase pronto el enojo a Jamie y que lo entienda, igual que con Rachael. Pero ni me planteo que Dean algún día acepte lo mío con Tyler. Me estaría engañando a mí misma si creyera que eso es posible.

Cierro la puerta con suavidad detrás de mí y rodeo el coche hacia la cajuela, donde me encuentro con Tyler. Ya sacó mi maleta y la deja en la banqueta, tiene una expresión dolida mientras intenta sonreír para consolarme. No hace que me sienta mejor, porque su expresión no es sincera. Tyler está tan preocupado como yo.

Se pone el tirante de su maleta de deporte en el hombro, cierra la cajuela y vuelve a rodear el coche. Se detiene al lado de la ventanilla del conductor y da dos golpecitos con los nudillos en el cristal. Jamie ni reacciona, pero cuando se da cuenta de que Tyler no tiene intención de irse, decide bajar la ventanilla. Jamie mira a su hermano por primera vez desde que dejamos la casa de Wesley Meyer.

—No tardaremos en llegar a casa —murmura Tyler con suavidad y la mirada tierna mientras intenta que su hermano se apiade de él—. Así que… no digas nada. Por favor. Se lo vamos a decir a mamá y a papá nosotros mismos. —Baja la cabeza, deja escapar un suspiro y luego levanta la vista—. ¿De acuerdo?

Jamie no reacciona, así que no podemos estar seguros de si saldrá corriendo a casa a darles la noticia a nuestros padres o no. Lo único que hace es mirar hacia otro lado y subir la ventanilla. Obliga a Tyler a retirar las manos de la puerta y a retroceder; frunce el ceño igual que yo. Los dos miramos cómo Jamie se aleja, y la Range Rover desaparece por la esquina un momento después. No sé cómo se siente Tyler, pero yo estoy nerviosa.

—Pues que bien nos fue con Jamie —dice Tyler. Cuando se gira hacia mí, veo que sus labios dibujan una sonrisa triste. Y sin embargo, es cálida y casi traviesa, lo cual ya hace que me olvide durante un segundo de que estamos a punto de entrar a mi casa y decirle la verdad a mi mamá.

—Sí —digo, subiéndome el tirante de la mochila un

poco más sobre el hombro—. No creo que besarme delante de él haya sido la mejor manera de darle la noticia.

Poco a poco, Tyler sonríe.

—Culpa mía.

Mientras pongo los ojos en blanco, saco el asa de mi maleta y comienzo a arrastrarla por el camino hacia la puerta de casa. Tyler me sigue, tan cerca que puedo oír su respiración, y justo cuando pone su mano donde acaba mi espalda, la puerta se abre de un jalón. Aparta la mano de inmediato.

—¡Ya estás en casa! —grita mamá mientras se lanza por la entrada, y camina a toda velocidad hacia mí.

En una fracción de segundo me rodea con ternura con sus brazos. Me abraza tan fuerte que me da miedo que me corte la respiración, y justo cuando estoy a punto de retorcerme para escapar de ella, escucho un fuerte ladrido. Por encima del hombro de mamá veo que *Gucci* sale dando brincos hacia mí con las orejas levantadas. Su cola se mueve con rapidez, trae la lengua fuera. Aprieto los ojos y me preparo, esperando el momento en que su fuerte cuerpo me tire al piso, y eso es exactamente lo que sucede. Salta apoyándose en las patas traseras, apoya las delanteras en mi pecho y entonces me suelto de los brazos de mamá. Me tambaleo hacia atrás por el peso de *Gucci*, pero no aterrizo en el piso. Tyler me agarra antes de que me caiga, choco contra su cuerpo y los dos nos desplazamos hacia atrás. *Gucci* por fin se baja y se apoya en sus cuatro patas.

—Por Dios —digo, sacudiéndome los pelos mientras Tyler me ayuda a recuperar el equilibrio.

Por suerte, *Gucci* desvía su atención hacia Tyler, pero mientras ella rodea sus piernas con entusiasmo y olfatea sus botas con gran estruendo, su cola no para de golpearme las rodillas, así que me aparto de ellos y arrastro la maleta hacia mamá.

—Pasó toda una semana llorando cuando te fuiste —dice con una carcajada, abrazándome de nuevo. Esta vez, es un apretón breve, y da un paso hacia atrás para echarme un vistazo—. Pero yo te he extrañado mucho más que ella. Estoy muy contenta de que hayas vuelto a casa sana y salva.

Pongo los ojos en blanco y niego con la cabeza.

—Sí, aquí estoy. Viva. Incluso después de haber viajado en el metro y de haber paseado por Manhattan sola y de haber ido al Bronx —añado, con una sonrisa provocadora.

Mamá pone cara de horror.

—¡Tyler!

Tyler levanta la vista, mientras rasca a *Gucci* detrás de las orejas, y ladea la cabeza para mirar a mi madre.

—¿Eh?

—¿Llevaste a mi hija al Bronx? —pregunta, pero sabemos que está bromeando. Se cruza de brazos con expresión severa y da golpecitos con el pie en el piso mientras espera una respuesta.

—Lo siento —se disculpa Tyler con una sonrisa, dándole palmaditas en la cabeza a *Gucci* antes de enderezarse. Sus ojos, su sonrisa y su voz son inocentes—. Fue para ver un partido de béisbol. Pero aparte de eso, creo que la cuidé bien.

Sus ojos se encuentran con los míos y la sonrisa se le agranda.

—Me convenciste para que me sentara en el borde de la azotea de tu edificio —señalo.

Da un salto hacia delante, me rodea con el brazo y me tapa la boca con suavidad con la mano.

—Shhh. —Encogiéndose de hombros, se ríe con nerviosismo y le lanza otra sonrisa a mamá, ese gesto que hace imposible que te enojes con él.

—Ay, Tyler —dice mamá riéndose. Niega con la cabeza, deja escapar un suspiro y lo estudia con un brillo tierno en el rostro—. Bienvenido a casa. Se te hará raro estar de vuelta, pero, vamos, entren y cuéntenme todo sobre Nueva York. —Dando palmas, silba una vez y grita—: *¡Gucci!* ¡Adentro!

Nuestra perra hiperactiva responde dando saltos y entra a la casa. Mamá la sigue.

Ni Tyler ni yo nos movemos un centímetro, y cuando mi mamá desaparece, me giro hacia él y respiro hondo.

—Entonces, ¿en serio se lo vamos a decir? —pregunto en voz baja.

—Desde luego que sí —dice Tyler sin titubear. Rodea mis hombros con su brazo, me atrae hacia él y pone los labios en mi sien—. Espero que tu mamá no esté mirando por la ventana —susurra.

Lo miro de reojo y veo que está sonriendo. Me suelto de su brazo con una carcajada y lo aparto de un empujón. Tomo mi maleta y la arrastro hacia la puerta. Me alegro de que Tyler todavía sea capaz de estar de buen humor, porque hace que todo parezca menos abrumador, y me alegro de que ya no esté pensando en su papá. Estoy encantada porque todo parece ir bien. Dentro de diez minutos, no sé si me seguiré sintiendo igual.

Tyler me sigue hasta la casa y cierra la puerta detrás de nosotros. Inmediatamente noto el olor a canela. Se me arruga la frente de preocupación al pensar que mamá está intentando hornear algo, suelto la maleta en la puerta y arrastro los pies hasta la cocina. Estudio la barra buscando algún bizcocho catastrófico y deformado. Antes de que pueda encontrar nada, mamá viene por el pasillo con Jack a su lado e inmediatamente dejo de revolver en los estantes. Noto que Tyler está poniendo los ojos en blanco.

—Y bien, Eden —me pregunta Jack mientras me sonríe con sus dientes blancos y brillantes. Al mismo tiempo toquetea el cierre de su reloj de pulsera, y me doy cuenta por su pelo alborotado y húmedo de que debe de haber salido ahora mismo de la regadera—. ¿Qué tal te fue en Nueva York?

—Genial —respondo, pero mi atención se desvía a las manos de mamá. Las miro con intensidad para asegurarme de que no haya sucedido algo grande mientras estuve fuera. Pero no. Todavía no hay anillo. Suspiro.

Mamá se vuelve hacia él y apoya la mano en su brazo con una sonrisa cálida.

—Se ven un poco cansados. ¿Se les antoja un café? —Nos lanza una mirada cargada de intención—. Tienen facha de que les vendría bien un poco de cafeína de la buena —nos dice.

—Ya voy yo —se ofrece Jack, acariciándole el hombro antes de pasar a mi lado, para llegar a la cafetera.

—No te preocupes —digo con rapidez. Le lanzo una mirada a Tyler y asiento con la cabeza, justo antes de volver a mirar a mamá—. No nos vamos a quedar mucho tiempo. Todavía no hemos visto ni a papá ni a Ella, así que tenemos que pasar por su casa. En realidad, mamá, ¿podrías sentarte un segundo? Tú también, Jack.

Creo que el tono nervioso de mi voz les deja bastante claro a los dos que deberían preocuparse, porque justo cuando las palabras salen de mi boca, ésa es la cara que ponen. Se les borran las sonrisas y levantan las cejas con sospecha. Intercambian una mirada cautelosa y luego me siguen hasta la sala.

—Ay, Dios —gime mamá, apretándose las sienes con las manos mientras me sigue. Incluso *Gucci* vuelve dando brincos desde el otro lado de la casa como si viniera a escuchar las noticias, rozando las piernas de mamá mientras se sienta. Jack se coloca a su lado—. ¿Qué pasó en Nueva York? ¿Qué hiciste, Eden?

Cuando le echo una ojeada a Tyler, éste me ofrece una pequeña sonrisa para darme seguridad, y ahora sí que es sincera. Se quita la maleta del hombro y deja que caiga al piso, y luego se pone a mi lado. Coloca la mano en la parte baja de mi espalda y me lleva hacia el sillón enfrente de mamá, y los dos nos sentamos. Cuando levanto la mirada y veo a mamá y a Jack mirándome con ojos recelosos, la realidad me golpea de lleno: de verdad estamos a punto de confesar la verdad. Ya lo hemos hecho antes. Se lo contamos a Snake —o mejor dicho, se lo demostramos—, pero decírselo a nuestros padres es distinto. Papá y Ella son los que importan, porque son nuestros padres, pero decírselo a mamá también es un gran paso.

—¿Eden? —presiona mamá. Con ansiedad se arregla los mechones de pelo que se han soltado de su chongo—. ¿Qué pasa? Me estás asustando.

Sé que si me quedo callada más tiempo, es muy probable que mamá saque conclusiones precipitadas. Pensará que cometí un asesinato. Pensará que asalté un banco. Pensará que quebranté todas las leyes de la humanidad, así que sé que debo empezar a hablar enseguida. Tyler parece notar mi temor, porque se inclina un poquito hacia delante, pone su mano en mi rodilla y me la aprieta para sacarme del trance. Muevo los ojos hacia el lado para mirarlo, y él me devuelve la mirada a través de sus pestañas, abriendo la boca como si fuera a hablar por mí. Pero por suerte no lo hace. Sólo asiente con la cabeza. Los dos sabemos que tengo que ser yo la que le diga la verdad a mi mamá, y espero que hable Tyler cuando tengamos que contárselo a papá y a Ella.

Desvío mi mirada hacia *Gucci*. Ahora está acostada en el piso a los pies de Jack, respirando profundamente. Me trago el nudo de la garganta y suelto el aire que he estado aguantando.

—Lo que queremos decirles es muy importante —comienzo, todavía mirando a la perra. La mano de Tyler no se ha movido de mi rodilla—. Así que, por favor, no se cierren.

—Eden —dice mamá—. ¿Qué está pasando?

Levanto la vista. Se cruzó de brazos, su expresión es más severa que preocupada. Incluso Jack parece un poco exasperado, como si mi manera lenta de revelar la verdad los estuviera torturando a los dos. No puedo hacerlo de otra forma. Es difícil sacar las palabras. Tyler me aprieta la rodilla aún más fuerte.

—Bueno —digo, más que nada para convencerme de que puedo con esto. Se me revuelve el estómago cuando intento mirar a mamá a los ojos, es difícil. Tengo miedo de que de aquí a unos momentos ambos sientan asco y decepción—. Bueno —digo otra vez. Respiro hondo, clavo la vista en el hombro de mamá y me obligo a pronunciar las palabras que siempre he temido tener que decir. Sólo tres palabras. Así de simple, es la manera más fácil de verbalizar la verdad. Entonces murmuro—: Quiero a Tyler.

Se hace el silencio. Mamá y Jack se quedan mirándome fijamente. Quiero que digan algo. Cualquier cosa. Frustrada por la falta de reacción, miro a Tyler en busca de ayuda, pero está frunciendo el ceño y ni siquiera puede intentar consolarme. Me giro hacia mamá y como para enfatizar mis palabras, pongo mi mano encima de la que tiene Tyler sobre mi rodilla y me acerco más a él en el sillón. Igual, ninguna reacción.

—O sea, que estoy enamorada de él —aclaro. Mamá ni siquiera pestañea—. Este Tyler, él —añado señalando a Tyler con el dedo para aclarar las cosas totalmente—. Mi hermanastro.

Por fin mamá separa los labios. Ella y Jack intercambian una mirada. Espero que explote, que exija una explicación de mis sentimientos irracionales, pero en vez de eso, le da un empujón a Jack en el hombro de manera juguetona.

—¡Me debes setenta dólares!

Jack se queja, pero se está riendo, y mamá sonríe, y lo único que puedo hacer es confundirme. Ahora soy yo quien espera una respuesta. Incluso Tyler se frota la mandíbula, intentando comprender por qué estas personas se están riendo. Riendo. Tal vez mamá piense que estoy bromeando. Tal vez crea que es un chiste.

Aparto mi mano de la de Tyler, negando con la cabeza confundida.

—¿Mamá?

Su mirada se desvía de Jack hacia mí otra vez, deja de

reír pero sigue sonriendo. Mientras suspira, sus hombros se relajan.

—Hicimos una apuesta —reconoce—. Cincuenta a que había algo entre ustedess —continúa, asintiendo con la cabeza mientras nos mira a Tyler y a mí—, y otros veinte dólares si nos lo decían.

—¿Qué? —respiro incrédula. Incluso Tyler se ríe, pero yo sigo sin entender nada. No estoy segura de lo que está pasando. No comprendo por qué no me están echando un sermón.

—Eden, por favor —dice mamá, poniendo los ojos en blanco mientras se agacha para rascar a *Gucci* detrás de las orejas—. Soy tu mamá. Me doy cuenta de todo lo que te pasa, sobre todo por la manera como lo miras —murmura, levantando la vista de la perra un segundo para sonreír a Tyler—. Siempre pensé que era muy parecida a la forma en que miras a Dean. —Justo entonces, hace una pausa y se endereza. Su sonrisa flaquea y la frente se le llena de arrugas mientras una idea se le pasa por la cabeza—. Eden… ¿y Dean?

Se me encoge el pecho de sólo oír su nombre. La culpa todavía me asfixia. He intentado no pensar mucho en Dean, pero es difícil. No puedo ignorar que le hice daño. La bilis me sube por la garganta, pero trago con fuerza y dejo escapar el aire.

—Ya lo sabe —murmuro en voz baja, incapaz de mirar a mamá a los ojos—. Terminamos. Nos odia.

—Ay, Eden —dice mamá frunciendo los labios con empatía. Tiene que notar como me cambia la cara y seguro que también ve la forma en que Tyler me acaricia el muslo como si intentara hacerme sentir mejor, porque ella nos mira frunciendo el ceño antes de decir—: Lo siento por Dean. Era un chico muy lindo. —Sus palabras me dan ganas de ponerme a llorar, y debe de notarlo, porque enseguida intenta aligerar el ambiente al preguntar—: ¿Así que a partir de ahora cuando vea a Liz en la tienda tengo que ofrecerle la sonrisa de «mi niña le rompió el corazón a tu hijo»? ¿O preferirías que agachara la cabeza y siguiera caminando?

—Mamá —digo con cara de pocos amigos—, ponte seria. ¿De verdad no te importa? —Sólo para aclararlo otra vez, muevo la cabeza señalando a Tyler.

—A ver, no es lo ideal —reconoce mamá—, pero que sepas que si sigues adelante con esto no será fácil. Vas a encontrar a gente a la que no le hará ni pizca de gracia. Vas a topar con gente que no te apoyará. Pero a mí no me importa. ¿Quién puede culparte? —Le dirige una sonrisa resplandeciente a Tyler, sus ojos brillan mientras asiente con la cabeza y me lanza una mirada cómplice. Es casi aterrador, de hecho, porque tiene como cuarenta años.

—¡Mamá! —exclamo con la respiración entrecortada, muerta de vergüenza.

Tyler está un poco sonrojado y se ríe entre dientes. Y como para reforzar el comentario de mamá, sus ojos se ven algo ardientes. No me sorprendería que lo estuviera haciendo a propósito. Así es él.

Jack le da una palmadita en el muslo a mamá y se pone de pie, niega con la cabeza, pero lo hace en broma.

—No sé ustedes, chicos, pero yo necesito un café. Karen, no te acerques a los menores.

Le guiña un ojo, rodea el sillón y se dirige a la cocina. *Gucci* se levanta y lo sigue.

Mamá lo mira y pone los ojos en blanco, y luego se reclina, y cruza las piernas.

—Entonces supongo que no se lo han dicho a tu papá y a Ella.

—Todavía no —responde Tyler por mí, sentándose en el borde del sillón mientras se inclina un poco hacia delante. Se aclara la garganta porque lleva callado un buen rato—. Eso es lo siguiente que vamos a hacer.

—Son muy valientes —dice mamá mientras de fondo se oye que la cafetera se pone en marcha—. Buena suerte.

—La necesitaremos —digo sonriendo. Aparto la mano de Tyler de mi muslo, me levanto y tomo las manos de mamá. La levanto del sillón y la abrazo con fuerza. Me acepta. No creo que jamás me acostumbre a lo genial que es que no te rechacen—. Gracias, mamá. De verdad. Gracias —susurro. Hundo la cara en su hombro mientras aprieto su cuerpo contra el mío.

—Para mí todo lo que decidas estará bien siempre y cuando te haga feliz —me dice. Cuando se aparta de mí y da un paso atrás, pienso que está a punto de sonreír, pero entonces su expresión cambia. Toma mi muñeca, y examina las letras a medio cicatrizar en mi piel—. ¿Qué demonios es esto?

Sonrío y retiro la muñeca de su mano. Me doy la vuelta a toda velocidad y alcanzo a Tyler. Tomo su mano y lo levanto de un jalón el sillón. Creo que casi le disloco el hombro al hacerlo.

—¡Perdona, mamá, pero tenemos que irnos! —digo jalando a Tyler hacia la puerta.

Lo suelto, entro con prisa a la cocina para tomar mis llaves del gancho de la pared, y casi me tropiezo con *Gucci* al hacerlo. Jack me mira con las cejas levantadas, pero yo me encojo de hombros y salgo corriendo hacia Tyler, que está tomando su maleta del piso.

—¡Eden! —grita mamá, pero yo ya salí por la puerta.

—¡Tu niña es demasiado temeraria! —grita Tyler hacia la casa, riéndose con ganas a la vez que cierra la puerta.

Todavía se está riendo mientras corre para alcanzarme, tiene los labios húmedos y los ojos suaves. Ninguno de los dos esperaba que los últimos cinco minutos fueran a ser así. No creíamos que fuera a ser tan fácil.

—Y a continuación —digo, imitando la voz de un comentarista de la televisión— la hora de la verdad.

Abro el coche, corro hacia el lado del conductor, me subo y enciendo el motor. Me siento un poco rara al volante de mi propio coche otra vez.

Tyler lanza su maleta en el asiento de atrás antes de subirse al asiento del acompañante con una sonrisa torcida en la cara.

—Piensa que es la última vez que tenemos que hacer esto —dice mientras cierra la puerta.

—Por eso no puedo esperar —le confieso, porque tiene toda la razón.

Después de que se lo digamos a nuestros padres, ya no tendremos que confesar la verdad a nadie más. Todas las personas que importan lo sabrán. Basta de secretos. Sólo pensarlo me hace sonreír mientras maniobro para sacar el coche a la calle, y empezamos nuestro breve trayecto a casa de nuestros padres.

—Por cierto —añado—, esta vez te toca hablar a ti.

Tyler se ríe otra vez, echándose hacia atrás en el asiento mientras pone su mano en mi muslo. Creo que lo hace de manera automática, pero a mí me distrae muchísimo.

—Ningún problema —me dice—. El que más me preocupa es tu papá. Ya me odia bastante. Espera a que sepa que me he acostado con su hija —se burla. Aprieta mi muslo con más fuerza, y yo casi choco contra un coche estacionado.

—Sí, casi mejor no se lo menciones, por favor —murmuro, lanzándole una mirada de advertencia a la vez que recupero el control del coche.

Pero él sonríe, y yo también. Los dos sabemos que papá me mataría si se enterara. A papá nunca le gustaba que pasara la noche en casa de Dean, y Dean le caía bien.

—Entonces ¿cómo te gustaría que se lo dijera? —me pregunta Tyler, poniéndose de lado para mirarme de frente mientras conduzco. Tiene una expresión casi bobalicona en la cara, se aclara la garganta de manera melodramática y gesticula todo pomposo—. Señor Munro, ¿puedo abusar de un minuto de su reverendísimo tiempo para informarle que su única hija me gusta muchísimo?, y, por cierto, ya no es menor de edad y puede tomar sus propias decisiones —dice, con voz solemne y adoptando un tono sofisticado—. Además, David Munro, su testaruda y persistente e inteligente y preciosa hija tiene un trasero increíble.

Giro hacia la avenida Deidre mientras pongo los ojos en blanco. Está a punto de reírse a carcajadas, pero se está aguantando.

—¿Y bien? —pregunta—. ¿Crees que le gustará?

—Tampoco nos pasemos —digo.

Tyler por fin deja de bromear y suelta la carcajada que se ha estado aguantando. Yo no puedo dejar de pensar en lo agradable que es esto. Compartir unas risas. Me gusta que podamos convertir la situación en algo divertido, aunque no lo sea ni de lejos. Además, estamos a sólo unos minutos de la casa y, sin embargo, no estoy nada nerviosa.

Segundos después, pasamos por delante de casa de Dean. Es imposible ignorar que el ambiente en el coche se vuelve denso. Tyler y yo miramos hacia la casa al mismo tiempo, no apartamos la vista hasta que la dejamos atrás. El coche de Dean está estacionado en la entrada. Y también la camioneta de su papá a la que Dean y yo le hicimos polvo las llantas. Como si Tyler se sintiera culpable, retira la mano de mi muslo.

—¿Crees que está en casa? —pregunta en voz baja.

—No lo sé —respondo.

Trago saliva con dificultad, vuelvo a fijar la vista en la carretera y sigo manejando, apretando el acelerador con más fuerza para alejarme de la casa de Dean lo más rápido posible. Reprimo las ganas de mirar hacia atrás por el retrovisor. Sólo sigo manejando. A partir de ahora, tendré que buscar otro trayecto entre la casa de mamá y la de papá. Uno que no pase por delante de casa de Dean.

Ya son las nueve y pico y el cielo sigue oscureciéndose, pero nuestra casa está bien iluminada cuando me estaciono detrás del coche de Tyler en la banqueta. El Lexus de papá y la Range Rover de Ella ocupan la entrada de coches como siempre, así que tenemos que estacionarnos en la calle. Falta el coche de Jamie, por supuesto, porque le están arreglando la defensa.

—Parece que están en casa —digo de broma, señalando con la cabeza a través del parabrisas. Todas las luces están encendidas, y la casa parece un foco gigante. Incluso la habitación en la que duermo cuando me quedo está iluminada, lo que me estresa un poco. Me pregunto por qué demonios habrán encendido la lámpara.

—Yo sólo me alegro de que mi bebé haya llegado sano y salvo —dice Tyler.

Señala su Audi, sonriendo con satisfacción. Luego abre la puerta y se baja del coche. Toma su maleta del asiento de atrás y, sin esperarme, se dirige hacia su coche y lo rodea, probablemente para buscar cualquier arañazo sospechoso que puedan haberle hecho durante el viaje de una costa a la otra.

Suspiro, apago el motor y me bajo de mi coche, que parece una basura comparado con el de Tyler, y luego miro a la casa y a mi hermanastro. Ahora estoy empezando a ponerme un poco nerviosa.

—¿Qué, vienes?

—Voy —dice Tyler, algo ido.

Se coloca el tirante de la maleta por centésima vez hoy, le da una palmadita al cofre de su adorado coche y luego camina hacia donde estoy yo, en el pasto. Poco a poco, sus labios dibujan una pequeña sonrisa, y exactamente al mismo tiempo nos damos la vuelta para mirar hacia la casa.

Lado a lado, estamos a punto de enfrentarnos a nuestro mayor miedo de los últimos dos años. Ha sido un largo viaje, difícil desde el principio, pero es un alivio saber que por fin está a punto de terminar. Al final nuestros padres lo tenían que saber. Nos ha tomado dos años aceptar la verdad y armarnos de valor para reconocerlo ante las personas que más nos importan, y ahora que el último obstáculo está delante de nosotros, es imposible dar marcha atrás.

Tyler suspira a mi lado, y su mano encuentra la mía y entrelaza con fuerza mis dedos con los suyos. Intercambiamos una mirada de reojo. Los dos sonreímos.

—Vamos por ello —dice.

31

Como siempre, la casa huele a lavanda. Es la marca de Ella. Cuando llevas un tiempo sin venir, siempre lo notas más cuando regresas. Tyler y yo nos acercamos despacio al pasillo, pero nos quedamos al pie de las escaleras. Echamos un vistazo hacia la sala, no parece haber nadie, aunque la tele está encendida.

Tyler deja caer su maleta en las escaleras y relaja los hombros antes de aclararse la garganta y gritar:

—¡Ya estamos en casa!

Esperamos durante algunos segundos. Se arma un gran escándalo cuando Ella sale corriendo de la cocina al mismo tiempo que oímos pasos en el piso de arriba, pero la madre de Tyler es la primera en llegar a nuestro lado. Empieza a llorar antes de haber dicho ni palabra. Con una gran sonrisa en la cara, se abalanza sobre Tyler y lo rodea con los brazos, apretándolo contra su cuerpo. Él es mucho más alto, pero Ella le pasa las manos por el pelo mientras él le devuelve el abrazo. Los observo con una pequeña sonrisa en los labios, que es triste y alegre al mismo tiempo. Ella y Tyler siempre han tenido un vínculo especial, y sé de primera mano lo mucho que ha extrañado a su hijo durante este año. Hablaba de él todo el tiempo. Mencionaba lo orgullosa que estaba de él. Preguntaba si llamarlo cinco veces al día era demasiado. Papá a menudo ponía los ojos en blanco y se iba de la habitación. Yo me quedaba. Siempre le decía que yo también extrañaba a Tyler.

Ella da un paso hacia atrás, rodeándole la mandíbula con sus manos mientras levanta la mirada para observarlo con amor de verdad.

—¡Estás aquí! —Rebosa de felicidad, las lágrimas se le siguen escapando de los ojos, le cubre la cara de besos.

—Mamá, ya —dice Tyler al mismo tiempo que gira la cabeza hacia un lado. Alcanzando sus muñecas, le retira las manos de su cara y suelta una carcajada—. Déjame en paz.

Ella jadea, su sonrisa muestra algo de vergüenza y se seca las lágrimas con los pulgares. Está justo a punto de abrir la boca para decir algo cuando Chase sale de la cocina, pero Tyler ni siquiera llega a reaccionar a la presencia de su hermano, porque de repente nuestra atención se desvía a los pasos de las escaleras.

Papá no está nada contento de vernos. Baja muy enojado por las escaleras, con los ojos entrecerrados y las mejillas encendidas. Incluso antes de llegar abajo, ya está rugiendo.

—¿Es verdad?

No está mirando a Ella. No está mirando a Chase. Nos está mirando a Tyler y a mí.

Queda perfectamente claro a lo que se refiere. Los dos lo sabemos. Todo mi cuerpo se derrumba, el corazón se me hunde en el pecho. No soy capaz de contestarle, y Tyler tampoco. Estamos demasiado confundidos para reaccionar.

—Dave... —murmura Ella, avanzando unos pasos y girándose para mirar de frente a papá. Tiene cara de estar confundida, y el ceño totalmente fruncido—. ¿De qué hablas?

Una figura se mueve en el rellano del piso de arriba, y capta mi atención de inmediato. Alzo la vista y detrás de papá veo a Jamie. Se queda allí quieto, con los labios apretados y los brazos cruzados delante del pecho mientras observa cómo se desarrolla la escena. No resulta difícil explicar la situación: Jamie no pudo callárselo hasta que llegáramos, a pesar de que Tyler le dejó claro que queríamos decírselo a nuestros padres en persona. Eso habría sido lo correcto. Que Jamie le haya dado la noticia a papá es lo peor que podría haber sucedido. Da la impresión de que Tyler y yo no teníamos la intención de decirles la verdad a él y a Ella.

Tyler también debe de ver a Jamie, porque se lanza hacia las escaleras con los puños apretados, murmurando algo entre dientes que no llego a entender. Sin titubear un segundo, papá le bloquea el paso, lo agarra de la camiseta y lo empuja de vuelta al pasillo. Lo estrella contra la pared, aprieta su brazo sobre el pecho de Tyler y lo sujeta allí. Ella ahoga un grito horrorizado al mismo tiempo que da un salto hacia delante para intentar apartar a papá de Tyler de un empujón en el hombro, pero es demasiado fuerte para ella y no se mueve ni un pelo.

—¿Es verdad? —grita papá de nuevo. Tiene la cara a sólo unos centímetros de Tyler y se apoya con más fuerza contra su pecho.

De repente noto un tufo a alcohol en el aire, y miro a papá con sospecha cuando me doy cuenta de que viene de él.

Ella da un paso hacia ellos con cuidado. Sus ojos se abren lentamente mientras pregunta:

—¿Que si es verdad qué?

—¡Estos dos! —Papá casi se atraganta con sus palabras, llevado por la furia y por la incredulidad. Apenas es capaz de hilvanar una frase. No obstante, su voz sigue siendo fuerte y grosera, y asiente con la cabeza en mi dirección—. ¡Eden y éste! ¡Dios, yo… yo, ni siquiera sé qué pensar!

Tyler por fin aparta a papá con un empujón firme y se endereza. Las venas de su cuello están hinchadas y murmura entre dientes:

—Deja que te lo expliquemos, carajo.

Ella sigue sin entender lo que sucede. Mira a papá, a Tyler y a mí durante unos instantes como si estuviera buscando las respuestas en nuestras expresiones. Papá respira con dificultad, con las dos manos en las sienes mientras niega con la cabeza mirando hacia el piso, intentando asimilar la información. Entonces Ella se gira hacia Tyler, su cara refleja la preocupación, igual que la de mamá. Sólo me puedo imaginar lo que le está pasando por la cabeza en este instante.

—¿Explicar qué, Tyler?

Tyler se pasa una mano por el pelo mientras la mira, tomándose unos segundos para elegir las palabras. Papá levanta la vista otra vez y lo asesina con la mirada mientras espera a escuchar qué explicación va a dar. Su respiración es tan fuerte que es el único sonido que se oye, aparte de la tele. Pero Tyler ni siquiera lo mira. Sigue con la mirada fija en Ella, y de vez en cuando mira a Chase, que no sabe muy bien lo que está pasando, pero sigue escuchando. Después de un rato, Tyler por fin baja la vista hacia el piso y deja escapar un suspiro, preparado para hablar por los dos.

—No lo planeamos —dice en voz baja, sin levantar la vista ni una vez—. Pero pasó. No me avergüenzo y no me da pena, porque no lo siento así. Es sólo que las cosas han surgido de esta manera, y, la verdad, no es culpa nuestra. Si la culpa es de alguien, es suya. —Ahora levanta la cabeza, mira a Ella y luego a papá. Traga saliva con dificultad—. Es culpa suya por juntarnos bajo el mismo techo.

Papá se burla de inmediato, se lleva las manos a las caderas y nos da la espalda, sigue negando con la cabeza. Ella, sin embargo, se limita a pestañear. Parece más perpleja que hace unos segundos.

—¿De qué estás hablando? —pregunta.

—Estoy hablando de Eden —responde Tyler sin pausa.

Me mira a los ojos por encima del hombro. Su cara se suaviza durante un segundo, y asiente, así que doy un paso hacia delante y me pongo a su lado. Agradezco mucho que sea él el que está hablando. Yo apenas puedo mirar a papá ni a Ella a los ojos, y menos decirles la verdad. Tyler, por su parte, continúa ahora que ha empezado.

—Estoy enamorado de ella. Desde hace dos años. Así que sí, Dave, es verdad.

Ella se queda boquiabierta y apenas logra susurrar «¿Qué?» mientras pestañea a toda velocidad.

—¡Esto es una vergüenza! ¡Te estás riendo de toda la familia! ¿Es eso lo que quieres? ¿Pretendes hacernos quedar como imbéciles? ¡Dios, vamos a ser el hazmerreír si la gente se entera de esto! —dice papá casi escupiendo las palabras y dándose la vuelta para mirarnos a todos.

Las arrugas alrededor de sus ojos ahora se ven incluso

más pronunciadas, tal vez se deba a su mirada asesina. Y como si ya no pudiera soportar vernos, se comienza a alejar, murmurando «Me das asco». Va dirigido a mí, por supuesto, y cuando pasa tan enojado por mi lado, me aparta de un empujón con el hombro.

De pronto, Tyler salta hacia delante y lanza un puñetazo al aire. Le da en el centro de la mejilla a papá con un ruido horrible. Papa se tambalea hacia un lado y aterriza en el suelo contra las escaleras como un bulto.

—¡Tyler! —grita Ella, dando un salto hacia delante.

No se dirige hacia su hijo sino hacia papá. Se agacha para ver si está bien, le toca la cara con suavidad.

Al mismo tiempo, yo me giro hacia Tyler. Levanto las manos con exasperación, preguntándome a qué demonios juega. Su pecho sube y baja con rapidez, y sus ojos todavía están clavados en papá, así que como precaución tomo su puño. Por si acaso.

Jamie baja algunos escalones hacia papá mientras hace todo lo posible por no mirarnos a los ojos a Tyler ni a mí. Tiene las mejillas bastante sonrojadas, y puede que se sienta demasiado culpable para involucrarse ahora, porque permanece en segundo plano, observando pero sin ayudar. Incluso Chase decide mantenerse al margen de la situación:, retrocede muy despacio hacia la cocina y se queda mirando desde lejos.

—Eden —murmura papá con desprecio, captando mi atención mientras se pone de pie otra vez, con una mirada feroz—, aunque Tyler no fuera tu puto hermano… ¿es éste el tipo de chico con el que quieres estar, eh? —Señala su mejilla y luego a Tyler—. ¿Un niñito fuera de control que acabará en la cárcel igual que su padre?

—¡David! —dice Ella con un grito ahogado.

Las palabras de papá son tan crueles que me da asco que él haya pensado que está bien haberlo dicho, no importa lo enojado que esté. Basta para ponerme tan furiosa que aprieto los dientes con tanta fuerza que me da miedo que toda mi boca se rompa en pedazos. Cuando me obligo a mirar a Tyler de reojo, puedo ver el dolor y la desolación en su mirada, y reacciona a las palabras de papá de la única manera que sabe: con rabia y violencia, como le enseñaron de pequeño. El músculo de su mandíbula se contrae y noto como aprieta su puño con más fuerza debajo de mi mano, así que lo suelto. Papá se lo merece.

Tyler le lanza otro puñetazo sin dudarlo. Cómo no. Esta vez no lo puedo culpar. De hecho, hasta me alegro cuando su puño le da en la nariz a papá. Éste se tambalea hacia atrás sólo un par de pasos esta vez, logra mantener el equilibrio y estira la mano para tocarse la cara y comprobar si hay sangre. No la hay, pero levanta las cejas y logra sonreír con incredulidad.

—¡Vaya, vaya! —brama papá—. ¡Agredido dos veces en un minuto! ¡Dios, Eden, qué bien eliges tu futuro! ¡Primero escoges una universidad de mierda al otro extremo del país y ahora a este imbécil! ¡Tu hermanastro! —Comienza a reírse y se apoya en la pared. Está siendo un completo idiota.

Tyler da un paso hacia él otra vez, listo para soltarte otro puñetazo.

—Mira quién habla.

La verdad es que yo también tengo ganas de soltarle un puñetazo a papá. Desde que nos abandonó a mamá y a mí, mi relación con él ha sido tensa. Tal vez se deba a que no lo vi durante tres años. Tal vez sea que él no quiso verme.

Algo cambió cuando se fue, y desde entonces todo ha sido más difícil, pero durante un tiempo se había estabilizado. Hicimos un esfuerzo por llevarnos bien y funcionaba, hasta ahora. Antes nunca se había puesto tan desagradable, tan duro. Estoy haciendo todo lo posible por mantener la calma, pero me cuesta no explotar. Podría gritarle un millón de cosas, pero antes de que ni a Tyler ni a mí nos dé tiempo de hacer cualquier tontería, Ella sale corriendo de la cocina. No me di ni cuenta de que había desaparecido, pero de repente está delante de nosotros otra vez, empujándonos a Tyler y a mí hacia atrás para alejarnos de papá.

—Bueno, váyanse —dice rápidamente en voz baja, dándole las llaves del coche a Tyler y apretando su mano alrededor de ellas—. No sé qué pensar, pero siento mucho su comportamiento. —Echa un vistazo por encima del hombro hacia papá. Él sigue riéndose, pero ahora Jamie está intentando que se calle, y cuando Ella se vuelve hacia nosotros otra vez, tiene el ceño fruncido—. Le dieron el resto de la semana libre en el trabajo, así que ha bebido, y... Lo siento muchísimo. Tenemos que hablar de su relación, pero ahora mismo es mejor que se vayan.

—No te enojes con nosotros —susurro, tragando saliva con dificultad—. Por favor.

Ella deja escapar un profundo suspiro mientras mira cómo está papá otra vez. Frunce aún más el ceño.

—Dejen que lo piense. Váyanse. —Con suavidad le da una palmadita en la cara a Tyler—. Y vete a que te curen esa mano.

Tyler y yo la miramos al mismo tiempo. Me parece que él ni siquiera se había dado cuenta hasta ahora, pero se hizo dos heridas en los nudillos de su mano derecha y está sangrando. Tyler suelta un suspiro, sacude la mano y mira hacia arriba. Intento mirarlo a los ojos, pero él se niega. Por el contrario, recoge su maleta, que cayó al piso, al mismo tiempo que Ella se vuelve hacia papá y ayuda a Jamie a calmarlo. Chase sigue escondido en la cocina.

Tyler no dice ni una palabra mientras se da la vuelta y se dirige hacia la puerta, sólo me roza el hombro al pasar por mi lado y sale sin mirar atrás. Yo me giro de inmediato y lo sigo de cerca pisándole los talones. Casi tengo que correr para seguirle el ritmo mientras caminamos por el pasto hacia su coche.

—Tyler —lo llamo. No contesta. Sólo hay silencio—. Tyler —repito, tomándolo del codo. Cuando nota que lo toco, por fin deja de caminar y se vuelve para mirarme.

—¿Qué demonios hacemos ahora? —me pregunta con los ojos oscuros. Su cara perdió el color por completo y no muestra ninguna expresión.

—Te puedes quedar en casa de mi mamá —digo al momento. A mamá no le importará. Le cae bien Tyler, y dadas las circunstancias, estoy segura de que permitirá que se quede una noche—. Vamos, sígueme.

—Bueno —contesta nada más.

Se da la vuelta y camina los últimos metros hasta su coche mientras lo observo, me pregunto si debería dejar que maneje. Parece un poco aturdido y atontado, como si se fuera a desmayar de un segundo a otro, pero de todas formas se sube al coche y enciende el motor.

Yo llevo mi coche hasta casa de mamá. Tyler me sigue, y todo el tiempo me pregunto por qué no siento nada. No estoy triste. Ni enfadada. Al menos ya no. Tampoco frustrada. Nada. De cierta manera, el resultado es el que siempre esperé. Estaba claro que papá no iba a dar palmas con las orejas, estuviera sobrio o borracho, y Ella..., no sé qué pensar de Ella. No puedo descifrar si se siente asqueada o sólo está en *shock*. Papá, sin embargo, es un cabrón, así de simple, como siempre. Ya estoy acostumbrada a estas alturas. A veces es un tipo lindo. A veces es como lo vimos esta noche.

No sé qué va a suceder ahora. No sé si mañana se habrá calmado otra vez. Lo único que necesitamos es una oportunidad para poder explicarnos, para hacer que nos entiendan, y eso sólo será posible si papá y Ella nos dejan. Esta noche, no lo hicieron ni por asomo. Puede que nos escuchen una vez que la rabia y la confusión y el *shock* hayan desaparecido. Tienen que hacerlo. No les queda otra. ¿Qué van a hacer si no? ¿Corrernos a patadas de la familia? ¿Prohibirnos que estemos juntos?

Evito la casa de Dean de camino a la mía y jugueteo con los dedos con impaciencia en el volante mientras manejo en silencio. Cada poco echo un vistazo por el espejo retrovisor para asegurarme de que Tyler continúa detrás. Está siguiéndome de cerca, por supuesto, de hecho, tan de cerca que pienso que en cualquier momento chocará con la parte de atrás de mi coche. Sin embargo, llegamos a casa de mamá sin un rasguño y me bajo del coche enseguida.

Ya pasan de las diez de la noche, y camino hacia la puerta del coche de Tyler y lo espero. Todavía está tan pálido como cuando se subió al coche y su mano parece estar peor.

—Te pediría perdón por haberle pegado a tu padre —dice en voz baja mientras toma su maleta—, pero no lo siento.

Cierra la puerta de un portazo, se vuelve y avanza por el camino hasta la puerta. Una vez más, no me espera, y estoy empezando a creer que está enojado conmigo.

—¿Hice algo mal? —pregunto cuando lo alcanzo. Me pongo directamente delante de él y nos detenemos delante de la puerta durante un segundo antes de entrar.

—No —dice. Mira hacia la calle, suspira y se lleva una mano a la frente antes de mirarme a los ojos otra vez—. Lo siento. Esta noche ha sido un desastre. Pienso en mi papá y en Jamie y en mi mamá y en tu papá y en ti —murmura. Poco a poco sus labios esbozan una pequeña sonrisa—. Pero sobre todo en ti. —Baja la vista hacia su reloj, y cuando la levanta otra vez, se encoge de hombros—. Ya pasa de la una de la mañana en Nueva York. Yo no sé tú, pero yo estoy agotado.

No estaba cansada, pero ahora que Tyler lo ha mencionado, de repente siento que mi cuerpo se derrumba de fatiga. Parece como si hubiéramos vuelto de Nueva York hace muchísimos años, pero la verdad es que estábamos allí esta tarde. Han pasado muchísimas cosas desde entonces, además de las seis horas de vuelo, y si le añadimos la diferencia horaria, no hay nada que se me antoje más ahora mismo que irme a la cama. Así que digo:

—¿Y si hablamos de esto mañana?

Tyler asiente, y entramos a casa.

Mamá y Jack están viendo una película antigua en la tele cuando entramos, los dos tirados en el sillón, abrazados. *Gucci* duerme en el piso, y aunque abre los ojos por el sonido de nuestra llegada, no se molesta en levantarse y saludarnos. Mamá y Jack, sin embargo, enseguida quitan el sonido de la tele y se sientan.

—No se ven muy aliviados —comenta mamá frunciendo el entrecejo. Está envuelta en su bata, y la mantiene cerrada con una mano cuando se pone de pie—. Tyler, ¿qué haces aquí?

—No nos fue del todo bien —reconozco, mirando a Tyler de reojo y encogiéndome de hombros. Él sigue callado—. Papá estaba borracho, así que se comportó como un cabrón, y Ella nos pidió que nos fuéramos.

Mamá resopla con desaprobación, niega con la cabeza con reproche, seguramente dirigido a papá, y cruza la sala a toda prisa hacia nosotros. Nos muestra que está de nuestro lado, sonriéndonos con ternura a los dos.

—Seguro que todo se arreglará —nos dice para intentar tranquilizarnos—. Denles algo de tiempo para que se hagan a la idea.

Siento la cabeza pesada, y frunzo el ceño.

—¿Y si no lo hacen?

Mamá se queda un rato pensando qué contestar, incluso mira a Jack para que le dé una idea, pero él se limita a encogerse de hombros. Entonces lo único que puede hacer es una mueca e imitar el gesto de Jack.

—No sé qué decirte, Eden —suspira.

—¿Puedes curarle la mano a Tyler? —pregunto, cambiando de tema.

Ya paso de papá y de Ella. Estoy demasiado cansada para pensar en ellos, y la mano de Tyler sigue hecha un Cristo, así que me centro en eso. Con suavidad la tomo y la levanto para que la examine mamá.

—Dios, pero ¿qué demonios hiciste? —balbucea al mismo tiempo que mira rápidamente a Tyler a los ojos. Ahora él parece avergonzado.

—Le pegó a papá —contesto por él—. Dos veces.

—Vaya, pobre Dave —murmura, pero está reprimiendo una sonrisa—. Tyler, ven al fregadero.

Mamá tarda sólo unos minutos en curar la mano de Tyler. En ese tiempo, Jack le ofrece una cerveza a Tyler y yo pregunto un poco incómoda si Tyler se puede quedar a pasar la noche, y mamá dice que sí. Según ella, cualquier persona que le haya pegado un puñetazo a papá es más que bienvenida a esta casa. Tyler agradece la hospitalidad, pero rechaza la cerveza. Está demasiado cansado.

—Vamos a dormir un poco —le digo a mamá mientras ella ordena la cocina y Tyler aprieta y relaja el puño varias veces, como si el ejercicio fuera a hacer desaparecer las heridas—. Ya es tarde en Nueva York.

—Bueno, espero que mañana se encuentren mejor —dice mamá, girándose un poco para mirarme. Me da un breve abrazo, y luego ella y Jack nos dan las buenas noches y vuelven a su película.

Alcanzo la mano de Tyler, entrelazo mis dedos con los suyos y lo llevo hacia el pasillo. Mi habitación es la primera puerta, pero ni siquiera he llegado a tocar la cerradura cuando escucho que mamá se aclara la garganta detrás de nosotros. Como un resorte suelto la mano de Tyler y me doy la vuelta.

—Sé que soy una madre genial y todo eso, pero no tanto —dice, lanzándole a Tyler una mirada intencionada y severa—. Tyler, a la habitación de invitados.

—Ningún problema —responde él.

Pongo los ojos en blanco, me doy la vuelta y me dirijo hacia el final del pasillo. La habitación de los invitados es la última a mano izquierda, y es la que menos se usa en toda la casa. Llevo a Tyler hacia allí y me detengo delante de la puerta. Las luces del pasillo están apagadas, así que cuando me giro para mirarlo, lo tengo que hacer en la leve oscuridad. Me quedo callada un momento hasta que mis ojos se adaptan, y cuando lo hacen, veo que Tyler tiene la vista fija en el piso.

—¿Seguro que estás bien? —pregunto, cada vez más preocupada. Intento que me mire a los ojos, pero no lo consigo.

En vez de mirarme, Tyler toma la cerradura y abre la puerta, pasa por mi lado y entra a la habitación de invitados sin levantar la vista.

—Hablamos después —dice en voz baja.

—Oye —digo brusca, me cruzo de brazos, lo sigo hacia dentro de la habitación y enciendo la luz. Me detengo y espero, con los labios apretados—. Te pregunté si estabas bien.

Tyler suspira y baja la cabeza, sigue dándome la espalda. Tira su maleta sobre la cama y se pasa una mano por el pelo. Se jala las puntas con suavidad y luego se vuelve hacia mí.

—No te voy a mentir y decirte que estoy bien cuando no lo estoy —confiesa al final.

—Pues habla conmigo —digo dando unos pasos hacia él.

Acorto la distancia que nos separa y pongo mi mano sobre su pecho. Lo miro a través de las pestañas. Siento como su corazón late fuerte y lentamente debajo de mi palma. Pero es evidente que Tyler no quiere hablar, porque toma mi muñeca con cuidado y quita mi mano mientras da un paso hacia atrás.

—Ya te dije que hablamos después —repite con un tono firme, como si fuera muy en serio. No quiere que siga con el tema. Se da la vuelta, se sienta en el borde de la cama y agacha la cabeza, entrelazando las manos—. ¿Puedes cerrar la puerta cuando salgas? —pregunta. Su voz es tan baja que es casi un susurro.

No estoy muy segura de lo que le pasa a Tyler, pero dejó bastante claro que necesita tiempo, así que me muerdo el labio y me obligo a irme, a pesar de lo mucho que preferiría quedarme. Cuando llego a la puerta, apoyo la mano en el marco y le echo un vistazo por encima del hombro. Está sentado, quieto, apenas parpadea, sólo respira.

—Si quieres, puedes venir a mi habitación a escondidas en cualquier momento después de medianoche —susurro, pero él ni siquiera reacciona, y mucho menos responde, así que cierro la puerta y lo dejo solo.

No sé qué hora es cuando me despierto de un salto, y no sé cuánto tiempo lleva Tyler dándome golpecitos, pero me da un susto de muerte. Casi me caigo de la cama. El intruso de mi habitación me toma tan por sorpresa que casi me da un infarto. Aparto el edredón, me incorporo y me inclino sobre el buró. Busco a tientas el interruptor de la lamparita. Por fin lo encuentro y ese rincón se llena de un resplandor cálido.

—Dios, Tyler —murmuro, soltando una bocanada de aire mientras me inclino hacia delante y me llevo una mano a la frente. Sé que le dije que viniera, pero se ve que me quedé tan dormida que me olvidé por completo. No estoy acostumbrada a estar en mi habitación otra vez, y mucho menos a que Tyler se quede a pasar la noche en mi casa—. Vaya susto que me diste.

Tyler está de pie al lado de mi cama, pero no demasiado cerca, y mientras se alza como una torre por encima de mí debido a su altura, la luz de la lámpara le ilumina la cara. Me permite ver lo tensa que tiene la mandíbula, el nerviosismo de sus ojos y el nudo que tiene en la garganta.

—Necesito hablar contigo —dice en voz baja.

—¿En serio? ¿Necesitas hablar conmigo ahora?

Aprieto el edredón contra mi pecho, alcanzo mi celular del buró con mi mano libre y miro la hora. Pasan de las cuatro, así que gimo y me recuesto en los almohadones. Pongo los ojos en blanco, irritada. En ese momento me doy cuenta de que Tyler está completamente vestido, y además se puso una chamarra. Me da la impresión de que no ha venido para meterse a la cama conmigo, así que me siento

—¿Tyler?

Se mordisquea el labio inferior con bastante ansiedad al mismo tiempo que se masajea la nuca. En ese mismo momento, se aleja de mí un poco más, moviéndose hacia la puerta. La luz de la lámpara en mi buró no llega tan lejos, así que tiene una sombra sobre la cara que me impide verle la expresión cuando dice.

—Tengo que irme de esta ciudad.

Al principio no lo entiendo. Sus palabras no tienen sentido y salen tan de la nada que ni siquiera respondo. A cambio escucho el silencio de la casa y pestañeo hacia la silueta de Tyler en la puerta.

—¿Qué quieres decir? —por fin logro preguntarle.

—Quiero decir que me voy a ir durante un tiempo —explica Tyler.

Se me revuelve el estómago, de repente se me hace un nudo. Ahora estoy completamente despierta, y Tyler tiene toda mi atención. Un escalofrío me sube por la espalda mientras cada centímetro de mi cuerpo me dice que esto no es para nada bueno.

—¿Por qué?

Tyler deja escapar un largo y profundo suspiro. Se vuelve a acercar a mi cama, a la luz, y su sombra revolotea por las paredes.

—Están pasando demasiadas cosas —reconoce— y necesito comprenderlas y ver qué hago.

Se apoya en la pared, se calla un segundo para pensar bien cómo hilvanar las frases que me va a decir a continuación, escogiendo con cuidado las palabras que va a pronunciar y las ideas apropiadas que decirme. Todo el tiempo mi cuerpo está tenso.

—Sabes que no quiero estar cerca de mi papá. Soy incapaz de soportarlo y tampoco creo que pueda aguantar a tu papá, y es posible que acabe matándolos a golpes a los dos. —Otra pausa. Ahora empiezo a sentir frío, aunque estoy cubierta con el edredón. La preocupación se le nota en la cara, y su voz se convierte en un susurro cuando me pregunta—: ¿Y si tu papá tiene razón? ¿Qué pasa si acabo siendo como el mío?

—No te pareces en nada a tu papá, Tyler.

—Sí me parezco —sostiene, tensando la mandíbula—. Pierdo el control con la misma facilidad que él, y eso me da muchísimo miedo. Quiero irme de la ciudad, lo más lejos posible de él.

—Vente a Chicago conmigo —digo entonces sin pensarlo.

Es lo primero que se me ocurre, y no es mala idea. Me voy en otoño, haré las maletas y me iré al otro extremo del país, a la ciudad del viento. Y entonces me doy cuenta de que no he pensado ni una vez en lo que pasará en septiembre cuando me vaya. Nunca he tenido en cuenta que Tyler y yo estaríamos separados de nuevo. De repente la idea de que Tyler se venga conmigo a Illinois es la mejor opción. Es como si nos escapáramos juntos. Más o menos.

Pero enseguida desecha mi plan, porque dice sin más:

—No.

—¿Por qué? —pregunto abatida y confundida. Mi momento de gloria se acaba. Qué poco duró lo de Chicago.

Tyler cierra los ojos un segundo y agacha la cabeza mientras se apoya en la pared. Todavía se lo ve cansado, y me pregunto si ha dormido algo. Cuanto más tarda en contestarme, más nerviosa me pongo, y al final resulta que tengo todo el derecho del mundo a estar ansiosa, porque cuando levanta la vista para mirarme, con una expresión extraña, torturada, dolida, susurra:

—Porque tampoco quiero estar cerca de ti.

Quiero haberlo escuchado mal. Necesito haberlo entendido mal, porque en cuanto la última palabra sale de su boca, de la boca de Tyler, mis entrañas se remueven. El estómago se me tensa aún más y la voz se me atasca en la garganta, desconcertada por sus palabras.

—¿De qué estás hablando? —me obligo a preguntarle con voz débil.

—Creo que tenías razón antes —dice sin titubear, hablando a toda prisa a la vez que niega con la cabeza—. Tal vez no deberíamos estar juntos.

—¿A qué carajos viene esto? —exijo saber.

Siento que la rabia recorre cada centímetro de mi cuerpo mientras me aparto el edredón, salgo de la cama, y me pongo de pie. Rezo con todas mis fuerzas para que sea una pesadilla. Tiene que serlo. Tyler jamás diría algo así.

Tyler retrocede para apartarse de mí cuando me acerco. Me rodea y se dirige a la puerta otra vez. De espaldas a mí, su voz ronca se atreve a decirme:

—No sé si quiero seguir con esto.

Y en ese preciso instante, me hago añicos. Se me para el corazón. Mis pulmones se detienen. Mi sangre se atasca en las venas. Me duele la garganta. Todo, absolutamente todo, me duele de repente. Desde la cabeza, que la siento muy pesada, hasta las rodillas, que se me doblan lentamente. Tengo que apoyar una mano en la pared para mantener el equilibrio. Mi respiración se acelera, y casi estoy hiperventilando mientras intento comprender lo que está sucediendo.

—No acabas de decir eso —digo con voz ronca.

—Lo siento —se disculpa Tyler al momento, dándose la vuelta para mirarme. Tiene los ojos apagados, nada furiosos, más bien heridos, pero su disculpa no parece nada sincera. Su tono de voz no indica que lo sienta—. Mira, tengo que irme.

Saca las llaves del coche del bolsillo de sus *jeans* y estira la mano para abrir la puerta.

Aunque estoy paralizada, me obligo a mover las piernas y corro hacia él, metiendo mi cuerpo entre el suyo y la puerta. Apoyo la espalda contra la madera para bloquear su única salida.

—¡No! ¡No te vas a ir así de fácil! —grito desesperada por la situación, tan repentina y tan sinsentido. Por ahora, Tyler no me ha dado ninguna razón para haber cambiado de idea tan de repente, y está haciendo que todo esto me duela más que si fuera sincero conmigo—. ¿Qué hay de esto, eh? —Lo empujo y lo hago retroceder un paso, levanto el brazo y le pongo la muñeca en la cara. Tengo el puño cerrado con tanta fuerza que se me saltan las venas por debajo del tatuaje—. ¡Dijiste que siempre y cuando yo no me rindiera, tú tampoco! —No me importa si despierto a mamá y a Jack. Ahora mismo, son lo último que se me pasa por la cabeza—. Y yo no me he rendido, así que ¿por qué demonios lo haces tú?

Tyler se aprieta el puente de la nariz con el pulgar y el índice, cierra los ojos y se niega a mirar sus propias palabras, las que están grabadas en mi piel. Es evidente que ahora ya no cree en ellas, e incluso considera que yo he sido una idiota por pensar que sí. Mientras bajo la mano, siento náuseas, y creo que voy a vomitar, así que me cubro la boca con la mano. No debería, porque Tyler ve en ello una excelente oportunidad para tomarme de los hombros y apartarme de su camino a toda prisa. Por fin abre la puerta y aprovecha para escapar.

Pero parece que despertamos a *Gucci*, porque está sentada en el pasillo frente a mi puerta. Sus ojos brillan, y Tyler enseguida tropieza con ella como si no se hubiera dado cuenta de que estaba ahí. *Gucci* suelta un gemido agudo y sale corriendo.

—¡Tyler!

—Carajo —murmura, recuperando el equilibrio.

Se detiene en la oscuridad del pasillo, frunce el ceño y luego se dirige hacia la sala. Yo corro detrás de él, rompiéndome la cabeza para encontrar algo que decir, cualquier cosa, algo que lo haga quedarse o por lo menos pensar dos veces lo que está haciendo. Cuando toma su maleta del sillón, pronuncio las únicas palabras que se me ocurren.

—Por favor, por favor, por favor —ruego; mi garganta está tan seca que me duele hablar. Me pongo delante de él otra vez, pero es difícil conseguir que me mire a los ojos, así que le pongo las manos sobre el pecho—. Por favor, no te vayas. Sólo estás alterado por todo lo que ha sucedido, no estás pensando con la cabeza. Nada más, Tyler —susurro; estoy a punto de llorar, se me quiebra la voz—. Ni siquiera tienes una razón real para irte de esta manera. Si realmente quieres irte de Santa Mónica, entonces vente conmigo a Chicago. Y no vuelvas a decir que ya no quieres estar conmigo, porque no te creo. ¿Cómo es posible que todo esté yendo tan bien y de repente hagas esto? A ver, ¡si por fin se lo dijimos a todos, Tyler! ¡Ya hicimos lo más difícil!

Tyler vuelve a cerrar los ojos, porque parece ser que ésa es la manera más fácil de evitar verme. Creo que no ha sido capaz de mirarme a los ojos desde que me despertó. Abre los labios y deja escapar un suspiro. Y luego, lentamente, niega con la cabeza. Eso es todo. No responde. Ninguna explicación más. Sólo un leve gesto con la cabeza que deja claro que no importa lo que yo diga, se irá igual.

Alcanza mis manos, las aprieta con fuerza y las quita de su pecho. Yo intento con toda mi alma no poneme a llorar y ni siquiera soy capaz de impedírselo. Por eso cuando se gira y camina por la sala oscura en dirección a la puerta, no hago nada. No lo sigo. Ni siquiera me doy la vuelta. Sólo me quedo mirando la pared; los labios me tiemblan mientras las lágrimas salen libres. Me toco la garganta y trago saliva con fuerza, trato de reprimir las ganas de sollozar. No quiero que Tyler me oiga, pero cuando escucho que abre la puerta, siento una última oleada de rabia, así que me veo obligada a darme la vuelta.

—¿Así que molestamos a nuestros padres para nada? ¿Le hicimos daño a Dean para nada? —grito, apretando los dientes mientras se me humedecen las mejillas. Tyler se detiene para escucharme—. ¿Todo porque te cagas de miedo en el último minuto?

—No es eso —rebate Tyler, por fin decide hablar otra vez. Me mira por encima del hombro, sus ojos se llenan de una emoción que no puedo descifrar con claridad—. Sólo necesito algo de tiempo. Volveré cuando esté listo.

—Pero yo te quiero —susurro, no porque que crea que voy a cambiar sus planes, sino porque quiero que lo recuerde cuando salga por la puerta.

—Y yo te necesito —dice Tyler en un suspiro. Me toma por sorpresa, dadas las circunstancias. Si ya no quiere estar conmigo, si se está rindiendo, ¿cómo puede decir eso?—. Y ése es el problema, Eden. La única razón por la que no le di una paliza a mi papá antes fue por ti. No porque supiera que lo correcto era alejarme. Y cuando estaba intentando desengancharme de la coca, lo hacía por ti y no porque tenía que hacerlo para entrar a la gira. Es como si te necesitara para estar bien, y no puedo vivir mi vida dependiendo de ti de esa forma. Necesito ser capaz de querer hacer lo correcto, de hacerlo por mí mismo y no por ti, así que necesito algo de tiempo sin ti. Necesito saber que no voy a acabar como mi papá, y en cuanto lo sepa, volveré. —Tiene los ojos hinchados, como si estuviera tratando de no llorar, y lo único que es capaz de decir para terminar es un susurro lleno de dolor—: Te lo prometo.

Sin dar ninguna explicación más, apoya la cabeza en el

marco de la puerta, respira hondo y se va. Así, sin más. Abre la puerta de mi casa, me lanza una última mirada devastadora y se va. Deja que la puerta se cierre detrás de él, y cuando escucho ese horrible clic, me doy cuenta incluso con más fuerza que en ese mismo momento Tyler se rindió. Y todavía no entiendo del todo por qué.

La casa está oscura y silenciosa, e incluso algo fría, y yo me quedo quieta en el medio de la sala, aturdida. Por las ranuras de la persiana, veo las luces del coche de Tyler, que se encienden mientras él se acerca. Se sube al asiento del conductor, y escucho el ruido sordo de su puerta cuando la cierra de un portazo. Luego el motor. Se me encoge la garganta cuando lo escucho rugir. «Se va de verdad —pienso—, y no puedo hacer nada para detenerlo.» Su coche arranca y se dirige hacia la calle silenciosa. Y se aleja. Y él se va.

Mi garganta deja escapar un grito de dolor entre sollozos mientras las luces del coche se desplazan por las paredes de la sala y luego desaparecen. Me siento tan débil que ya no puedo seguir de pie, así que busco a tientas los muebles para apoyarme hasta que llego al sillón. Me dejo caer, levanto y doblo las piernas y las abrazo contra mi pecho a la vez que intento controlar mis excesivos temblores. No sé qué pensar.

¿Cuánto tiempo va a tardar Tyler en encontrar su fuerza de voluntad y su ánimo? ¿Cuánto tiempo va a necesitar para controlarse? ¿Días? ¿Semanas? ¿Meses? ¿Qué se supone que debo hacer mientras tanto? ¿Poner mi vida en pausa y esperar por él? Lo malo es que eso no puede suceder. Ahora tengo que enfrentarme a papá y a Ella sola. Tengo que lidiar con Dean sola. Tengo que arreglármelas con Rachael y Tiffani sola. Tyler me dejó todo nuestro problema para mí sola. Se suponía que debíamos estar juntos contra todo el mundo, Tyler y yo por un lado, y por otro todos los demás. Ahora sólo estoy yo.

De la nada, escucho las patas de *Gucci* en el piso de madera mientras se acerca a mí caminado despacio, todavía lloriquea un poco por el pisotón de Tyler. Se sube de un salto al sillón y me da empujoncitos con la nariz en la rodilla como si estuviera preocupada. Sólo sirve para que una nueva cascada de lágrimas se deslice por mis mejillas. La atraigo hacia mí y la rodeo con mis brazos, hundo mi cara en su piel. «No te preocupes —pienso—, a mí también me hizo daño.»

Agradecimientos

Gracias a mis lectores, que han estado conmigo desde el comienzo y han visto crecer este libro. Gracias por hacer que el proceso de escritura haya sido tan placentero y gracias por mantenerse fieles a mí durante tanto tiempo. Gracias a todo el equipo de la editorial Black & White Publishing por creer en esta novela tanto como yo. Estoy eternamente agradecida a Janne, por querer dominar el mundo; a Karyn, por todos sus comentarios y su experiencia; y a Laura, por cuidarme siempre. Gracias a mi familia por su infinito apoyo y estímulo, especialmente a mi madre, Fenella, por llevarme siempre a la biblioteca cuando era pequeña para que pudiera enamorarme de los libros; a mi padre, Stuart, por animarme siempre a ser escritora; y a mi abuelo, George West, por creer en mí desde el primer día. Gracias a Heather Allen y a Shannon Kinnear por poner atención a mis ideas y permitirme hablar durante horas sobre este libro, sin pedirme jamás que me callara, a pesar de que mi entusiasmo seguramente las tenía locas a las dos.

Gracias a Neil Drysdale por ayudarme a llegar adonde estoy. Gracias, gracias, gracias. Y por último, gracias a Danica Proe, mi profesora de cuando tenía once años, por ser la primera persona en decirme que escribía como una escritora de verdad y por hacer que me diera cuenta de que eso era exactamente lo que quería ser.